·张昌山 主编·滇云八年书系·旧刊文存·

今日评论
文存 ➕

JINRI PINGLUN WENCUN

张昌山 ◎ 编

云南出版集团

云南人民出版社

目 录

第五卷第五期（1941年2月9日）

这一周		1
新中国的文明与文化（上）	蔡枢衡	4
论"全盘西化"	伍启元	11
国民参政会的效用	罗隆基	17
论自由与组织	丁则良	22
洱源散记（下）	曹立瀛	26

第五卷第六期（1941年2月16日）

这一周		33
答陈序经先生	冯友兰	36
新中国的文明与文化（下）	蔡枢衡	40
农田的经营和所有	费孝通	49
传记的真实性和方法	孙毓棠	54

第五卷第七期（1941年2月23日）

这一周		64
当前的物价问题		
——行政院常设经济会议的成立和		
今后应有的物价政策	伍启元	68
现代教育思潮蠡测	陈友松	74
自由与经济制度	王赣愚	79
剑川散记		
——滇西散记之一	曹立瀛	85

第五卷第八期（1941年3月2日）

这一周		93
南进声中的日寇诡谋	王迅中	97
苏联的远东政策	邵循恪	101
修正民事诉讼法的几点意见	张企泰	105
论吸收内地劳工问题	史国衡	111
调整薪俸的几个原则	黄六平	117

第五卷第九期（1941年3月9日）

这一周		122
三国同盟之后	何永佶	125
建设新中国与发展法律教育	李浩培	132
大学应该怎样？	费鉴照	139
我们对于西化的态度	吕学海	142
谈谈独裁政治	王赣愚	149

第五卷第十期（1941年3月16日）

这一周		153
中国当前的外交	吴之椿	158
抗战中的生活费用与生活程度	戴世光	164
教育学与教育科学	田培林	168
农民的离地	费孝通	174
玉龙雪山巡礼	晨岚　霖灿	179

第五卷第十一期（1941年3月23日）

这一周		186
经济统制的礁石	陈岱孙	190
蜕变中的中国社会	李树青	195
关于教员服务奖状的一些意见	倪中方	203
农贷与合作	高尚贤	206
玉龙雪山巡礼之二	晨岚　霖灿	211

第五卷第十二期（1941年3月30日）

这一周		218
罗斯福的远东政策	邵循恪	221
松冈赴欧与日寇南进	吴学义	227
第三期的浪漫时代	吴保安	231
玉龙雪山巡礼之三	晨岚　霖灿	239

第五卷第十三期（1941年4月6日）

这一周		246
中等教育的危机	陈雪屏	251
民族力量的经济基础	张德昌	257
国府新颁户口普查条例的商榷	戴世光	261
漫谈社会秩序	许烺光	265
役政与劳工	史国衡	270

第五卷第十四期（1941年4月13日）

这一周		275
论党务	钱端升	279
推进边教的几个实际问题	李有义	283
部定外语系英文组科目表的商榷	费鉴照	287
文字的魔力	许箇仲	290
鹤庆散记——滇西散记之一	曹立瀛	294
本刊紧要启事		301

第五卷第五期（1941年2月9日）

这一周

　　沉寂已久的军事，近来又多发展。争夺最烈的地方有三处：一是苏浙边境，太湖附近；二是鄂西荆当襄樊一带；三是豫南平汉线上。在苏浙边境宜兴与长兴一带，我军与日军本不断的接触，最近数日接触，不过略比平时为烈，而敌方的损失，略比平时为大而已。鄂西襄樊钟祥一带本为多战之区，自敌人占宜昌后，敌人对荆当数县亦备极重视，但敌人蠢动的结果，既不能渡襄河，也不能控制荆当。地位不但没有进步，而牺牲相当可观。至在豫南，则敌人损失更大。敌人之志在打通平汉路，结果则进犯之敌被我打得溃不成军。我们固然不能因这些胜利而自满，但这些都是积成大胜的小胜，都是值得欣慰的。

　　蒋委员长于上月二十七日国民政府扩大纪念周席上，发表长篇演辞，畅论处理新四军事件的经过。其中最重要的一点，也是我们无法复述过频的一点，就是全国一切的军队均是中华民国的军队，均归蒋委员长统率。军队有不好的行为时，他当然要加以取缔，他当然要奖有功者而罚有过者；不受这奖罚者就是自绝于中华民国的统帅，也自绝于中华民国。

　　最近一二月来，行政院设立了一个所谓经济会议，其组织职权最近始披露于报纸。就组织言，它由蒋院长兼主席，由孔副院长兼副主席，由贺耀组任秘书长，由行政院政务处蒋处长及社会部谷部长任副秘书长；下设九组，则由各部高级行政人员任正副主任。就职权言，它的职掌约略如中央前些时候所决议设立而并未设立的经济作战部及物资统监部。蒋院长日理万机，孔副院长又有专责，经济会议所掌的事当取决于贺秘书长。此项组织是否能发生预期的效用，我们甚表怀疑。我们以为"责任要专"及"事权要集中"这两个大原则，无论在平时在战时的行政中，均是成功的必要条件。我们希望财政、经济、交通等各部长官能享大权，能负起责任，做他们应做之事；同时再令含经济性质的各部部长组织一经济委员会，而择一能者为之长，犹如军事委员会的组织。必如此，然后机关不增加，而责任则可专。

泰越之争，因日人的调停而停止。两方于上月二十八日上午十时起即停战。停战协定已于三十一日下午六时，在西贡海滨日舰上签字成立。今后三方将在东京举行和平会议，商决划界问题。泰越代表且已启行。日人狐假虎威教唆双方，在和平会议席上可以左右一切，自不待言，对于和平条件大概泰越双方俱不会满意，但则必乘机向双方攫取权利，经济之外，殆将索取根据地及练兵权等等。这个日人真意义中英美三国俱不可忽视。

近日美日负责当局间的口舌战颇热闹。廿六日，日松冈外相及及川海相在众院预算委员会中大声斥责美国的好管闲事，并恫吓美国，说日本如何如何不受威胁。越五日，美副国务卿在纽约大学法学院中斥责日本"新秩序"之说。又次日（二月一日）则日本前内相末次向北美日侨广播，说日本为抵抗美之阻挠起见，不惜一战。日人如此之好言战，我们可殆视为日人害怕与美国交战的一种表现。

美国自改组舰队后，以留在夏威夷的太平洋舰队为主力舰队，这个舰队的统帅即为全海军的统帅。海军统帅本为李却逊，现则由季默尔继任，于二月一日在珍珠港交代。前后令尹对官兵的训辞以及随后发表的舰队实力，俱足以表示美方不惜与可能的敌人一战。这种姿态，要比松冈、及川、末次的演辞有力多了。

希特勒于上月卅日当权八年纪念时，发表演说，以击沉运货至英的中立国之船只为恫吓。结果，美国上下两院议员，不分党派，俱大加斥责，声言美之助英政策决不为所动。此可见侵略主义者吓退和平主义者的时期已成过去。不但日美间的关系如此，德美的关系也是如此。

威尔基近正在英国访晤主要当局，以备向美人报告实情。同时美总统的个人代表霍布金斯及登努万则正在英国及巴尔干方面大作活动，秘书居鲁不日可到渝。美方公私人物要如此在被侵略各国活动的原因，当然是在探求援助被侵略国的最适当方法。我们切望我们能十二分切实的应付这个问题，不要空谈，也不要随便。像重庆中美文化协会开会式的应付是绝对不够的。

英意北非之战，自索伦姆，巴第亚，都布鲁克相继被英所陷后，英方则正围攻德尔诺，而意方正调大军应援。德尔诺虽不易于数日内攻下，但英军的攻势，恐非意军所克当。因意军的连续败绩，于是北意方面，如都灵、如米兰，屡有骚动，为镇压军心人心计，齐亚诺等三部长且自动从军，意大利捉襟见肘之情于此可见。

罗马尼亚的内乱近日似较平息。大杀互杀的结果，似乎军人安多尼斯哥得胜，而铁卫团失败，其首领希玛则丢官。照我们看法，罗马尼亚的铁卫团（即绿衫党，亦纳粹主义者）本等于汉奸。强邻逼境之事，不知爱国，而专以勾结德之纳粹党为务，非汉奸而何？但汉奸也真难做。大杀之余，希特勒还是提拔有实力有办法的安多尼斯哥做独裁者，而不宠希玛，希特勒如获勒，全世界魁士林的命运殆将均如希玛。

贝当对德久取不即不离态度。魏刚在北非声明拥意之后，希特勒对贝当殆更将无法应付。如逼得太紧，贝当或会令魏刚接近英国。如逼得不紧，则法之海军港又均不能为德所用。希特勒近方试行新法，在巴黎令许多无聊政客，组联合党，以逼贝当顺德。但贝当既为海军及北非法军所拥护，又岂是无聊政客们所能压倒的呢？

新中国的文明与文化（上）

蔡枢衡

全盘西化论者陈序经先生在本刊第五卷第三期发表了一篇《抗战时期的西化问题》，这是一篇自批判中展开自己的理论之力作。陈先生所批判的对象原来是张冯贺三先生对于陈先生的全盘西化论之批判，所以这篇文章本质上是反批判，是批判的批判。这事实告诉我们：讨论的过程早已进入了深刻的阶段。兼之，问题之讨论非始于今日，远在十年前。因此，陈先生的见解依理应是已经很少可乘之隙。然而编辑先生在撰者介绍中显然表示了：期待着问题之再检讨。假使我之浅薄的见解侥幸通过了主编者的审查，那么一面言志，同时抛砖，算是我愿意发表这篇文章的动机。

"中国的物质文明和精神文化究往何处去？"这是中国史上划时期的海禁大开这一幕提供给人们的历史课题。本来，海禁大开后的中国文明文化之归宿，和海禁大开前的中国文明文化同样地被客观的历史法则决定了；根本不容见仁见智，也用不着任情好恶或是非争辩。可是事实告诉我们：这条出路的猜摸有了四种不同的见解！第一是原状复古；第二是全盘西化；第三是中学为体，西学为用；第四是摄精取华，自己创造。

原状复古论只是一种幼稚而且观念的自己安慰或自己陶醉。姑勿论中国过去数千年中的文物制度流动不归，所复之"古"究应把何朝何代何年何月何日何时的事实作标准？根本没法决定。假定这点不成问题，还要历史是循环的，原状复古论才不失为合理的见解。然而历史决不是循环的。重开"孔家店"和"向东转"的主张只是外来压迫和全盘西化的声势之单纯的反拨。这虽不失为一种本能作用，不失为民族自我意识之表现，然而这种主张之合理性决不能超出抽象的民族自我意识之范围。

具体的民族的农业社会形态必然为工商业社会形态所扬弃，那是历史的造化。孔家店倒招牌也是历史决定了的——不问愿意不愿意，终是一件人力莫可如何的事情。把孔家店的招牌当做拒绝工商业的长城，和螳臂当车同一是无力而不自量。原状复古——回复农业社会的主张只是农业社会的回光返照。随着工商业之克服农业，必然会销声匿迹。近年来再也找不出反对西洋物质文明的人，以及指摘西洋精神文化的人寥寥无几的现象，正因中国的农业已经成了外国工商业附庸的缘故。中国农业从属于外国工商业虽是一种变态现象，究不失为农业从属于工商业之一形态。这虽显然是一种不痛快的事件，然究不失为原状复古论丧失客观基础之一方式。陈先生认定这是进一步了解西化的证据，理论上是十分突飞的。原状复古论和全盘西化论虽互相矛盾，然而中国文明文化的出路，除原状复古论和全盘西化论外，理论上容有第三种情形存在之可能。事实上也有中体西用论，旧瓶新酒论和自己创造论等等。在这种情形下应用排中律，认为原状复古论失败便是全盘西化论成功。贪天之功以为己力的事小，埋没了真理的事大。

和原状复古针锋相对的见解是全盘西化论。什么叫全盘西化？二年前在某处见过陈先生某篇文章中曾给予明白的规定，可惜现已记不清楚。然而所谓全盘西化这概念的内容至少有二属性：第一，化的榜样是"西"；第二，化的程度是普遍而彻底——不剩一物，不留一毫。假定这个分析大体不差，我觉得所谓全盘西化第一太抽象化了，第二太观念化了。

为什么说太抽象化了？因为所谓"西"的具体含义是十分复杂的。从历史阶段看：十九世纪初期和中期的西洋，社会经济大体上是产业资本主义，竞争经济；政治上的主潮是民主，尤其是法治，根本上受着自由主义的支配；社会关系的出发点是个人主义——所有权是绝对的，契约是自由的，责任之负担限于自己故意过失之限界内；道德是主观的；法律和道德分了家，一切都解放。可是到了十九世纪末，尤其是现代，已成了五花八门：社会经济虽都不失为金融资本主义，独占经济，表现的形态却有统制和计划二种；政治上之显著的干涉倾向，多数人的福利之重视，虽仅有程度上的不同，大体上也算是维持了法治，然而独裁的独裁，民主的民主，固已有目共睹，并且独裁的基础还有建筑于无产阶级之上和建筑于资产阶级之上的差别；至于社会关系，理论上虽都于个人之外发现了社会的存在，然而社会和个人间的关系却有个人为社会而存在和在社会中承认个人二种不同的见解，各是其是，悬案未决；所有权负担了义务；契约中的某种主体受了保护，另一方面却被抑制；责任是对社会的——如过失和无责任能力也要负责；法律和道德又合流了，一切都向着积极的拘束的方向猛进。总而言之，抽象看来，虽然都是"西"，具体的事实在时间上有十九世纪和廿世纪的不同，在空间上又有英美德法苏伊等等的悬绝。至于廿世纪的英美德法苏伊又各自有其年月日时上的差异，也是不可置之度外的事情。究竟把哪个空间的"西"，哪个时间的"西"作标准来西化？不知陈先生已经确定了没有。假定已经确定了，那么不称为"西化"，而称为何年何月何日何时的美化、英化、德化、法化、伊化或苏化，似乎适切妥当些。假定还没有认定，那便不能不肯定所谓"西"的内容太空虚了些。这个内容贫乏的"西"，论质论量均不足为中国西化的标准，似乎不难首肯。

为什么说太观念化了？因为全盘西化只可求之于观念上的想象，不能见诸客观的现实。陈先生的全盘西化论是把观念当现实——至少是想把观念当现实。所以说是观念化了的。拿一件简单的事情来作例：假定一个中国人，身着西服，口说西话，吃西餐，读西书，脑袋里装满了西洋的意识，举动仪礼和西洋人没有二样，再加生长在西洋，这算已尽了西化的最大能事罢！综合看来，这人已和普通中国人截然不同了。然而还不算是全盘西化了。这人的五官百体，五脏六腑，彻头彻尾还是中国人。换句话说，人种没有变——至多是量变而不是质变。日本明治维新时代，极度自卑之余，曾经有人主张应该防备日本女性和西洋人乱交，以达改良日本人种之目的。不知陈先生的全盘西化论中也包含了这种成分否？纵使包含在内，混血儿终究是混血儿，还不是西洋人，所以还不是"全盘"。非"全盘"的"西化"就不是"全盘西化"。"全盘"落了空，决定了全盘西化论只是一种既反真理又非现实的空想。

假定陈先生说：全盘西化是过程，不是结果。这自不失为一种辩解。可是西洋的文明文化之创造是把西洋的历史作基础，西洋人作活动的主体，西洋的事物作工具，西洋的自然和西洋人的社会并思维作对象而形成的过程。中国近代化现代化过程中的工具和对象，假定一概取之于西洋，其奈历史基础没法转换，主体的多数也还是中国人何？这样的西化过程难道可说是全盘？

话说回头，自另一面看，陈先生的主张决不是单纯的主观的观念游戏。陈先生的见解是把近百年来的中国历史社会作背景的。近百年来的中国是次殖民地。这是孙中山先生也承认了的真理。次殖民地的特点第一是没有独立自主的，是反自我的；第二是支配中国的"太上国"是多元的——西洋之富而强者都可对中国颐指气使，中国都会垂首听命。这二特点反映于意识，形成了陈先生的全盘西化论。陈先生是主张不剩一丝一毫彻底西化的。这正是丧失了独立自主性或反自我性之模写。全盘西化论的"西"是没有特定具体内容的。这又恰是支配中国的太上国之多元性和都在西方二事之写照。从这个观点看，陈先生的全盘西化论实在是一种不折不扣的真理。

一面指摘全盘西化论之过于观念化和抽象化之非真理性，同时肯定全盘西化论是真理：这是理论矛盾，也是事实矛盾。理论的矛盾之消灭是把事实的矛盾之解释作前提的。次殖民地地位和民族的中国是这矛盾事实之二极。这二极中之一——独立自主的民族国家之出现于二十世纪是近代世界史赋予中国的权利和义务。这和十九世纪的中国必然沦于次殖民地地位，同一是历史的造化。反过来，也就是说：中国之次殖民地地位已经完成了应负的历史使命，亟应功成身退。再看另一极——次殖民地地位已使中国一切的一切表现着脱节和不自然，一切的一切都形成了折衷的拼合：这中间充满了矛盾和不调和。且把日常惯见的事实来作例。譬如结发小脚的女性穿皮鞋，二三十岁以上的妇女结双辫或系处女带，仁丹胡子的私塾教书先生穿运动鞋，西裤皮鞋套长袍马褂，宽不盈丈的麻石街道中通过满载六公吨的汽车破坏了两边的屋檐，宴会或娱乐场中到处发现空无所有藉壮观瞻的公事皮包，以及姨太太穿高跟鞋住洋楼坐汽车……这些都是次殖民地性的内在矛盾使之然，是次殖民地性自己否定的因素之所在，也是人类理性之所不能堪。目前的现实：对日抗战是民族的中国之维护，也是次殖民地地位否定之运动。抗战最后胜利之日是矛盾现象丧失基础之时，也是陈先生的全盘西化论完全丧失真理性的日子。

陈先生或会说："你的见解完全错误。抗战中的一切只是更进一步西化，决不是反西化。"不错，陈先生已经说过了："在这次抗战与欧战的时期里，反对西洋物质文明的人，固已绝迹，指摘西洋文化的人，也已寥寥无几。这又不只是表现国人对于西洋化作进一步的认识，而且是对于全盘西化的主张作更进一步的了解。"然而正为有了这段话，陈先生的主张便已陷入不可解的矛盾之深渊。这种一面意识着抗战，同时主张全盘西化的矛盾，和一面主张全盘西化，同时承认"并不主张被动的西化，奴隶式的模仿，而是主张自觉的吸收，采用融化，批判与创造的精神"，并且肯定"西洋文化本身之所以有剧烈的进步，也就是有了这些精神；中国文化本身之所以落后，就是缺乏了这些精神"之互相矛盾，如出一辙。陈先生：抗战的历史使命决不止于反所谓"东亚协同体"，绝不仅是反"东洋化"或日本化，而是二十世纪民族解放运动的表现。抗战的动机是民族自觉或民族自我意识。抗战之实践——尤其是抗战最后胜利，只可成为全盘西化论的致命伤，绝不是全盘西化论的进步或深化。陈先生在全盘西化的前提下意识了抗战，客观上显然是表示着：在陈先生的全盘西化论中已经发现了全盘西化论自己否定的先兆。这先兆自然也是现实的反映。若从陈先生在标题中把抗战和西化并提，和认抗战是西化之深化二事看，陈先生只是直观地意识了抗战的现实。不仅没有自己否定的意思，并且没有意识着自己矛盾，似乎不待多言而明。

中学为体西学为用的见解是不思之甚的结果。先从抽象的体用说。体用间的关系是表里间的关系，也是形质间的关系。体和用，表和里，形和质，其间都保有着内的关系：用，表，形是体，里，质的表现；用，表，形一面和体，里，质是对立的，同时又是体，里，质的一个属性。这好像一个人的肉体和精神：肉体一面和精神对立；精神同时又是肉体的表现。特定的体和特定的用之不可分，一面有如别人的精神不能装进自己的肉体；自己的精神不能装进别人的肉体；同时别人的精神和别人的肉体以及自己的肉体和自己的精神分离的时候，自己或别人都已不成为原来的自己或别人。

再从具体的体用看：中体西用论者并没有真认识体用，他们是主张保存中国的文化，输入西洋的文明。这本质上是主张西学为体，中学为用。冠履倒置，根本不值一笑。退一步说，硬要倒转真理，将体作用，自亦不妨。只可惜农业之文，载不住工商业之道。纵使承认其因工商业之道之需要，主张在必要限度内接受工商业之文，然而接受的结果，在农业之文和工商业之文互相冲突的地方如何处置？又不免成为问题。那时节，若尚农业之文，不仅不能达到西学为用之目的，抑且为中体西用论的精神所不许；若尚工商业之文，那便成了西体西用。这和全盘西化论不同之处，仅在主张维持旧道德一点上。张之洞氏一流的作风实和这种主张相接近。然而一切体用都变了，又用什么好法单独维持没有根的旧道德？本不可——也不可能维持而主张要维持，这显然是清末皇帝统治的现实和清室希图维持君主制度的意志，与西洋思潮本质上互相冲突的反映。张氏一流的见解之基础和清室退位是同其命运的，三民主义的理论之抬头，不啻将张之洞氏一流的中体西用论打进了十八层地狱，永劫不复。

旧瓶新酒论本质上只是直观的常识谈，是一种十分荒唐的见解。酒的体是酒精的成分，甜味和水分的具体结合体；液，固和气是酒的用之三态。瓶和酒的体用根本没有关系；瓶之新或旧丝毫不影响酒的形和质。退一步说，承认旧瓶新酒论之所谓瓶就是用、表或形的意思，所谓旧瓶装新酒就是在旧形式中装进新实质的意思。这也不免切断了形式内容间的有机关联，蹈袭了中体西用论的覆辙。实践起来，恐怕既难为了旧瓶，又委屈了新酒；旧瓶新酒，二败俱伤。在这二不讨好中所可产生的只有非驴非马的低级和浅薄，是杂凑之大成，是光怪陆离之奇观。这除充分反映了现实的次殖民地性，还有什么意义？在表现民族自觉的抗建思想及其实践之大时代中，我不相信还有她的地位和价值。诚然，事实告诉我们：抗建开始后，还有人在大后方用作改良旧戏之理论，形成有意无意为麒麟童派的赵如泉一流喝彩的局面。然而这是一件滑稽之至的事情——尤其是把改良的结果当做提倡抗建精神的手段，把这称收入当作劳军的资源。不过话说回头，假使想到：民族自我觉醒的因素原是从次殖民地性中孕育出来的东西，那么，这种现象反而正是我们感觉无限前途，无上安慰的绝好材料。

张申府，冯友兰和贺麟三位先生的见解大体上似乎都是自己创造论。陈先生名之曰折衷，又称之为中西合璧。并且详细举示了冯贺二先生的主张中许多内在的矛盾。依我之所见，一般说来，理论之矛盾并不是绝不可有的事情。问题在矛盾的原因。假使客观现实自身表现着不调和，不矛盾的理论反逃不脱歪曲事实，伪造真理的恶评：理论之矛盾正是理论的真理性之所在。这种矛盾是应有而不可或无的。假使矛盾的原因在于认识肤浅，思维粗糙，那是百分之百值得非难的。一切矛盾皆不可有，这只是形式理论学上的法则，本质上是违反真理的认识。

这也是可以说的：假使姑置主张的真理性于不问，在反对复古，反对西化，反对中体西用，并且反对旧瓶新酒论之立场，自己创造论或上述以外的折衷论都是剩下来的康庄大道。一面主张自己创造论或某种形态的折衷论，同时反对上述一连串违反真理的见解，这中间没有丝毫矛盾可言。至于冯贺二先生所怀抱的关于中国文明文化出路的方案，是否诚如陈先生所指只是消极的折衷，还是积极的结合，以及具体方案的内容如何等等，我一时找不出相当的材料足为断定的证据，只好存疑勿论。

"中国现代化"和"西化"这二名词，表面上差异极微，实质上判若霄壤：前者显然意识着自我，是健全的意志，也是合理的认识；后者本质上是次殖民地的现实之反映，是无自我并反自我的。陈先生对于中国的现实"明明是西化"，大家"却又否认是西化"这件事表示非常愤慨，名之曰"国人的夸大狂"。并且连"一般住洋楼，乘汽车，而说周孔之道，甚至享姨太太之权"的现象，也认为"都是这类夸大狂作祟"，把二者当做了一丘之貉。这种强异使同的精神，令人吃惊非小。不错，说周孔之道的人是夸大狂。不过这种夸大狂绝不是自己创造论正面或侧面的产物，而是全盘西化论和外力压迫二事的反响。本质上是心理变态的结果，也是自卑情感的表现。挨全盘西化论者之骂，自是活该。口说周孔之道的事实，充分暴露了口说周孔之道的人无能而且没有自信心。其情虽然可矜，其行实万不可恕。自己创造论尽管现在还没有成熟，本质上是一种有能且有自信心的喊声，是民族的灵魂之所寄，也是真理之所归。硬要有意无意混二者为一谈，未免过分歪曲了真理，漠视了皂白，至于"住洋楼"，"乘汽车"，而享乐"姨太太"的矛盾现象，我以为正是次殖民地性的中国应有之风景图——没有这类现象便显不出中国是十足的次殖民地，显不出次殖民地性深入了中国的骨髓。我不敢向陈先生开玩笑。然而我觉得：这种现象和陈先生的全盘西化论之根底深处是有一脉相通之路的，这是客观的认识。相信陈先生多半还没有感觉到。

原状复古论，全盘西化论，中体西用论以及旧瓶新酒论，固然都不是今日中国文明文化的出路，明日中国文明文化的预言。就是其他任何形态的折衷说，依然也决不是真理。折衷的唯一机能在于间隔之调和，矛盾之缩小。然而中西文明文化互相接触，互相冲击，互相交流的结果，必然是"中""西"的对立之解消，矛盾之融化或结合。这只有保存中国的，吸收西洋的，摄精取华，自己创造，才是合理的手段，换句话说，只有自己创造才是今日中国文明文化的出路，明日中国文明文化的特质。

论"全盘西化"

伍启元

陈序经先生最近又把一个早已不成问题的问题提出讨论。自从抗战以来国内比较有眼光的思想家对"中国文化底出路"一问题已差不多有一致的见解。大家一方面公认"中国一切学术文化工作都应该科学化,受科学的洗礼",而大家另一方面也同时坚决否定"全盘西化"的理论。例如冯友兰先生在他底名著——《新事论》——中,或贺麟先生在《今日评论》第三卷第十六期所发表的长文——《文化的体与用》——中,对中国文化出路问题就是作这种看法。笔者在《今日评论》第三卷第二十五期《什么是中国文化底出路》中,也有相同的见解。在那篇文章中,笔者底结论是:

"关于中国文化出路一问题,我们以为东方文化论者所指示的路是一条死路,'中学为体西学为用'的理论底提倡者所提出的路是一条不通的路,全盘西化论者所说的路是一条不可能的路。我们唯一的生路,就是就现在原有的文化基础上,尽量吸收现代的科学和科学所产生的文化。"

笔者在那一篇文章,正如冯,贺等先生在他们论文化的文章一样,尝说明"全盘西化"的说法为什么是不可能,为什么是不合理。笔者以为冯,贺等先生底看法和笔者底看法都只是代表一种公共的意见或思想,而这种公共的思想是有它底时代背景的。

为着要解释这种思潮底时代背景,我们应从一百年前说起。在百年以前,中国还在闭关自守,中国人都受一种愚妄的自大心理所支配。中国人自信力甚强,以为中华民族底文化是远在洋人或夷人底文化之上。但鸦片战争破坏了中国底独立与闭塞,西洋人底坚船利炮惊醒了中国人底迷梦。结果中国人底自信力日渐消失，逐渐主张摹仿西洋。这种主张底路向是对的。但不幸因为国家没有及时革新，结果国势一天不如一天，民族自信力也一天比一天降落，于是中国人逐渐地发生一种变态的心理：以为一切"中国的"都是"不好的"，而一切"西洋的"都是"好的"。于是摹仿西洋变成崇拜西洋，而革新自己文化鄙视自己文化。这种崇拜洋人的病态心理到了民国二十年至二十五年间达到了它底最高点。在民国二十年那一年，九一八事件发生，日本侵略我们的东北，于是国内不少意志不坚定的人，或对国家前途表示无望，或对洋人（东洋或西洋）发生恐惧的心理。从二十年至廿五年，恐日病，拜洋主义和自卑心理发展到无可再发展的地步。同时在二十年那一年，以"拥着全盘西化大旗的一员骁将"见称的陈序经先生出版了他底《中国文化的出路》（商务版），把他和他底朋友所主张的"全盘西化论"正式提出来。根据这种学说，西洋文化从来就是一种远较中国文化为"优高"的文化，因此中国应当全盘接受或采纳西洋文化。自此以后，全盘西化的理论由南至北，在全国各处传播起来。最后在民国廿五年陈序经先生写成他底《东西文化观》（廿六年一月岭南大学出版）。这本书可以说是自卑主义底结晶品和全盘西化论之最后的努力。到了二十六年，中国开始走进复兴自觉的路。我们底全面抗战恢复了我们早已失去的自信心。结果在思想方面，一般知识分子都舍弃了拜洋主义和自卑主义的全盘西化论，而提出合理的文化观。冯贺两先生底文章就是这种思潮底代表。不幸陈序经先生不肯接受时代潮流底趋向，不肯承认全盘西化主义已成过去的思想，一定要来一次"回光返照"，在《今日评论》第五卷第三期发表一篇《抗战时期的西化问题》的长文。在那篇文章中，陈先生虽然明知大家都已舍弃了全盘西化论，却不顾事实地一定要说冯，贺等先生底言论"至少在消极方面是近于全盘西化的主张"，和曲解事实地得到如次的结论：

"在抗战时期，事实上我们固趋于全盘西化，态度上我们也是趋于全盘西化。"

陈先生既然要这样地曲解抗战时期底思想潮流，我们实有加以纠正的必要。但我们用不着再论述什么是中国文化底出路一问题。关于那一个问题，笔者在《什么是中国文化底出路》一文中已加以说及；在这篇文章中，我们只就全盘西化论底错误加以评论。

为什么说全盘西化主义是一种拜洋主义和自卑主义？为什么我们说全盘

西化论之著作是表示丧失民族自信力的结晶品？因为这种思想从出发点到结论都是基础于不了解中国文化，曲解中国文化和不顾事实地鄙视中国文化的变态心理。主张全盘西化论者盲目地说：中国不只现在一切不如西洋人，而且中国从来就一切不如人，因此一切"中国的"都是"不好的"。这种不正确的思想可以从陈序经先生底《东西文化观》一书看出来。在那本书中，陈先生明白地说：

"欧洲的文化是……比较优高的文化。……中国文化自从汉族从西方移植到中国以后，逐渐的已变成单调的文化。黄帝战胜蚩尤传说于汉族成为至尊的地位，以后的尧舜禹汤文武周公不过将这个文化底局部逐渐的发展起来。根本上既没有受过动摇，所谓政治社会上的改革，也不过是暂时的变态，不久又回到常态来。春秋战国的时代底紊乱不定的状况虽有了四百余年之久，然除了思想上比较自由而能稍放异彩外，政治社会道德礼法以及物质上的各种生活，老实没有很大的变更。而且所谓思想上能略放异彩，也不外是从量的方面来说。在质的方面与其说是发展，不如说是退后……中国的文化，无论在时间上或是空间上，所谓发展不外是死板的延长和放大，决无改变的可能性，没有改变的可能性，决不能使其再进一步……所以明白过去中国的人，能够明白'现在'的中国，明白'现在'的中国的人，也能够明白过去的中国。古代希腊罗马的文化，却不是这样的……他们的文化无论在物质在政治在社会法律道德各方面都有了变动的弹性……在文化发展的可能性方面来看，则他们正如旭日初升，而中国却已入了黄昏时代……中古的中国又比不上中古的欧洲……中世纪的中国文化，愈趋于单调而愈难于变动。反之，中世纪的欧洲文化，是希腊罗马和犹太三者底混合体……因为中世纪的文化是几种文化的混合，所以对外来文化底输入，并不像中国之鄙视排斥。因此之故，才能生出现代的欧洲文化……我们于是可知道欧洲的文化不但是从现在的实情和趋势上看去是世界的文化，就是从以往的历史看去，也是世界的文化。因为在欧洲的文化里，不单是欧洲各种文化以及近东非洲的文化的总和，而且是含了远东中国的文化的要素。物质方面的中国文化，既可从欧洲文化里找出来，精神方面的中国文化，也没有一件不是欧洲所有……大概读过柏拉图的书的人，有时免不得要想孔子思想也是柏氏思想底一部分……从文化的各方面来比较，中国的确是不及西洋，所以的确是没有半点好处……没有一件不是低下于人。"（《东西文化观》，页一六零至

一八四）

　　看了上面所引的一段话，谁能否认陈序经先生是一个拜洋主义者和自卑主义者？我不是研究中国历史或中国文化的人，我不够资格对上引的章句加以应有的批评。但不知研究中国历史或中国文化的人，看了上面的章句，会有什么感想？

　　现在我们可以离开全盘西化论底拜洋性和自卑性，而进一步检讨全盘西化论底本身。全盘西化论可以分开两方面来说，一是"全盘"，一是"西化"。什么是"全盘"？"全盘"正如胡适之先生所说，是一个硬性的名词，是包含有百分之百的意义。陈序经先生所谓"全盘"，大体上说来，是指这个硬性的看法。他明白地说：

　　"我同情于胡先生所谓'严格说来，全盘含有百分之一百的意义，而百分之九十九还算不得全盘'。然而同时我们似也不能否认，除了这种严格的说法以外，有一种普通的说法。例如，我和几位同事，有好多次因事未能参加我们底学校底教职员'全体'拍照，然而挂在壁上的照像，依然写着'本校教职员全体摄影'，这个'全体'，岂不就是'全盘'吗？自然的，我在这里只想指出在所谓百分之九十九或九十五的情形之下，还可以叫'全盘'。至于我个人，相信百分之一百的全盘西化，不但有可能性，而且是一个较为完善较少危险的文化的出路。"（《独立评论》一六零号）

　　为什么西化非"全盘"不可？因为自陈序经先生看来，"每一层和每一种的文化底各方面，都是互有关系的，互相连带的。"文化既是一种不能分割的体系，所以我们如要采取西洋文化，我们就只有"全盘"的采取，而不能——且无法——加以选择或加以去取的。不但这样，陈序经先生以为即使我们愿意选择，我们也无法求得选择的标准。"所谓选择西洋最好的东西，既没有一个正确的标准，那么所谓选择，就无从选择。"（《今日评论》五卷三期）再退一步说，"我们若是采纳人家底一方面，那么从这方面就会影响到他方面，结果是牵动了整个文化"。《东西文化观》读者或者会问：我们是否连西洋文化一切坏处都囫囵吞枣地全盘加以吸收？自大体上说来，陈先生底答案是肯定的。但陈先生以为：

　　"全盘西化也许免不去所谓西洋文化底短处，可是假使我们承认西洋文化之长为百分之六十，中国文化之长为百分之四十，我们若能全盘西化，则我们至少有了二十分的进步。"（《独立评论》一四二号）

因此全盘西化总是有利的。

陈序经先生这种机械的看法是不合理的和错误的看法。我们都承认："各部门的文化都是一有机统一体"（引用贺麟先生语），但我们不能因此就跳一步得到全盘西化的结论。文化是否有机体是一件事，但文化能否局部接受又是另一件事。即使西洋文化是一个有机体，我们难道就只有"全盘接受"与"全盘不接受"两种办法吗？关于这个问题，吴景超先生尝用专家的资格，证明文化是可以分开接受的。（《独立评论》一四七号）

而且陈序经先生忘记了中国和中国文化本身也都是有机统一体。我实看不出一个有机体（中国）怎样能完全抛弃其自身的生活方式和生活态度（文化）而接受另一套完全不同的生活方式和生活样法。甚至主张西化的胡适之和张佛泉等先生，也不能不承认"文化自有一个惰性，全盘西化的结果自然会有一种折衷的倾向"。我在另一篇文章中尝这样说：

"一种文化与另一种文化接触，只能互相影响，互相吸收，彼此同化，而绝不能'全盘接受'的。全盘西化论者完全忽略了社会制度和人类生活方式底惰性，以为一个国家可以完全抛开其原有的生活样法和社会制度而全盘接受另一种新的文化，所以是完全错误的。中国无论怎样地因为生存的原故。不得不依照西方的模型来改造自己，但中国只能在中国原有社会文化之基址上建树起新文化，中国是无法凭空'全盘接受'西洋文化的。"（《今日评论》三卷二十五期）

因此"全盘"两个字是不通的。

不只"全盘"两个字是不通的，就是"西洋文化"的一个名词也有很多困难。根据陈先生底看法，"西洋"两字是超时间和超空间的。它是超时间的，因为陈先生把古希腊罗马直至现代的欧美都包括在"西洋"之内；它是超空间的，因为他以为现在在大西洋从美国到英国，在欧洲从德国到意国，以至地兼欧亚两洲的俄国，都是"西洋"的范围。很多人曾经告诉陈先生，"西洋国家中，除了民主主义之外还有独裁主义，除了资本主义之外还有苏维埃主义和法西斯主义，在不同的社会制度中，人类底生活样法和文化是绝对不相同的"，因此我们现在有几种不同的"西洋文化"，而我们不能找出一种唯一的和代表的西洋文化。但陈先生很坚决地不肯接受这些话。他很胆大地说：社会主义文化与资本主义文化具有共同的基础或性质，独裁国家和民主国家都同属于"西洋文化"。然则这个共同的基础或性质是什么？西洋文化底具体要点是什么？陈先生始终没有给我们以明确的解答。在他最近的文章中，他似乎承认这个共同的基础至少包括科学，共和国和基督教。一方面把"反耶稣"的希特勒帝国和无神论的苏维埃联邦包括在西洋之内，而一方面却认基督教为西洋文化要点之一：这不是矛盾吗？只要从这一点，我们就可以知道"西化"两字的困难也绝不在"全盘"之下的。

　　我们相信：全盘西化主义底时代早已过去！经过了冯友兰，贺麟等先生底讨论，中国文化出路一问题已有定论。我们原没有再加以讨论之必要的。但陈先生既然一定不肯接受时代潮流，所以我们才不得不说上面那些原可以不说的话。

国民参政会的效用

罗隆基

第二届国民参政会的第一次会议快要举行了。在最近期中，二百四十个参政员又要从全国各地齐集重庆，并且要在陪都凑十天热闹。参政会十天会议以后，在全国的报纸上国人又要看到几篇洋洋大观的文章——开会宣言，闭会宣言及政府长官的演词等等。宣言的内容，亦不外拥护政府，拥护领袖，以贯彻抗战国策，以把握胜利等等。依据我个人的经验来推测，参政会开会的结果恐不外如此。依据这些事件来估量参政会的价值，固然不能说毫无效用，效用的确有限。

因为这缘故，国人渐渐问起这个问题来了：国民参政会到底有什么效用？政府最初召集国民参政会的目的是"抗战期间，集思广益，团结全国力量"。对"团结全国力量"这一点，不能说国民参政会在以往毫无贡献。在第一届参政会第一次会议的时候，国民的心理的确受了些许影响。国家各党各派的代表人物，及各地方的耆宿，聚集一堂，一致拥护政府，一致拥护领袖，在一个二十余年来政治从未统一的国家，参政会这种举动的确可以使国人相当改变观听。国民参政会在这一点上的确有些许效用。不过抗战如今到了第五个年头，政治统一有了比较稳当的基础，拥护政府与拥护领袖已是既成事实，那么国民参政会的这类宣言，在今日国民心理上再能引起什么新的刺激，大是问题。因此，到今日，国民参政会的效用成了一个疑问。依据我个人的观察，国民中倒没有什么人反对国家有国民参政会这机构，同时却亦没有人重视他。所谓没有人重视参政会，这"人"字恐怕连大部分参政员亦包括在内。国家设一机构，总要有这机构的效用。效用起了疑问，国民对这机构的重视当然成了问题。

国民参政会到底有什么效用？开诚布公的说，我自己亦时时在追问这问题，同时，我又相信，国民参政会对"团结全国力量"的效用已成过去，他这类宣言等等，今日即非滥调，亦是多余。国民参政会对"集思广益"一点，以他的职权及他的工作的方法（如半年一次会，每会十天等）来说，在过去是空话，在未来亦是空话。那末，参政会的效用到底是什么？

我如今对国民参政会仿佛有了一种看法，我觉得他可以供给中国民主政治一种学习与试验的机会。这话不止指国民参政会而说，各省的省参议会亦包括在内。民主，宪政等等名词，在目前的政治学上是含有一定定义的，必国家政制有某某设备，够上某某标准，方得认是民主与宪政。不过，用历史的眼光来看这些政制名词的起源，演进与完成，却不是这样一回事。英国是民主与宪政发源的国家，如今亦的确是这些政治制度的代表国。我们谈英国以外别的国家的民主与宪政，我们一定指出某年某月革命成功，某年某月从事起草并公布宪法，某年某月举行选举并成立议会，而后有了民主与宪政。倘我们研究英国的历史，我们一定知道英国的民主与宪政，绝不如此。在英国历史上，固然我们可以指出某年某月约翰皇帝签字大宪章，某年某月爱德华第一召集模范议会，然而英国之民主与宪政制度，实际很难指出确切肯定的日期，说从某年某月民主与宪政起始，在某年某月民主与宪政完成。真要了解英国民主与宪政的历史，实际要从盎格鲁撒克逊这些民族在北欧时（移植到英格兰以前）的原始生活说起。他们很早很早就于不知不觉中在学习与试验公事公议一套。这不是特别恭维盎格鲁撒克逊这民族，说他们二千年前就有了民主与宪政。没有这回事。这只是说，假使盎格鲁撒克逊民族没有他们生活上许许多多接近民主的习惯，英国今日或者没有目前这种政治制度。举个具体的例子来说，没有十四世纪中叶平民与贵族不知不觉中分院集会讨论国事，就没有现在英国的两院制议会。往上推，没有一二九五年爱德华第一召集所谓的模范巴力门，英国十四世纪或者根本没有议会。往上推，没有德蒙德福在一二六五年召集的所谓第一次巴力门，爱德华第一或者就不会召集所谓的模范巴力门。往上推，没有诺曼征服以后的大会议，亨利第二及亨利第三或者不会常常召集当时的所谓巴力门。往上推，没有盎格鲁撒克逊时代的哲人会议，诺曼征服后或者不会保存大会议。往上推，要是盎格鲁撒克逊族在原始生活期中没有"公事公议"那些习惯，那末最初英格兰或者没有那些地方会议及哲人议会的制度。我这里说的是，英国的民主与宪政是一步一步演进起来的，是不知不觉从他们的生活习惯中养成的。他们很早就玩"公事公议"这些把戏，他们却不知道什么是民主，什么是宪政。甚至爱德华第一在一二九五年召集议会的敕令中，抄用了"大家的事，大家公决"一句话，他本身并不知道这话的真实意义以及可发生的影响。然而这些玩意却是后来英国民主与宪政的基础。今日我们中国的国民参政会与省参议会，拿现代的眼光来讲，当然绝对不够民主与宪政的条件。只要政府与人民大家肯玩这些把戏，只要这些把戏慢慢成了人民政治生活上的习惯，其唯一的结局，自然是民主与宪政。我个人以为国民参政会有这个效用。尽管今日的国民参政会及省参议会，在组织，职权，及工作方法上，够叫人不满意。这种不满意，是我们与现代的民主与宪政标准测验的结果。倘我们用十三四世纪英国所谓的巴力门及郡会议作标准来看，那就减少了不满意的成分了。我并不是说二十世纪的中国，应以十三四世纪的英国自足。我是说，十三四些纪英国的巴力门毕竟在英国现代的民主与宪政的演进上，有他的效用，他给英国人民在现代民主与宪政上学习与试验的机会。

我仍旧要回到上面"学习与试验"那句话来。先谈"试验"。我这里的"试验"，有几层意义。第一，国民参政会可以做政府及人民对民主及宪政诚意程度的测验。今日的国民参政会绝对不是民主与宪政制度的机构。然而从政府及人民对国民参政会的态度中，可以相当测验中国将来政治路线的趋向。对这个玩意，各方愈玩愈感兴趣，愈玩愈增重它的信望，那末，各方对民主及宪政的诚意增加，是中国渐渐向民主与宪政的方向走。倘各方对这玩意，愈玩愈冷淡，愈久愈轻视，甚至愈来愈不能忍耐，那末，中国政治路线必有改途易辙的结局。其次，所谓试验还有一种意义。假定中国将来政制已确定民主与宪政无疑，然而欧美的民主与宪政，在实施方法上，亦正在力求修正之中。到底中国将来的民主与宪政，其实施方案应该怎样，目前尚无定议。国民参政会或可供中国极初型议会的一个试验机构。试验相当时期，那末将来制定民主与宪政实施方案时，有了参考的材料。从这两点上来说，国民参政会或非毫无效用。

谈到学习，我要提出来的意义更多。我个人的看法，民主与宪政这套把戏，玩起来真非易事。独裁制是"民可使由之，不可使知之"，是牵牛驱羊的方式，不驯，则鞭策之。民主与宪政却不然。只就民主政治中会议一端来谈，守规则，重修养，就不知多少事件要学习。我们中国人对这玩意，更不知有多少东西要从头学起。中山先生的《民权初步》这一本小书，就是开会的规则。这比西方民主国家的议会法简单不知多少倍。在今日中国，在一个会议中，要实施中山先生的民权初步，恐怕已是难于登天。我不相信中国任何会议中，曾经严格实行应用过民权初步。第一届参政会会场中的一切规则距民权初步，尚不知有若干路程。不懂会议规则的国民，不能有条有理举行会议的国家，能够满意的运用民主与宪政，实又不能使人相信。其实运用会议规则又是何等细小的事。会议场中的修养，这是政治道德问题，在我们中国人，更须要学习了。从容忍不同于我的意见，到尊重不同于我的意见，到尊重不同于我意见的人的人格，这绝非素无民主修养的国民一蹴可至。因政见不同，而成私人嫉恨；因公事讨论，而成私家仇敌，于是公私不分，公仇私报，这是缺乏民主修养国家常见的事。民国初年议会政治中的政争，常有这类故事。这不是我们特别恭维英国的议会政治，英国议会中的议员，在言词上的涵养修饰，在态度上的容忍谦让，令人有可望不可及的感想。英国人这一切，不是生而知之，是学而求之，这是他们几百年渐次积养的习惯。会议场中守规则，重修养，本身不是民主与宪政。然而这是民主与宪政成功的一些条件。在我个人看来，国民参政会可以养成中国人这些习惯，这又是国民参政会的一个效用。

　　上面这些话，仿佛把国民参政会的效用看得非常细小低微。我却以为国民参政会果能发生这些效用，对中国政治已有了相当有价值的贡献。我认这些是目前国民参政会可能发生的效用，并非说他的效用限于此。我对民主与宪政，始终有一种看法。民主与宪政，有形式，有精神。形式与精神二者固可同时具备。有形式而无精神，有精神而无形式，都是可能。拿英国民主与宪政来说，目前可说形式与精神都具备。十三世纪的英国，民权发展的注重点在精神；十四世纪的英国，民权发展的注重点在形式。譬如说，赋税要人民批准，官吏向人民负责，皇帝守法，英国十三与十四世纪的人民都争取这些大原则。十三世纪的英国，却注重这些原则在精神上的实现；十四世纪的英国却注重这些原则在文字上的实现。所以十四世纪的收获不及十三世纪。我以为国民参政会在今日还可以发生一个很大的效用。国民参政会本身不是一个民主与宪政的机构，而却可以把自身做成民主与宪政的过渡机构。那就是说国民参政会可以担负促进民主与宪政的工作。当然，上面所提的"学习与试验"，固然是促进民主与宪政。第一届参政会争召集国民大会，争公布宪法，这亦是促进民主与宪政的工作。这些工作，因环境的关系，并没有成功。第二届参政会，依我个人的见解，依然可以努力把自身做成中国民主与宪政真正过渡的机关，担负促进民主与宪政的责任。为适应环境起见，工作却可以依据两年的经验，换个方式。即争民主与宪政实际的精神而不争纸上的文字。用个譬喻来说，官吏向人民负责，如今西方宪政国家有弹劾等等方式，在十三四世纪的英国又何尝有这个方式。他们所争的，恐怕只是孟子上这样几句话："国人皆曰可杀，然后察之。见可杀焉，然后杀之，故曰国人杀之也"。真正做到"国人皆曰可杀，然后杀之"，又何尝不是民主与宪政的精神。赋税要人民批准，如今西方宪政国家有所谓预算制。十三四世纪的英国，又何尝有预决算制。他们所争的，只是皇帝与国家的费用分开，国家一切重要开支，人民固应负担，但人民对开支要知道个清楚明白，而后人民来决定担负的数量。这些办法离现代的民主与宪政固然颇远，然而与大原则却相符合，现代的制度是由这些原则演进而成的。这些原则是民主与宪政的基本精神。国民参政会固然没有弹劾与通过预算这些职权，但十三四世纪英国巴力门争取那些大原则，亦不是根据他们职权范围而进行。国家用人要选贤使能，国家财政要公私分明，这些又何尝不包括在"集思广益"四字之内。国民参政会真能争取这些民主与宪政的精神，又何尝不发挥了一个极大的效用。这不过随便举的一些例子罢了！

　　国民参政会到底有什么效用？到这里，我可以说，他的效用，可大可小，可有可无。我可以说，政府及人民对目前的参政会，大概还没有定见，亦没有成见。这问题的答案，还看国民参政员对参政会的运用，做到哪里算哪里。英国十三十四世纪的时候，那些皇帝像亨利第三，爱德华第一，爱德华第二，爱德华第三等，他们召集当时的巴力门，他们绝无建立民主与宪政的计划在心，他们实不知何所为而为，当时巴力门中那时王公贵族及乡村武士与城市代表等人，他们亦绝无建立英国民主与宪政的计划在心，他们争取那些大原则，亦只是适应时代的需要而已，并不是为民主与宪政。然而那时的巴力门，却促进了英国真正的民主与宪政，他们发挥了很大的效用。中国今日情形与英国那时大不相同，政府诚意要实现民主与宪政，国民一直要求民主与宪政。为适应时代环境起见，在实现民主与宪政以前，政府召集了国民参政会。倘使参政会的构成分子，认识了今日中国时代的要求，善为运用，岂不大可发挥这个机构的效用吗？

论自由与组织

丁则良

今天世界所遭逢的苦难，应该使我们有一个深刻的省悟。我们国家在抗战期中所暴露出来的忧患，更应能给我们以痛切的教训。我们应该认识，世界之有今日，决不仅由于武器的进步，少数野心家的执迷不悟，而自有其历史的根源。世界问题、中国问题，简括言之，都是个文化问题。我愿借用罗素先生的说法，整个问题就是个自由与组织的问题。

世界的历史，截至眼前为止，证明自由与组织这两大潮流总是处在一种不相容的地位。这两者表现在政治上总是此伏彼起，前后递嬗，始终不曾有过圆满的和谐。就欧洲的历史看来，远的可不谈，中古的松散的有名无实的统一，到近代初期，就被许多组织力较强的民族国家所破坏。经久，这些中央集权的王国又成为进步的桎梏，窒塞的思想，妨害工商。于是掀起以英国为首的争自由争民权的革命。但自由易被滥用，随革命之浪潮以来者往往为暴民的恐怖政治，使人忆及统制力量之不可少。十九世纪以迄今日的历史，罗素先生已有详论，其为自由与组织之矛盾，更极明显。经长时间亭毒蕴育，乃演成上次以及目下进行的大战。

各国社会之发展，不应企冀幸侥的踏进。但根据过去的事实得知人类有能力，向历史与时间学习，殉葬制、买卖奴隶、异端裁判所，以及无数的由愚昧与狭隘所造成的屠戮与迫害，全抵敌不住时间的洗炼。德国的统一与发展，苏联的革命与建设，都可以减免前人所不能避免的浪费与牺牲，而为世界史开一新局面。但，在千百个开明的措施之中，我们始终保留着一个最大的顽固，我们听天由命，不想为自由与组织求得高度的和谐，眼看着歌德，黑格尔，马志尼，笛卡尔，莎士比亚，亚当斯密的子孙献身于相互的屠杀，人类足以发明火车，飞机，X光，而不能合理地处理自己相互的问题。"无可避免"的答复只能充分暴露我们的愚昧与怠惰。用一个譬喻，中国史上有所谓汉学宋学之争，辞章义理之争，到今天，现代化的大学兼容并蓄，把这些无谓中的争执，一扫而光。自由与组织的矛盾，必将也有这样"一扫而光"的一日。

我们不愿预测战争的结果，而且我们必须把注意力离开预测战争的结果。我们无所推断，我们只知道一件事实，即人正在教育之中，人必能由这血的教育得一认识。德军可败，德国可亡，组织之精神不可灭；英军可败，三岛可平，自由之成就不可泯。自由与组织必将有新的发展。英国决不容再听一切自由发展，不加筹划，德国而长久干涉思想自由，亦不能进步。在寂静中，我们已逐渐听到时代的呼声，贝尼斯总统在近著《今日与明日之民治》中，提出旧日民主政治的缺点，而有着重组织的主张。这是自由政治的觉悟的表征。

过去中国的历史，我愿大胆假定其为自由与组织的递嬗，虽然自由与组织这两个名词都不见于中国的史籍。我不拟在此多举史实，历代治乱兴衰之迹，往往不难由政治宽猛，得一解释。海通以来，自由与组织之争亦随大炮飞机而输入中土。清末保皇立宪与排满革命之争，民国以来中央与地方的冲突，文人武人的水火，西化与本位文化的辩难，民主与独裁的争论，无不或多或少的意味着自由与组织之不可相容。直到现在，苏联，德意，英美各在中国有着自己的信徒。直到现在，欧洲战场上的每一战役都会牵动国人的思想方法。直到现在，民主与统一正在中国蒙受最大苦难。直到现在，才使我们痛切认识中国正是自由与组织最成问题的国家，中国正是自由与组织最受侮辱的国家。

我这样说，决不是危言耸听，也决不是妄自贬抑。我们最需自由，也最需组织。易言之，即我们最需民主，也最需统一。因其需民主，故当容不同之思想，提倡独立的精神，以比较代一尊，以讨论代专断，以会议代戈矛，以宽容代刑狱。因其需统一，故当立统一之制度，收异型之武装，使全国人民，只有一个政府，一份法律，一种武力，一种币制。这两种情形，同为中国所急需，我们看不出统一与民主，有任何不可相容之点。中国的病端就在要组织的不肯尊重自由，要自由的不肯服从组织。所以呼唤民主的手上要拿着戈矛，推进统一的要确立思想的正统。结果割据穿上了民主的外衣，锢蔽成为统一的鹄的，隐忧大患，识者痛心。

中国只有一条路，即树立起真正的自由与组织，并求得二者之和谐。我们只有一个信念，即思想自由，军政统一。所谓军政统一，是泛指一切军事，外交，行政，经济建设，教育等等都应该属于国家，由于国家，为了国家。如果复有任何东西比国家更神圣，更尊严，则此任何东西即决不容代取国家之权利。所谓思想自由，是泛指个人的宗教，政见，集会，出版等等方面，都应由个人自己决定。无所谓祖训，无所谓天条。军政统一与思想自由彼此互不相害，反而相成。统一的国家之下的思想自由，才是不折不扣的自由，思想自由所产生出来的统一政府才是能力最强的政府。反过来说，如果一个国家，军政尚在自由，思想务期统一，则此国家必不能自存于此世界，至少亦极为危险。若只有统一而无自由，则成为专制，或只有自由而不统一，则将形成无政府状态。

又如中国之经济建设，亦可为自由与组织全不可少之证明。我们绝对承认十九世纪后半德国的经济建设，二十世纪苏联的五年计划，为人类史组织精神之最高的成果，而应加学习。但我们亦需有能运用批评，揭发，督责，讨论诸自由的人民，否则，主持建设人员的道德，能力，学识，工作效率如有问题，又无人民加以监督，则科学化的组织将成一二私人自肥之工具，其害有甚于不建设，不开发。

由此我愿一论今日青年的责任。我们对于大批青年投身于工程，技术之训练，以改造中国为职志，表示无限之敬佩。但我们仍需要一种有独立见解，关切国事的人。这两种人一是生活在原则之下的，一是时时考虑原则本身的。二者都不可少，不可偏重。偏重技术人才的训练，必致造成学术界的公式主义，思想界的荒凉寂寞。万头攒动的会场中往往不闻有真正的声音。昆仑南北似乎都长眠于一种无知的酣睡中。无数的脑筋只等于一折八扣的翻版书，市上充斥着千篇一律的小册子。但我们不该责备时代，我们只应自责。自由与个性不是从地上可以拾起的，我们是田横，阮籍，王荆公，李卓吾、谭嗣同的国家。我们应该自重。严又陵在所译的群己权界论序上记他的译稿失而后得，说是"四百兆同胞待命于此者深，天不忍塞其一隙之明"，这种抱负，今日青年，可有几个？

最后，我愿说明自由与组织的和谐并不是一种调和，折衷。自由之为自由组织之为组织,决不容丝毫的折扣与改变。婆婆妈妈的敷衍主义不能解决任何问题。自由与组织的和谐并不要牺牲自由或组织,并不要有所排除。排除是旧路,和谐是新路。在这新路中,人类最伟大的成就的两方面,可以充分发展,而造成世界上的新时代。我们以最大的狂妄与谦虚来迎接它。

洱源散记（下）

曹立瀛

四、黑惠江东

炼铁原为洱源第四区，辖上江下江两乡，上江乡公所在石明月，北距炼铁十里，下江乡南距炼铁据云三十里。现在废区扩乡镇，改称罗漾乡（大约指罗坪黑漾而言），乡公所仍设炼铁的罗漾乡立小学内。居民除一家有新木板的杂货店外，总是破旧的茅屋，围绕着一个小广场。炼铁和凤羽皆有警察分局，凤羽有局长一人和警士二人，炼铁则各一人。全村居民，据警察分局说，有"十三四家"，其中本籍人民仅九家，但另据一位农夫说本籍仅七家，结果，这一个小村落究竟有几家，谁也不知道！

历来为公务接洽和治安保障，县政府有训令给罗漾乡。可是进入乡公所和小学，除一位收耕地税的暂时借住外，人影也没有；到警察分局，警士从卖酒的地方把局长找来，一个小老鼠胡须的瘦人，醉醺醺地打躬作揖，说："县政府有公事给乡长，乡长在石明月，我派人领导去，但这可不关我的事。"其实下午两点一刻该不是喝酒的时候，好在卖酒的人也舍不得给不付钱的顾客吃得真醉！

沿一条不平的石路出村，不久便走上微微起伏的坡脚：原来石明月在炼铁的东北，从罗坪山下来直接到石明月还近些，炼铁到石明月五公里，除坡头土路外，道路极坏，大雨中马行一小时五十分。翌日又由石明月往返炼铁一次，每次步行只一小时正。雨中云雾尚高，不会掩住江山的轮廓。西边的黑惠江，在起伏的丘陵中，抱住江西的幼期山麓，时隐时现地仿佛不见首尾的神龙。东边的金掌山，在炼铁附近看，高山巅上，北部隆起三个峰头，来路就是第二第三峰（？）间的凹处，第三峰之南，罗平台地形成一条直线，最南端又隆起一座最高峰，因此峰下有苋茨河，暂名之曰苋茨峰，自石明月附近看，直线和苋茨峰已失却明显的界限，而三峰北部又有二峰，当然，罗坪山的峰峦是不能这样数的。

石明月是山麓的大村，古代的黑惠江在此地留下了梯阶的地形，又成一小规模的农田区域。上江乡公所在一旧书院内，大殿朝西，供着孔子牌位，北屋楼上下是小学，南座是乡公所，门楼戏台是镇丁人等的地床，炊饭处……上江乡长就是新任的罗潓乡长，看来还是一位能干的本地人，也很热心地做向导工作，他说"罗潓乡尚未成立"；县政府明明有致罗潓乡的训令，然则，不是乡长健忘，就是县长健忘啊！"石明月"命名的原来，因为村后的数百公尺的山腰岩壁间，有一块大圆白石，形同明月，人们还在这明月前面造了一座白塔。

严格说来，黑惠江东，是若干小规模的平地，梯阶地形，和平缓的坡头连接而成的豆荚状农田河谷。许多田地和覆土很厚的坡头荒芜着，原因据闻不一，大致离不了人口稀少，灌溉不调，匪氛猖獗等等，总不是不可为力的缺憾，就灌溉说，黑惠江自北向南流，蜿蜒曲折，容纳两岸溪流甚多；东岸这一段至少有八条：一为苋茨河，发源于金掌最高峰；二为硫磺溪（笔者给予的名称，因为常有黄铁矿随水冲下）。流经炼铁村东南及南近一二公里的坡下；三为石明月溪（笔者命名）流经石明月村南；四为上江咀溪（笔者命名），由罗坪主峰经凤羽金掌之北，流至上江咀村附近入江；五为龙门涧，也从罗坪主峰流下，经龙门涧村入江，为洱源剑川两县分界处；六为乔后溪，下文将详述；七及八为南标溪与北标溪（笔者命名）。分自标山南北入江；以上八水仅举其大者，小者不计；至于江坪村北大猪山一带，溪流如何，笔者未曾亲睹。

石明月至乔后，据称三十里，在一个久雨将晴的下午，太阳隐现于云层中，低洼地尚自泥泞积水，我半骑半步，沿着黑惠江东的坡麓行。一小时后到三家村；事实上不止三家，而且还有高门大厦。再四十分钟至江坪地，路已傍近黑惠江边；江水湍急地奔流着，东岸杨柳摇丝，茶屝篱院，西岸则青山宛曲，碧水萦回，辉映比衬之下，颇具风致，只可惜勤劳的农家，没有都市式间瞰，来享受江山美的赐予。再前行十分钟至古杨村，十分钟至龙门涧，更一小时至岩曲。岩曲一如其名，山麓离开江边，悬岩削壁，围抱住一片囊状平地农田，马路亦绕道岩下，过岩曲村二十分钟就到乔后，这一路村落甚多，以上所述，仅大路边的大村落。总计石明月至乔后，行程三小时二十分钟，如得一匹不怕下坡的马，如若中途不在那个狭路口停着让路给百余匹的大马帮过路时，三小时当可走到了。

石龙门涧与岩曲之间，看到一道有趣的风俗。十几个青年农人，敲着锣鼓，围住插在田间丈余高的两面大彩旗，随后拥着大旗，一村一村的游行，引起一些年青的姑娘们，跟着看热闹。原来每年插秧时，有些村落各自预备相当的旗帜，邻村的青年男子，用尽他们的勇敢与机警，来夺取这村的旗；万一防卫不周被人夺去，必须准备锣鼓队和礼物赎回，这二三十元的开支，即由村人分摊；那得胜的村落，收下物品后，也用锣鼓队陪着将村旗送回原地。插秧本是最忙的季节，在百忙之中偷闲取乐，不仅是所谓"田家乐"的一幕，其步骤和仪式，在社会学上也有相当意义的。

乔后镇原为剑川县的第×区，区公所在沙溪，乔后有副区长一人，听说废区后即将分为两镇。乔后为盐矿，全镇居民除一小部分纯粹农民和非盐商人外，均直接或间接，全部或一部与盐矿发生关系。镇的位置是沿着乔后溪的南北两岸，四方各有栅门，镇内有一条南北的大街和两条东西的后巷，乔后溪直贯其中，差不多形成"卅"字形。正街相当热闹，有经常开门的店铺，不像邓川洱源等城内商店，逢街期始将板门卸去的。最有趣的是这大社会镇内，包含两个小社会：溪南的中东部分称"盐城"，是盐的政治社会，历来盐的收购存储运销等统制，不论其制度如何，皆集中于此，现在是"云南盐务管理局滇西区盐场公署乔后场务所"；高围墙内，一座建筑相当雅洁的衙门，门外一所广场为卸盐装盐之用。溪北的中东部分称"灶城"，是熬盐的灶商所集居，十字道分灶城为四方，灶商八十家，很整齐的排列着，每方二十家；灶城东北均接镇墙，故开西南一门，这一特种工业区的功能，一为保障安全，一为防止走私。乔后镇外还有第三个特种社会，就是西北一公里余江边山坡上的矿区，矿工们群集于矿峒的附近，村名"尖子上"。

溯黑惠江边大路北行，可经沙溪到甸尾，入剑川平坝。盐矿山是一座突出的山坡，坡下为柴坝，由此而北，清流湍急，山势萦回，风景似美于黑惠下游；不及一公里处，有桥跨江，可通洄沙井及云龙县。此外，乔后交通除罗坪山各通路外，可由炼铁赴永平或漾濞。洱邓线称运盐东路，永漾县称运盐西路。

五、再度罗坪

在一个美丽晴朗的清晨，策马再度罗坪山，由乔后回洱源，忆起风雨中，由凤羽到炼铁的初度罗坪，人们心弦上会弹出异样的好调。

山东栅门，溯乔后溪南岸直上，初为石路，不久就走上土路。乔后溪与龙门涧，似以罗坪主峰为分水岭，前者由主峰北面西流入江，后者由主峰南面南流折西入江。就功能方面说，乔后溪水流甚急，高差又大，常年流量虽不知，然溪畔山坡也很陡峻，两坡距离也不太大。就风景方面说，银流一练，宛转萦回于苍林碧草丛中，有时平流激石，状若溅珠，声如漱玉，有时高岩飞瀑，状如悬帛，声若殷雷，这一条无名的溪，蕴藏着人们不知道的美。

马行于高林矮树交织的荫中，凡五十五分钟，即离开溪流，向南爬上一座三十度左右的陡坡，在这南山脊上再向东行，有时听到潺潺的流水，似乎山脊是另一溪与乔后溪的分水岭，以距离言，这另一溪当不是龙门涧的正源——山深林密草多，无法证明这些假定。前行凡一小时，又折回到乔后溪源的岩上，从这里还可看到乔后平坝的一角。

再上山，行经一段最美妙的途径。这里有无数的山茶，殷赤，浅红，和纯白，她们也许先知有赏花的行人，在凋谢的季节中，还留着许多含苞的嫩蕊与半放的花枝。还有蔷薇和蔷薇科植物，平素在马道旁边，刺脸，牵衣，钩帽，给骑者许多麻烦，这里却有美丽的花，从雪玉似的白到玫瑰似的紫，比山茶更多娇艳的颜色，最重要的是那陶醉的芬芳，使人忘却她们有尖锐的刺。更有趣的是这二三千公尺的高山，居然有飘荡的柳絮——或许是特种的杨柳，或许是类似柳絮的种子——随风飞舞，幸运的停在花枝深处，不幸的坠入污泥，听凭马蹄蹂躏，还有些爱好朋友的，会飞来逗留在飘零者的衣襟上，说："我们是同病相怜，让我送你一段短促的途程罢。"

在这满地落花飞絮富有诗意的途径上，走了一小时十五分钟，山势渐高，树木渐稀，忽见断墙中几间破屋，原来是盐场保安队的哨房，里面有两个哨兵，是这一条大路上的唯一居留的人。再上一小时十分钟，到达山顶，仍然是一片山巅平地，似乎是罗平台地的北端。气候寒冷，全无高树，只见有二三尺高的小丛树和一些与冰雪奋斗勇敢的小草。听说也有些从事畜牧的汉人和猓猓，天暖时利用这山上草原，天冷时将牛羊赶下山去，又听说，驮盐的马骡以此为通路，冬季冰雪载道，跋涉艰难，有时暴风吹来，会使一群骡马僵立在山脊山坡，不能转动——究竟是事实，是夸大还是神话，无从证明，因为是县长告诉我的，就他应有的常识和地位，我不能吝惜这几行字。

山巅台地上也走了一小时十分钟，开始下坡，起初陡峻，后较平缓。这里可看到茨碧平坝的南部和茨碧湖的一角，北部被山坡本身（或系伏虎山）遮住了。洱源平坝真美丽那，青的树，绿的稻，黄的秧，白的水，红的土，形成了无数颜色的交综配合。远处东边看到佛光灵应山，东南可指出去邓川的天马山峡，南面耸立着起始山的峰峦，西南可认清到凤羽的峡口。平坝之中，两行绿树蜿蜒着，明显地，西面是凤羽河注入茨碧湖，东面是洱苴河流出茨碧湖。象鼻山勾住一角湖水，令人悬想那可爱的幽碧与清澄。

下坡不远有一荒废的哨房，据说鸡登村就在北面数里外，但我没有注意到去路。再下到铁甲场河源的坡上，可南望凤羽平坝：弥勒山依然红土碧草相辉映，但后部冈峦起伏。已不像笔架那样的单纯；洱海南源山峰已成小阜；金掌山还是那样巍峨；凤羽山拖入平原的凤尾，从这里尚可见最明显的象征。再下，沿伏虎蟠龙二山间的小箐山，可东北望茨碧湖。原来罗坪山（较广义的）北端山势渐低，高峰仅在二五零零公尺上下，由此分一支山脊东南行，主峰二三五零公尺，称长虫山，因其蜿蜒如蛇，又称象鼻山，也因其形似（按据某地图，伸出的山脊北部称长虫山，南部象鼻山；询之土人，据云此山名死蛇山，神话相传老君山有一大蛇，赶一虾蟆至此，吞下胀死，成为此山云云，故疑长虫象鼻为一山的异名）。支山与本山间，形成三面环绕的山间湖，南临平坝，凤羽河自西南来注，再自东南出为洱苴河。茨碧湖的形状，从山上看来像一个油壶，西北为底，东南为口，底宽口小，宽处约一二公里，狭处似仅一二百公尺；事实上，东南部出口是一片多草的水荡，不能知其真正的形态。无论如何，这特殊地形下的山间湖是很美丽的，小山上灰红的土，碧绿的草，在斜阳里映入青苍的湖，成为有宝石光彩的深蓝，仿佛深幽不可测，令人想象着那寂静的山凹里，村人走不到的湖滨，湖水是怎样可爱地吻着山坡，象征了超越人世的爱与美。

在这一幅水彩画的前面，以二小时十五分的时间，由山巅平地的出口下到谷底。可是还须三十五分钟爬上另一座麓丘,再平行二十分钟,在一个品字形的圆顶峰旁,看见了洱源城市。还看见,北街西边升国旗的地方,应当是县政府门前的广场,今日街期,场集将散,但是还有数百人和蚂蚁似的攒聚着;然而三十分钟后,我也和蚂蚁似的攒在那里,因为我想买一把像在炼铁硫磺溪畔遗失了的小刀。

共计由乔后至山巅平地入口行程四小时十分钟,山巅平地行程二十分钟。由山巅平地出口至洱源城行程三小时三十五分钟,总行程八小时五分钟。

六、洱海的北源

这一天决定了回洱源赴牛街转剑川。又遇着一个倾盆大雨的早晨,多谢马锅头的不守信用与种种麻烦,中午大雨已止,在那阴霾阵雨的环境内,以四小时的时间,到达据称四十里的牛街。

出东门,过九气台,不久便进入茨碧湖东南的大水泊,间夹着芦荡,稻田,和牧场,不知道这水泊有多大;只仿佛溵苴河自茨碧湖的出口及洱海北源汇入溵苴河的交点,总沦湮在这大水泊里,如此则水泊的直径当有三公里,姑志待考。人马在水泊中间的堤上行,东行三十三分钟,循另一垂直堤左折,北行二十二分钟出水泊,抵茨碧村。堤宽数尺,石路,多桥,马行不易。出茨碧村则路沿山坡向东北,大致是象鼻山下,又东入平墟,共四十三分钟到小官营与大官营,两个相连的村子。卫兵指一所墙上布满枪弹痕的大屋说,数年前有六七十盗匪盘踞此地,用机关枪与官兵打仗。出村十分钟,即上公路——由邓川来的公路。

平坝东面的佛光山和灵应山(不知何处分界),形成有趣的地形。中间有一条陡峻棱峨弯曲的薄山脊,坡像黑龙的背,麓像黑龙的头,问土人,果然称龙头坡。据说坡上有一座大庙,而且去鹤庆南部的大路也经过此处。龙头坡南北各有另一高峰,北峰很大,有八条平行的直线小箐沟,和那弯曲的龙背正成一个对比。顺着这片大山再北行,经过一对圆顶峰(大约是百草罗村前的峰),从一条箐沟向上看,发现一个晶莹洁白的雪山头,一抹平铺,显然是最近积聚的雪,不是融化了的残痕,度其方位,大约是马耳山的南峰。其实这一带并无三千公尺以上的山,灵应,佛光,与百草罗双峰,皆在二千五百公尺上下，马耳南峰亦不过二七五零公尺，不知何来如此大的积雪。再北便联着不及马耳山高的祥云山；祥云山西南麓孤起的，便是那方形的火焰山。

平坝的西边，在不被人注意的地方，南流着洱海的北源，此外，便是那低平得有趣的长虫山，和火焰山构成葫芦形平坝的凹处。

公路一带村落很多。举其大的，行二十五分钟后的苜蓿村，听说有外国教堂；又行十五分钟为打铁村，这里看到有十九个男子和十五个女人的大插秧群；再行四十分钟为桃树村；更行二十分钟为三营，从前的第二区公所所在地，有约一公里长的一条南北大街，街上有街场，石桥，如类似鼓楼的市中心建筑。这里，路已傍近东山麓了；出镇行十分钟，就到火焰山。山下有温泉，温度甚高，未经人工整理，散漫流入沟洫。山不高，岩石多钟乳状，嵯峨奇特。自牛街方面回顾火焰山，则为梯状方形，顶平如削，近西端有一白塔，垂直平顶，实是一幅天然的几何图案。三营的西偏北，有寺墩村，近长虫山麓；火焰山距长虫山不及三公里；三营至寺墩就是洱源与鹤庆的分界线。

由火焰山北行二十七分钟，便是洱剑鹤丽的中心镇，牛街。

本期撰者：

    陈序经先生讨论"西化"的文章（本卷第三期）引起了不少的争论。本期所登蔡枢衡伍启元两先生的文章，均是反对陈先生的主张或见解的。老实说，在今日的中国，应该讨论的问题正多咧，"西化"不"西化"或许不是最富意义的问题之一。然而讨论偏特别起劲。如果其他更迫切重要的问题也可以有同样无拘无束的讨论，以期获得真理或解决，宁不佳哉？

    丁则良先生是西南联合大学历史学系的助教。

第五卷第六期（1941年2月16日）

这一周

美总统秘书居里，携总统命，来华访问，已于七日抵渝。居里为总统府六秘书之一，而六秘书依法均得受总统的委托，处理要务。居里此行的重要性可以想见。而且，三年余抗战期中，我们政府，或正式，或非正式，已派过不少重要人物前往美国访问接洽。如胡适、如陈光甫、如颜惠庆、如宋子文，皆系特派。但美政府派员来华，则此尚为第一次。其值得注视，更属明显。大概美政府此次派居里来华的动机不外有二：一是予中国以精神上的援助，再为调查经济援助的切实方法。第一点是不言而喻的。有了一个前任部长（霍布金斯）访英，一个陆军上校访希（登努万），当然也得有一个地位较崇的人物访华，方足以显出亲华不亚亲英的姿态。但我们看起来，第二点实更为重要。稍为留心实际情形的人都晓得，美国予我的贷款虽为数无多，但因国际交通线阻塞不畅之故，即此一万余万之数已有不易利用之势。一方面，我们有款而无可利用；又一方面，国内经济状况则日劣一日。此诚不是可以漠视之事。如果居里能因实地访问而看出我们的困难，因而建议补救之法，则诚是实际援助的开始，而不是空谈援助的老套。依照我们的意思，美国此时务须注重两件事情。第一，他应以大批飞机助我减除敌人对我们交通线及新工业的威胁。第二，他应以财力人力助我增加国际交通线。如果中缅之间有一条铁道，两条公路，则西南工业（甚而商业）便可迅速进步。因而，我们希望我们当局能将贡献于居里的经济材料加以适当的胪列分析，庶几他可以明了我们之所急切需要者究为何物。

与居里来华事同时发表者为詹森及高斯的对调。詹森大使服务远东垂卅年，任驻华使馆的馆长也有十余年，素有中国通之称。他在国人中友好甚多，与政府感情亦极融洽。于其去也，我们自不免有依依不舍之情。但我们于高斯之来，却又认为是美政府对华政策更趋积极的表现。论资格，高斯不及詹森，他去年方自驻沪总领事升任驻澳公使，但其年事较轻，人亦精明强干，不是尸位素餐之徒。故他对今后新局势的发展，必可多所建树，对中美关系的加密，也必可为胜任的居间者。

敌人半年来的作战策略，可算是不南不北，也可算是可南可北。迩来北攻云南的谣方炽，而忽又有准备南进的模样。如调解泰越之争，如越海方面敌舰的行动，如海南台湾敌舰的集中，如老街富流间的拆轨，又如大角之被任为联合舰队司令，皆足以表示敌仍有南进之意。大角固然坠死了，但仍必有继大角而为主将之人。我们对大角之死，初不必作任何特殊的庆幸。敌人是亦南亦北。如果英荷不设备，或希特勒攻英，则敌人必南进以作响应。如果我们稍一松懈，敌人也必北进以威胁我之后方重镇及国际要道。我们必须作这种看法而加以防御，英荷也必须作同样的看法，同样防御，始能令敌人一筹莫展。

敌人之未必不北进，从迩来豫南及粤南的战争，可多得一个证明。敌人对打通平汉路的企图，初不是一件等闲小事。在该处两方角逐，已历多时，残余之敌仍多窜扰。粤南之敌，则犯淡水，且有企图打通粤汉路的模样。这种战役似乎均可视为较大企图的前奏。我军早有准备，未为所乘，诚是幸事。如能予以痛击，使不敢正面视我，则尤足以防患于未然，使敌人不敢存大举图我之心。

近卫欲组新党，宣传已久。但直到现在，所谓大政翼赞会者，仍在若有若无之间。而旧日政党也在若断若续之间，这固于近卫组党的大业不利。因此，近卫近日乘国会开会之时，召集各政党主持人，说明大政翼赞会的意旨，且表示愿意酌量修改其组织，以翼各党可以欣然入伙。但是，近卫本人既是先天不足的领袖，大政翼赞会更是先天无有的纳粹党。近卫的造党运动总是免不了一场空的。

中东英军的战绩着实可观。利比亚东部的重镇班加西也陷落（七日）了。班加西与多布鲁克间的许多小城小集小据点则竟一举而下，格拉齐亚的大军则如残如朽，被英军摧拉得不复成事。如果利比亚的西半也可以如此敏捷的被英所克，则意大利的北非岂不是完了么？实则，利比亚西半，除德利波里外，无其他可以守值得守的地方，今后如果英海空军一齐出动，整个利比亚的陷落，实是不难之事。英海军九日即攻热诺亚。这或许是对意海军实力的一种试探，或许是一种侧击。大概海陆空共同大攻利比亚的时期已不远了。

贝当赖凡尔间之争至今未已。瑞士及英美方面且传出两种惊人消息。一是贝当与其亲信达尔郎去北非与魏刚相合。又一是魏刚与英中东军司令魏威尔即将谋面。达尔郎为贝当的亲信，对于海军有控制力。贝当自己，魏刚，乃至今忠于贝当的洪辛格则对陆军有控制力。如果贝当，达尔郎，与魏刚共谋抵抗德人及其走狗赖凡尔的祸国阴谋，则决非德人之福。且魏刚在去年五月以来本与魏威尔为同事，相处甚欢；今后者又为大胜格拉齐亚的名将，声威大著，如二者相合以抵抗德意，更非德意之福。故依我们观察，德人此时未必敢于支持赖凡尔到底，致使魏刚贝当等成为困兽而再作奋斗。能抗战到底者，到底必获胜利。我们惋惜贝当等去年六月的不到底。但我们却仍望贝当等能效法中华民族抗战到底的精神以谋自赎。

罗斯福总统正月六日所提的增加国防法（亦称军火租借法），已于本月八日通过下院。虽有修改，而与宏旨无关。但美国孤立主义的大本营在上院而不在下院。上院讨论此案必又多留难。如果希特勒及日人对英对华有新的攻势，或者可以使孤立主义者较为敛迹；否则必又振振有词。孤立主义者殆可当"怙愚不悛"四字。

答陈序经先生

冯友兰

我向来不好与人打笔墨官司。因为打这官司的结果往往是"后息者胜",而双方亦易流于意气之争。不过读了陈序经先生对于我的《新事论》底批评(见陈先生的《抗战时期的西化问题》今日批评论五卷三期),我觉得特别冤枉,似乎有说几句话的必要。

陈先生批评我用底方法是:先把我的见解,作一叙述,然后而批评之,说他是矛盾。不过陈先生所叙述底我的见解实在并不是我的见解,只是陈先生以为是我的见解。他叫我替人受过,这是我所以觉得特别冤枉底。按一方面说,陈先生所批评底,既然不是我的见解,而只是他以为我的见解,我本可不负责任。但按又一方面说,新事论的初印本,既已绝版,而商务印书馆的印书又不易到内地,读陈先生的文者或不能与新事论对看。我所以觉得有说几句的必要。

陈先生说:"《新事论》第一篇是别共殊。照冯先生的意见,文化可以分为共同与特殊两方面。所谓共同的文化,或冯先生所谓类型的文化,是人类共需的文化。所谓特殊的文化,就是每个民族的特殊的文化,前者可以改变,而后者不可以改变。这种区别,差不多在三十年前韦柏在其社会学的文化观一文里,已经解释。后来马其维在其社会一书,又加以说明。照韦柏与马其维的意见,我们可以区别文明与文化……"陈先生断定我的见解就是(或"近于")韦柏与马其维的意见。所以下文叙述他们二位的意见,以为就是叙述我的意见,批评他们二位的意见,以为就是批评我的意见。其实我的见解与他们二位的意见,可以说是风马牛不相及。我所说共与殊的不同,是类与个体的不同，共与殊关系，是类与其分子的关系。陈先生文里，也引了新事论一段，其中明明是就类说，何曾与韦马二位的见解，有丝毫关系？陈先生在这一点所作底批评，大意是，我所谓共殊的区别，就是（或近于）韦柏二位所说，文明与文化的区别。"那么他一方面主张共殊的区别，一方面又有意或无意反对共殊的区别，这是一个矛盾了"。我现在已经说明，我的见解与韦柏二位的见解既不相同，又不"近于"。则陈先生的误会，似可以冰释。陈先生说："冯先生所说的共殊，究竟是不是近于体或用或精神和物质的区别，冯先生自己没有明白说出来"。这何必说呢？因为我所谓共殊，与这些区别，简直是风马牛不相及。陈先生又问："那么他所谓共同底文化，究竟是什么，所谓特殊的文化，究竟又是什么，在他的著作里，他并没有明显的列举出来。"我的回答是：新事论别共殊一万多字，就是讲这些。若一万多字还不能讲明显，我没有法子讲得更明显。

　　陈先生又说："冯先生在赞中华一篇里又好像以为道德是中国文化的特殊文化"。这又是陈先生以为是如此。我的意思是：照中国人的历史底传统，中国人特别崇尚道德。这与说："道德是中国文化的特殊文化"，究竟不同。崇尚道德底人所崇尚者，可以是固有底道德，亦可以不是固有底道德。陈先生说："知识发展，技术进步，工业发达，则社会组织的本身也要起了变化。所谓组织社会的道德，也不能不受了影响"。这话正是我在说家国原忠孝二篇里所说底。我说我们要保存我们的崇尚道德的传统，并不是说，我们要保存固有底道德。你可以说，崇尚道德的传统，其本身就是固有道德。这是可以说底。不过说保存崇尚道德的传统，与说保存固有底道德，还是不同。说保存固有道德，则不能废除固有道德，而说保存崇尚道德的传统，则可以废除固有的道德。因为崇尚道德，所崇尚者可以不是固有道德而是新道德。

　　陈先生又说："冯先生好像以为道德是不变的，所以他说：在基本道德一方面，是无所谓近代化或不近代化的……然而同时他又说：忠孝可以说是旧道德……这又不是自相矛盾吗？我并非没有注意到冯先生所谓基本道德的基本两字，这就是说以前人讲忠孝，现在人也讲忠孝，所以在基本上仍然存在。"这又是陈先生以为是如此。我所谓基本道德者，是任何种类底社会所都必需有底道德，例如仁，义，智，信等，这是不变底。至于只为某一种类的社会所需有底道德，则不是基本道德，是可变底。例如忠孝等。现在我们虽亦说忠孝，但与以前人所说底忠孝，意义不同。这正是我在原忠孝一篇里所特别说明底。

陈先生又说："冯先生以为中国人之所以为中国人，必定有其特殊之处。而这种特殊之处就是中国人的文化。"在这一点，陈先生没有很误会我的意思，我的意思大致是如此。陈先生接着问："着马褂与穿胡服的既不失为中国人，难道戴洋帽穿洋服的，就不是中国人吗？信了孔孟，信了佛教固是中国人，信了耶稣的，难道就不是中国人吗？"我的回答是：他们仍是中国人，其所以仍是中国人就是因为他们的改变不是"全盘"的缘故。若一个人"全盘"改变了，他只能穿洋服戴洋帽，不能穿戴中国一般人所穿戴的衣帽。他只知有耶稣，不知有孔孟，只知有拿破仑，华盛顿，不知有汉祖唐宗，只知有莎士比亚米尔顿，不知有李白杜甫，如此等等，一直不知不能下去，则其人虽是人种学上的中国人，我们仍不能说他是文化上的中国人。

陈先生又说：我翻阅冯先生的新事论，觉得有许多处……犯了矛盾的病。照以上所说底，我真疑心陈先生对于新事论，只是"翻阅"，如其不然，何以他把与我的见解毫不相干底见解，作为我的见解，同时又把我书中千言万语所要证明的见解，作为不是我的见解？陈先生如以新事论为有值得批评底价值，我希望他对于此书，不止于"翻阅"。如此则他所觉得底矛盾的病，或可减少，亦未可知。

陈先生的结论是："我个人以为他们的最大的缺点是：一方面既忽视了中国西化的事实，一方面又没提出一个具体的办法。"我的新事论明明大书特书地提出"工业化"的具体办法，其错误与否姑不论，但不能说是没有提办法。若说这办法并不具体，则比所谓西化，又似乎具体一点。所谓西化的事实，若是指的修铁路办工场等，这些我并没有忽视，而且正是我的新事论所竭力提倡底，不过我不称之为西化，而称之为工业化。这并不是名词之争，我在新事论中已经说明。若说西化的事实，是基督教的传入之类，这真是西化，不过这些是有也可，无也可，我们也无须提倡他，也无须消灭他。信不信是个人的自由，与抗战建国，并没有什么关系。

陈先生说："主张全盘西化的人，并不主张被动的西化，奴隶的模仿。而是主张自觉的吸收，采用融化与创造的精神。"，"其实主张这些精神的人，已是有了西化的精神。"前一句话，我很佩服，后一句话，我非常反对。中国人虽穿了些胡服，拉了胡琴，吃了胡椒，坐了胡床，但没有废耕织而事畜牧，没有废宫室而住帐篷。这不能说是没有采择，宋儒的道学，受佛学的影响而成新系统，这不能说不是融化与创造。在这些时候，现在的西洋人的祖先，大部分还在树林中生活。陈先生对于西洋文化，既主张批评，则亦必以其中有是底有非底。既主张采用，则亦必以其中有可采者有不可采者。我们诚恳地希望陈先生把这地方指出来，以为国人的向导，而不必要底争论，也可以免除许多了。

新中国的文明与文化（下）

蔡枢衡

　　自己创造究竟是怎样一回事？这个问题之提出是这篇文章承前启后的关键；这篇文章的重心也在这个问题之解答。我虽不敢赞同陈先生把张申府冯友兰和贺麟三位先生没有描绘自己创造的轮廓当作全盘西化论的合理性之一反证，然却不能不肯定这种指摘是任何自己创造论者应该随时接受，随时答复的问题。不过，我只附了自己创造论的骥尾，反作了这个问题的首先答复者：这中间包含了无限的忧疑与惶悚。

　　若把殖民地性社会——尤其是农业社会的现实作标准来观察，要把今日中国所怀抱的一切理想变成明日中国的现实，显然是一个创造过程。假使更从明日中国的一切都不是今日中国之所有这一点着眼，明日中国的一切都不失为创造的产物或结果。而主体，方法和材料就是这个创造物的三因素，也是这个创造过程的三条件。

　　这是很明白的：自民族和国籍的观点看，创造的主体是中国人，不是外国人或无国籍人。中国人以外的任何人虽都不妨成为中国自己创造过程中的知识或技术之提供者——顾问，技师，工程师以及教授或者教师，然而本质的性质都不超出中国自己创造之合目的的手段之范围。外国人的知识，主张或计划之影响——甚或规定中国自己创造的创造物，是把中国人之概括的或个别的同意，许可或核准作条件的。这条件是使非中国人成为中国自己创造的手段之关键，也是中国人随时保持了独立自主的主张自我之记号。不过，廿世纪的中国是廿世纪的世界之一部，也是十九世纪的历史遗产之继承者。创造的结果不仅需要踏上中国史上更进一步的阶段，并且须和廿世纪世界中的同种事物保有根本上的共通性。因此，单纯保有中华民族的血液和中国的国籍，显然还是不够创造的主体之资格。把人类认识的历史至于今日的遗产作观念的修养和更进一步的实验上的经验之获得，便成了创造的主体所必具的基本条件。

有了基本条件的中国人虽不失为主体的一分子，然而主体所保有的知识经验的性质还是一个值得留意的问题。事实告诉我们：纯粹观念的——根据书本或口头获得的知识固然免不了观念性应有的缺点，蕴蓄了不深刻，不丰富，甚或不正确的毛病，就是观念的知识之经过实验而深化了的还是完全脱不了观念性，还会或多或少包藏了不正确的成分。道理是这样的：近代的现代的西洋科学之为物，大体说来，都是西洋人把西洋的事物作对象的调查或实验的经验之所得和西洋人的观念二事之综合体。这种综合体对于西洋一切的事物，纵使保有百分之百的真理性，拿来应用于中国一切事物之上，我们不仅不能妄想不变其成色之丝毫，并且不敢预言至少能够保有百分之几的真理性——尤其在社会科学方面，除了研究历史的部分外，它的对象和结论都是自由主义个人主义或其更进一步的社会之现实。这在西洋都是不折不扣的真理；到中国便成了百分之百的架空。

一面认为历史的遗产之取得是自己创造的体之基本条件，同时却又肯定这些知识之非真理性。陈先生也许认为是矛盾。然而这不仅不是矛盾，并且也许还是自己创造论和全盘西化论不同之一点——假使肯定近代的现代的西洋科学之真理性，必然会坠入全盘西化论；在全盘西化论立场，也不能不肯定近代的现代的西洋科学是真理。我虽不想指摘陈先生一面主张全盘西化论，同时却又抱着"……西洋科学是不是西洋的最好的东西，就没有一个正确的标准"的含糊态度，论理论事都是不应有的矛盾。然而我却不能不说明西洋科学是不是西洋的好东西。

假定所谓好之具体含义不是道德上的善，艺术上的美，而是知识论上的真或真理，我愿意说：西洋科学是真理也非真理；是好也不好。从一面看，西洋近代科学是特定的主体用特定方法和特定对象结合的结果。这种结果之产生，西洋近代现代的社会之需要和现实之日新月异虽曾不断予以督促和刺激，然而内容丰富的近代社会史和高度发展的现代社会之现实，同时又可算是西洋科学不断创造的产物。西洋科学的功绩是够伟大的。所以说：西洋科学是好的。从另一面看，西洋科学是西洋的历史，西洋的自然和西洋的社会怀抱中的东西，西洋科学内容的一切也是西洋的东西。西洋科学的前提和结论，思维和实践，都是西洋独占的。一切都是西洋自给自足的。我们若把这种具体的东西原封不动搬过来应用，在自然科学方面，或许会连特定工程中的一个小钉子也非采用特定的外国货不可；在社会科学方面，也许恨不得把所有的中国人变成或者假定他是西洋人，以便能和西洋科学的前提结论以及方案相符合。果然如此，独立自主的自我意识根本不存在，本质上不能超出买办的境界，结果是全盘西化。然而全盘西化是一件不可而不能的事体。所以西洋科学要不得。

西洋科学之真理性和非真理性不是同一西洋科学之二属性，而是中国人眼中的具体的西洋科学和抽象的西洋科学各自之特质。具体的西洋科学是真理。这个认识只可通用于西洋。中国人眼中的西洋科学之真理性不在具体的西洋科学，而在抽象的西洋科学。换句话说，不在各个部门的西洋科学之实体，而在西洋科学所以形成之道；不在科学的一般性和科学的特殊性互相统一了的西洋科学之各部门或任何一门，而在西洋科学各部门中所含有之科学共通的原理。具体的西洋科学各部门的知识和经验只可作为中国人自己创造过程中的借鉴，观摩或参考，而不就是自己创造的指南针；具体的西洋科学各部门所得的结果或结论只可作为中国人自己创造中增加勇气和自信的材料或故事，也不就是自己创造的指南针。自己创造的指南针或路线只是西洋科学各部门中所含有之科学共通的原理，也就是任何科学所以产生之道。总而言之，具体的西洋科学只是我们的前车；抽象的西洋科学才是我们身体力行，躬行实践的范围。在自己创造中接受西洋科学的抽象性，抛弃他的具体性。这是我们对于西洋科学之扬弃，也是一种自觉的选择。

抽象的西洋科学之内容或特质是什么？分析观察，属性之列举，可以多至无限。假使单从抽象的西洋科学和中国历史并现实间的关联来观察，至少应该提出所谓科学精神和科学方法二件事。对于真理绝对服从，换句话说，真理至上的精神，和对于一切的力——自然的伟力，历史的惰力，社会的势力，人类的野性等等绝对采取斗争的态度，拿来当做自己克服的对象之精神，算是科学的精神之二面，也是中国所无而西洋多有的东西。中国人几于什九是"现实的都是合理的"这一判断的信徒。中国社会也是什九任力而违理；崇拜现实而抹杀真理。理论丧失了对于现实的指导性；现实多半不受理论的拘束：理论和实践脱了节。结果是：理论成了空想的别名；实践和盲动很少境界。所谓科学精神迄今不能逾越实验室的门墙分寸。这一切一切都和所谓科学精神恰恰相反。然而这种现实的转换——科学精神之保有乃是创造明日中国的文明文化之大前提。这个前提之形成,其自身又是一个创造主体——狭义言之,培植人材,广义言之,改造国民根性的过程。

国民根性之彻底改造,所需要之条件很多,其中重要条件之一却是科学的结论或结果之功利的实证。换句话说,主体自身也是文明文化之产物。因此,我虽认为主体必须培植和改造,却不是说必须等到主体创造成功之后才来创造新中国的文明和文化。新中国的文明文化和创造这文明文化的主体是互相创造的:主体改善了,所创造的文明文化必然会进步;文明文化进了步,主体也自然而然会有相当的进步。主体和文明文化二者间,一面是创造的起点,同时又是创造的终点。二者互为起点,互为结果,这中间因此形成了一个无限的创造过程。

说到科学方法,想起了昆明论坛上最近出现了一篇很有意义的文章,这便是《战国策》第十四期所载林同济先生的《第三期的中国学术思潮》一文。这篇文章是企图从历史的批判中产生一个今日应有的方法论。这种企图诚然是时代应有的反映。我对于林先生能和时代同呼吸这一点甚愿充分表示敬意,然却不敢肯定林先生的企图已经成功了。理由是:第一,我们没有法子发现代表三个时代的三个方法间之内在关联;第二,浅学的我,始终不觉得林先生所提出的"全体观"具备了方法论应有的体貌之轮廓,总觉得在文章所提示的范围内,至多也还只是一个方法论的一部分;第三,方法论是人类认识历史的遗产,近年中国输入和运用西洋的方法,不是表现为东鳞西爪残缺不全,便被肤浅地公式化。把这种历史和现实当做全对象,来从批判中抽出新的方法论,只要认为第一期和第二期的叙述不只是林先生那篇文章的点缀,那便不能不使人一面觉得劳多功少,同时觉得和西洋的方法论自身发展的全史也太无关联。

在发生的观点,科学方法——至少是完全的成熟的科学方法也是中国所无,西洋独有的东西。这里所谓科学方法包含各种技术和狭义的思维方法。我们需要接受西洋一切尖端的技术,我们也需要接受西洋的思维方法。单从表面看,所谓思维方法不外一部逻辑,事实上这逻辑本身并不是孤立的。一面和认识论有密切关系,同时和本体论互相呼应。这三者各自的重心和关系又有其独自的历史。我们接受方法论,量的方面必须取其全体,质的方面必须取其最正确的。假使自知我们的能力还不够将西洋的方法论作任何有益的修正和改造，唯一的要义便是把方法论之世界的水准当做我们的标准。过去之摘拾片段的作风，根本不足为训。

科学方法对于中国自己创造的意义是二重的：技术和思维方法之修习或把握是创造的主体之过程；运用技术和思维方法来对付所有的材料，却是新中国的文化文明之创造过程。技术和方法论是决定主体的创造力之因素，也是决定新中国的文化素质条件：基因所把握的技术和方法论之素质，以及运用方法和技术的能力之不同，明日中国的文化文明之成就可以非常优秀，也可以只是平常。

创造，主体运用科学方法来加工的材料，一切都是中国固有的。换句话说，思维或劳动的对象是中国的自然，中国人的历史，社会和思维。这本是当然的事。我们看见西洋人创造西洋文明文化的材料或对象原则上都是自己所有，原可类推而知。并且近百年来的中国，把自己的事物作对象也是早就有了的现象。最初把自己的东西作对象的创造，只有采矿冶金和测绘等几件和中国的自然分不开的事情。稍后一点的中国哲学史和不久以前的中国社会史研究的对象，也是中国人的思想和社会。变法以来，法律解释家的研究对象——法律也是中国的。不过，若要求全责备起来，时至今日，把自己的东西作对象的作风依然不够广泛，不够深刻。今后的任务是用西洋的方法来克服中国的诸般事物和一切问题。这是创造新中国的文明文化之基本命题。

或许有人说：社会科学方面的事情或许应该如此；自然科学方面似乎用不着。我的意见是：用中国人的脑力想出克服中国的自然所保有的富藏或尽改良的能事之办法。再用中国的人力，依照办法把富藏变成中国人享用的财货或增加财货，变成中国民族产业的工具和原料，变成中国制造的机械或部品品，投入独立自主的社会经济生产过程中，变成中国民族物质的或精神的再生产之基本条件。这样创造出来的文明文化才是新中国的文明文化之本相，也是民族自我之具体的形质。这样的过程才是真正的自己创造过程。不问是不是自发的意欲之表现，抗战期中的现实似乎日益和这个目标相接近。这虽是一件极度艰难的事情，然而正是自己唯一的出路。西洋人创造西洋文明文化的过程也是辛苦备尝的。

中国人运用西洋的方法对中国的自然，中国的历史，社会，思维以及中国所有的一切问题而获取其成果：这是新中国的文明文化创造之过程。在建国的前提下，这种创造应该是普遍而彻底的。换句话说，思维或劳动的对象不仅是未开发的自然富藏（如采矿），并且包含已经开发或半开发了的自然（如变山野树木之自然的生长为计划的造林，改良土壤，整理耕地等等）；不仅是目前或将来的社会组织和社会问题之解决，并且包含了历史之整理（如过去社会之重新评价，并且包含过去的思想之再认识等等）；不限于目前的思想问题之批判和评价，并且包含过去的思想之再认识；不限于自然，历史，社会和思维，并且包含了表现次殖民地性社会，农业社会，甚或更早的社会应有的文明文化之既成品（如拆城，展街，改良便所，改良道路，由泥土的建筑变成木石钢铁水泥的建筑，改专制为共和，改家族本位为个人单位社会本位，改农业为工商业的农业，改旧道德为新道德，改旧法律为新法律等等）；不仅限于客观的一切，并且及于主观的事情（如提高知识水准，普及教育，保健卫生之留意，生活之向上）等等。总而言之，广至无所不包，深至每一事物中都表现着近代的现代的色彩。并且每一事物的近代现代色彩和事物之其他部分间必然是互相调和，互相同一的。

或许有人怀疑：一切事物都须改造，这是原则。这原则有没有普遍妥当性？表现次殖民地性社会或农业社会文明文化的既成品有没有保存原状之余地？我的答复是：在历史的轮轨所及之范围内，这个原则是普遍妥当的；不在轮轨圈内的事物，也有大体上保存原状的可能。不过，第一，总会有意无意或多或少有变更；第二，这样保存下来的既成品是很少的；第三，这样保存下来的既成品都是些很少的东西。理由是：这样保存旧物只有一种形态，这唯一的形态就是采用历史沉淀物的方式。在这个形态下，假使因为习惯太顽固致使大家十分愿意，西裤皮鞋套长袍马褂的作风固然保留得下来，就是宫殿式的建筑、写意的山水画、中国饭以及长袍布鞋之类，都可随意流传至于民族子孙亿万年。然而这类事物本质上决不是中西文明文化交流后的化合物。相反地，正为这些事物不是交流中互相冲击的焦点，根本落在冲击的漩涡之圈外，当作了历史的沉淀物，才有大体上维持原状的可能。假使这些事物就是当作中国固有的精华保存下来的，那便成了西洋文明文化比中国旧有的文明文化更低级；往年变法图强之举也成了叫历史开倒车。

事实告诉我们：写意的山水画只是把农业社会作背景的艺术。宫殿式的建筑距离使用钢骨水泥的程度甚远，只能和农业社会的一切相调和。长袍是脱离了生产过程的象征，旧士大夫特有的属性。在发生的观点，布鞋和农业社会的家庭手工业有关系，或者还和自给自足的农业经济有因缘。中国饭也是把农产品经过和农业社会的技术相称的粗糙之操作产生出来的食品。这样说来，与其认为这类东西是中国固有的好东西，不如认系农业社会的好东西，似乎较近真理，我们切断了它和历史社会间的关联来估价，它的价值便会因为抽象化了而成为无穷大。假使拿来和皮鞋，毛织品，各类西式短服、钢骨水泥的高层建筑物，面包，摄影等等的品质和技术相比较，可能给予我们的唯一印象，恐怕只有"低级"二字罢！

历史的沉淀物之保留，理论上是可能的，事实上也是常有的。不过决不可忽略：这样保存下来的旧物已经丧失了它固有的意义，性质和地位。理由是：纵使它还维持着固有形和质，它的社会意义，性质和地位已经由当代的文明文化之表现物变成了历史的沉淀物之表现者了。明日中国文明文化的总体中虽大不妨可以发现这类事物的存在，然而明日中国文明文化之代表者的地位已经让给运用西洋的方法创造成功的事物了。换句话说，明日中国文明文化的代表者虽是创造成功的一切新事物，若干历史的沉淀物仍不失为构成明日中国文明文化之总体的一分子。

把创造成功的新事物作中心的明日中国的文明和文化，第一不是中体西用论的产物，第二不是旧瓶新酒论之实现。因为自己创造的结果是方法，对象和创造的主体之思维或劳动的实践三者之综合体。中和西的对立在创造过程中变成了融合。这中间简直天衣无缝。不仅体是如此，用也是如此。所以和中体西用论根本不相干。又因为酒是新的，瓶也跟着新了，这不仅是彻底的新瓶新酒，并且酒固不失其所以为酒，瓶也会不失其所以为瓶。酒瓶之间只有融洽，没有拉拢或拼合。所以和旧瓶新酒论也如风马牛之不相及。

明日中国的文明和文化，综合看来和原状复古论不一样，分析观察是复古也不是复古。近百年来的中国和中华民族一向迷失了本性，遗忘了自我：精神上没有自信心和创造力，物质上成了外国的附庸；这都是海禁大开以前少见的事情。换句话说，这一切的一切和海禁大开以前是相反的。然而抗战胜利后的中国对外是独立自主的民族国家，固自不用说，就是新中国的文明和文化，因为创造主体是中国人，创造是中国人的意志之表现，创造的材料是中国的自然，中国人的社会，历史和思维等等，这个创造物便成了彻底的道地的国货。这种情形是自我意识之表现，也是自我之具体的形态。然而这并不算是开中国史上之先河，只是回复了固有旧风光。所以说是复活。

可是，抗战胜利，建设完成后的中国是廿世纪崭新的国家。一切建设的标准或理想是"迎头赶上"。创造中所运用的知识和技术是至于创造完成前一刹那为止的人类知识和社会全史的一切遗产。这样形成的新中国，他的社会经济政策不问是统制或计划，或二者兼施，表现的形态必然是固有的农业从属于新兴的民族工商业。统治关系不问是民主或独裁，必然是法治。社会关系不问是倾向于社会主义或倾向于团体主义，必然还会容有个人的概念和现象。所有权和契约之肯定及其扬弃之同时表现，也是不二法门。责任是对社会的，无过失或无责任能力也有一种责任等等。这中间所含的工商业，法治，社会，个人，契约，责任等一连串国家社会组织的基本原则，都是海禁大开以前的中国没有的东西。所以不是复古。这种复古的成分和非复古的成分互相结合而成的新中国，当然不符原状复古论的名实。

明日中国的文明和文化，综合看来和全盘西化是截然二事，分析观察是西化也不是西化。因为自己创造的方法是西洋的，参考资料也是西洋的，创造的结果中是随时随地，无孔不入地浸透了方法和借鉴物的色泽风味的。从这点说，算是西化。可是用来创造的原料固然是中国的。创造的主体也是中国人。主体之创造的实践是一种中国人的人格的活动。在活动中随时随地保有着自我意识，这种意识随时随地，无孔不入浸透了结果的整体。从这点说，不是西化。这种西化的成分和非西化的成分之综合体自然和全盘西化没有关系。

新中国的文明文化和中国过去的文明文化之关系怎样？和西洋近代现代诸先进国的文明文化间的关系又如何？这都是应有的疑问。假使简单来作答，我以为前者的关系是自己发展。理由是，社会由渔猎进为畜牧，再进为农业，更进为工商业，都是必然不可避免的。游牧时代的中国是中国，农业时代的中国是中国，海禁大开以后次殖民地时代的中国是中国，明日工商业时代的中国自然也还是中国。假使认为农业时代的中国是比游牧时代进步了的中国，那么，明日的中国也是比次殖民地以及农业时代更发展了的中国。

明日中国的文化和西洋各国的文明文化间的关系是伯仲关系，也是平等的同位关系。道理是这样的：假使我们把新中国的文明文化当作西洋近代现代的文明文化之上位概念，那固然是胡闹。反过来，把西洋的文明文化当作中国人文明文化之上位概念，也不免糊涂。只有把近代的现代的文明文化当作西洋各国的文明文化和新中国的文明文化双方共同的上位概念，才算正确的认识。这也就是说：任何国家的文明文化都是一个文明文化的整体；同时谁也只是近代的现代的文明文化全体中的一部分，而不是包含了别人的全体。这包含了任何国家文化文明的全体是各国文明文化所同有，而不是任何一国的文明文化之现实。将来的事实也会告诉我们：新中国的文明文化和西洋各国任何一国的文明文化都有同有不同。这相同的地方就是共同的现代文明文化这个上位概念所俟以形成的根据；不同的地方就是各个部分自身的特色。同和不同综合于一体是各自所以成为整体的缘故，互相成为伯仲的原因。

　　最后，我觉得我们预测明日是可以的。把推测的结果当指南针，以推进社会——甚或计划地加以某种限度的修正，也是可以的。然而历史自有它一定的法则。社会发展会自然而然表现着合法则性，决不容许任何人使用恣意的意志或强力拖使跟着自己跑。我们预测明日不是描绘个人恣意的主观的理想国，而是发现历史内在的客观的合法则性。推测所得的结论之内容，只有和客观法则同一或近似的才是真理或近似真理。不过，脱离了历史和现实，单纯描绘自己的理想国——甚或竟把感情当真理，只要不怕暴露了中国社会科学之贫困，那本是各人固有的自由，问题只在自己愿意不愿意。我诚恳表示：我敬陈先生。还想再添上一句：我也爱真理。至于谁的见解近真理，明日的中国社会自然会用事实来作答。

农田的经营和所有

费孝通

一

中国以前关于土地问题的理论和政策大都是以沿海诸省的农村情况作张本的。抗战把我们的眼界扩大了,我们在内地见到各种和沿海不同的农村型式,因之,有一些土地问题的理论和政策可以重加考虑。本文想提出来讨论的是以往土地政策中的一个根本观念——"耕者有其田"。

"耕者有其田",初看上去似乎是最明白不过的,可是若要详细分析起来,就可以有不少性质不同的解释,我在这里先只就一种意思说,就是"经营农田的人就是该农田的所有者"。"耕者有其田"是提倡农田的经营和所有合一的主义。

农田经营和所有的合一之成为土地政策的基本观念是针对着一种型式的农村而发生的,这就是我们沿海各省常见的农村型式,这型式的特点,简单说来,是佃户在农家中占绝对多数。佃户为主的农村中,在农田上劳作和经营的是一辈没有土地所有权的人们。握有土地权的地主们可以住在很远的市镇里,他们连所有农田在什么地方都不很明白。在这种农村中,经营农田的人并不是所有农田的人;农田的经营和所有在这分了手。

一个已经脱离了经营的农田所有者,农田对他有什么好处呢?有,就是"地租"。在一个承认土地所有者有权可以任意支配他的土地(甚至包括自由废弃土地的生产力)的地方,地主们只有在能获得"地租"的条件下,才会把使用他们所有土地的权利让给别人。所有者虽不自己经营他所有的农田，可是他单凭那"可以不给人经营"的权利，坐享着别人经营农田之后所收获的农产，这笔名作"地租"的收入，可以占农田产量总数的一半到一半之上。

我在这里不想追究"地租"的起源，只想看看一社区承认了地主有权把田租给人家而向佃户征收二笔地租之后，在农村人民的经济生活上引起了什么影响。任何人根据他常识就能想象到：以佃户为主的农村中，每年一定得输出大宗的农产到地主所在的市镇中去，结果使农村人民藉以为生的资产大形减少，人民的生活程度因之降低。当然，有人可以说：佃户们的输出是和另外一笔无形的输入相平衡的，因为他们靠了这笔输出获得了在农田上暂时经营的权利。佃户得到了这权利可以利用他们的劳力和资本以获取工资和利息。他们的经营既靠着地主们的允许，地主们的允许就是一笔无形的输入。不管我们怎样替"地租"辩护，这种"有形输出，无形输入"的农村中的佃户们的生活程度总是提不高的。

农民生活程度高不高于地主有什么关系呢？不能接受极低生活程度的人，本来不用来做佃户，"要租田就得这样，不租就算啦么"，地主们自然可以这样说——他这样说，是合法的，因为法律承认他可以任意荒废他所有的农田，自己不经营，并不一定要给人经营。

话是合法的，可是合法的并不一定能做得通的，因为法律本身的基础很脆弱。它是只在人民能容忍的时候才有效力，若是一条法律太使一辈人过不去，这辈人的反抗可以使该项法律失去效力。地租若高出了一辈佃户的生活所能容忍的限度时，就发生了"自愿坐牢，不愿交租"，以及"罢耕抗租"——一直到大规模的"农民暴动"和"政治革命"。

以上的一段话，实是我们中国很多地方，尤其是沿海诸省的实地写照。蒿目时限的先觉之士，要求一个釜底抽薪的办法，就发生了"耕者有其田"的主张，所有田的人自己去经营他的田，或是不经营农田的就不能享有农田所有权。彻底的这样做，经营和所有合一之后，就取消了"佃户"这一种人，因地租而引起的农村经济的危机，以及因农村经济危机而引起的政治叛乱，都无从发生了。

二

抗战一起，似乎很少人再谈"耕者有其田"了，而"边区政府"也放弃了多年来不惜流血争取的土地纲领。这转变并不是偶然的，因为在内地农村中农田的经营和所有，原本没有分离得远，租佃的冲突没有成为农村问题的结症。内地农村的主要形态是自营的小农。我在以前在本刊所发表的几篇文章中已经说明过这种形态的基础，在这里不再重述。自营小农的形态却给我们看到"耕者有其地"的弊病了。

在抗战以前，尤其是在沿海诸省，农村的问题可以说是在分配的不均上，抗战发生以后，分配问题似乎推到了幕后，注意的集中点转到了生产问题。大家要求的是如何谋增粮食的自给，如何推广可以出口的农产物，如何增加工业中所需的农业原料的产量——一言以蔽之是在农业生产的增加。在这要求之下就看到小农制的弊病。

小农制是中国农业技术不能改良的一个主要原因，在小农场上，不但现代利用动力的机器用不进，连耕牛都不能充分利用。技术不能改良，农民们要凭赤手赤足在田里劳作，农业里拖住了大量人口，农民的生活程度也终是在饥饿线上挣扎，哪里还能希望农村有多余的粮食大批的向都市和前线输送，哪里还能希望有大批的农田改种出口的作物和工业的原料。

因之，目前的农业政策必然要向如何扩大农场以减少农业里的劳工，如何提高农业的机械化，如何把农村人口吸收出来等方向打算。在这些打算中农田经营和所有的合一，不但不成了主要的目标，甚至会觉得这是农场扩大的障碍了！

"耕者有其田"本是防止土地权集中的一种对策，它是想以农田经营来限制农田所有，使农村经济不致受分配不均的累。可是农田经营和所有一旦合一，农田经营却也受了农田所有的限制。若是"经营农田的人必须是该田的所有者"，则农场的大小必然限于该家自有劳力所能耕种的面积，其面积必然很小，这样说来，"耕者有其田"不是成了提倡小农制的政策了么？这种政策也就不能适应抗战以来所发生的新需要了。

农田经营和所有分开了会发生分配不均的问题，农田经营和所有合并了又会发生生产限制的问题，究竟分好呢，还是合好呢？

三

在这个农田经营和所有分好还是合好的问题之下,我们对于"耕者有其田"的原则似乎需要一个新的解释。我们要使农田的所有不在大农场的需要下集中起来,而同时我们也要大农场能在农田所有不集中的条件下确立起来。分散所有,集合经营能不能同时并进呢?

以我们过去的农村情况来说,农场的大小的确常受农田所有权分碎的限制。可是农田所有权集中了依旧没有产生大农场。我在上文所提到的租佃方式就是发生在集中所有和分散经营的方式上。一个连自己的田在什么地方都不知道的大地主,他不是农田的经营者,他虽则集中了农田所有,可是又分散了租给佃户们。每个佃户各自经营他们所租得的农田,分裂成不少的小农场。

农田所有权的集中并不会就发生大规模经营的农场。在云南农村中常有很多团体地主,好像氏族、村田等也是一个例子,他们很多人共同有了一块地,可是他们并不共同来经营它,而交给一个管事分别租给佃户。

为了要在经营上有大农场产生,我们决不能在农田所有集中上谋出路。而且我们也可以说:"耕者有其田"政策所针对的租佃制度也正是把已集中的所有权分散为小农场经营的机构。

所有权集中固然不一定会产生大规模的经营,可是我们得问:所有权分散了是否有发生集合经营的可能呢?我的回答是可能的。

在云南农村中所常见的"换工"制就超越所有权界限集合劳作的方式。甲家在前一天帮乙家掼谷子,第二天乙家就帮甲家来掼。他们并不是各在各的农田上工作。再以江村的灌溉工作来说,集合经营的性质更是清楚,太湖流域的田是高出水平面的,每坵田要水时固然可以单独向河流里汲水,可是水太多时,一大片田一起淹着,不能单独排水,因之在排水时,全圩的农家得集合起来,在一个出口上,一同排水,在这上边发生了一个排水的组织,有条有理,有一定的规矩,有公认的裁制方法(《江村经济》一七一——一七三页)。在云南农田上的水是靠水坝的管制和沟渠的疏导而得来的,于是靠同一条水沟来灌溉的农民并不能单独解决他个别农田上水的问题,他们一定得组织起来,集合经营。

以上这些例子是说明了:在我们原有的农田经营中的过程已有某些工作

段落，因实际的需要，采取了集合的方式，同时亦说明了农田所有的分散并不一定会使经营分散。于是，我们可以说，分散所有和集合经营是可以并行推进的。

四

"耕者有其田"，依其字面解释，"经营农田的人就是该田的所有者"，其利在于防止大地主的产生，其弊则在鼓励小农经营。我们在需要大农场时，就不宜以所有来限制经营，使所有和经营合一，我们的理想是要使土地所有权能平均的分配于每一个人，而经营上则可以有宜于用最新技术的农场，这就是农田所有的分散和农田经营的集合并行发展。这一个原则应当在土地政策中特别加以注意。

传记的真实性和方法

孙毓棠

听说英国某历史教授,在伦敦大学的教室里,批评李顿·斯特莱基(Lytton Strachey)的传记著作完全是小说。他的意思不外乎贬斥斯特莱基的传记作品中羼入了主观的想象,与历史的真实(Historical reality)不相符合。

但是,什么是历史的真实?我们果真能够得到历史的真实么?这是首先应当解决的问题。现代人崇信科学,以为只有科学能够引我们走向获得真实知识的路,只有科学能够解答宇宙间一切事物的本真本体及其所以然的道理。科学的能力是否果真进步到了此种地步,我不知道。这是个认识论的,玄学的问题,我不够资格讨论。如今且让我们承认科学确已具有此种能力。

科学如果确能引我们走向认识事物真实之路,那么科学的方法上有几个必需的步骤便不能不严格的遵守。在我们对于宇宙自然间一个现象发生了怀疑之后,第一步我们得收集了材料来仔细观察。譬如说植物的颜色。植物为什么多作绿色?我们发生了怀疑,我们便收集了种种植物,把它们分解成单个的细胞,放在显微镜下来观察。在这观察过程中,我们认定我们的目力没有毛病,我们分解生物及制造细胞标本的方法手续没有错误,我们所用的显微镜是一件在物理学上完全讲得通的相当准确的科学仪器。并且我们相信我们自己有所谓"理智",有知道了解事物的能力。我们仔细把这些细胞观察了,知道在细胞之中有一种东西大约可以给与植物的叶子以颜色。我们第二步工作,就是以我们的观察为根据,作一个假设,我们假设这被发现的东西叫做叶绿素,并且理解了叶绿素对于植物生存的作用。果真如此么?我们不敢率尔相信我们自定的假设。我们得进入第三步,广集材料来实验证明。

材料是丰富的，在大自然之中所在皆是。材料收集得愈齐全，实验的次数愈多，则我们的假设愈与真理接近。直到有一天实验永无错误了，而我们实验的方法与手续在理智上也认为丝毫不会发生毛病，则我们才可走入第四步，作成一个科学的定论。这种科学研究的结果，我们认为无可怀疑，的确是事物的真相，即是至可宝贵的，没有时间空间性的，绝对的真实之知识。科学方法上这几个步骤必需经过，方可断定结论之可靠。因为方法的科学、谨严，丝毫不参杂个人主观的成分，所以他的结论才得成为普遍的真理，人类知识界的共有物。自然科学的一切知识，都是经过这些步骤得来的，因此，这种知识也就十分可靠。

在上述方法过程中，有几点值得特别注意的。第一，材料必需丰富，所在皆是，唾手可得。材料愈充足，则观察实验愈容易，定论之可靠性亦愈大。世界上有十万种植物，而经过观察实验的不过几十种，我们便不能草率下定论。科学界也很有感觉材料不充分的，例如世界上少见的古怪病症等，医学家便自然感到研究的困难。第二，材料本身的性质必需简单，使人不致在材料本身上发生争辩或难以分析解释的问题。心理学是一个新进的科学，尚不如其他自然科学成绩伟大，主要的原因怕就是由于人类心理活动这种材料，本身的性质过分复杂，往往难以分析解释，易生争辩。第三，观察过程与实验过程中所用的仪器或其他手续，必需得准确可靠，机械到不容我们主观的好恶参入其中。这方面，天文学便不如物理化学，所以至今无法回答火星上到底有无动物。第四，在我们已有了假设之后，收集选择材料以供实验时，我们自己的理智得严格地分别清楚。我们是在客观地观察一切材料以佐证或驳斥我们自己已有的假设，还是无意中流为为维护我们自己的假设而去选择观察材料。前者是客观的科学的态度，后者则会在无意中产生种种主观色彩的流弊。材料愈复杂，愈易犯后者的毛病。这一点，说起来很简单，但是在研究工作热心进行的时候，我们极容易误踏上这条不合理的道路。

当今社会科学之所以不如自然科学来得准确，不能完全摆脱掉主观的成分，主要的原因即在材料性质复杂难集且不够丰富，观察实验都难以保持十分的客观，而又最易犯这种为拥护自己心爱的假设而去寻找材料来作佐证的毛病。

历史学能不能完全利用这一套科学方法来求得客观的历史真实呢？我们

不能不承认他比一般社会科学更难上几成。头一样，我们得分清楚历史本身与材料的区别。"历史本身"（History itself）原是一堆复杂的事物活动及其相互关系的进展；而材料，或者"写的记录"（Written records），则是前代人主观的（态度与选择上皆然）记载。历史本身原是一个连绵的整体，他本身自然存在；而材料则极端地有限，仅是一些零散的片段，不完全的鳞爪。愈是时代久远，这些片段鳞爪愈不易连串起来。而且这些仅有的片段的材料，尚有时散失毁灭，得以流传至今日者，十不得其一二。时代即便较近，材料即便较充足，但其可靠性到底有多少，仍是治史人最难解决的问题。从种种方面来看，我们都知道这种写的记录，无论古今，与历史本身往往隔着相当的距离。一次英德的空战，彼此都说敌国飞机损失比自己多得多，双方矛盾的记录流传于世，而历史本身的真实则反而随了时光永久湮没，不可得知了。所以我们可以说历史的材料既不充足，又不十分可靠。从不充足又不可靠的材料中间，无法得到事物之科学的真相。因此写的记录与历史本身之间相隔到底有多么远，无人敢作回答。再者，严格地看材料，我们不仅得承认其不完全可靠，而且材料本身又是一种极其复杂而难以分析解释的材料。例如周礼一书，在这部书上，我们作材料批评判别的工作简直困难到无法下手。遇到这种情形，历史学家在运用这些材料上，便自然流为"仁者见仁，智者见智"，无法避免主观。为了同样的原故，我们的假设也都无法可以避免主观。

科学方法中的第三步工作，实验，在史学里是绝对作不到的。拿破仑已死了百二十年，我们无法把拿破仑再从坟墓中拉出来，叫他还魂，把一生的事迹再演习一遍。历史学家经多年谨慎的研究，把奥古斯都（Augustus）或查理曼大帝（Charlemagne），宋神宗或明太祖的事业及其时代写成了史书，这只能说是历史学家的"假设"工作。然至此为止，他无法作实验来更进一步证明他的假设是否正确了。既无实验为佐证，则最后一步，肯定为科学的真实，便略感知识之基础缺乏着稳固性。不用说前代如此，即以当今而论，希特勒昨日作的事，今日我们就无法全知道。一月一年以后，许多同时发生的事都已被人们忘记，真实更永久湮没，无法追寻。我们只知道他昨日确作了一件重要的事，但已无法叫他再作一次给我们看。如是则历史家除了只知道他昨日作了一件某种重要事件外，真正的历史真实又到何处去寻找呢？

因此我可以说，史学家应该严格地受科学训练，模仿科学家来尽力运用科学的方法，保持科学求真的态度；但因为材料性质的特异，在使用科学方法上发生种种无法补救的困难，所以结果则不易得到真正的历史真实。历史知识是有限度的。我们虽然努力求知，但"历史真实"却巍然存在而永不得而知。写的历史与历史本身之间，永远横着一道鸿沟，我们永远无法填塞。

　　也就为了以上的种种原因，我以为历史学家在历史之中无法绎出定律。譬如说，埃及有过封建时代，欧洲中古有过封建时代，中国上古也有过封建时代，因此便确定任何独立发展的民族之历史上都一定得有个封建时代，定下定律说封建时代为人类演化必经的阶段。这种假设也许恰巧合乎事实，但一定要把它定成定律，便有些过分。若再进而说西洋封建社会是如何形成又崩溃的，便说中国封建社会也该是完全同样的情形，便不大对；再说西洋封建时代有此般现象，因此中国封建时代也一定该有类似的现象，便更不合道理了。说西洋资本主义发展的结果，使得资本愈集中，劳工愈加多，结果必发生社会革命，已是冒险的归纳与推测；因在各时代历史上看，已有许多例外的情形。若奉此为定律，勉强以此规格去圈套解释中国的历史，必至产生许多更不合理的结论。历史现象自是一堆无极数事物活动及其相互关系之多元的总合，其活动与关系之复杂实无法寻出一定的规律。我们可以作比较的观察及比较的推因求果，但综合而成定律是绝对不可能的事。我觉得史学研究的结果，既不能得到绝对的历史真实，又不能综合多元的独立的个体现象而成为定律，更不易保守十分科学的客观态度，不如说史学所能给与人类的只是一种"大概如此"的知识，从"大概如此"的知识中只能了解得一个"大概如此"的情形与趋势，而不能绎成定律（既言定律，一定得指着"一定如此"的意思）。我们看历史，最好把他看作一堆无限数的独立的史实，以这些独立史实的活动与互相复杂关系的进展，并解释何以如此的原因与如此以后的影响。由这些知识最多也只能使我们心中产生一种"大概如此"的看法，比较说是主观的而不是绝对真实之科学的定论。如果把看法即认为定律，很容易误人又自误。勉强在历史中求定律，实与佛家之所谓百年一大劫，三十年一小劫……孟子之所谓"五百年必有王者兴"；或是阴阳家之所谓五德终结，德衰而天命易的话，一样的是一种荒谬不合道理的历史哲学。

　　照我们上面所说，历史的真实本来是得不到的，历史学不过告诉我们以一种人类以往活动之"大概如此"的知识而已。史家记载时代或民族的历史，原是比较可以客观的，尚且如此；个人的历史的记载，其与个人的真实相隔更远,自可不言而喻。

传记家研究某一个人的历史,主要的依靠两种材料:一种是此个人自己的著作,一种是旁人记载他或批评他的记录。根据上述的理论,我们从这两种材料中,同样地不能够得到此个人事迹的真迹。

个人自己的著作中,从传记家的眼里看来,最可宝贵的是日记,信札,生活片段的自记,及自传之类。从这一类的材料中我们可以直接与作者自记的事迹情感及思绪相接触。从表面上初看来,这类材料仿佛是最可靠;但要进一步考核其是否真是自记其实,便发生困难了。我们得承认,自己记自己的事迹,有时也会因遗忘、护短、自夸、自饰等而发生问题,卢梭的《忏悔录》是最有名的一部坦白的自述之作,然而经学者们的考证,发现其中有很多处竟是卢梭自己弄错了,或是年月的讹舛,或是事实朦胧不清及前后的颠倒。吉朋(Gibbon)的自传写得很堂皇了,但也一生不会没作过一些可羞可悔的事,这些他自己却都故意地遮避开,不肯下笔。王充《论衡》书末自纪一卷,夸傲的语调宛然可见。葛洪《抱朴子》的自叙,处处可以看出自己辩论的痕迹。陆游的《入蜀记》不过是一本旅行日记,他却假山水烘托出一片心情,强似记实,实蒙上了一层艺术的云雾。所以自传自记等这一类的东西,我们不仅当注意其是否是实事记载,分析其记载的动机何在,性质何似,而且还得注意他记录时有意无意地对于材料的剪裁,及其执笔时种种复杂的心理状态。例如近年出版的胡适的《四十自述》及冯玉祥的自传,内中的事迹固然很有兴趣,足供我们作为二人心理分析的资料;但传记家更想知道的是二人所记之外,那些未曾记(或不便记)的东西,及其何以不记的。其次,若说自记与自传一类的文字,作时本意在写给人看,天下无人肯露自己的真面目。所以必然有遮掩粉饰之处;那么,日记是给自己看的,信札是给一二人看的,照理应该坦白的多了。其实也不尽然,问题全在我们不易了解分析其动笔时的心理状态。遇到比较单纯的性格,如维多利亚女皇日记,则容易了解;若比较复杂的心理,如拜伦的日记等,便很难分析。信札亦然。例如法国路易十六的皇后玛丽·安托艾特皇后(Marie Antoinette)的私人生活,从前我们知道得很不完全。二十余年前她给她母亲的信札被发现了,我们才了解了她的一切行动多由于性生活不满足所致。这批新材料虽然使今人对于她们了解深了许多,但同时反使我们对她的心理状态因此发生了不少的难以回答的疑问,因为她的信札有时很坦率,有时很含蓄,而大半朦胧隐晦，难加心理的分析。再如曾国藩的家书，固然很能表现他儒家诚恕的精神，但凭此我们敢说便真了解了他作书时的心理状态么？很难。与其说这堆家书是他个人真实的表现，毋宁说是他个人的理想与教训。我们可以说其中表现的是他的性格与精神，而绝不是个人的心理活动全部的真实。我们不仅分析前人材料的结果落得如此，试问我们自己所写的日记与信札，敢说就能完全代表得了我们真实的自己么？我想大部分的读者都难免踌躇。我们有时自己都很难分析了解自己的现在与以往的心理状态，何况假这些拙笔的文字材料来分析古人呢？又何况这些材料是最难分析解释的呢？

可供为传记家作材料的另一种个人的著作是文学抒情作品。凭此种材料不足以探讨个人的真实，比以上所说的日记自传等更甚一步。既是文学，一定会夸张粉饰，歪曲事实又参入幻想。曹子建的《洛神赋》，李善以为系为甄氏而作，这是无稽之谈。《洛神赋》写于黄初三年，子建一生中愁闷最甚的时候，只是一篇苦闷积压得极重时的解忧之作。便是为了这一点，这篇文章在子建的一生心理变动中占了很重要的材料地位，然而却极难分析。仅从白居易的诗里面看，曾有好几段时期的生活仿佛像个隐士幽人，其实那正是他生活相当豪华得意的时候。有些文人在无爱人时爱情诗特别多，情感生活很满足时反而悲歌愁叹。某批评家曾著一文，说哈代（T.Hardy）某部小说全是自传，哈代日后见了此文，对人否认，说自己写此小说时全未想到这回事。那么，文学作品对于一个人事迹的真实，能贡献到何种程度呢？这些地方是最容易使传记家发生错误的。抒情记事之作尚且如此，说理的议论文以及应景的官样文章更不必谈了。

传记家的第二种材料是他人的记录。他人的记录与自己的著作性质完全不同，但其难以获得个人事迹真实则一样。一个人动笔记载其时代的典章制度及政府的诸般政策时，比较最可以保持客观。至多也不过因观点不同，发生记载之详略轻重的问题而已。至于记载此典章制度的运行如何，政策的影响如何，主观色彩便陡然增浓。《两唐书》之记载武则天便是好例。记载时代的概况，保持客观的态度有时亦不容易。例如潜夫沦的记载羌乱，便比范蔚宗偏见深得多。至于史家下笔记载个人，无疑地主观色彩必很浓。主要的原因是由于动笔者自己有意无意地先被自己的道德观念及个人的爱憎之心所驱使，又由于人最好批评人，批评即非记实。我们敢说任何史家，述人总比述事来得可靠性小。科莱尔（Garlyle）之歌颂腓得烈大帝，都由于他的崇拜德国精神。李延寿南北史的记人与六朝八书时有不同，都由于史家双方主观见解的差异。更好的例是新旧五代史之别。宋人笔下的王荆公，其庞杂矛盾真是史学上一件奇观，全由于笔者之政治主见流衍而成的评语及谣言，弄得叫我们后代人了解王荆公增加了十倍的困难。关于拿破仑的传记及其时代的史书，至今已有数万种以上，其对于拿破仑解释之不同，也是史学上罕见的趣事。为了这种不可避免的主观，旁人的记载之不可靠性，比起上述自己的著作来，也有过之无不及，不过其不可靠性的性质不同罢了。近年关于王安石已有几本评传，这些果是王荆公的真面目么？难讲。我们若要以科学求真的态度与方法去探讨荆公的事迹，我们看荆公的全集，有宋史、长编、会要与当时多少种笔记文集的记录与批评，又有几本近人所写的评传，但矛盾的记录有如一堆葛藤，真实的荆公全被他掩盖了，叫我们哪儿去找真正的王荆公呢？有人相信我们可以用比较及考证的方法去芟除葛藤，但我怀疑我们知识的限度。从前蔡伯喈一辈子忙于为人撰了多少碑文，无非歌颂而已，连他自己都不相信。至为郭林宗撰碑，自己才承认毕生只此一文走笔是无愧于心。这个故事是很可以叫我们警醒的。

以上所讨论的都是传记家观察他手中的材料时，所当特别注意的问题。同时我们也可以了解所谓"个人事迹的真实"，与历史的真实一样，是不容易，也可以说是根本不能够得到的。

个人的真实既不是能得到，那么，传记之学不是根本无意义了么？

这也不尽然，传记之学与史学一样当秉科学求真的态度，在可能范围内运用科学谨严的方法，努力探讨。但其结果所得，也与史学一样，只是一种对于个人的"大概如此"的知识。"大概如此"总含有"虽不中亦不远"的意思。"虽不中亦不远"总胜过完全不知，我们必需安于所知及所不能知，勿作强不知以为知。过分热爱自己的知识，便产生过强的自信。自信过强，实等于自误自欺。只有自己知道何者可知与何者不可知，方是真的自信。人类知识的能力本来是有限度的。

在个人历史的真实不能全部获得的理论之下，我们便无需乎斤斤力求个人事迹探讨之完整，这是不可能的。当然，关于个人的事迹我们知道得愈多，自然愈容易了解此个人。从这方面看，广为哀集个人事迹的记录是很重要的基本工作，多一份材料即多一线光明；分析他，解释他，考证他的舛误及相互间的矛盾，也是很重要的基本工作。但传记家若仅以此种工作为目的，或此种工作完成后便自以为了解了此个人之真实，却是不对的。个人事迹的真实不能从个人的记录中得其完整。我们既然知道对于个人仅能得到一种"大概如此"的知识，故对其事迹的记录不必妄求，也不必灰心。传记家在此种工作之外尚有一更重要的工作可以进行，即努力在探讨此个人之性格与精神，了解其"人"。这几个名词比较空洞含糊。虽经心理学家多年努力分析，其所得仍仅止于大概如此而已。关于这个问题，我们此处不能详论。不过我们可以说的是，虽然个人真实事迹的记录不完全又不太可靠，我们只能得到一个"大概如此"的知识，但我们可凭此"大概如此"的知识，略略知道其"大概如此"的性格与精神，一个"大概如此"的"人"。正如我们交朋友一样，我们虽不完全知道他自有生以来的一切所为所遇，但凭我们与他多日交接谈笑里，多多少少我们可以知道他的"大概如此"的性情与为人。我们对他无法求一种绝对的认识，我们也只能满足于我们对他的比较的认识。此种认识，不能完全客观，我们只好安于我们部分的主观。传记家的中心工作当即在此一点。我们虽努力想保持客观，但终不能完全摆脱主观。我们对于"人"的知识，不管是前观古人今观朋友都似隔着烟雾看山，真面目杳然难见。然而，只要烟雾不太浓重，峰峦之大概的味道，其拙，其秀，其奇险，其平庸，则大抵约略可见。传记家要的是拨雾入山，努力一分便多得一分。但到了某个地步无法再进，也只好且隔着烟雾一欣赏此峰峦的味道了。

传记家正如观山，不仅求真，且在求美。二者均足以满足我们人类心理的两种不同的欲望。游历于人性的世界中，特别是古往今来多少事业大经验多的大人物的人群里，时常有使我们神往的地方，正有如涉足骋目于高山大水之间，常常能使人忘掉自己一样。传记家之爱好他，欣赏他，分析他，描写他，即是在满足自己求真求美的欲望中欣赏及创造的愉快。

传记家一方面以了解古人的性格精神为目的，一方面为满足自己的欣赏及创作的愉快，乃从事对于个人的探讨与著述。在探讨的过程中，发现知识有了空隙，尽可放置不问，因为探讨研究的工作是仅为自己知道。著述便不然。历史的目的在使人知道。走笔为文使人知道时，这些空隙便不得不勉强略事弥补。弥补知识之空隙的目的有二：一是为了使人知道得清楚，不得不弥补，仅以不相连贯的断片告人，人家是不会了解的。年谱之学虽较近科学，但毛病即在此点。二是为满足个人在创作上爱好完整的艺术心理。不仅在创作上，日常心理活动上这也是个很普通的现象。我们听见了个不完全的消息，转告别人时便有意无意中主观地弥补了不少隙洞，再转再补，以讹传讹，久而失其真，历史上写的记录大半曾染此病。所以弥补空隙在史学方法上讲是最不科学的。弥补知识之空隙的方法有三。第一种完全是主观的幻想。例如曹子建写《洛神赋》，后人不得其解，便硬把他和甄氏接在一起，李善采引此说，后人乃尽信此说，其实全是注释家的幻想。太史公写《项羽本纪》，大概是根据陆贾的《楚汉春秋》，而陆贾之记鸿门之宴想也本无所据，很多材料是凭了传闻再加以幻想出的，此种幻想再夸大之，宜可成《封神演义》与《西游记》一流的东西了。这一种幻想是传记家最要不得的。第二种幻想是史家要弥补空隙时所根据心里的联想作用，偶然想到一点东西，然后即拿着这一点东西去寻求证据。或是寻求一点点直接的证据，即自满足下了定论；或寻不得直接的证据，乃不得不以比较的方法寻求旁证，或从一个假想的定律中推衍出一个结论来，其实这都是似是而非的。这种勉强求其把自己的幻想合理化（Rationalize）的企图，是一般不甚高明的考证学家最易犯的毛病。本无其事，勉求其是，颠因倒果，是很危险的。我们的人类日常本最习惯于此种思想的方法。作错了一件事，为了顾全面子不肯认错，朋友问时便搜寻许多理由来自辩其是，其实全不是真理由。以此种思想方法用于治学，学是无法治得好的。这种幻想也是传记家，以及史学家，最得留神避免的。

弥补虚空的第三种方法是推测。根据已知的几点事实，去推定未知的事实，又以此而推知某一现象之大概的状况，这方法本是科学的。不过在我们推测时的心理过程中，有时推理颇为谨严，有时则比较松弛。考证之学所用的即当是最谨严的推理。推理时心理过程若太松弛，所得的结果有时极近似幻想。特别是以常理来行推测时，最易成此结果。本来在心理活动的现象中，我们有时很难把推测与幻想的界限划分得明明白白，传记家在弥补知识之空隙时，很多地方不能不利用此种推测的方法。此种方法用得谨严，则有时极近事实。特别是传记家研究个人的性格精神及心理状态时，这种方法几乎可说是必需的，这方法我们可以暂名之为合理的幻想。我以为此种方法传记家实在有时可以运用。例如，上官婉儿的性格，前代史家未曾给我们保留若干充足材料，但我们从她与高宗则天后的种种关系上，及其私通武三思，诱乱韦后等情，已大体可推得其品格的概况。明初周岐凤坐事亡命，流浪江湖风尘中，得到钱晔的寄诗，在舟中大恸，然则周岐凤亡命奔波之时，抑郁焦愁的心境，当可推得其大概，左宗棠晚年神经有些失常，其原因则在其中年的一切事业与际遇的记录中颇有一痕线索可寻。在研讨这一类的问题时，传记家不得不用推测，甚至于幻想，只要这种幻想比较合理，则运用的结果，并无伤于我们在个人历史的研究中所要获得的"大概如此"的性格与精神。

所以我觉得英国某历史家之贬责斯特莱基实觉过苛。因为所谓"历史的真实"，我们实在无法获得。传记家也不必妄求获得"个人事迹之真实"，他应该只求以现存的关于此个人的记录为材料，以探讨其性格与精神。为将此性格与精神描写出来，解释给一般读者知道，他不得不主观地剪裁材料，以推测或比较合理的幻想来弥补知识之空隙。不如此，则传记之学便根本没有存在的可能了。不仅是传记，也许以同样的原因，连历史学也都根本没有存在的可能了。

第五卷第七期（1941年2月23日）

这一周

　　轴心国家，最近在近东的新策动，很值得我们的注意。大部巴尔干半岛，在毫无抵抗情形下，就要沦陷为德意志的附庸。英罗断绝国交，德陆空军入驻保加利亚，是巴尔干情形恶化的前奏。德南外交当局会商，与德南保"三角会议"的召集，是为准备在近东方面，发动闪击战争。眼前德国在近东的策划，不外两点：（一）对意希战争，先处调停者的地位，对希腊提出和平条件，要求再度宣布中立，德国保证意大利不再侵犯。但是根据过去的教训，没有小国可以信赖德国的保证而不受侵略，希腊当然是不会再上当，而甘心陷入挪威丹麦等国的命运，所以德国只有勾结保加利亚，准备进攻萨罗尼加，这是保加利亚在历史上所要求得到的通海"走廊"。（二）德国很有从保加利亚进攻土耳其达达尼尔海峡的趋势。假如德国能通过土耳其，就可以闪击大英帝国的中部，予以致命伤。在这样情形之下，英土只有合作抵抗。轴心国家，一时还不至在东南欧冒昧采取积极的行动，原因是德苏间现仍保持密切的政治上及经济上的关系，德国当然愿意出很大的代价，让苏联不为东进的障碍，但是在没有得到苏联切实谅解之前，德国是不愿意在近东方面，发动与苏联重大利益有关的国际冲突。

　　意法西元首会议的结果，使成立地中海拉丁集团的愿望，又一度复活了。这个愿望最大的障碍，是意大利和战问题。墨索里尼要求佛郎哥在轴心国协助下进攻直布罗陀，但是佛郎哥决然拒绝；在佛郎哥与贝当会议中，贝当同样的表示法国不再加入战争。同时外传佛郎哥及贝当共同斡旋英意和平，佛郎哥曾由美使李海交与英意和平条件，但是意政界对英意停战谈判的传说，斥之为"荒谬绝伦，不值一提"。可见法西两国调停英意战争的努力，是已经失败了。法西两国既不愿降格为德意的附庸国，意大利又不愿意单独媾和，接受不光荣的条件，地中海拉丁集团一时绝少成立的希望。在英国握有地中海制海权之下，意大利在非洲战事，断难有转机，有如陷于泥淖，愈陷愈深。在一九一四年欧战中，意大利没有参加德奥方面作战的一个动机，就是怕英国海军威力太大，使其无从保守非洲殖民地，现在墨索里尼却为人作嫁，孤注一掷，无怪国内反战情绪，只有日增严重，意大利实在已经走上失败之路了。

近数日来倭寇集中海陆空军于海南与涠洲两岛，并向安南及泰国强索南部沿海的海空军根据地，军舰游弋于越南南部及泰国附近海岸；同时，英国驻军亦在马来北部积极设防，英倭双方战事似有一触即发之势。倭寇积极准备南进，显然是响应德国在欧洲的春季攻势，在德军真正发动之前，倭寇是否敢于先行下手，根本是个大疑问。近日美国的态度益趋强硬，的确使倭寇踌躇莫决。许多日本的急进论者总认为美国不致立即参战，主张乘英国方忙于欧战之际，在远东先发制人。其实倭寇在未充分认识美国有无立即应战的决心之前，势不得观望些时。所以我们认为倭寇目前在军事上的种种南进准备，一方面在威胁英国试探美国，一方面乘机攫取越泰两国的海空军根据地，迫其加入东亚新秩序集团，倭寇南进的野心已彻底暴露，英美实在更无须丝毫踌躇，立应采取斩钉截铁的主动地位。

目前日本外交上，除了南进问题外，还有两件事值得我们注意：其一是野村的使美，另一是日本积极谋与苏联妥协。这两件事和南进问题都有密切的关系，也可以看作一个问题的两方面。日本因为要急图南进，唯恐美国参战，所以派与罗斯福总统有相当私谊而被目为"美国通"的野村到美国，企图缓和美国对日恶感，掩饰南进阴谋，同时试探美国有无立即参战之意。日本因为要在南进时免后顾之忧，所以亟谋和苏联妥协，要求缔互不侵犯协定，甚至更有非分的妄想。不过美苏两国决非可欺之辈，所以野村抵美后，罗斯福即发表严正的谈话谓美国一旦在太平洋作战，对于援英计划并无妨碍，暗示美国已具有与倭寇一战的决心。野村和美国务卿赫尔仅会谈了五分钟，以后虽将继续长谈，但绝无任何效果，倒苦了野村，被新闻记者责问日军南进之事，野村只有藉口未接情报而拒绝发言。至于日寇对苏，一向视为无可妥协的劲敌，从前苏联要求缔结互不侵犯条约，日寇一再拒绝，现在竟不惜卑躬屈膝，谄媚求好。苏联即使有何其他理由，切不应忘了日寇的所谓"东亚新秩序"并未将远东俄领除外，南进后决不会忘了北进的。

美国再度劝告侨民撤离远东，依我们的观测此举不仅仅是重申去年十月九日的训令。远东局势演变至今，美国的一切措施，不能不以备战着想。撤侨当然是备战中的一种布置。更进一步而言，美国在倭寇南进声中，突然出此一举，亦可以说是对倭寇蛮干政策之一有力的答复，使其彻底认识美国在远东已进入作战基础了。

达尔郎受命组阁后，德法关系的进展，为世人所注目。只从赖凡尔失势一点上看，德国对维琪政府压迫，似乎不能无所戒心。达尔郎是贝当的一个左右人，今竟得出来组阁，足见贝当对德趋向强硬之有相当实效。此外，贝当又决心组织"国民联合党"，以与巴黎新党相对抗，这也是德国挟赖凡尔以制贝当的政策失败的明证。以海长出任协理，兼代外长，只当于此所抱的期望，是委托对海军有控制力的人，直接与德国商洽法海军交出问题。海军可说是法国图谋复兴的最后武器，如果德国硬要剥夺这个最后武器，那么贝当只有联合北非与魏刚共作困兽之斗。这点希特勒早已引以为虑的。

行政院常设经济会议秘书处已于二月八日正式成立，关于经济会议，本期已有专文详论。用不着在这里再加以赘述。但我们感觉，今日的问题，是一个办法的问题。倘使能够有适当的办法，则一切都易顺利推行；倘使没有适当的办法，没有通盘的计划，而只知"头痛医头，脚痛医脚"，则恐怕任何会议都会失败的。

最近政府对农业行政机构有了重要的变更。在抗战以前，农业行政除了由实业部负责主持外，政府为促进农业生产，调剂农产运销，充实农业金融机构，发展农村合作事业起见，成立了农本局。农本局自何廉氏担任总经理以来，局务有极重要的进步。中国农村合作事业之有今日，何氏的功绩甚大。但在最近一二年间，政府先后成立了农林部、粮食管理局、四行联合总办事处和合作委员会，利用这些机构来主持改进农业生产，统制农业产销，从事农村放款和发展农村合作等工作。农本局实在余下来的工作，只有经营花纱等不很重要的项目。结果农本局变成了个重复的机关。因此政府利用何廉氏辞总经理职务的机会，把农本局改为一个专门经营花纱和农产运销的机关。我们认为同一工作应避免由重复机关去主持的原则是很正确的，但对诸何廉氏的辞职则不得不认为是中国农业行政的一大损失。

根据政府最近颁布的统制车辆运输条例，所有商运汽车都受严格的限制。凡内行车辆，每走四次，应以两次替政府运输公用物品，以一次运汽油，而只得以一次运商货。在这交通工具极为贫乏的今日，政府这种处置是应有的处置。但在这加强交通统制声中，不知政府对若干司机的大量走私是否也有一定的办法。否则商人的正当运输受了限制，而政府所雇用的司机却公然地作走私运输，恐难免不会发生不公平的感觉吧！

当前的物价问题
——行政院常设经济会议的成立和今后应有的物价政策

伍启元

当时间走进民国三十年以后，政府对调整物价便采取各种新的处置。在一月七日，日用必需品平价购销处就开始办理渝市各项存货登记。这次登记于一月二十六日截止。截止前后政府尝多次开会讨论管理办法，希望对平抑全国物价方面能做更有效的努力，最初原拟成立一个"粮食物工执行总局"，来负担物资和价格的管理总责，但最后决定改变办法，在行政院内成立一个常设经济会议。虽然政院经济会议的工作范围，包括甚为广泛，所有"调整物价，稳定金融，增进生产，调剂供需，安定民生"的工作都包括在内，但事实上这个机关的主要工作，还是在平衡物价方面。

经济会议是由蒋介石先生担任主席，孔祥熙先生担任副主席，而由经济部长，军政部长，交通部长，农林部长，社会部长，行政院秘书长，政务处长，军委会参谋总长，副参谋总长，军令部长，后方勤务部部长，委员长侍从室第一处主任，第二处主任，全国粮食管理局局长，中央银行总裁，副总裁，四行联合办事处秘书长，资源委员会主任委员和贸易委员会主任委员为委员。会议设秘书处，已于二月八日正式成立，由军委会委员长侍从室第一处主任贺耀祖先生担任秘书长，社会部部长谷正纲先生和政务处处长蒋廷黻先生任副秘书长。秘书处下设一室九组一会，即秘书室，政务组，粮食组，物质组，工资组，运输组，金融组，调查组，检查组，军事组和专门委员会。秘书处各组的负责人员，都是由各有关部会负责人员兼任。

从经济会议的组织来说，有三点是值得我们特别注意的。第一，这个会议是由最高当局亲自兼任主席，因此是一个强有力的机关。物价问题和战时一般经济问题原是极困难的问题。对于这些问题，无论办法怎样好，倘使没有一个强有力的机关去推动，则办法是不能实行的。笔者于一年前在《新经济》所发表讨论平衡物价的机构的文章中，便主张成立一个中央物价管理委员会，由军委会委员长兼任主席，而由有关部会长官兼任委员，其意义便在于此。第二，这个会议不只委员是由与物价和经济问题有关的各部会长官担任，并且秘书处的主干人员也由有关部会训用。这种办法使这个会议与各主管机关发生密切的联系和合作。以往许多法令和许多计划无法推行，其中原因之一，就是由于各有关机关的缺乏合作或且互相冲突。现在经济会议把各有关机关都包括起来，这些机关间的冲突必大为减少，而各主管机关的步骤也比较容易齐一。第三，这个会议设有"专门委员会"，企图利用专家的意见，来帮助会议作各种决定。直至现在，政府对于物价问题和一般战时经济问题，除了国防最高委员会秘书厅尝一度分请各专家作书面设计外，是很少利用专门人才的。现在经济会议能够想到利用专门人才，这是一件值得赞许的事。从上面所说的三个特点，可见从组织方面说，这个会议是希望"使理论与实际打成一片，设计与执行集于一人"（引用贺秘书长语）。

经济会议的成立，使物价统制转入一个新的阶段。抗战以来，中国物价政策共经过五个阶段。第一个阶段是从抗战开始至二十七年初。在这个阶段中，政府对价格主要是采取不干涉的政策。但当时原料物品和出口物品因受战争的影响，价格大跌，所以政府对这些物品尝采取救济的方法。第二个阶段是从廿七年三月实施汇兑统制的时间起至廿七年六月止。在这个阶段中，经济学者已开始要求实行物价统制。笔者个人除了根据一般的理由主张物价统制外，并且站在加强汇兑统制的立场来主张物价统制。我们以为汇兑统制如要成功，非与物价统制配合起来不可。政府既于二十七年三月实施汇兑统制，政府就应于同一时间实施物价统制，但在这一个阶段中，政府没有采纳学者的意见，始终没有采取任何物价统制的行为。第三个阶段是从二十七年六月起至廿八年十一月止。在这个阶段中，政府已开始颁布物价统制的法令和实行物价干涉。这个时期的主要问题是怎样防止各地物价的高涨；政府所设立的干涉机构是各地的"评价委员会"；各地评价委员会曾所用的方法，只有评定官价,所用的工具只是命令和处罚。我们尝一再地说过,物价问题是一个全国的问题,任何地方性的机关都没有解决这种问题的可能;我们又尝一再地说过,物价是受供求规律的支配,因此任何只靠法令而不影响供求本身的办法都必会失败的。在这个阶段,政府的办法刚好犯了这两个弊病,所以物价统制并没有效果。第四个阶段是从廿八年十二月至廿九年年底。在廿八年十二月初,政府成立了"日用必需品平价购销处"。这个购销处是一个具有全国性的机构,因此至少从理论方面说,应该较评价委员会的办法来得有效。同时平价购销的办法是一种从供求(特别是供给)入手的办法,所以也比第三阶段的办法来得妥善,但购销处的办法还有许多缺点:(一)购销处的资力极为有限,其所活动的范围极为狭小。因此大部分的商品,和大部分的地方,都没有受到购销处的影响。(二)购销处不是一个具有广大权力的机关,所以很多它要办的事也无法推动。(三)购销处虽然可以利用购买和销售的办法来影响市价,但它没有权从根本方面管理供需有关的一切因素。因为购销处的办法有这许多缺点,所以平价购销处的成立对物价问题并没有多大补助。在平价购销处活动的重心——四川——中,在过去的几个月中,物价反突飞猛进。在平价购销处初成立的时候,重庆粮食价格约较战前增加百分之七十,一般价格约增加百分之二百二十。与昆明比较,则增加还算不大,因为那个时候昆明的粮食价格和一般价格较战前增加百分之四百余。但到了廿九年年底,则四川粮食价格和一般价格所增加的高度,都已赶上昆明。这很清楚地表示购销处办法的失败。

  由于购销处的办法的失败,由于四川粮食和其他物品价格的飞涨,结果政府不能不采取新的处置。行政院常设经济会议的成立,其原因即在于此。经济会议所采取的办法,我们现在尚无法预言。但从经济会议之成立,我们可以知道政府已采取一种新的办法,因此物价统制已进展到一个新的阶段。在这个新的阶段中,物价统制至少具有如次的几个特点:(一)物价统制机关(经济会议)是一个全国性的并且具有广大权限和广大资历的机关,因此比较容易推行任何决定的政策。(二)政府对与物价有关的各种因素,将予以较直接和较严紧的管理。因此无论供给或需要,政府将必予以较大的干涉。最近政府举行渝市存货登记,制定取缔囤积居奇条例,和加紧节约储金运动,都是代表这种趋向。(三)在实施方面,虽然政府大约先以重庆市为最初实施管理的区域,然后再推行于全国各地,但政府的目标还是以整个自由中国为对象的。

没有疑问地，经济会议的办法是较以前任何阶段的办法都来得妥善，来得适当。没有疑问地，经济会议在平衡物价方面，其成功的可能性较以前任何机构都大。不但如此，我们以为这一个机构必须成功：因为这个机构差不多可以说是政府对物价统制的最后尝试，如果也再失败，则此后其他尝试恐也不易成功。

但怎样这个新的机构才会成功呢？换句话说，经济会议应该采取什么方策去平衡物价呢？关于这个问题，笔者在本刊，在《新经济》，和其他杂志报章所发表的论文中，已有详细的说明，用不着再加赘述。在这里，我们只要提出四个特别引起注意必要的原则，以供当局的参考：

第一，我们认为政府在统制供给时，应该充分利用金融机构。没有疑问地；在统制新式工业时，政府可以用直接强制的方式统制他们的供给。但中国大部分的生产，不是新式机械工业，而是农业和手工业。农业和手工业是比较散漫和比较不容易用直接强制方式去统制的。因此最好的方法，是充分利用金融机构去加以控制。金融机关可以利用贷款的机会，强使生产者接受政府的指挥，还是最有利的办法。笔者在一年多以前便一再为文主张采取这种办法，倘使政府能够早些采行这种办法，则这种办法必能有极大的效果。现在因为农村和手工业者的地位略有改善，这种办法的威力已略减小；但这种办法仍为最有效的办法，则是毫无疑问的。

第二，我们认为政府在统制需要时，应充分利用各种消费合作社。没有疑问地，在统制汽油或相似物品时，政府可以用直接的统制办法。但对一般物品——特别是日用必需品——的需要，政府如要统制，只能用间接的方式。而在各种间接的方法中，以利用消费合作机构为最易收效。笔者所以一再地主张健全消费合作社的组织，其缘故即在于此。

第三，我们认为政府在统制商业活动时，应特别注意统制运输和统制仓库。运输和货仓都是比较容易统制的东西；我们如果能够把运输统制及仓库统制与物价统制配合起来，则物价统制便易于成功。现在政府运输已有严格统制起来，但政府还没有把运输统制制度与物价统制配合起来；至于货仓统制，则政府所做的工作还是很少。

第四，我们认为政府在防止违反物价统制法规时，应成立经济特务机构。在今日的中国，我们如要使物价统制能够顺利进行，我们非得用一种

"非常办法"不可。成立经济特务机关,用超法律的办法去对付违反法令的行为:这是最有效的办法。对于防止物价统制的执行人员的舞弊,经济特务机关更有必要。当然,成立经济特务机关也不是没有困难的;如果特务机关本身不健全,不公允,或不守法,则特务机关反会成为扰民的机关。因此如要成立特务机关,我们应对人选和组织特别加以注意。

统制物价如要成功,政府还应认识两个要点:第一,物价统制必要是有整个物价机构的整一的统制,然后才能收效。我们不必——事实上也不能——对每一种物品的价格都加以直接的干涉,但我们对整个物价问题,必要有一个统一的计划,然后物价机构才能走上政府所期望途上。否则用破碎支离,"头痛医头脚痛医脚"的办法去应付,其结果必会失败无疑。第二,政府应要理解整个经济是一个有机的统一体,物价问题与许多其他问题有机密切的关连,因此物价问题的应付应与这些有关问题配合起来。具体地说,物价统制至少应该与外汇统制和贸易统制配合起来,然后物价统制才有成功的希望。

关于物价统制,还有一点是应该特别注意的,即在目标方面,政府不但应该设法防止物价继续上涨,政府并且应该设法避免分配的不平衡发展。在过去的几年中,因为物价上涨,各界的收入发生了极不平均的发展。一方面商业阶级收入有极大的增加,一方面社会的"长衫阶级"(包括公务员和教育界)和其他固定收入者的实在收入有极大的低减。这两种病态的发展确在社会上发生极不良的影响。商人暴利的增加和暴发户的抬头使社会道德衰落和使奢侈生活流行。长衫阶级或知识阶级的生活困难和中层阶级的没落使社会失去了它底稳定力量。这两种不平衡的发展若任其继续下去,实在是国家社会的一大危机。幸而在物价上涨的过程中,劳动阶级的地位不但没有低落,并且略有改善;否则这个危机必更不堪设想!但只是中层阶级和知识阶级的没落,已足以使社会发生极大的骚动了。

现在社会一般人士似乎很少明白物价变动对分配所发生的影响,以为物价高涨的问题只是一个一般生活困难的问题。例如最近某报的社论便这样说:

> 我们目前的状况,并不算困难,其所以感到些微困难的,是因为大家还是以平时的标准来过战时的生活,还是尽量享受,随意浪费,一人如此,人人如此,物资供应,纵与平时一般,还不免感到

困难，何况战时？我们大家的生活，本来去合理化的标准很远，正可趁此时机，彻底纠正过来。大家只要有了这种认识，对于现在的生活，自然不会感到困难。并且假以时日，还会感觉到以前的生活太浪费太不合理了。

这种看法我们是不能同意的。在这个物价高涨的时候，无论中层阶级或劳动阶级，谁有能力去"尽量享乐随意浪费"？现在只有商人阶级，他们因为暴利容易取得，所以生活极为穷奢极侈。至于中层阶级和下层阶级的人，最大的希望不过是得一温饱，谁能够享乐浪费呢？正因为大部分的人无法享乐和无法享受，而若干商人和发国难财者则在过着穷奢极侈的生活，所以物价问题才成为一个严重的问题。当前的主要问题不是一个"贫"的问题，而是一个"不均"的问题。我们盼望政府当局能够了解这一点，在统制物价时不要忘记改善分配的情况和防止分配的不平衡发展。

现代教育思潮蠡测

陈友松

我们要创造现代化的中国，须以教育的现代化为始基，所以对现代教育思潮有探讨的必要。教育的思想是从宇宙万象及一切学术产生出来的。它的理论或原则是从哲学、伦理学、生物学、生理学、人类学、社会学、经济学等自然或社会科学来的。它的对象，是有差异的而且在变迁中的婴儿、儿童、青年、成人以及一般民众。"教育是时间空间与环境的功能。"它是随着整个文化与社会经济制度之变迁而变迁的。因此，教育思潮，遂成了五花八门，众说纷纭的现象。姜琦说："中国教育里，实包含有许多种新思潮，将世界其他各国的一切教育新思潮，都网罗而无遗了。至于中国教育的失败，乃由于我们自身的社会组织与那些教育思潮不相适应的原故。"自兴学以来，我国教育思想史上一切教育思潮，确是一波随一波澎湃汹涌而来。五四而后，其主流支流，同时泛滥于中国者更多。正如胡适之先生所谓："学得他人忘却我。"中国的教育，遂无中心的主张与目的，谈不到创造的适应。国府成立以后，确定以三民主义为教育的中心思想。抗战以来，虽仍以三民主义为教育实施的最高原则，然实际上为了抗战的需要，又因为各党各派的参政，中国的教育思潮里，仍有不少的伏流与回澜，增加了它的复杂性与矛盾性。例如固有的六艺教育思想之出现。又有十八九世纪的军国民教育，国家主义教育，以及较近输入的唯物主义、社会主义、统制主义的教育思想。至于民本主义、实验主义，在各级学校中，仍继续在那里发展。我们承认三民主义是一最高的综合，以适应抗战建国的需要。在这些复杂的矛盾的思想中，应当怎样知所去取，执简驭繁，求出一套系统来，换言之，我们应当怎样创造我们的中国教育学呢？首先我们要明白的，是现代教育思潮的起源演变及现势。

现代教育思潮的起源和一般现代思潮一样，是有它的基本概念的。人类对宇宙万象有若干显明的基本概念。若干教育的概念，是由此引申出来的。举例言之：

一，进化的概念。表现在社会思想的，如总理对人性的进化观，社会学家之社会宰制说（Social Telesis），与社会进步说，认为人是可教的，教育是社会进步的动力。由此而表现在教育思想的，是杜威派的发展（Development）、成长（Growth）与继续不断的经验改造说（Continuous Reconstruction of Experience），因为每个人都可教的，教育机会平等之说，才有意义，是民本主义教育的精髓。

二，变异的概念（Variability）。是社会现象之常态曲线分配的根据。因此教育思想有所谓个性主义及分化教学（Differentiated Instruction）。

三，一致性（Uniformity）及因果概念（Cause and Effect）。社会现象与自然现象一样是有定律的（Laws），是科学方法的基础。一切教育活动与现象，是可以用科学方法去改进的。遂产生了教育里的实验主义，及五十年来教育科学运动。

四，对理性与矛盾的概念。是哲学思想的辩证法的基础。表现在社会现象的，是马列派的辨证唯物论，是综合技术教育的渊源。

五，主客观与心物观的概念。是唯心唯物思想的起源。属唯心者，有人文主义、体验主义、精神科学等教育思想。属唯物者，有马克思、平克维克等人之劳动主义的思潮。

六，群己的概念。人为天地之心，人之小我为己，大我为群，对群己之界限，先后与重轻，有不同的认识，遂演成了社会政治经济思想上各种对立的及其综合的理论。表现在教育思想的有个人主义，自由主义，人格教育以对全体主义统制教育社会主义，又有民族主义国家主义以对国际主义和平主义的教育。

七，新兴的能之概念。能是物理学上的Energy，认宇宙万象是能的表现。是现代人生之一有力的统一概念。"A powerfu unifying concept"，据科学家说：太阳每年放射出来五零零，零零零，零零零，零零零，零零零，零零零，零零零，零零零马力的能，通过地球上的能，只是其二十万万分之一，发挥而运用宇宙无限的能，以增进人的幸福，是现代人的使命之一，我们现在是动力时代（Power Age），从前每人每八小时之日的工作，仅有十分之一马力的效率，现在可能增加九百万倍，一个农夫在一八四零需要三千小时的工作，现在可能用一小时做完了。教育不仅要发挥物之能，也要发挥人之能，即是人力思想力，人之脑筋，有不可思议的潜能，现在只发挥了极小的部分。能的概念，将使教育思想起极大的变化，庄子的"人为宇宙的主宰观"（引刘文典）将可实现。人之集体生活的道德，人类价值（Human Values）即人为机器与物质的主人翁，非为其奴隶等思想，将益被重视。

八，无涯性的概念。宇宙是无涯的。圣而不可知之谓神。生命之起源，人生之归宿，至今仍是一个大谜。这是传统的宗教思想之所由起。科学虽日益昌明，但宗教即人生根本信仰的教育与陶冶，将以新的形式产生出来。

现代教育思潮之纵的演变，依据李石岑的概括说明，在古代是以道德为中心的，重人情的管束，是人伦本位的教育。中古是以宗教为中心的，重生命的表现，是生活本位的教育。依据哥伦比亚大学教授罗格的分期，则一一零零至一五零零在西洋为封建主义之没落，民族国家之初次形成时期。宗教主义，人文主义的教育思想抬头，一五零零至一七五零，是理智与科学初发展时期，培根与孔美纽斯盛倡自然主义的教育，卢梭的自然教育与自由教育思想，已开始在欧洲投下一个剧烈的炸弹，随即如火燎原。一七五零至一九零零第一次产业革命是机器时代。人类经过百余年的锲而不舍，开始从自然的奴隶解放出来，从政治的出发点，产生了民族主义，国家主义，军国民主义及民本主义（德谟克拉西）的教育思想；从经济的出发点，产生了实利主义，实用主义，劳动主义的教育思想。一八四八年共产党宣言以后，掀起了社会主义教育的伏流，从纯粹的教育出发点，则有配师大络齐与赫尔巴脱的教育社会化与心理化。洪波特之新人文主义与席勒尔等人的艺术教育思想。十九世纪的教育思潮，是波澜万状的，完全或部分站在个体主义立场的，我们发现有尼采的超人主义，爱伦凯与蒙台棱利的自由主义，魏铿与普德的精神生活，佛斯脱的人格主义，杜威派的实验教育以研究儿童个体为出发点，故偏于个体思想，但其民本主义则又属全体主义的。站在全体主义立场者，则有孟禄等的国际主义教育，克里克的文化民族主义的教育，其他旁流则有斯普兰格的文化教育学，凯兴司泰乐的作业主义与公民教育，付塞尔的现象主义教育及桑戴克与侰德的教育科学研究。一九零零年至现在，是所谓第二次产业革命即动力时代。人类乃开始有力量创造世界大同的繁荣，与美的文明。但其中经过第一次世界大战的惨剧，又来了第二次大战的更大的惨剧。其中教育思想一变再变，新与旧有尖锐的对抗之势。一方面原子与本能心理学之失势，完形与行为心理学之出现。综合教育统整教育与淑境教育思想盛行一时。另一方面因为教育成了政治的工具，其思想是跟着各种对立的政治思想而抬头的。形成了排山倒海的大主潮。在此时期，有社会主义国家的建立，所谓民族主义的形式，与社会主义的内容的计划教育，在六分之一的世界上展开人类启蒙史的空前一页。一九二三以后，特别是一九三三以后，又起了一种回光返照的泛西主义与亚利安主义的极权教育思想。民主国家不得不起而对抗，英美等国的教育，亦渐趋集权化与社会化。十九世纪以来之一切前进的教育思想，受了极权主义的威胁，正在那里重新肯定其立场，在黑暗中坚持着他们的光明。（见美国出版德谟克拉西的《前线杂志》一九四零年十月号：*In the face of darkness*，*A reaffirmation*）

这样，现代教育思潮在横的剖视可以发现有四大主潮，互相激荡。因为大战的迫切需要，在甲国为主潮者，有时在乙国成为支流或伏流。这四大主潮是与各该国的政治与文化背景合一的，第一是苏联的共产主义文化，其教育思想，即是上述所谓民族主义的形式与社会主义的内容的计划教育。最近亦有军国民主义的支流。第二是英美等国改良资本主义文化，其教育一向是与政治分开的，所以其民本主义，自由主义，实验主义的教育，仍在那里发展。最近亦有武化、集体化、集权化的趋势。第三是德意等国的法西斯主义文化，其教育的主潮是极端的统制主义、狭隘的民族主义、侵略的军国民主义。但亦有劳动主义与一国社会主义的伏流。第四为我国的三民主义文化，其教育的主潮是民族文化教育，民本主义与儿童中心教育，心物综合的民生教育。为了抗战需要，我们正在发扬先圣的六艺精神，但亦有统制主义国际主义及实验主义的伏流。

我们明白了现代教育思潮的起源演变及现势，确定了我国教育是以三民主义为基准，对于世界教育思潮的激荡，应如何取舍呢？首先应确定取舍的准则，第一，三民主义的教育是有进化性的，进是前进，化是变化与类化。即是一方面继承数千年文化遗泽，发扬而光大之。一方面吸收现代各国前进的思想加以变化，创造前进的现代化的中国教育学。第二，教育的对象是中国人。中国人的民族性，有其优点，例如中正，大刚，适应，和平等；亦有其缺点，例如自私，涣散，不进取等。我们摄取他人的教育思想时，应针对着民族改进的需要。第三，中国是半封建的次殖民地经济落伍的国家。所谓现代化的第一义是工业化，教育思想应迎合动力时代工业化社会的需要。第四，这一次世界大战是暂时现象，世界新秩序必然有建立之一日，资本主义必然崩溃，法西斯或集权与军国民主主义必然寿终，我们顾到眼前的需要，也要高瞻远瞩顾到将来的发展，现代的中国教育思想，必须要前进。"知其所先后，则近道矣"。

自由与经济制度

王赣愚

我在本刊第四卷第二十五期,曾写过《今日的自由主义》一文,犹嫌未尽余意。这里再从经济制度的观点,一论现今自由主义的危机。

近代经济制度,向来分为资本主义和社会主义两种,二者互相颉颃,势不两立。但自从首次欧战以还,他们各自暴露弱点,而不敢再事夸张了。前者偏重个人经济自由,促成贫富不均的现象。而后者则主张阶级斗争,徒使劳资冲突日趋尖锐。这两种制度的畸形发展,不仅威胁社会现有的秩序,而且危及政治自由。这是极显明的一种现象。社会主义者对自由的态度,倘参谋苏联国内实况,尤是我们所疑惑不解的。现今世界上只有苏联一国,公然实行社会主义,但那是一党专政,人民不得享受自由。社会主义与自由之不兼容,是崇奉这个主义者所不肯承认的。他们中反对苏联试验者,否认苏联所推行的社会主义,而他们赞成苏联试验者,则谓苏联的最后鹄的亦何尝不自由。其实,不论说法有所歧异,苏联确是近代社会主义之最大的试验场,也是最先一个国家,知道要实现政治自由,必须由促进经济平等入手。那一个国家中的人士,大致就是依据这一点,来辩护他们所行为的经济制度与自由之不相悖。

自由是民治的产物,我们如认民治是分权的趋向,则不得不承认在社会主义下,始终无自由之可言。民治假定社会上先天有不同的经济利益;而代表各种经济利益的团体,无时不在影响政府的措施,或左右政府的政策。为了这个缘故,国家对于经济生活愈加干涉,则经济利益的冲突必愈趋剧烈,甚至走到无从调协的地步。大规模的经济统制,和人民日常生活关系甚切,所以许多政治纠纷，都是随着经济统制而滋长，在计划的社会里，凡足以引起争执的问题，惟因其牵涉到人民的切身利益，以致少数服从多数之制，非靠着武力强迫便难于施行。然从另意义上言，要实施经济统制，而不愿牺牲若干自由，于事实上也是不可能，其主要原因，就是个人私欲或特殊利益，倘听任其充分发挥，则势必阻扰任何社会主义的试验。换言之，由于实际上的需要，凡具有普遍性的经济计划，在政治往往促成权力的扩大和集中；因为有了这一项条件，然后可以避免总筹上及执行上的困难。但事实上种种流弊亦是由此而产生，积久便成了个人自由之大梗。

民治各国中民意的变幻，是计划经济的致命伤。任何计划既经付诸实施，自不容屡改迭易，事实上必须得到全国一致拥护，始克有预期的成就。不过计划经济所追求的目标，却难靠着散漫的大众来决定；而实际决定之权，却落到特殊阶级的手里；并且为保证计划成功起见，他们通常是不对大众负责的。政府随时受民意的牵制，视民意向背以定政策，是现代民治国家中应有的现象。但民意的方向恒难逆测，因此民治政府在经济上设计定策，每感左右掣肘之苦。从这点上言之，民治国家实施计划经济，本有其实际上困难，其勉强实施的必要结果，最少是暂时放弃"责任政府"的精神。

在社会主义者的心目中，资本主义国家之所谓自由，是有利于极少数人的自由，而这极少数人，就是经济势力优越的阶级。所以依社会主义者的见解，真正自由的实现，必须以生产工具公有为要件，到了生产工具公有之后，全国以内的经济利益，既在一炉以共治，则意见上的争执，自然不易发生，纵然发生了，亦不难得到和平解决。社会主义者每认私产制度是社会冲突的主因，私产的攘夺愈剧烈，贫富的不均愈显明。一旦私产不复存在，则人各消除利欲，协力同心于公益，如此社会调协赖以完成。无疑地，这个假定失之太简，谁也知道适当限度的财产，是个人合理的要求，满了这个要求，而后在社会上才能保持独立自主的地位。欲根本废除私产制度，无异硬使人民抑遏争取的欲望，这不但是违情悖理，而且事实上也做不到。原来私产并非人类竞争的唯一动力，而一般社会主义者，竟想从废除私产入手，来根本消除竞争，这也是不切实际的。在社会主义制度之下，纵然能使资产阶级消灭，则另一特殊阶级必相继而起。换言之，这个新建的社会，亦不能避免治者与被治的区别；尤其为了实施计划经济，发号施令之权，必然操于极少数人的手中；且在那里需要服从习惯的养成，比较在资本主义社会里更为迫切。基于计划经济的需求，而促成权力的极度集中，其反映于政治上的，是统治特权之特别受人重视。财权与政权的结缘，是现今资本主义社会的表征；但在社会主义的制度之下，财富虽然不是政权的阶梯，而在政治上确依然有变相的特权出现。享受特权的人，也不外是常人，其权位思念不因私产之受限制，而至于完全消灭。特权的存在，是自由之梗。以特权为统治者的护身符，则其对人态度，不能无所偏袒；所以贪取吝予，厚此薄彼，乃其施政的特色，由此而观，在推行社会主义的过程中，政权虽已逐渐与财权分离，然政权公开却不由此促成，如此政治距离民治的理想，不可谓不远。

其次，企业家在社会主义国家中，本来没有地位，其所代表的自由，所以也不能存在。当然，依社会主义者看来，企业家除剥削劳动民众以外，并无其他自由可言。一面因为社会主义制度不容许剥削，故劳动民众得以完全解放；一面又因为劳动民众占着人口之大多数，故自由成为普遍享受之物。但就常情论断，在社会主义制度之下，劳动民众究竟能享受多少自由，根本也是个大疑问，事实上他们勤劳所得的报酬，几乎完全取决于国家，而国家处着雇主的地位，对于工资多寡的评定，和劳作成果的估量，无一不假手于操握政治实权的少数人。劳动报酬的标准，以服务替代货币，实无异让许这些少数人凭着主观的成见，决定个人工作的条件。至如资本主义的社会，情形与此却不相同，那里不论劳资双方站在如何不平等的地位，劳动民众最少在表面上还得享受缔结契约的自由，且在某种范围之内，依然可以随各自兴趣的所近，寻找比较适当的工作。不过我们于此亦不得不承认，社会主义国家对劳动的态度，与资本主义国家，根本相异其趣。前者假定劳动民众个个都是有工作权的公民，而不能问其才能的高低，又不问工作成绩的优劣，国家总要保证他们有工作的机会，在这方面应用平等原则，我们固无可非议。从原则上言，人应各有适当的工作，以工作所得的报酬，维持其合理的生活，然后得有余力完成公民的义务。我们俱知所谓工作权也者，实际只是盲从者所得的一种报酬，却不是个人发展自我的主要条件。工作权的普遍享受，固是社会主义国家的一大目标，可是我们所忧虑的，就是操政治实权者，会凭借分配工作的大权，弄出排除异己的勾当。原则上，国家并非为保护特殊阶级而设，其原来目的系在供给大多数人生活的需求；而实行社会主义的结果，却往往把这个原来的目的完全推翻了。我们在这样情形之下，每徒见社会上有力的分子失业，因而失其所养，而一般机会主义者，都成了各种工作的垄断者。在现今极权的国家中，这种现象最为显著，因为那里社会主义方法的误用，已使全国经济呈着乖戾不平之势。

欲望实现政治自由，必先安社会生活，早已成了社会定论。人民足衣足食，然后能辨是非，明大义，终乐于过问政治。忍饿挨寒的人，纵然起来参政，每因对社会现状不满，以致滥用阴险手段，从事政治的冒险。现今极权的国家，表面上虽以改善民生的要政，但其所采行的经济措施，不啻加深饿寒民众的疾苦，而后利用普遍的愤懑情绪，造成攘夺或把持政权的机会。至如一般民治国家，在财权关系未彻底调整以前，倘使一味抄袭社会主义的余唾，则其所引起的政治纠纷，亦定会变本加厉。政党通常是特殊经济利益的代表者，到了掌握政权的时候，若令其负起统制的全责，则没有不为特殊阶级张目，而将一般福祉置诸度外。由于一般福祉之被忽视，各政党都在怀疑着当局施政的偏私，所以越出政治常轨以外，企图倾覆现有的政权。任何经济计划，一卷入党争漩涡里，就会随着政权更迭而遇挫，纵然经过短期的试验，亦未必能得到比较耐久的效果，民治国家的战争，如果形成变相的阶级斗争，则欲使少数听令于多数，使一切问题悉和平解决，于事实上几为不可能。人必先求生活的稳定，然后对事能从容计议，对人又能宽厚相待，这是环境影响人性的明证。以经济统制为根本要着，政权之谁属与人民的切身利益，实在息息相关，党争焦点既转移到社会根本问题，容忍态度之不能保持，终使自由于互相轧轹中断送了。居今日而欲挽救民治，对于经济平等的促进，实不容有所疏忽；可是采用社会主义方法，以求达到这项目的，也有其潜在的危险。在社会主义的国家，民治之不能循正轨以发展，到今已成必然之局了。实行机会主义的结果，是使国内政治趋向于独裁，同时独裁政治的倾向，也就是援用社会主义的方法，以开辟极度集权的途径。除苏联不必论外，即是素来以"反共"相标榜的德意两国，其所采行的经济政策，亦何尝不是与私产制度及自由竞争大相径庭？法西斯及国社主义的经济制度，自始即带着社会主义的色彩；为了厉行经济统制便一味伸张国家权力至非常程度，使个人与团体俱沦为国家的工具。所谓私人创造意志，无时不受国权威胁；劳资双方的自卫手段，均被政府剥夺；人民的集会结社自由，亦为命令所严禁；甚至各种社团层递而上，使之同隶于中央，几乎不能逃脱其统制。独裁国家本在企求政治与经济之调和，实则把经济看作政治的附庸。以为经济繁荣只有在集权主义的前提下始为可能。现今集权主义者所引以为负的，就是在推翻传统的自由主义之后，又能以国家观念替代个人观念；以广泛利益替代偏狭利益；以全体协作替代阶级斗争。然从实况来观察，集权国家的经济政策，绝对不是它们自己所颂扬的那样有补偏救弊的作用。很显明的，它们的一切经济计划，都逃不出战时经济的范畴，徒求集中全国的生产力量，以应加紧对内压迫对外侵略之急需。只从现实政治的需求着眼，决定一切经济的设施，其必然的倾向，是牺牲个人的自由和福祉。在这个场合之下，独裁者的惯技，不外是凭借轰轰烈烈的计划或运动，来和缓人民不满现状的情绪；或利用耸动观听的口号标语，来掩盖一切剥削民众的残酷手段。近来居然有人在德意以外的国家，倡行集权主义的经济政策，而不比较这个政策与社会主义的根本差异，这种误解也是不谙民治的真谛所致。

经济上的绝对不干涉主义，到今任何政府都断定其是不宜行的一个政策。多年来民治国家如英美法等，虽已经决然放弃古典经济学派的那一套理论，但事实上它们对经济生活的干涉，比较过去数十年加紧得多了，不过其加紧的程度还比不上那些集权国家。经济的干涉主义，倘使超越了某种限度，是否将使民治制度无从畅行？这是怀疑民治的人所常提出的问题。依主张民治的人见解，经济统制与自由，本是相成而不相悖，欲使人类避免专制之苦，经济统制便可算是一种危险，但必需的措施。在欧西各国，民治固是经济放任主义的产物，但它与经济放任主义未必是相合的。近今经济放任主义的逐渐放弃，对于自由有极恶劣的影响，这亦是一般人所共认的。由于政府的无限干涉，整个社会不但难臻繁荣，而且日趋穷窘，今日集权国家的实况，最足供为佐证。为干涉主义辩护的人，每以为整个社会之所失，就是贫穷阶级之所得，财产分配转向均衡，社会正义将赖以实现。这种推论却不为传统经济学者所赞同，因为他们都假定干涉主义是有碍于生产的，如果国内生产锐减，大众生计日蹙，则人民必对政府加深怨恨，如有机缘可乘，甚至铤而走险，以谋倾覆现状。在这种情势之下，不论何党何派秉政，都要假维持秩序的美名，更坚决地加紧经济统制，其最显著的结果，是租税的急增，这是最不利于大众生活的。过去史实已给我们证明，租税的急增，对许多国家革命前夕的民众疯狂情绪，确有推波助澜的作用。所以要政治上轨，向自由鹄的迈进，任何国家都得首先注目到大家生活上面。民治须以大众生活安定为条件，这项条件传统的资本主义已不能完成，但极端的社会主义亦是不能为力的。这点我们至今已看得很清楚。

社会结构演变到今,经济的不干涉主义,几乎成了过去。法西斯,国社,共产各种主义以及计划经济,无一不证明放任主义的失效。我们既知经济生活的要件,不宜让特殊的少数人垄断支配,故深切认清最稳当的途径,是莫过于赋予政府以相当强大的权力,使其参政集团的考虑,和长期的筹划,去切实保证大众生活的安全,工作机会的平等,以及财权分配的均衡。为了执行这项新增的职务,政府不得不扩大其权力。这是近今世界政治的动向,我们本不必引以为虑;其所可虑的却是权力之不受限制,卒予个人自由以重大的威胁。经济制度固各有其利弊,而自由的最大障碍,是社会生活的不安定,只有社会生活趋于安定,个人自由始得以实现。证诸各国实况,这不啻是政治上的一个公例。

剑川散记
——滇西散记之一

曹立瀛

一、剑鹤丽的大门——牛街

从云南省境内入剑川，鹤庆，丽江三县，据笔者所知，至少有九条路。东三路为：由宾川线鸡足山至鹤庆、由永胜过中江渡至鹤庆及由永胜过梓里渡至丽江。西三路为：出云龙经马坪关至剑川、由兰坪经马登街至剑川及由兰坪经石鼓街至丽江。中三路系由下关大理邓川北上，中左路由邓川过凤羽山经乔后行至剑川，中右路为由邓川过东山经姜营街至鹤庆，中正路为由邓川经洱源东北角的牛街（在鹤庆的西南角）再由牛街分路，东北经黑泥哨至鹤庆转丽江，西北由甸尾街至剑川转丽江，大理至丽江的公路，即沿邓川、牛街，甸尾，剑川，九河至丽江，故称牛街为剑鹤丽三县的大门。

牛街位于洱源平坝的近北端，为洱海北源的流域；西为罗坪山脉北端的大猪山及华丛山，近麓有长虫山、象鼻山突出坝中；东为云应佛光马耳祥云诸山，近麓有火焰山突出坝中；长虫与火焰对峙，所以大平坝的北端狭小如囊，纵横均仅约十公里余，划归鹤庆县辖，为其第五区。牛街居此囊状平坝的东边，火焰山之北，海拔二千公尺，居民数百户，蔚为大镇。街期如其名，丑未日赶大街，辰戌日赶小街，地扼交通要冲，成为下关及右所以北的第三商场，大邓洱剑鹤丽各县商品的集散地。

自洱源县城至牛街凡四十里，十二时十七分行，四时十七分到，行程四小时正。这天是小街，到达太晚，又值雨后，赶街人众仅有百余人，集于公路与旧大街相交的地方，买卖多松柴，粮食及凉粉等食品，少见其他。

公路自南而北，穿村而过，分村为东西两半，区公所在西半的卧虎岗上，东半有共和栈，闻为牛街最好的马店，迤北各县县长往来总歇住那里，但也简陋龌龊不堪。

自牛街至剑川，大致沿公路行。公路宽十一公尺，此段土路基已大部竣工，惟桥梁涵洞未成，路基更有被山水冲毁的，小汽车虽可勉强到牛街，不能再上驶。因为缺口很多，马行也常须绕道小路，由牛街西北行一小时零五分，到观音山麓，观音山是洱源平坝北端的大山，也是鹤剑二县的界山，东南连祥云马耳，西南连华丛大猪，向北延伸的是九鼎山脉。洱河北源始于华丛东南及大猪东北的西湖，东北流经华丛观音二山交界处，纳一西北自野鸡坪来的溪水，折向南流，再纳东北自拉杂坡（从音）来及东自山神哨（黑泥哨附近）来的两条溪水，出火焰山囊口，直下纵贯洱源平坝。公路越过山神哨箐，沿拉杂坡箐曲折上山。由牛街至山麓，村落甚多，在洱河转折处的村子称观音寨，称北甸；上山后村落渐疏，即使有也沿旧大路，不沿公路。自山麓行一小时二十五分抵拉杂坡，折向西行，再一小时零五分至臭水井，再三十五分至双龙村，再四十分至野鸭塘，再三十分至野鸡坪。坪的附近可望剑川平坝，剑湖掩映坡间，未露全部，灰黄一涯，毗连于绿野黄畴，大似平原景物。野鸡坪已在剑川平坝的边缘，过此村落不渐多，一小时五十分至甸尾街。（附言：土人似不知观音山的名称，他们所谓观音山，是洱源折流处南边的小山，略连西湖东岸的山脉，怪石嵯峨，相传有九洞十八妖的神话。）

甸尾是剑川第二区区公所驻地，居民约百户左右，街期原为六天，近增设"天天街"，每日约三时至五时许交易，买卖多粮食及鱼类，除凉粉外无其他食品，购食大白萝卜一枚，甜嫩异常，对饿了一天的旅行者确是一极大的安慰。赶街人以妇女为多。

出甸尾仍西行二十分钟，至一大石桥，称海虹桥，跨沙溪河（下游在乔后称黑惠江）的近海口处，也就是剑湖的出口处，桥下水流平缓，不若黑惠江的奔腾，显系沙溪上游有所淤阻。过桥折向北行，即可遥望平坝西北坡下的剑川城。沿路杨柳夹道，尚未成阴，绿野黄畴，一望无际；再前行，忽发见山北方坡远处，有两堆晶莹皎洁的集团，初疑是白云，继知为雪山；东偏的形如马鞍，度其方位，或即丽江的玉龙雪山，西偏的形如尖锥，且很远，或是中甸的十二阑干山。青翠的平野以洁白的雪山为背景，实是一种异形美的调协，令人生出无限的幻象和诗意；在这样的斜阳古道上，不知经过多少村落，二小时后到达剑川的南门。

二、剑　川

剑川，和迤西其他各县一样，由山岭间的几个平坝所组成。西北以老君山界丽江与兰坪，西南也以老君山支脉（蝙蝠山等）界云龙，东以九鼎山界鹤庆，东南以罗坪山界洱源。

澜沧江与金沙江间的大雪山脉，东南引至兰坪丽江剑川交界处，成为老君山，主峰海拔在四千公尺以上，称为滇西各县的"万山之祖"（许多县志如此载着），至少在澜沧江东与金沙江南的各县山脉中，可占一宗源地位。我们可以简单化而通俗化些说，姑且不论丽江高原，老君山向南的大支脉有三：东大支由丽鹤间的七河，东南行，沿金沙江西岸，经上江塘，中江，朵美等处，入邓川宾川境。中大支由丽剑间的九河，南行为九鼎山马耳山联珠山，再岔为二，东分支走洱海东岸，为东山（邓川），鸡足山（宾川），梁王山（祥云）等，西分支走洱海西岸，为罗平山（洱源），点苍山（大理），天耳山（蒙化）等。西大支经兰剑边境至云龙，而成澜沧江东岸诸山。这样划分完全是为说明便利起见，手边无参考书证明老君山与玉龙雪山（丽江）的关系，理论上与事实上，我们也可说上述的东中两支，为玉龙雪山南下的左右两支。无论如何，老君山在剑川县境内的地位是很显明的。假定剑川是一个东北—西南的平行四边形，东边是九鼎山，东南边是罗坪山，剑湖在东角，注入的金龙河顺着九鼎山流，泻出的黑惠江顺着罗坪山脉流。在金龙河西与黑惠江西北的平行四边形里，老君山（组成四边形的西北边）有三条向南的支脉：第一是金华山，第二是石钟山，第三是盐路山等——这三支总是上述"西大支"的分支，而盐路山脉便是西大支的主干，为剑兰剑云的分界。

剑湖流域可分两部分说：一是剑湖本身，一是黑惠江流域。剑湖本身注入的溪流有四五条：主要的是金龙河，次要的有西湖及回龙河等。金龙河主源在丽江，当老君山沿金沙江南岸连接玉龙雪山时，在石鼓坝与剌是坝间形成一座三千公尺以上的陡坡分水岭，岭南一股大水不能入金沙江，便西南流，经九河折南入剑川，在剑川境内又汇西自老君山来的金厂溪（笔者暂名），东自九鼎山来的螳螂河，及西自金华山北来的城溪（笔者暂名），一同经剑川城东注入剑湖。西湖源自金华山南的白腊哨溪，继续东流入剑湖，这是剑湖西岸高田的蓄水库。回龙河源出臭水井北的回龙山，经野鸡坪入平坝注剑湖。黑惠江以剑湖为主源，名称上分四段：出海口经甸尾附近到合江村称海尾河，汇西北自老君山来的栗坪河后，再南至乔后附近，汇湃沙河（上游称白石河及玉石河），此段称沙溪河；乔后以南称黑惠江；经洱源入漾濞境，称漾濞江，会洱河自东北来的水。

为说明便利起见，剑川县可分五个相连的平坝，划分的标准是参照上述老君山支脉与剑湖流域的自然状态。第一，剑湖平坝，就是剑湖本身的流域，西界金华山，东界九鼎山，北界为金龙河出峡（九鼎金华共扼的峡）处的县界梅子哨，南界为甸尾西南栗坪河来汇处的峡口（金华华丛共扼的峡），南北约三十公里，东西约十公里。这平坝里，除掉约十二方公里的剑湖外，总是膏腴良田，灌溉便利。第二，黑惠平坝，就是海尾河下游的江岸，又可分为两段：一是沙溪坪坝，在沙溪河两岸，大猪山之西；一是乔后平坝，在黑惠江东岸，接连洱源的炼铁平坝。第三，羊岑平坝，就是栗坪河两岸，经上中下羊岑村，北为老君山，东为金华山，西为石钟山，南在合江村附近金华石钟共扼的峡内，与上述二平坝相接。第四，湃沙平坝，即湃沙河两岸，西北接马登平坝，东北为石钟山，西南为盐路山脉南部的蝙蝠山（？）东南经峡口接沙溪乔后二平坝。第五，马登平坝，就是湃沙河上游的玉石河流域，北为老君山，东为石钟山，西为盐路山脉，南接湃沙平坝。

剑川县城位于剑湖平坝的西北，金华山的东坡，海拔一九五○公尺。砖砌的城墙，比较整齐的街道，远胜过邓川和洱源。城作方形，面积估计约只半方公里；西门向山，尚多市房，东南北为大路经过处，反觉零落，在城市发展过程上，似觉矛盾，考其原由，或因城西山坡间村落甚多，局部地方交通较县际交通为繁，或因木工艺业聚居西城外，形成一种职业区域。牛街至丽江的公路，经城东至城北，城内大街作"不垂直相交"的十字形：县政府居城中心，向东南北街过其前，略成直线，西街垂直于县府之北，东街垂直于县府之南，巷街甚多，已脱离"独街镇型"的阶段。并且职业区域也有萌芽，最显著的是西门外的木工艺业与五马坊（西街的巷）的漆工艺业，原来剑川不像鹤庆丽江等商业中心，而是一个手艺工业县份，著名的有木工，石工与漆工，只可惜缺乏发展的企图：漆工仅制瓶盆古玩和油漆棺材；石工最主要的是造坟墓；细木工制造木架的布凳，粗木工建筑千篇一律的瓦房，与迤南的河西木匠齐名——这些工艺，千百年如一日——剑川的另一特点是教育水准较高，不识字的比例小，这固然是地方的幸福，可是在交通闭塞的地方，便发生迂腐，穷酸，假斯文，多说少做，是己非人等等病弊。

剑川的交通很简单，西经马登通兰坪，北经九河通丽江，东从清水江通鹤庆，东南经牛街洱源邓川，西南经桥后附近通云龙漾濞及永平。主要的工具仍旧是马与骡。

三、兰坪道中

剑川西行到兰坪途程两站半，——到上羊岑半站，到江尾塘一站，到兰坪一站。我的行程止于江尾塘东二十里的麻栗箐，工作毕折回剑川。

剑川到上羊岑，只是由城坝越过西边的金华山。金华山主峰高三五零零公尺，南山腰又隆起二六五零公尺的小峰，称为白腊哨，是东流及西流溪箐的分水岭，城羊通路必经此哨。出城西南行四十五分钟过青木村（从音）再一里后折向西，沿东翼箐上白哨，初行很陡，后尚平缓，出村四十分钟见歧路，北路经春场村及栗坪至上羊岑，南路经白腊哨下村及上村到上羊岑，后者较近十里。歧路中隔一山脊，由哨顶向东延伸。由歧路口山上，二十分钟至下村，更数里至上村。回顾箐口，半露剑湖，错列绿野，亦饶风致。由下村行五十五分钟到哨顶，有县保安队的哨房，哨兵正向过路商人索通过捐，嚷着"十四匹牲口怎能只给四毫？"哨顶之西，有一山脊，路循山脊北行，下临幼期深谷。峰山攒聚，万壑交综，苍翠可爱，远望老君崖峰，巍峨混沌，高耸云端，不愧称为剑洱邓榆（即大理）万山之祖。道路虽在脊北，但有一低薄的山凹可以东南向眺望剑川平坝，日来数视剑湖，只这里可窥全豹，不被峰遮——湖形如元宝，两翼肥圆，凹处为金龙与西湖水道（白腊哨东箐流入西湖）冲击而成的三角洲，指向东南。由此再前行越过山脊而南，下到另一箐壑，先沿箐右后过桥沿左出山，里余到上羊岑。计自哨顶到上羊岑共需一小时四十五分，箐桥刚在半路。此段行程共计四小时二十分钟，约为二十二公里。土人说三十里，由城行三小时后所见的指路碑，载东至城二十里，西北至石奎登七里，西南至上羊岑八里云云——总是错的。

上羊岑坝子规模不大，依观察估计，南北长约十一余公里，东西阔约一二公里，北至老君山麓，南隔小山接下羊岑坝通甸尾，东即金华山西翼，西为一不知名的山，姑称之为羊岑山。坝中有栗平河自北向南流。上羊岑村在平坝近南端的西山麓，北部称赵江村，南部称邑邦村，羊岑是两村的总名，居民数千户，现在是剑川第四区公所所在地，区公所在小阜上的香积寺。寺虽小而幽静，入门为五边形的小院，围植矮竹，佛殿二进，后殿前有平台一方，水池半规，皆绕石栏，杂植花木，殿中有经十余种，板多藏于本寺，寺中无僧道，只信徒数人居住殿左的楼内，诵经之余，兼淘金砂。右楼是区公所及赵邑小学，殿后驻保安分队，因此之故，全寺凌乱龌龊不堪。

次日早晨，依原定计划，准备赴麻栗箐工作后，仍回寺宿。无奈马锅头与马均不辞而别。原来马是县警察局代找的，说明雇价，并非封差，马锅头是兰坪人，此路常往来，本当相安无事，今乃出此不信义的举动，于是九十里途程只能徒步了。由上羊岑至水自坪行程一小时半，当为七—五公里。沿菁上小坡，坡间路高低不大，下坡一里到下羊岑菁，会由中下羊岑坝到兰坪的大路，到此约五公里；一路林木茂盛，听说盗匪每藏身其中，溯下羊岑行约二公里半，到一小村，洪水潺淙，垂杨覆岸，跨溪有桥，桥头蔷薇一树，攀恋柳枝，辉映朝阳，娇艳欲滴。可惜居民十余户，不懂清洁，以至山川花草为之逊色。在这里问得详情，知道工作回往途程在百里以上，今日势难再回香积寺，不得已，派人回羊岑取被买米，准备今夜歇宿这石桥流水杨柳蔷薇的孤村。

饭后，继续向西南行。由水自坪到麻栗箐，只隔一座石钟山。溯溪而上，始平继陡，甘上岭巅。路北有峰，高出路面不及百公尺，上有悬岩一围，皆灰黑岩石，虽凹凸不平，形极对称，高及半径均约二十五公尺，状如大钟，这是峰的绝顶，也是石钟山名的所自来。由村至此地三十五分钟，约三公里，山顶台地略平，又约三公里；北望老君山，显见金华、石钟及兰坪诸山，总是南衍的支脉，金华石钟之间为羊岑坝，石钟兰坪诸山之间为兰州坝。兰州即马登街，是剑川第五区所在地，位于平坝的西山麓，相对的东麓是江尾塘，由麻栗箐沿溪下仅二十里，越过山巅平地而下坡，约五十分钟。远望兰州坝的西山，白雪数棱，皎然辉映于黑山之上，倍极显明，近望西南有薄山脊三层，第二层的西南麓，就是麻栗箐的目的地。石钟山菁的尽头另为一山，山左有麻栗箐溪自东南来，汇而流向西北，进兰州平坝。汇流附近有石桥，桥和溪是剑川四五两区的交界处。过桥东南行不到二公里，有板屋四五家，这是麻栗箐的村。此地山坡陡峻，约在四五十度左右，森林不多，而苍翠遍山谷，僻处峦荒，尚多幽致。由水自坪到此行程共三小时，绝无人烟，步行疲乏休息，途程约当十二公里。

麻栗箐工作三小时余，为时间所限，必须折回水自坪，归途共三小时五分钟，包括十五分钟的休息。

石钟山上最苦扰的是昆虫，有一种土名"木苍绳"身长一公分余，阔不及半公分，吸人血，伤处肿起，痛痒不堪，人行时飞绕前后左右，憩时群集吸血，天暮更多，只得以树枝且走且驱，于是知此地露营实不可能。

以草鞋套于布鞋外走长路，极其舒适，有不滑跌之利，无崎岖伤足之弊。可惜上羊岑及水自坪的草鞋——所经各县总是如此，太小，虽赤脚也还不能着，勉强将一双比较大者套上，因是稻草织成，不数里就破了。我初以为迤西人民的脚比较小，其实是因奔波劳苦的操作，如斫柴赶街等事，大都妇女多于男子，宜乎大草鞋不易买得。

水自坪的一宿，仿佛置身于原始人群。陋室之中，木板数块，草席一张，即以作床；山中夏季犹寒冷，屋内燃松柴，柴火熊熊，火上烘衣，吃饭是席地而坐，用方木作筷，陶土作碗；全村没有灯，照明用几寸长的油松作火炬；洗盆是树干所凿，阔约二十公分，长约七十公分，用以装水。这些人们日出而作，日入而息，如能温饱自给，固无求于世人，世人亦无求于他们——文化的落后，当以世纪计算。

这里，令人联想到上羊岑坝老君山麓的夷人。夷人种族繁多，老盘倮标是其最著的，虽与汉人来往，但仍保守他们固有的文化。就武器说，所用的"龙弓""龙箭"，以毒药敷箭头，伤人必死，发多命中，羊岑河上游多金沙，他们掘明槽淘洗，交易汉人的日用货物。这和水自坪的文化，当属同一阶段的。

次晨，步返上羊岑，二十分钟到上下岑会路处，再一小时零五分到香积寺，替我背负行李的，是一位青年女子，貌原不劣，而操劳过度，营养欠足，黄瘦不堪，生机已被戕贼，当然说不上什么女性美！

上羊岑雇得马匹，起初循原路上白腊哨，一小时到过西箐的小桥，再一小时到哨顶，遇雨。由此不循原路，北行越过歧路中间的隔岭，半小时到山神庙，虽有旧道路，蔓草丛生，荆棘遍地，大约几年来无人行走，在山神庙大窑口（并无居民）工作后，循北歧路东下，一小时后到歧路口，会下村的路，再四十分钟下至山麓。

　　山麓距龙门驿温泉一公里。连日跋涉，汗垢不堪，沐浴温泉，洗尽劳顿。温泉有东房三间，中建男女浴池各一，院内杂植树木，中建小亭称"余荫亭"，亭北有半圆形小池称"冷泉池"。廊下有碑，刻民国十三年李慎修撰的剑川龙门温泉记，中有龙门温泉溢于春夏，兰州（马登）温泉溢于秋冬，此溢则彼涸，此涸则彼溢云云；经详问乡人的结果，知道这是信口开河的。温泉温度甚高，须搀冷泉池中冷水，方能入浴。由龙门驿到剑川城四十五分钟，又逢大雨，衣裳再湿。

第五卷第八期（1941年3月2日）

这一周

抗战经过了三年半，我们已经接近最后胜利的日子。我们的情形所以能够一天比一天改好，我们胜利的把握所以能够一天比一天加大，其中原因甚多，但全国意志集中，实为最重要的因素，这是毫无疑问的。抗战以来，无论国民党党外或党内，所有党派都宣告拥护三民主义和宣言拥护抗战到底。全国所有的人，除了汪逆汉奸以外，没有一个人敢反对政府或反对国策的。每人都只有一个目的，即抗战求全；每人都只有一个希望，即抗战胜利。这种全国一致的现象，是中国数千年来所鲜有的。我们今后必要保持这种团结的情况，然后我们才能有光明的前途。不过政府本身也要反躬自问，政府的设施是否已尽了人事，政府的行政是否已经没有可指摘之处。站在政府的地位，尤其应该"责己重而责人轻"的。

教育部学术审议会最近召开第二次全体会议，通过议决案多则。其中最重要的是与奖励学术有关的三种决议。第一，这次会议通过高级学位（博士）的审议办法和审议机构，这种办法可以使努力学术的青年学者得到若干鼓励。第二，这次会议通过设置著作、科学和技术发明、美术作品之奖金，这种办法可以使努力著作和努力发明的学者得到新的希望。第三，这次会议通过请由教育部聘请"在国立大学及独立学院任教授十年以上，声闻卓著，并对所任学科有特殊贡献，经该会大会出席委员三分之二以上之通过者，担任讲座"，这种办法可以使在大学服务的学者得到若干鼓励。这三种办法，用意都至妥善。只要在实行时能守"大公无私"和"宁缺毋滥"的原则，则这些鼓励可以发生若干效果，是无待言的。但今日比较重要的问题是怎样充实图书仪器等设备，如无设备而提倡研究，不是有些本末倒置吗？

第一次全国主计会议已于十九日在渝举行，出席者有各地专家和十五省主办会计统计人员。中国在理论上采取"超然会计制度"已有十年，但事实上去超然主计制度的途上还不知有几千万里。我们盼望这次会议能够从根本方面检讨过去失败的原因，并寻出将来会计，岁计，和统计的具体办法。但我们感觉这个问题与整个政治问题有关。主计制度之成功必需与政治革新同时并进；主计制度为整个政治制度之一环。主计制度是无法离开一般政治而独立进步或单独退步的。

粮食会议是最近在渝举行的另一个会议。政府最高当局且尝亲临指示，可见政府对这个问题的重视。但粮食问题是整个物价问题的一部分，所以当与其他物价问题同时解决。关于此点，本刊上期已有专文加以讨论。

日本南进计划，更趋具体化，大批军队南驶台湾海南岛，军舰集中暹罗湾，英美同时开始巩固东方的防务，美众院通过关岛设防，并扩充萨摩亚等地军港，澳洲军队调防新加坡，大有一触即发之势。但是照我们观察，日本南进，与英美发生冲突，一时还不会成为事实。美国在远东卷入战事的可能性，已经较诸参加欧战的可能性为大，但是英国既不愿在欧战方酣的时期，在远东方面作战，复不愿美日发生战事行动，可以阻挠美国在欧洲援英的计划，所以希望只要英美陈兵太平洋上，就可以制止倭寇的盲目南进，英美绝不会向日本挑衅。而日本在德国尚未发动春季攻势，日苏关系还没有改善之前，恐亦尚须观望待机。也许又想用威吓手段，在泰越荷印等地，尽量攫取富源及军事根据地。所以一面积极准备南进工作，一面还想缓和英美空气。但是野村对美调整邦交，因日美政治空气紧张，无法进行，松冈电艾登建议调停欧战，既没经英国接受，引起德国的不满。只要日本继续进行它的南进计划，英美哪能放松，当然要加紧对日施行经济制裁，日本不坐以待毙，将来只有铤而走险，孤注一掷，那就要陷入于万劫不复的地位。

最近因日寇积极布置南进军事，美英为应付万一计，亦加紧张准备，太平洋上的风云日趋险恶，战事大有一触即发之势。日本国内的稳健份子及一般国民均不满近卫松冈之所为，反对情绪日趋高涨。本来日寇因盲目发动对华战争。已弄得筋疲力尽，进既不能，退又未可，现再冒险向英美挑战，何异自速死亡。稳健分子及忧国之士的反对，实系一种很自然的结果。然在军部及法西斯份子严密控制下的日本，这种论调暂时尚无抬头可能。政府借军部为后盾，亦必极力压制，观于议会的被迫休会，可知倭政府压迫言论的决心。不过防口甚于防水，压力愈大，反抗亦必愈高，日本国内的反政府的情绪，必将随着内政外交的恶化而日趋高涨，终有爆发的一日。

土保互不侵犯条约签订后，巴尔干情形，更趋复杂。站在保加利亚的地位，这一个协定，当然是要维持土保间和平。但是保加利亚是否有参加侵略，向希腊收回萨罗尼加的野心，将来是否在有利条件下，允许德国假道攻希，都是一个疑问。保加利亚总理费洛夫在议会中说明，保加利亚无意威胁他国，而抵抗任何侵略行动，是保加利亚不变的政策，但是在保加利亚的德军，已经不在少数，保加利亚有何实力可以不让德军假道攻希呢？站在土耳其的地位，土保协定成立后，如果土耳其领土主权，不遭侵略，土耳其不能侵犯保加利亚，但是英土互助条约，依然存在，假如德军假道保加利亚，进攻希腊，土耳其是否只好保守中立，是一个疑问。但是土保协定后，英土又签订商业协定，土耳其不准备撤退色雷斯驻军三十人，很明显地土耳其并没有放弃抵抗德国侵略的野心。

泰越的东京谈判最近据称已陷于停顿，维琪政府因倭方调停计划内，强迫越南应以柬埔寨四分之一，划归泰国，巴塔邦亦在割壤之列，已于二十二日照会倭政府，断然拒绝。我们认为维琪政府的这种处置办法，非常得体而近情。倭寇自欧战激烈，法国抗战不利时始，早已存落井下石之心，视越南为其囊中之物。初则借口假道侵华，攫取越南北部东京区的驻军权，继则赞助泰国侵越，作为伸张势力于越南南部的借口，现又强制调停，压迫法越割地，据称此外还向法越当局提出种种关于军事权利的要求。日寇的这种强制行为，无异视法越为其属地，所以维琪政府与法越当局无论就体面或实际利害言，断无接受可能。其次就泰国言，日寇的所以支持泰国要求，决不是衷心见好，而含有非常狠毒的野心。外传日寇已向泰国提出要求，借用南部海口，作为海空军根据地，姑无论此说确否，日寇现正积极南进，企图将泰越两国作为军事根据地，即已毫无可疑。且观于倭寇历次的谈话及表示，早已将法越及泰国视为东亚新秩序内的附庸。泰国又何苦供人利用，所得甚小，而损失至大，蚌鹬相争，渔翁得利。我们虽希望泰越两国能继续和平谈判，但为双方的利害着想，与其由倭寇调停，不如两国直接谈判，本睦邻互谅的精神，求一适当解决，免为野心国所觊觎利用。

南进声中的日寇诡谋

王迅中

正当日寇积极调兵遣将，积极准备南进的时候，日大使重光对英外次白特勒保证，日本无意侵占英荷南洋属地，日本南进的目的纯粹是在经济方面。驻美倭使野村亦于十九日向美国记者发表谈话，谓"日本希望利用经济之手段，以和平方式，实行南进，决极力避免诉诸武力"。而东京方面日外务省情报局代理发言人石井于前一日向外国记者表示："外传东亚局面紧张一节，殊使本人惊异，因迄今为止，吾人对于东亚局面，尚无可以惊慌之理由。延长战争，不论其动机如何，吾人均不解其有何利益。吾今欲声明者，即日本准备斡旋和平。"不但想掩饰它的南进军事准备的野心，且声明时机成熟时，日本有调停欧战之意。据伦敦十九日合众电："英外次白特勒在下院内宣布，日本外相松冈曾特电外相艾登，措词甚为谦和，与日官方发言人昨日向记者发表之谈话内容大致相同。"后来德国因此举示弱于英，表示不满。松冈亦悔自讨没趣，否认以外相资格正式提议调停欧战，谓仅于答复英外相艾登询问日本调解泰越纠纷的复函中，曾就建立世界和平一事，发表意见，但这显然是失败后的遁词，企图掩饰他的没趣而已。因此一般人都认为日寇鉴于英美态度的坚强，军事的积极准备，所以转趋软化，不得不知难而退，且故作调停欧战的拟议，以分化美英的注意力，表示并无挑战的居心。但我认为这是日寇的预定步骤，是日寇企图掩护南进准备工作的一种烟幕，在时机没有成熟，准备工作尚未充分完成前，日寇本就没有盲目挑战之意，目前因仍在准备待机的阶段，对于英美故弄玄虚，企图松弛世人的神经，所以不但没有表示丝毫悔祸之意，反更证明它的诡谲多端。

日寇的企图南进，其始本系一种趁火打劫的阴谋。自欧战发生后，一部急进军人及法西斯分子便主张趁机向南洋发展，去年二月间少壮军人领袖小矶大将就任拓相后，还拟了一个向南太平洋扩展经济势力的计划，主张在外务省内添设南洋局，专辖对南洋群岛，缅甸，印度，安南，泰国等地的外交及通商事务，并扩大拓务省组织，添设拓南局，从事南洋经济利益的开发。四月欧战激烈，德荷关系紧张，有田外相召见驻日荷使，并发表谈话。表示对于荷属东印度的关切。报章受外务省的指示，更公开表示战事若延及荷兰，日本即有出面保护荷兰东印的可能。日寇显将趁机染指荷属东印，实行惯用的趁火打劫阴谋。其后德军侵荷，荷王逃英，日寇虽谋趁火打劫，但以荷印当局坚持维持原状，荷兰舰队东驶增防，而英美亦表示关切，反对任何国改变荷印现状，日寇未敢造次，乃转而从经济着手，用谈判方式，胁迫荷印。六月法军惨败，巴黎沦陷，日寇的南进目标又由荷印移至毫无抵抗的法属越南，始则要求断绝滇越运输，继则借口借道侵华，要求东京区的驻军权，法越当局一再容忍屈服，日寇则得寸进尺，贪得无厌。七月近卫二次登台，起用军部走狗松冈为外相，一变从前诸内阁的踌躇审慎态度，九月二十七日毅然加入德意军事同盟，积极准备南进，以策应德意的欧洲战事。于是南进的意义除了欺负弱小，趁火打劫的阴谋外，并含有响应德意，攫取英国远东殖民地，铲除美国的远东权益，独霸太平洋西部，实现大东亚新秩序的梦想，意义较前远为严重了。

在近卫二次内阁前，激进军人及法西斯分子虽早主张南进，政府亦非无趁火打劫之意，但因顾虑英美的反对，并无坚强的决心，所垂涎的只是抵抗力薄弱的荷属东印与法属越南，对于英国属地及美国的势力范围，尚不敢问津。但自加入德意军事同盟后，日寇显将不顾一切，冒险依附德意，以图孤注一掷。希特勒所希望于日本的，是在牵制美国，攻击英国的远东根据地，以策应欧洲战事。所以香港，新加坡，马来，缅甸，甚至印度，澳洲等都成了日本夺取的目标，同时也可以说是对德意的一种义务。并且在三国军事同盟签订前，日寇的一贯国策，是以解决对华事件为中心国策，所以历届内阁无不以解决对华事变为唯一目标，以标榜于国人。但自近卫二次登台后，鉴于过去日军历次攻势的失败，深知武力解决对华战事，决不可能。而历次诱和，又遭我当局严拒。扶助汪逆伪政权的诡计也无补于实际。因此转变方针，梦想从赞助轴心集团的胜利中，寻求对华事件的解决。换言之，在三国军事同盟订立前，日寇的一贯国策，是以解决中日战争，为参预欧战，而趁火打劫的先决条件，现则转而以赞助轴心集团胜利，为解决对华事件的关键。所以日寇的大部精力集中在准备南进的工作上。如外务省的设置南洋局，拓务省的设置拓南局，改革台湾的统治机构，撤换原任总督小林跻造，而易以现役海军大将长谷长清，积极部署军事，而在海南及涠洲小岛上，亦构筑海军及潜艇根据地，增辟军用机场，囤积军械弹药，积极准备发动南进。日寇的国策已由对华事件移转到南侵政策方面了。

不过日寇虽然决心南进，但对于英美的联合阵线，不能不有所顾虑，在时机没有成熟，准备没有充分完成前，也不愿过分激怒英美，尤其对于实力坚强的美国。而况德国自占领巴黎后，军事优势日渐衰退，意大利攻希又遭意外的失败，北非的意大利殖民地又被英国攻占大半。所以日寇对美英的态度，表面上不得不表示软化，观于近卫松冈对美发表谈话的前倨后恭，以及派遣野村的使美，最近松冈复在议会中公开表示，日本虽加入德意军事同盟，同时不妨执行二面三面的外交，显然日寇极力想缓和美日间的紧张关系。但自加入德意军事同盟后，日寇的南进又势成骑虎。美英对日的态度日趋恶化，一面加紧对华援助，一面积极从事于远东军备的强化。尤其美国除贷我巨额借款外，更积极扩充军备，进行两洋大海军计划，增强空军，巩固太平洋上的海空军根据地，而对日态度亦愈益严厉，逐步推行禁运计划。因此军部及法西斯分子主张与其坐以待毙，不如趁美国扩军计划尚未完成，英美海军在远东的合作尚未就绪时，积极准备南进，先占军事上的优势，待机而动。所以日寇一面设法敷衍美国，一面积极作军事布置，而从与美国利害关系比较疏远的法越安南及泰国下手。既借口借道侵华，攫取越北东京区的驻军权，更鼓动泰国侵越，作伸张势力于越南南部的借口。目的很显然，是想囊括整个越南作日本的势力范围。至于泰国早已为日寇所笼络。日寇梦想以泰越两国为根据地，作西侵缅甸，南攻新加坡，威胁荷属东印的准备。

近月来德国因欲援助意大利，挽回轴心集团的颓势，拟发动春季攻势，日寇认为时机即将成熟，南侵布置益趋积极化，因为要利用泰越作为南进的根据地，第一步必须调停泰越战事，所以强迫越南割地和解。集中大批舰队，游弋于越南及泰国南部海面。据称日向越泰双方提出种种军事权利的要求，如利用两国南部海空军根据地等。一面在台湾及海南岛两地，调集大批陆军，均配有热带作战准备，并于海南及涠洲两岛储存大批军火，集中军用飞机六百架，同时对于荷属东印，亦一再压迫，借经济合作之名，企图掠夺资源。日寇近月来的种种动作，目的很明显，是想趁欧洲德国发动春季攻势之机，作攫取新加坡，荷属东印的企图。

不过目前德国尚未发动攻势，而英美鉴于日寇的野心毕露，也积极筹谋应付。英国积极增防马来半岛北部，封锁新加坡港口，调集澳洲军队至新加坡及马来增防。美国亦增强菲律宾的海空军实力，设防关岛，并计划派舰赴澳洲达尔文港，协助防务。罗斯福总统于野村抵美之时，公开发表谈话，谓美国一旦在太平洋作战，对于援英计划并无妨碍。更予日寇以当头棒喝。而澳洲及荷印当局亦积极准备军事，以谋应付。所以日寇又故弄玄虚，表示并无对英美发动战争之意，并以调停欧战来分化美英的注意，目的在缓和它们的制日决心，松懈它们的防范。甚至妄想使英美荷印软化，给予日本南洋方面部分的经济发展及开发资源的权利。但我们须注意，日寇在南侵的准备工作上并未丝毫放松一步，同时对苏的交涉亦在积极进行，不但想与苏俄缔结互不侵犯条约，以免南进无后顾之忧，并想经由苏俄，获取德国军需品的接济。日本军人大部认为目前英美皆无与日本作战的决心，日本尽可放手准备南进军事，时机成熟时，一举而夺新加坡，使英美海军在远东失去活动的根据，同时攫夺南洋各地的资源，以应付美国的经济封锁。万一时机于日不利，日本亦可挟军事布置的优势，以威胁英美，压迫荷印。他们认为目前战事的发动权完全操在日本手里，日本要打，战事便立刻发生，日本不愿打，即使把英美刺激得发狂，只要口头上表示软化，战事危机仍可挽回于最后一瞬。所以我们希望英美荷澳等当局，务须认清日寇的诡计，日本对英美外交的一张一弛，完全是一种烟幕作用，也可以看做一种戏弄行为。除非欧战对于德国有显著而极大的不利，日寇绝无悔祸可能，南侵政策终将待机而动。英美应毫无踌躇，除积极准备军事作消极的防御外，更宜在积极方面，对于日寇的军事准备工作，设法予以彻底打击，尤其美国更应采取坚决的态度，对日寇实施全面禁运，立即准备实行封锁计划，务必须争取未来战争的优势与主动地位。

苏联的远东政策

邵循恪

中日战事爆发后,苏联不断地给我们同情与援助,等到德意日三国同盟条约成立,曾经规定盟约"对于三签字国中任何一国与苏联现存的政治地位,并不发生任何影响",让很多人对于苏联的远东地位,发生种种揣测,所以苏联当局,不得不屡次声明不变更它的援华政策。在现在日本准备南进声中,使日苏妥协谈判的进行,我们不得不密切注意。

从日苏关系来说,德意日盟约签订后,日苏互不侵犯条约,早有呼声,但没有成为事实。倘使日苏签订了互不侵犯条约,严格地说,对苏联援华政策,不一定会发生严重影响。就是没有一纸互不侵犯条约,实际上日苏间发生战争的可能,还是极抽象的假设,因苏联援华而引起日苏战争,当然是未免过于乐观的看法。

在法律上,日苏谈判中的互不侵犯条约,不含有很大的意义,因日苏间本有互不侵略的义务存在。现在有效的日苏政治条约,有一九零五年的朴资茅斯合约,它规定"两国并两国臣民间,当和平亲睦",有一九二五年的日苏协定,有一九二七年的非战公约。所以虽然苏联在九一八事件后,向日本提议签订互不侵犯条约,日本官方总是宣称日本无意侵略苏联,既有一九二五年及一九二七年条约,就没有签订互不侵犯条约的需要。换一句话说,日苏间是已经有不侵略义务,如果要添上一个互不侵犯协定,对日苏间现存的政治地位,不会发生很大的法律上影响,只有政治上作用。当然日苏可能签订宽泛的互不侵犯协定,好像德苏互不侵犯协定,它的规定,可以解释为适用于订约一方正在进行侵略战争的场合,不过条约上术语,日苏向来于必要时，不难有附会的解释。苏联官方曾经表示德国在发动和平攻势后，并不是从事侵略战争，因为英国要负战争延长的责任。日本为缓和美国的空气，曾经解释三国盟约，所规定受攻击时有互相援助的义务，并不确定，因在近代国际情形下，很难说任何国家是受他方攻击。在这一次欧战期间，好些互不侵犯条约，变成废纸，所以日苏互不侵犯条约，就有成立的可能，到底有多少法律上意义，还是一个疑问。

在政治上，日苏暂时妥协，并没有很大困难，如果日本不坚持苏联要放弃它的援华政策。苏联的远东政策，是要保障国境的安全，与它的政治地位。所以它一方面尽管给中国不断的同情与援助，但是另一方面避免对日发生战争，甚至时常表示愿意对日调整邦交。在诺蒙坎事件解决后，日苏更是减少冲突的机会，诺蒙坎的小规模典型式战争，日本军部都承认为日俄战争以来的最长期及最激烈的接触，但是日本最终不能不屈服，一九四零年六月九日，莫洛托夫及东乡大使，签订诺蒙坎划界协定，详细条款，还没有公布，但是塔斯社提到"互相承认双方利益"，日本外部发言人同时宣称双方"互相让步妥协"。所以满蒙边界，日苏最少已经得到暂时的妥协，而日苏邦交，早已恢复常态。三国同盟条约成立后，莫洛托夫表示苏联愿与日本调整国交。后来莫洛托夫聘问柏林，居然有苏联划分中亚细亚势力范围的谣传，塔斯社立即奉命辟谣。在莫斯科进行的日苏谈判，到现在还没有具体的结果，其中的一个重要问题，当然是苏联不愿意改变它的对华政策。从上面简单事实，我们不难窥测日苏妥协谈判所发生的问题：（一）苏联希望改善日苏邦交，但是让日本处于主动地位，提出调整邦交的要求，才可以得到有利的条件。诺蒙坎事件的解决，是一个例子。（二）苏联对日外交，一定要达到保障苏联远东国境安全与政治上利益的目的。（三）苏联避免对日发生冲突，但是不准备放弃它的援助政策。

从中苏关系来说，七七事变后苏联就没有变更过它的援华政策。一九三七年中苏互不侵犯条约，规定缔约的一方被侵略时，他方不得直接或是间接助反侵略者，或是采取任何行动，与成立任何协定，可以使被侵略国受有损害。苏联对中国最大的经济上援助，可以说是一九三九年六月十六日的商业协定，它的条款，根据外国报章所称，是与中国以七万万五千万卢布的借款（约合美金一万万至一万万五千万），苏联供给中国飞机军火，中国在五年至十年内以矿产及茶叶偿还。此项信用借款，加上已经两次商业协定，每次借给中国五千万美金的信用借款，到一九三九年六月止。苏联对华借款，已达二万万至二万万五千万美金，当时其他外国所有的对华信用借款，总数不到这个数目。等到三国同盟盟约成立后，美国及英国，才一转而变成中国的保护者，与中国更大的经济上援助。但是苏联援华的政策，还是没有变更，不过现在中日战事，就要变成世界全面战争的一部，中国已经在民主国家阵营中，露出头角，苏联对华的援助，未免从领导的地位，落于人后。

我们深信苏联援华政策，在现在国际情势下，不会发生任何动摇。任何国家的外交政策，总是以本身利益为前提，在中日战事中，决定苏联远东政策有两要素：（一）保障苏联领土及政治上利益。苏联在远东领土有海滨省，北库页岛，以及西伯利亚，苏联与"蒙古人民共和国"，并订有一九三六年的互助协定。苏联当然明白标榜反共的日本，既然囊括满蒙，绝不会不得陇望蜀，只有中国胜利，是苏联远东地位的最大保障，援华制日，当然是苏联最有利的远东外交策略。（二）保持苏联的高尚理想。从列宁以至史太林，共产党领袖，都承认世界民族有自决的权利。在殖民地与半殖民地区域，人民受帝国主义压迫，联合抵抗，要求民族解放，是一种正当权利。所以苏联援华政策，不只是苏联和平政策的一部分，而且是援助被压迫民族的解放，在欧洲方面，从德苏互不侵犯条约成立以来，苏联可以说是已经放弃联合和平国家，成立反侵略集团的策略，而回到孤立主义。但是在中国方面，全国人民一致的民族解放战争，在苏联看起来，是另有它的神圣意义，与帝国主义间的战争，迥不相同，所以不能够放弃它的援华政策。

苏联远东政策的将来发展，照我们的观察，要受三个因素所影响。

（一）日本南进的可能。日本军阀，素来主张反苏，提倡加入轴心国集团，这一种思想，近来有显著的改变。从三国同盟成立后，日本的外交政策，继续以三国盟约为基础。那就是说，日本军阀相信日本侵略的将来命运，要靠住德国的成功，所以愿意改善日苏关系，然后发动南进计划。他们希望能够成立德意日苏大联合，想以中国为代价，引诱苏联合作。但是缓和派政客，与资本家，并不愿意冒险南进，与德意合作，他们认定解决中国事件，要同英美成立妥协。他们愿意改善日苏关系，但是并不愿意成立政治上结合，因为一方面怕开罪英美，另一方面不相信苏联会放弃它的援华政策。他们对于提倡阶级斗争思想的苏联，与天皇神权的日本，双方思想，冰炭不相容，认为无法根本妥协。但是从九一八事变发生以来，日本军阀气焰，不可一世，日本南进只是时间上问题，与英美冲突，既无法避免，那么只有不惜任何代价，设法与苏联合作。日本既因中国战事，延长四年，人力物力，蒙很大的损失，更不能与苏联发生冲突。假如日苏发生战争，苏联中心城市，远不是日本军力所能及，日本重要都市，及伪"满"各据点，随时可以受到苏军的破坏。苏联经济自给自足，日本与轴心国无法直接交通，而且在米粮缺乏之时期，还要失掉西伯利亚沿海的渔业，那就要自顾不暇，哪能有余力南进呢？所以日本军阀，要准备南进，一定愿意牺牲任何代价，与苏联成立妥协。

（二）中国抗战时期政治问题与技术问题的解决。只要中国人民在最高领袖指导之下，团结一致，继续民族解放的斗争，中国当然可以得到各友邦及苏联的援助（从一九三九年十一月以来，时有少数违抗中央命令的部队，与其他军队发生冲突），敌方屡次散布各种谣言，但是照外国观察家的报告，苏联已往总是继续将飞机，军火，供给中央政府，在神圣战争中，苏联应当了解中国能够有坚固的统一战线，才能给中国有效的援助。此外还有技术上问题，我们不应没有解决的方法。西北国际路线，经过二千五百英里，在运输上是有不少困难。在欧战发生前，中国运苏联出口货，总是由海道抵海参崴。现在中苏的交通，当然是只有西北路线。要苏联参加，当然是要解决交通的困难。

（三）国际局面的变迁。假如苏联在巴尔干问题中，例如保加利亚及土耳其问题，采取强硬态度，苏联也许有一天终不能脱身战争漩涡。从拿破仑战争以来，没有一个战争，影响世界各国重大的政治利益，一个大国，能够始终置身事外者。中英美苏合作，是将来奠定远东和平的最大力量。假定中英美苏能够成立谅解，用它们的合作力量，维持及保障亚洲南部及北部的现状，与中国领土上完整及独立，我们相信东亚和平，不难有一天得到稳固的基础。

修正民事诉讼法的几点意见

张企泰

在今战时,敌机滥施轰炸,生命财产,横遭摧残。大家对于打官司,不免看得冷淡。但国家司法上职务,有安定社会的功效,而社会底安定有序,是国家进步及一切建设的基本条件。既不能因人民冷淡而国家自毁司法的效能,更因战后的纷乱社会,须司法机关担负大部分的整理工作,而有加强效能的必要。一方面使社会正义有尽量实现的机会,他方面应力求当事人及法院底劳力时间及费用之节省。我们本于斯旨,特就民诉法中应加修正者数点,贡献如下之意见。

一、关于缺席判决

一般的见解,以为现行民诉法,只知有一造辩论判决,而不知有缺席判决。何谓缺席判决,法院所为不利于缺席一造之判决也。至于一造辩论判决,对于缺席一造,不必为不利(这是两种判决的主要区别,其他不同,容后论述)。我们对于一般的见解,未敢赞同,举其理由,约有三端:

A. 现行民诉法第三八五条,比之于民事诉讼条例第四五七条,未见有甚大之区别。

第三八五条:言词辩论期日当事人之一造不到场者得依到场当事人之声请由其一造辩论而为判决

如以前已为辩论或证据调查或未到场人有准备书状之陈述者为前项判决时应斟酌之未到场人以前声明之证据其必要者并应调查之

第四五七条：言词辩论日期当事人之一造不到场者依到场当事人之声请由其一造辩论而为判决

前项判决应斟酌以前辩论及调查证据之结果并未到场人准备书状之陈述未到场人以前声明之证据方法其必要者应调查之

除文字上略有变化外，大致相同。尤其第一项，除日期两字倒置以外，却是一模一样。但在民诉条例时代及以前有缺席判决，（二十年院字第四二七号解释例称"因当事人缺席之效果而为不利于缺席人之判决，固应为缺席判决……"）而依现行法说是没有缺席判决，实颇费解。

B. 民诉条例与现行法之大体相同，不能证明从前主张有缺席判决的见解为必对，而目前通行的见解为不对。诚然，兹特提出第二点理由。现行法第一九五条规定称各当事人对于他造提出之事实及证据，应为陈述。如不为陈述，可推定为自认。盖依第二八零条，当事人对于他造主张之事实，于言词辩论时，不争执者，视同自认。既经自认，则他造主张之事实，应毋庸举证（第二七九条一项）。法院得根据此事实，为不利于一造之判决。以上论断，假若不错，则到场而对于他造提出之事实，不为陈述或不予争执，或根本不为辩论，法院定欲为不利于彼之判决。今彼如不到场，则依到场当事人声请，由其一造辩论而为判决，其判决自应不利于缺席人，方为合理。但通行见解，既不承认有缺席判决，则到场当事人就其所主张之事实，尚须证明。如其不能提出强有力的证据，将受败诉之判决，是则缺席人颇有获胜之机会，不啻承认缺席人之地位，较到场而不为辩论者为优越。其结果不但助长缺席之风，且与第三八七条（当事人于辩论期日到场不为辩论者视同不到场）发生抵触。通观民诉法各条规定，可见第三八五条未曾否认缺席判决。

C. 各国立法，以德法两国对于缺席判决制度，适用上较少限制，奥国民诉法为保护缺席人之利益，对于缺席判决，限制较严，但仍未根本否认此种判决。我国民诉法以奥民诉法为圭臬，似亦以解释有缺席判决为当。此点理由，固不如第一二两点之强而有力，但亦未始不可提供参考。或以为吾人之主张，不合第三八五条之规定。因该条一项明定"由一造辩论而为判决"，显系一造辩论判决，而非缺席。但一造辩论判决究应作何解？一造辩论判决之概念，是否排斥缺席判决？称一造辩论判决者，乃于期日仅由到场之一造为辩论，法院即在此情形中所为之判决。到场人就诉讼关系为事实上及法律上之陈述，此后因一造不到场，可推定为自认，即不待举证，而为不利于缺席人之判决，概系一造辩论判决，同时亦是缺席判决。若缺席人已有准备书状之陈述或他种要件具备，而可适用第三八五条二项时，虽亦由一造为辩论，故应认为一造辩论判决，但已非秩序判决矣。盖法院斟酌未到场人之准备书状等，认其为有理由时，可为不利于到场人之判决，故系通常诉决。因此，依吾人观之，一造辩论判决可为缺席判决，亦概为通常判决。其相对为两造辩论判决。故仅与两造辩论判决，在概念上互相排斥。一造辩论判决既包含缺席判决在内，则一般见解，以为现行法知有一造辩论判决而不知有缺席判决者，显然认为此两种判决在概念上不相容纳，实系错误。第三八五条之规定，并不如一般所见，否认缺席判决。

缺席判决在德称 Versaeumnisurteil，一造辩论之通常判决称 Entacheidung nach lage der akten。其他判决简称 Urteile。后两种复总称 Kontradl htorische urteile 乃对缺席判决而言者也。

吾人既认定现行法并不否认缺席判决，其适用要件何若？依现行法之规定：

A. 须一造于言词辩论期日不到场，或到场而不就本案为辩论。

B. 须由到场当事人声请为缺席判决。如其不为此声开而愿延展期日，未始不可从其意而许其展期。

C. 须以前未为辩论未调查证据或缺席人无准备出状之陈述。否则应适用第三八五条二项。此种判决已非缺席判决而系通常判决，不必对于缺席人为不利。

D. 须无第三八六条中各款情形之一者。

以上所述，系根据现行法的一种理论。再就实际而言，缺席判决未始非一妥适制度。凡与人发生纠纷，引起诉讼，自己不去法院为攻击防御，何能期他人代劳。况民事诉讼系采不干涉审理主义（或辩论主义），当事人不声明所用之证据或不为陈述，法院不得代其主张。故对于缺席人为不利之判决，未见其不宜也。再者推考当事人缺席之原因，往往在延滞诉讼。若法院因一造缺席而延展期日，适以迎合该缺席人之心理，大有背于迅速结案的要义。故缺席判决并具防免诉讼延滞的效用。

故意延滞诉讼因而缺席者，固系多数，但因未可归责于当事人之特殊情形，致未克到场者，亦有其事。好在我民诉法许当事人于第二审提出新攻击或防御方法，第一二两审程序，性质上并无不同，缺席人仍有救济之方，以求事理之平。奥民诉法并许缺席人声请回复原状，于是可在原第一审法院重开辩论。当事人所化劳力费用与时间，自较上诉为节省，此于保护缺席人利益之旨，亦甚相合。前民事诉讼条例规定迟误言词辩论期日，可以声请回复原状（第二零五条），立法旨趣，颇似奥民诉法。而现行法第一六四条规定仅于期间（而非期日）之迟误始得声请回复原状，以今比昔，未见其进步也。

二、关于假执行

就未确定之判决，付诸执行，此之谓假执行。判决未确定者，指判决尚得由上诉法院废弃之谓。故原告之假执行与被告之上诉实相对抗者也，败诉一造之提起上诉，固在求得一更合理适当之判决，使己之利益，能受合法之保护，但意图延滞诉讼而提起上诉者，亦属常见。为防免此种流弊并保护胜诉一造之利益起见，遂有假执行制度之发明。

假执行之效用，既在防免诉讼延滞，其影响于法院之积案遂颇大。假执行之效用，如能显著，败诉一造必难藉上诉以期延滞，而法院亦因此可减少案件。年来司法当局以最高法院积案过多，思所以减少之，曾想了许多方法，可未见到假执行制度之加强，也是一个有效办法。现行法关于假执行之规定，未见尽妥。第三九五条二项规定被告因假执行所受之损害，原告须予赔偿。则原告为避免赔偿或然之损害计，往往不敢声请假执行，假执行之功效，于是大减，当事人藉上诉以拖延诉讼，便得畅行无阻。第三九五条二项之立法理由，在防免假执行之滥用，使债务人不致无端受损，固未可厚非，但在某种情形，假执行之运用，决难认为有滥用之嫌，此尤于第二审法院之判决，维持第一审判决者为然。盖一案而经两次之审理，获两次相同之判决，是非曲直，几有定论。就此种判决而予假执行，不应再使债权人负第三九五条二项所定之赔偿责任，亦至合理，何况债权人在上述情形中尽量运用假执行制度，债务人便可从藉上诉于第三审法院，以图延滞，第三审法院（即最高法院）之讼案，也可减少很多了。此外第四五四条亦不如改为依职权之为愈。

三、关于第三审程序之要件

第四六三条一项规定对于财产权上诉讼之第二审判决，如因上诉所得受之利益，不逾五百元者，不得上诉。立法理由以为第三审程序，化费国家经费甚大，如轻微案件，都有适用第三审程序之机会，未免得不偿失。他国本于同一旨趣，亦有类似之立法。但因中国法官程度低劣，第四六三条一项之适用，便现出极大毛病。据说有下列的事发生。原告因买卖标的物有瑕疵，声请解除契约及赔偿损害。经地方法院判决契约解除，赔偿之诉驳回。原告对于驳回部分不服，上诉于高等法院，该法院竟判减少价金，又屋三间，三人所共有。因分割而涉讼，经地方法院判决归其中一人专属所有。他共有人不服，提起上诉。高等法院除维持原判外，复称为杜绝将来纠纷计，该三屋之地基（本分属三人所有）由该院主张，一并划归被上诉人所有。以上两案，高等法院之判决，未本于当事人之言词辩论，显系违背法令。但两案均因标的轻微，不合第四六三条一项，不得上诉于最高法院。结果当事人无端受损。此在最高法院，固然少了一部分讼案，可是人民对于国家司法职务，便要丧失信仰。中国本来穷人多，富人少，穷人打官司，不能享有最高审判机关审判的权利，其利益势难得合法之保障。此不但有背于三民主义的建国精神，并且现在我们全民抗战，穷人也积极参加（恐比富者出力更多），而在法律上的保护，贫富之间，却有厚薄之分，于抗战前途，亦深有影响，在各地法官程度未提高以前，吾人主张废止第四六三条一项。两年前司法当局为欲减少最高法院积案，主张由五百元增为一千元，致使最高审判机关与民众隔绝更深，诚不知其可也。此办法专替最高法院一面着想，而不想到大部分人民的利益，不想到国家司法的威信，可谓只知其一，不知其二。

四、关于陈述真相义务

民事诉讼向采不干涉主义，行之既久，流弊渐显。近代立法，推广采职权主义，但仍以济穷，而非取不干涉主义而代之。民事诉讼程序既在保护私权，调谐私人利益，而与公益无直接影响，国家自毋庸积极参与其间。但最近学说，认为民事诉讼同时影响于社会之法律安全，亦至深且大。国家不应采姑息或超然之态度。例如事实之陈述，依不干涉主义，应悉听当事人之便。当事人可尽量说谎，只须其能证明为真，或他造不反证或不能反证为伪。法院须以其谎话为裁判之根据。形式上虽云是非已有定论，实际上一造含冤不白。国家司法不啻为狡猾之徒，便其诈欺。此外当事人说谎可无端加重法院审判工作。人民对于法院，既有请求法律上保护之权，则对于法院平直之工作，自有协助之义务。当事人陈述事实之真相，亦协助之一道，奥民诉法第一七八条规定当事人有此义务，德国一九三三年十月二十七日之修正民诉法，亦于第一三八条一项规定"当事人应就事实状态，依其发生之真实情形，无丝毫之隐匿，向法院为陈述"。其有违背陈述真相之义务（Wahrheitspflicht者），得适用德民第八二三条二项及第八二六条（该两条相当于我民第一八四条）令其赔偿损害。我国人民素视诉讼为畏途，而刀笔吏之乱是非，尤属习见，令人咋舌，人民对于司法，向少信仰。民国以来，虽制度一新，而精神如旧。数十年来进步甚迟。法律威信，迄未树立。改进之道，固有多端，但以吾人研究民诉法之立场而论，如能仿奥德民诉法规定陈述真相之义务，或亦能稍变风纪乎。

论吸收内地劳工问题

史国衡

一

工业建设的过程当中，急应兴办的事体尽管千头万绪，我认为如何吸收劳工，要不失为这里面主要节目之一。这当然不是说能吸收劳工工业建设的问题，就可迎刃而解，不过工业的发展，必得与劳力的充分供应相伴而行，却是显而易见的道理。好像英国革命之初，工厂开始是起于有无产阶级存在的地方，迫农民丧失土地，因而感到生活困苦的一天多一天，即借卖工以维持生活的日众，于是招集劳工愈容易，工厂也就愈形发展，所以使一辈农民脱离乡村，趋向工厂，丢掉原来那一套农业社会的传统，逐渐养成工业习惯，这确是由农业到工业无可避免的一条路。这条路走起来是否平稳，能不能让我们一往直前，大半就要视吸收劳工的成绩如何来决定了。

我们的内地工业，多半是抗战以还在后方先后出现的，诞生得未免太仓促，西南各省的工业，又向称落后，在技术员工方面，可以说没有替新工业打下一点点根基，所以在目前情形之下，谈吸收劳工，比起过去沿海一带来，尤其是重要而又特别的困难。

据我在昆厂的调查，那里面内地工人多为帮工和小工，外来的几全为技术工人，这可说是内地工业不健康现象之一。战后技工居留问题，会引起许多人的注意，我在论《内地新工业中劳工的地域来源》文中（本刊五卷四期），也曾提到这一点，大意是说战后把外来技工固留在内地，不唯不上算，亦且不可能，这问题以后拟专题研讨，现在愿再就"不可能"一点略微加以说明。例如昆厂的技工多来自上海，他们的家属十有八九还留在下江一带，他们又因为生活的习惯的关系，过不惯内地生活，我从各方面观察，确知他们的心思游移不定，将来战事一结束，他们的去留恐怕要相当成问题。所以为内地工业前途打算，奠定内地人力基础，实在是目前当务之急的一件事，从这里看来，如何吸收内地劳工，更值得我们慎重考虑了。

二

在讨论吸收内地劳工的时候，我们先得问从什么地方去吸收呢？上面我已经说过，内地旧有的工业下级干部，基础非常薄弱，人口的分布情形，距都市化的程度还很远，没有现成可用的工业劳动者密集在都市上，供我们直接取求。换言之，我们只有一种滞留在乡村里面的人力，严格说来，他们还够不上称现代化的劳工，还须经过一道挑剔的手续，改头换面，才能蜕化成新工业工人，所以内地劳工，必得从内地乡村里去物色。这里所称的乡村，也许包括的范围太狭窄，不足以概括实际上内地劳工的来源，不过我的实在的意思着重在有别于已经都市化的劳工，只要和这个意思不违背，无论其来自省、县、市镇或乡村，都算属于我所指的范围。以后我分析内地工人入厂路线时，再讨论此等社会阶层，怎样构成工人入厂的阶梯。

从乡村吸收劳工，不是一件怎样容易的事，比不得征兵或强迫服务用某一种单纯的势力即可以奏效，譬如一般乡民，家庭观念还牢不可破，安土重迁的习气未摆脱，不受特别外力的压迫，决不想离乡别里，何况内地农村土地分配相当平均，人与地之间还有一道坚韧的链锁，很难拉断，又因为抗战的原故，内地成千成万的壮丁送上了前线，农民生活水准已经一般的提高了（参阅吴景超先生《抗战与人民生活》《新经济》四卷二期），因此劳工的候补数量必远不及平时之高，此外农村工资之提高（如呈贡一带去年夏忙男工日三元外伙食），各类运输的要求之增加，处处和工厂抢人力，即或有一类乡民被迫离乡，可走的路线尽多，就不一定入厂作工人。

一般的说来，一个工人从离乡到入厂，至少要有三种力量在那儿起作用，势必这三种力量互相配搭，才能使这程序完成。此力为何呢？我说第一是压力，这种力量可以使一个人在乡村安心不下，权衡各方面的利害关系，总觉得以一走为上策。如是出门之念油然而生，可是有了这念头，就不一定实际离乡，假使这人的眼界并不广，一切生活习惯、交际往来，只限于一个很小的社区，一旦离开了生于斯长于斯的地方，就不免彷徨失措，势必又要一种力量来作引线作向导，才使他肯出门，这就靠外面的诱力了。但是这人出门以后，可东可西，若工厂的吸力不够，很可以交臂失之，实际上前两种力量，工厂并不能加以左右，工厂本身所要做的事，是如何发挥自己的力量，去和前二者作适当的配合。

若是这三种力量发生的不正常，配合不能恰到好处，劳工利用上也许会表现出病态来，譬如工厂吸力不足，或用之不得其道，很可以把一部分优良的劳工遗漏在工厂外；反之，若果乡民背后的压力反乎常态，诱力有了偏向，也可以使他们急不暇择，本来不想工作的，也暂时混到厂内来，那末我们内地工业吸收劳工的成绩怎样呢？要切实明了这问题，一定要将厂内外的情形，作过详细而又普遍的研讨，当然这一时不易做得到，当前我可以引作论据的，只是我们可以见到的在厂工人，下节我将根据昆厂的调查，来说明新工业所吸收的内地劳工的情形怎么样。

三

我想用动机二字来表示内地工人所以离乡的原因，亦即是追寻乡民背后的社会势力怎样起作用，和工厂的吸力携起手来，不过这问题相当复杂，谈动机就要牵涉到心理态度的问题，不易归类，我们很难说某人因为某种动机入厂，而于其他动机无与焉，有时两种动机，就可看作一个东西的两面相，例如改进社会地位，就有时和改善经济的动机不能分离，然而为醒目起见，我仍然要用简单的格式，把工人最初离乡的主要动机，归为几类，然后捡出个案来阐明各项所代表的情形，我在昆厂访问过八二个从内地来的非技工人，他们的离乡动机可列表如下。

    逃避兵役   四八人
    经济的理由   一六人
    改进社会地位 一三人
    家族纠纷   五人

关于每个工人，我都有个案的记载，这里我不便逐一列举，而且同一类的个案，情节虽殊，所代表的意义也并无大出入，所以下面只举出几个我认为重要的案件作为例子。

逃避兵役——逃避兵役恐怕不是哪一省特有的现象，用不着讳疾忌医，看了上表，就可以知道这一项所占的成分之高，超过了全数二分之一，这现象在小工里面，尤其显著，我很清楚的知道某县二十多个小工，没有哪一个不是因此离家入厂的，连他们自己也承认，其中有一位姓王的朋友对我讲："我们那地方，闹一次征兵，就有同乡来要我介绍他们进厂，要不是怕拉兵，我们在乡间多自在！"老王自然也不是例外，他原是个读书人，当过两年初小教员，后来做买卖到各处赶街子，又从一个外省上门姑爷学会了镶牙，前年预备到县城开店子，兵役问题一来，打破了他的全盘计划，仓皇上省找朋友，好的笔墨事找不到，只好应招进昆厂，他总算为他后来的逃役同乡开了一条路，他们一出门即进入昆厂，再不到别处去碰壁。另外一个县份有十一个小工在昆厂，里面那个姓黄的也常对我发慨叹："这世界真是磨练人，我们出了门，丢得家中老的老、小的小，以前妇人不做的事，也得做，忙月还要请帮工，我们不望别的，只望太平了，早点回家。"另外一位姓赵的，家中七十多工田出租，只有六口只吃菜饭，一向在家过清闲日子，这次抽上他的兵，用三百元请了个替身，才一直溜进厂。

帮工逃役的人数要比小工少，这般人在离乡入厂之间，多半有个过渡期，因为帮工须定期应考入厂，不像小工可以一直逃进来。好像当过一年局丁的麻大哥哥，因嫌薪饷太低，自己生得又老实，找不着什么外水，才约了三位同事考昆厂，他是一个帽店的小老板，现在全家歇业回老家，他却不敢跟着家庭走，据他说，他那县的户口册上，还没他的姓名，若是回乡被保甲长知道了抽壮丁，岂不是自讨麻烦。

经济的理由——这一项可以分作两种不同的程度看：一是受经济压迫，为解决生活问题出来的；一是出门营利，只在满足经济的欲望，原来生活上并不受威胁。

这类十六个工人当中，受经济压迫的有九个，譬如迤西某工人，一次雇了两匹马贩糖上省城，中途马夫上了前，抄小路逃跑了，傍晚某工人到了店，才察明这么一回事，本钱是借来的，回去怕人家逼账，所以一直未转家，他打算秋收后再去想办法。自幼丧家的小刘，一向靠着姐夫养，前年被人诱到个旧作砂丁，吃了一年多的苦，今年逃回来，才随着姐夫同村人进工厂。在我住的那个帮工宿舍里，要算宣威的老何最用功，论衣服也唯有他穿的最褴褛，不像别的工人，工资用了不算数，还可以向家中索津贴，他自己讲，在学校他是一个苦学生，入工厂又是一个穷工人，原来他废学不很久，在一家罐头店卖过一些时候工，那店子因故关了门，他才流到省城来找职业。

专为营利出门的，迤东来的老耿就是一个好例子。有一次他从黔西贩了三百多两烟土上云南，途中被某护路队发觉了，搜去了一大半，经过这次风险，他才转念在外面做点稳事。又如两位四川朋友，在云南作过多年小买卖，有一位运气不大好，生过一场病，不愿意再各处奔波，决心入厂过些平稳日子，另外一位，路中遇劫，亏了本，才暂时改行业。

改进社会地位——因这类动机出来的工人，论家庭环境和个人教育程度，要居于一般内地工人之上，他们主要的欲望，似乎在爬上几层社会梯阶，在乡下人的眼目中，出过几年门，世面见的多，地位也就比较高，若是在外面混得一官半职，那更是身价十倍，可是社会上的事偏偏不容易对付，他们的如意算盘打不通，到头还是硬着头皮进工厂。例如开化一小工，简易师范毕过业，做过县政府的书记，后到省城某机关当录事，依然觉得没出息，才请假出来一个短期学校，他自己说是学校在贵阳，已经录取了，因为交通不便去不成。这是否他自解之辞，我倒不明白，不过好几次，我见他一下班，就抱着一本百科常识问答读，的确还预备考学校。有一位新来的贵州朋友，哥哥在昆明住师范学院，这次应哥哥之命来昆明考军校，赶来误了期，一时找不着别的合式事，住旅馆又太不经济，才暂时考进工厂，伊兄已在托人想办法，看来他的工作不会太长久。

这类工人，的确不大在工资上多计较，只觉这职务和他们的身份不配合，好像一位嵩明县的朋友，在土木课作监工，小工还喊他作"先生"，可是实际上，他还同技工共膳宿，心中非常不舒服，他曾向我讲过心思话："我原想出门考短期学校，哪晓得自己不行，投考不成，请一位工校教员介绍我进厂，只说监工是职员，进来以后才知道还是和工人一样，多肉麻！现在就走，又怕对不起介绍人，……要是当职员，自己带钱来用也情愿呀！"还有两位从某防空部队退伍下来的四川朋友，俱在中学修过业，这次来云南，要不是薪饷不够用，哪个肯忍辱当工人。陈大哥就常和一位交通界的朋友打商量，开年就回川，据说他有一侄子在重庆做高工，叔叔怎么好意思长期作工人，我问他为什么不马上回家，他说："免费车找不着，还得筹笔路费，于外再添两套新衣服，出了门一场，这个样子回家，岂不惹人家笑话。"

家族纠纷——家族纠纷，全起于工人行为失检，违反了他们家族间的道德标准，不能在那个环境里再立足。例如一位吸鸦片的朋友，家中就有三百多工田，承家不到三年，就浪费了一大半产业，还弄出一件人命案，伤了亲戚的心，所以舅父一当区长，就要把他处死刑，他才仓皇逃出境。有个玉溪人，家在昆明开竹店，去年赌博输了钱，挨了父亲打，才私自离开家。两个四川兄弟，长兄在滇中某海关作事情，这次同来找依靠，不知长兄已在外省立了家，不理会远来兄弟，只好流落做工友。

四

看了上面内地工人入厂动机的分歧，一定会使我们想到，他们各个人作工的态度，对厂方的希望，以及为自己前途的打算，都会有很大的出入，这问题牵扯到劳工的安定性，我想留到以后再分析，这里我只预备说一句笼统话，就是大部分内地工人，至少在离乡的时候，并未下决心学技术，打算在工业里面长久讨生活，只是为某种社会原因，一时权宜之计，凑巧走上这条路。这些人将来是不是会一直作工人，现在我还不敢说，不过从动机上面，的确可以看出他们不安心。

看透了这种景象，一般关心内地工业建设的人士，或难免要感到灰心疾首，在我看来这却大可不必，从农业到工业，本来就不是一条康庄大道，要走这条道，总得卖相当气力，另外还要有相伴的东西为依辅，其速乃大。英国工业革命之与农业革命就是一个好榜样。再退一步看，现在所吸收的内地劳工，固然不敷我们的愿望，但是在我们还未发现并吸收所谓理想的热心可靠的劳动干部之先，这些已经入厂的工人，不管其动机如何，总算是给予我们一个锤炼挑选的机会，自不必把他们轻轻的放过，此外我愿向负工业建设责任者提供一点意见，就是内地工业还必设法加强工厂吸力，改善招工机构，物色合理的劳工来源；不过，也不要忘记劳工还是社会的分子，从劳工身上所表现出来的问题，必得向社会环境求答案，要解决这问题，更必得和其他社会政策相呼应。

调整薪俸的几个原则

黄六平

五届中央执行委员会第三次全会通过了一个改革政务的议决案，其中有一项是"调整薪俸"。兹略举几个调整的原则如后：

（一）薪俸要能维持最低的生活。"最低的生活"这句话，只好适用于低级公务员这一阶层。因为每个人的生活水准，都要受每个人的经济条件所限制和决定的。高级公务员在某种条件之下，他们的生活决不能降到如小公务员一样，至多是稍为裁剪他们一部分的享受罢了。

最低的生活方式：是衣食住三事，衣裳只求蔽体御寒，根本没有装饰的意义。吃饭只求饱腹充饥，根本没有满足味觉的这回事。住屋但求躲避风雨，根本不能谈环境的美观与恶劣。

上面所举的三个条件，低级的公务员要想适应这起码的限度，照目前的情形就很难办到。例如一个人担负六口之家的费用，是很平常的事。试依照寻常不多劳动者的食量去估计，平均每人每日需食米一斤，假定六口之家，则一月需米一百八十斤。目前米价多在每斤一元左右，则六口之家每月的生活费用当在二百五十元之谱。

如要维持低级公务员的"低级生活"，要具有适应社会经济变动的机动性，然后才不至落于社会经济水准之后，所以合理的薪俸是以客观环境（物价指数）为准则去厘定的。

（二）薪俸调整要合乎社会上一般酬资的水准。公务员薪俸调整的问题，必须依照各种业务机关的薪俸去厘定，换句话说：是要合乎社会上一般薪俸的水准。工商界的薪俸比较有伸缩性，他们的标准是根据现实的生活程度随着物价增加。工商界的雇佣关系固然含有契约的关系,但为着业务发展的要求,所以员工的生活状况,是不能不替他们妥筹善策的。银行的待遇较为优厚的原因即为此也。重庆《大公报》曾发表一篇《津贴大观》。例如中央银行,不论职员的底薪多少,额外各种津贴皆为二百元零。妒嫉中央银行的说:"中央银行自己会印钞票,所以待遇好。"我们平心说:中央银行也未免太特殊化了,不过不能说他不合理,惟因过于合理的原故,又在由许多不合理事实所造出的这个不合理的环境中,所以中央银行合理的津贴反而形成不合理了。

行政机关的薪俸,如不能合乎社会上一般薪俸的标准很可发生许多不好的影响:如(甲)不能罗致优秀人才,原有的人才亦将为工商界所引吸去(假定工商业发达的话)。(乙)其次为减低行政效率,一个公务员的工作效率,与他本身的心理和生理上的健康,有很大的关系。一个心绪不宁定的人,营养缺乏的人,他的思考能力必然次第萎弱,支持工作的体力亦易于疲劳。(丙)消灭服务道德的伦理观念,因为没有经济的物质的一定质量做基础,亦无济于事。

(三)减少高级与低级薪俸的差额。依职位分析的给薪原则,位高者责任重学识技能高,故薪俸厚。位卑者责任轻学识技能低,故薪俸薄。此为不可更易的原则,世界各国均采用此说。查我国现行薪级表,制定特任薪俸为八〇〇元。简任高级薪为六八〇元。最低亦有四三〇元。再看科员们的薪俸(委任)共分十六级,最低的第十六级仅仅五五元,最高的为二〇〇元。况且委任一级薪俸并不是很普遍的事实,除了中央各院部外,至于地方政府向未依规定薪级办理的。

特任官正薪八〇〇元与委任十六级的薪俸五五元相较,其差额为七四五元,差额竟达十三倍强。不独此也,小公务员的收入仅仅正薪而已,而大员不独薪俸厚而又有很多的额外收入,如办公费,特别办公费,还有其他便利的地方,实不胜枚举。

高级公务员的待遇优厚,自有它的必需的原因,我们不应吹毛求疵加以批评。不过,我们应该有丰富的正义感,为低级的公务员设想。在战前收入一百元左右的人,担负六口之家,尚可粗衣淡饭过生活。可是神圣抗战已经走进了第四年代,物价高涨是必然的现象,所以提高待遇也是天经地义的事。第一就要减少高级与低级薪俸的差额。

减少差额的办法,不必去核减大员的薪额,而是提高低级人员的薪俸,再加以适当的津贴。最好要维持最低薪贴总数在一百五十元至二百元。果能如此,则低级与高级薪俸的差额,可望在四倍至五倍之间。

(四)米价津贴。我所提议的"米价津贴"不是固定数量的津贴。津贴的数目应随着市价增减。公务员已领有薪俸,食米一项自亦包括在生活费以内,当无庸再由政府给予额外的米贴。但米价会随时上涨,薪俸不能随时增加,只有另给米价津贴以补救之。

办法如下:(甲)如可领得平价米者,则不再享受米价津贴。(乙)在不能领得平价米地区服务之公务员,或平价米不够供给时,则认真核定其消费数量后(调查家属人数,只以直系亲属为限。)照超出平价米价格之市价给予津贴,即在市价中除去平价米价格之数目。例如平价米每市斗六元,在不能供给时,某甲必须以市价十六元购米一斗,服务机关即于市价十六元中除去六元,(原来平价米之价格,)无条件的津贴某甲十元,使某甲不致受米价上涨的影响。

所以称为"米价津贴"而不曰"米贴"的原因,是"米价津贴"具有灵活的机动性。同时又极公允的照个人的负担去分配,使每个人不因负担之轻重,感受不同的威胁。

(五)战时津贴要公允的分配。战时津贴顾名思义,是因战时的物价高涨而制定的一种津贴,既然要发给公务员以战时津贴,最好要使津贴要发生津贴的效果,就是说战时津贴要替公务员解决战时的生活。

上述为战时津贴的定义,也是战时津贴的目的。

现行的战时津贴,他的缺陷是量的方面之不足,这一点姑置不论。第就现实的情况言之,在分配的方面,的确不够公允,因为没有注意到各级底薪之多寡。如本年国防最高委员会规定委任官月薪自五五元起至二百元的委任一级止,皆分别给予津贴二十元。这种情形,对于委任一级的人员,实际上并没有"锦上添花"的作用,但对于月薪五五元的人,则绝对的没有"雪中送炭"的善意。

津贴要做到公平的分配,亦甚轻而易举,只要薪俸低的多津贴,薪俸高的少津贴,才是合理的办法。即以经济学上的常识来说,亦理应如此。例如这二十元的津贴,对于二百元的收入者,使用价值低(津贴占薪俸百分之十),对于月薪五五元的收入者,使用价值高(津贴占薪俸百分之三十六强）。即是说月薪二百元者的一元津贴，等于月薪五五元者三元六角多的使用价值。如要合理的分配，月薪二百元的津贴一元，则五五元月薪的要津贴三元六角多，才能肯定的说这种津贴是合理的，最公平的。

合理的分配如能实现，假使津贴的支出为国家财力所限，不能做到替公务员解决战时生活的限度，如分配果真公平，低级的人员心理上也可获得一个安慰。

（六）同工同酬制必须实现。"同工同酬"制在合理的人事制度上，是一个无庸讨论和不成问题的一个问题。不过在扰乱的中国行政界，建立"同工同酬"制的这句口号，实有急起疾呼之必要。

"同工同酬"制之必须实行，并非因战时物价高涨才有他的需要。在承平时代的人事制度上，亦为重要的一个环节。

我国服务于行政界的公务员，因各人的"历史因缘"不同，也分别出劳逸不均待遇不平的现象。考其根本的症结之所由来，即官署任用人员，不合法定手续，不依各人的学识能力和经验为准则，反视其与主官之关系及介绍人之情面如何。至若辨别和考量其"工作价值"，依"工作价值"之多寡，然后给予相等的薪俸，这一层实为有用人权的大员所不知道，亦为彼等所不愿知道，不必知道的事实。

作者在（《今日评论》四卷二十期）《设计执行与考核》拙稿中亦曾说及："待遇不平，使部署受刺激，于是不平则鸣。此尤以公务员（小的）喜欢发牢骚，有了牢骚则对工作不感兴趣。照一般人事行政常识言之，待遇与工作的责任与学能应成为正比例，所谓平允的'同工同酬'制，即是说根据'职位分析'，公允的给酬，使人无怨言。"

"同工同酬"制在战时尤为重要，使受不平待遇的人员，感受到双重的痛苦，在承平时候仅属于精神方面，在非常时期，更加上严重物质的威胁，这双重的痛苦，直接影响到公务员的本身，间接的影响更大，势必影响到整个的行政效率。质之当道诸君子，岂可漠视而不尽心改进乎？

本期撰者：

最近远东风云日益紧张，国际关系日益复杂，所以本期特请王迅中，邵循恪两教授就这千变万化的局势中，分析日俄两国的远东外交政策。

怎样改善中国的法律，实为当前重要的问题之一。本期特刊出张企泰教授用专家资格提出修正民事诉讼法的意见，实值得读者特别珍视。

关于内地新工业的劳工问题本刊已有杨端六费孝通诸先生的文章发表，史国衡先生将根据其半年来在昆明附近工厂的调查，对于这问题作更详尽及更具体的讨论，在本刊陆续发表，史先生系在云南大学社会学系担任研究工作。新工业劳工问题亦系研究计划之一部分。

第五卷第九期（1941年3月9日）

这一周

第二届国民参政会第一次大会，自本月二日起召集于陪都。这一届国参会，在组织和职权上，比前届均有重要变革，更进一步树立民主政治的规模；并且这次大会适于太平洋风云紧急之时举行，对今后国家对策将加重新擘划，所以全国同胞对这个民意机关切望更大更切。国参会本是战时政治体制，非可比于寻常的议会，但其所负的使命，却是非常重大。这三年以来，它经过了多次的与会，协助政府，执行国策，对抗战建国，均多贡献。我们于此更希望这一届国参会，应着抗战新形势的需要，加倍努力发扬前届光荣的成绩。在国事现阶段上，军事与外交，已有固定政策，大家不得有所分歧，而目前特别需要集体思虑的，无非是大后方经济建设的各项问题。由此而观，本次大会以经济，物资，物价，粮食等问题，为讨论的主要范围，是近情合理的一种规定。关于这些重要问题，各参政员除聆听政府报告以外，还应酌量提出建议或询问，始不悖集思广益的要旨。

保加利亚自始即声明一旦德军入境，势将难加以抵抗，所以在其加入轴心同盟以前，世人即预料保国只有向德屈膝之一途，其实，保国被迫加盟，并无实际的重要性，不过将保国受德控制的既成事实，加以正式的承认而已，保加利亚是弱国，其屈服的苦衷，世人也很了解，但事前既不肯与土希南等国竭诚合作，又贸然开罪了英苏两大强国，其甘心助纣为虐于此可得证明。英国与保绝交，到今将成事实，此后必不再顾保国的"中立"，采取一切防德的措置。苏联对保国允许德军入境一举，亦表示极端反对，且已向保政府提出严重抗议。外间许多人认为苏联此项抗议，就是对德不可侵犯海峡及土耳其之警告。德军倘假道保国以侵希，则徒然扩大战争范围，使苏联及土耳其不得保守中立，在这种场合之下，德国在东南欧未必能得到更大的行动自由，从这点上看，进兵入保是德国一种冒险行为。

德国进兵入保后，又想以外交手段，劝说土耳其就范，而土国是否将受其诱，是世人密切注目的一个问题。目前土国当局有一重要声明，大意称德军在保之活动，若使巴尔干引起战事，则土国为自身安全计，或将参加英国方面作战。此项声明发表，系在英外相艾登离土之后，由此可见艾登此行颇有收获。这次艾登访土，其使命是会商英土防务，经过多日的谈判，卒议定军事合作办法，预料一旦德军南进，即将付诸实施。土国依原来立场以对外，其接近英国是一定的倾向。事实上在东地中海及近东，土英两国唇齿相依，不能不求互助。土国既是英的盟友，一旦安全受威胁，英必倾全力以赴援。就地势上言，土国除联英之外，还应与苏联互通气息，因为苏联对海峡的关注，无形中对土国安全是一层保障。此时德国倘冒昧假保侵希，则当其冲者是土耳其。而苏联在现势下，对土仍赖其代负保卫黑海之责，如土国受着轴心的威胁，则苏联将取何行动？这是德国目前所当考虑的一大问题。从这点上看来，德军在东南欧的新策动，并非毫无实际困难的。

倭寇的南进，目前仍在积极部署与准备的阶段。综合这一周间电讯所传的消息，倭寇的行动有三点值得我们特别注意：第一是倭寇加紧压迫法越割地言和，自维琪政府拒绝日寇所提和解条件后，倭寇即向越南东京区大量增兵，并下令撤退越南日侨，目的很显然，是想以武力威胁法越屈服。泰越纠纷解决后，倭寇的第二步骤，必是强索两国南部海陆空军的驻军权，积极布置为南进的根据地，作南攻马来，新加坡或西侵缅甸的准备。第二是日寇为研究南进军事策略并划一指挥起见，将台湾军与华南派遣军军部合组参谋团，为南侵策动机关，任命根岛博文少将为团长。第三是倭寇除于台湾，海南，潿洲岛筑有坚强的海空军根据地外，近复在大鹏湾兴筑机场及海军设备，谋作为海军补给站。日寇自英美态度坚强，积极强化远东军事根据地后，外交方面虽一度软化，并故以调解欧战，分散英美的注意力，但军事准备则仍积极进行，丝毫没有放松。照这情形看来，倭寇似乎"非到黄河心不死"，除非欧战有极大的意外变化，倭寇似无悔祸可能。正如前任倭舰队司令高桥所云："日本南太平洋政策，已毋庸再加讨论，目前日本全国之责任，端在以沉默之态度，抱坚定之决心，从事实现该项政策之准备，一俟准备完成，即努力实现"云。

东京的泰越谈判，因日本强迫法越割让柬埔寨省的四分之一及老挝省的三分之一土地予泰国，维琪当局拒绝接受，一度陷于停顿。我们认为维琪的处置非常适当，并劝泰国勿贪目前之利，而供倭利用。但根据这一周间的消息，维琪政府因倭寇增兵东京区，撤退越南侨民，似有畏缩屈服之意。如维琪政府果真接受这种调解，失地犹其余事，法国的威望扫地以尽，将何以维持越南的主权？且日寇惯于欺善攻弱，贪得无厌，此后要求必将层见叠出，维琪当局又当何以应付？倭寇早已公开发明"大东亚新秩序"包括越南在内，维琪政府若不早图保越之方，而一味迁就退让，积极之势既成，恐将噬脐莫及矣。同时我们愿再提醒泰国当局，日寇的强迫法越割地，绝非竭诚赞助泰国，正所谓诱之以小利，欲遂其大谋罢了。贪小失大，泰国当局不可不慎加防范！

战时公债劝募委员会，正在开始大规模的劝募运动，此举是由于国民参政员的动议，自可视为全国民意的总表现。就购债方式上来讲，这次也与以往不同，完全以自由认购为原则，丝毫不带着强制的性质。蒋委员长为这项运动发表"告全国同胞书"，阐述劝募的意义，既恳切又明晰，实在值得我们细读。购买公债，襄助国家，是爱国心之表现，而努力推进劝募，亦是爱国工作之一种。所以我们希望各界人士，勿误认劝募为小事，亟应利用原有社团，分别组成团队俾使推行尽利。尤其各界领袖，更应首先领导提倡，踊跃解囊，以身作则，然后劝募运动，始克发生伟大成绩。

三国同盟之后

何永佶

　　谈国际关系的,最忌"愿望的想头"(Wishful Thinking)。我们希望什么事发生或什么事不发生,心里不由得就以为那件事一定会发生或不发生:这是人之常情。例如我们爱一位小姐,总希望着她也爱我们,而心里也不由得以为她一定会爱我们:这就是"愿望的想头"。在恋爱的战场上,"愿望的想头"的对或错,影响还少,顶多不过一小姐的得失;但在国际的战场上,"愿望的想头"如一有差错就不得了,整个国家遭殃;所以学问上如有一样需要"科学的态度"的,那就是国际关系。什么是"科学态度"呢?赫胥黎(Thomas Huxley)有一句很好的定义:他说,"上帝呀!给我力量来面对事实,虽则那事实会杀了我。"

　　现在国际关系里一大事实,就是去年九月廿七日的三国同盟。将来的历史家一定会把这个协定列为旋转乾坤,判定胜败的一个协定,其重要性不亚于一九〇二年的英日同盟和一九三六年的防共协定,三国同盟是有它的必然性的,理由简单:世界上有两种国家,一种是要"改变",而另一种是不要"改变":德意日属于前一种,他们搅在一起图谋混水捉鱼,是可以想象得到的事。所谓新秩序就是"改变"后的局面的意思。英美是属于后一种,其联合也是必然。苏俄呢?他一方面地大物博,占全球六分之一的土地,可以自给自足,其不要"改变"的情绪与英美相同。但他却受着德日意东西南夹攻的威胁,为着自己安全起见,又不能不稍要一点"改变",以谋国防之充实。年来苏俄之攻打芬兰,占据波兰,吞并波罗的海国家,与暴日勘定满蒙边界,将来或在土耳其及近东一带有所动作,都不外以后一种情绪为出发点。所以苏俄是一种介在中间的一个国家，他既不像德意日的需要大大改变，也不像英美的毫不要改变。在现在的情形下，他需要小小改变，凡可以帮助他取得这小小改变的都可作他的朋友；以往德国就利用这点来获得苏俄的友谊。根据这个简单道理，我们敢说目前苏俄德还须作朋友，还不至于翻脸成仇，因为近东还剩着一点小小改变是苏俄所欲得，而是只有德国才能帮助他取得的；因为英国压根儿不愿意近东和中东有丝毫改变，所以在近中东局势有所改变前，一切的英苏作朋友的传说，我们都可以当他做"愿望的想头"。但如苏俄小小改变的计划完成后，他在国防及经济上都达到了饱和点，其立场将与英美者完全相同，到那时他也将变成一个毫不要改变的国家，但受着东西南三面夹攻的威胁，则将会利用美国参战的好机会，把其国力掷入不要改变的国家的算盘里，以解除这种威胁并以"保其国"。所以我当说只有美国参战才可促成苏俄参战。在三国同盟前，我曾说过俄国是"谜"的国家，而美国是"惑"的国家，要融解"惑"，"谜"，须从"惑"始！三国同盟的用处，正在帮助美国消除他以往的"惑"。

在同盟前，美国还是沉湎于"惑"中，举棋不定，要前进又后退，要强硬又软下去，结果变成我们所说的动口不动手的"君子外交"。三国同盟后就不同了，美国今天始恍然于自己的危险，知道再不能沉湎于"惑"中，于是下大决心，一面自己努力制造军火，一面以金钱兵器援助被侵略的国家：十一月卅日的一万万对华借款，并不是我们有什么了不得的神通，实在是我们拜三国同盟的赐！

国际关系的现状犹如天体运行的现状。在天文学内，天体的互相吸引，互相排拒，均为力的表现。如太阳用它的力吸引水星火星地球，而地球又吸引月亮，令它们都绕着日球旋转，而自成系统。国家关系也是这样：现在世界扰攘不宁，杀人放火的根本原故，简单说来，是希特勒想把一个英国的太阳变成德国的太阳。全世界的问题都跟着这英德争霸的中心问题旋转着；全世界的紧张焦点，在宽不过二十英里的英伦海峡，三国同盟是英伦海峡的产物。

三国同盟是一个"拨云雾而见青天"的一个协定，因为它把国际阵线分得清清楚楚，把"欲改变"与"不欲改变"，把"侵略"与"反侵略"两边的阵容摆成一个二字形，两边的当局再不能游移不定，妄有空想；两边都知道希特勒所说那句话的意义，"这两个世界不能并存"，把以前的基于姑息政策（Appeasement）的犹疑玄惑一扫而空，这个在罗斯福总统十二月廿九日的"炉旁谈话"及一月六日之对国会咨文里，都表现得清清楚楚。现在我们谈谈这个"拨雾见天"的协定对于各国的利弊。

首先谈德国：这个协定对于他是有利的，德国为欲改变现状实行侵略的立场，早就在希特勒《我之奋斗》及他历年来之行动内，表现了清清楚楚，这个协定未尝画蛇添足。换言之，有了这个协定，德国未尝现出更多的侵略原形；没有这个协定，德国也不见得少带了侵略野心。世界早知道德国是怎样的一个国家，这个协定毫未改变世界对于这个国家的观感。但有了这个协定，德国在西方抓住意大利，在东方抓住日本，两个都是在上次欧战内英国的与国，德国的仇敌国，现在却变成了德国的与国而英国的仇敌了。还不止此，抓住这个协定，德国可以拉罗马利亚，匈牙利，将来也许南斯拉夫，保加利亚、西班牙等国入伙。上次欧战内英国的朋友俄国，日本，意大利，罗马利亚现在都给德拉走了，使他们不再帮英国，即此一点就不能不算是德国外交的成功，而三国协定实为这成功的结晶品。在战略上，德国可利用这个协定在西方利用意大利的海军，在东方利用日本的海军，来牵制英国的海军，使英国的海军在德国渡海大举攻英时，不能回到北海及英伦海峡处援助英伦三岛：这是三国同盟对于德国的大用处。

如这个同盟有一点对于德国不利的地方，那就是加紧美国的物质上援英。但从德国打算，无论有无同盟美国总是以物质援英的，有了同盟后不过把美国输往英国的物质加多加快一点罢了。惟德国计料美国现时开始制造军火，不会那么快，而明年春天德国就预备大举进攻英伦，所以加多加快从德国看来对于他整个计划不发生严重影响，但有了这个同盟，明白说明如美国参战则须冒受三国之夹攻，使美国对于实行参战一举不能不慎重考虑：这从希特勒看来是足以抵偿"加多加快"之不利的。

三国同盟对于美国惟一的利，是把美国叫醒。这几年来，美国犹存侵略国家可以用"战争除外"的方法使其就范的妄想，同时这黄金国家太舒服了，不愿打仗，所以中立法约翰生法军火禁运案等等一件一件通过，对英援助也只限于商业借款而不敢涉及政治，有点像鸵鸟埋首于沙中而自以为安全的样子。如没有这个同盟，美国也许还沉湎在这种意态之中，九月廿七日后，美国始恍然于侵略之巨火已烧到门口，始从一大觉中欠伸而起。这个巨人，不起则已，起必大动，不鸣则已，一鸣惊人。天亮了，人得该醒；大火近了,美国也该醒;在这个时候叫醒美国,是对他有利的。

对于美国有利,即是对于英国有利;把美国的援英加多加快,即是对于英国一个莫大的帮助。

对于意大利与日本呢?那就不同了。意大利早已加入德国作战,所以他欲改变地中海现状的计划,并不因为这个同盟而加强。反而因为三国同盟的壮胆,在希腊鲁莽行动,碰了一鼻子灰!英美因为要应付德国,向来希望意大利弃邪归正,如无这个同盟,则意大利如稍微表示动摇,英美没有不愿意抱之满怀把他从德国怀抱拉开的。有了这同盟后,意大利已与魔鬼订约,要走也走不了,而英美看见他已与魔鬼订了十年的合同,"抱之满怀"的热情又冷下去。于是以前美国输往意大利的货物可以减少以至于无;意大利在美国之财产,美国可以封存而不许动用。为了这个同盟,意大利既不能多讨好于德(因为助德作战就够了)而反多得罪于英,于美,于俄。因为意大利借着三国同盟的壮胆而在爱琴海有所动作,企图伸势力入黑海的举动,是苏俄所深恶的!概括来说,意大利可以说上了希特勒的当。

日本也上了希特勒的当,有一作家说,三国同盟是个"金砖"(Gold-Brick),希特勒卖给日本的,你想砖是泥做的,哪会是金做的?说这个砖是金做的,那一定是假的,日本就得了一个假的金砖!这个假的金砖是由德国外交部一个特派人员名叫 Heinrich Stalmers 从柏林挑到东京,拿到近卫松冈的门口叫卖,近卫松冈起先也起疑心,后来居然被这位德国挑担叫卖者花言巧语迷了,于是就给了一个价钱,那位叫卖者也不还价,伸手接过钱来就算做了一件交易!

日本买这金砖,原想借着他"南进",抢英国在南洋的东西。但日本傻了,因为英国在欧洲如未被德国击溃,则虽有这个同盟,日本南进侵英未必操有胜算。英国如在欧洲被德国击溃,则兵败如山倒,其首脑被击伤的鲸鱼全身都可随处受人宰割,则虽无三国同盟,日本也可以南进,也可以抢香港,新加坡,缅甸,荷印。你看去年,虽无三国同盟,而日本还不是在天津大加英国人男女以侮辱,英国还须忍气吞声,因为英国人熟知"小不忍则乱大谋"的道理,为着不欲使日本投到德国那边,英国情愿送礼。七月十八日的封闭滇缅路,就是英国对于日本的一个送礼;如无三国同盟,也许这个礼还是送给日本的。日本明明白白正正式式加入德国那边,则英国人想送礼日本尚归德国,不送礼也是归德国,就索性不送礼了;这就是为什么十月十八日滇缅路开放的道理。

英国可以不送礼，美国更可以不送礼。以前为着不愿意日本加入德国那边，美国也稍为送过日本小小的礼物，如商约废止后不实行对日本禁运，巴纳号炸沉后，还把军舰装送日本驻美大使的遗骸回国等等，都是美国姑息日本的象征。三国同盟后，明明白白说如美国打仗，则日本亦必助德对美作战，美国知道送礼日本尚归德国，不送礼也是归德国，也索性不送礼了。当去年正月间，日美商约停止时，那时许多人都希望并且以为美国会对日实行禁运，我那时不敢随声附和，在报上略述为什么美国不止于对日实行禁运的理由。三国同盟后就大大的不同了，"姑息"既无必要，以后美国加紧对日实行禁运，都是意中之事。

日本的上当就在这里，因为三国同盟而失丧了英美的"姑息"，使英美对华加紧援助，把解决日本人所谓"中国事件"延展到遥遥无期，同时意大利在得英协助的希腊碰了一鼻子灰同时日本希望从三国同盟所可得到的"南进"机会也延展了。所以他可以说一无所得，赔了夫人又折兵，失之东隅又不能收之桑榆，徒供作德国在远东的工具，日本可以说上了希特勒的大当。

三国同盟对于日本不利即是对于中国有利。日本一无所得，而我们得了滇缅公路的开放，得了美国一万万元的借款，得了英国一千万镑借款的诺言，得了美国多派飞机来华，得了美国遣派潜艇军舰到菲列宾，凡此种种都是可遇而不可求，是外边送上我们门前的意外横幅，是受赐于日本的外交笨拙。现在日本的松冈比起签订英日同盟的林董，比起签订防共协定的有田，都觉得相差太远；如日本倒下去，将来的历史家必把这个三国同盟作为分判日本国运盛衰的界线，松冈为日本千古的罪人！

我们中国应该赶快利用这三国同盟给予的有利局面，图谋我们国家的整个翻身。中日事件为整个世界局面之一部，所以中日问题也须跟随欧战的解决而解决，这是以大政治观点看来的说法。六个月前，我在某刊里说"惑"，"谜"，"慌"，"犯"，"抖"未完全消除融化前，中国在国际政治里的举动可以暂缓。惟"惑"（美）与"谜"（苏）一经融化，中国即须抛弃中立，择定可以取胜的一方而加入那边，庶可在最后胜利到临前共享胜利的甜果。三国同盟后，无论在立场上，在实际利益上，在战略上，都应加入英美与之采取同一战线。在立场上，我国与英美同是不要"改变"，反对侵略的国家，其应与之相联共抗侵略国家的侵略，自属理之当然。在实际利益上，如我们助英美，英美亦可助我们；如我们多多助英美，英美亦可以多多助我们。前年欧战发生时，即有眼光远大的人主张我国抛弃中立加入民主国家作战，可惜那时顾虑太多，迟迟未行，假如行了，中国已变成英国的一同盟，滇缅公路也许不至于封闭三个月。现在时机到了，与英美采同一战线为刻不容缓的事。

欧战的结果不出两途：一是英国在欧洲胜德，一是德在欧洲胜英。我们做了英国盟友之后，英国如胜德，我们自可分得胜利的一杯羹，同时我们的仇人既做了德国的盟友而变了英美的敌国，则英美胜德后自必与日本为敌，帮助我们来打击我们的仇人，胜败之数，在乎我们：我们如仍株守中立，对英美还是泛泛之交，则英美亦可以把我国视作泛泛之交，在胜德后与日本妥协，弃吾们于不顾。

假如万一德国在欧洲胜英，那即是德国攻入三岛，英国须要迁都，那我们也不怕。因为放弃伦敦不能说是全英帝国的屈服，犹如放弃南京，不能算是中国的屈服一样。即使英国被迫而放弃英伦而须迁都至加拿大或印度，至少有一大部分海军会随着政府迁移至加拿大或印度。无论是加拿大或印度，英国将从一大西洋的海权国变成"太平洋上的海权国"常川驻在太平洋，与暴日接触摩擦的机会愈多。日本那时如继续妄想独霸太平洋，冒险南进，则必与英国东迁后的海军势力作正面冲突。英日的海军冲突后，美国与英国是唇齿相依的邦，自必与英国之远东海军合作。那时始有击破日本海权的可能。照常理说，要击败一陆权国须要另一陆权国，要击败一海权国亦须用另一海权国，打个比方，《水浒传》上的黑旋风李逵和浪里白条的张顺就是一个是陆权国而一个是海权国。海权国的张顺在陆地上打不过李逵，所以须把陆权国诱至水上，把李逵灌个半死。如欲在陆地上打败李逵，必须用另一陆权势力如武松；如欲打败海权国的张顺也须用另一海权势力如阮小七。就算我们能把日本在华军队尽数驱入黄海，还剩有日本的海军，可以封锁我国沿海，我们无法炮制。我们既不是海权国，则如欲击破日本的海权，谋中日问题的一了百了，必须借用另一海军势力，而这个场合可在英美海军在太平洋合作中实现，而这个海军合作又可在英国迁都至太平洋而以之为继续抗德的大本营后实现。

所以我们应该赶紧整顿内部，巩固团结，来利用这个国际有利局面。假如我们以为三国同盟后有了英美撑腰而疏远苏俄，复从以疏远或排斥与苏俄不是没有关系的政党或军队，那是大错。因为苏俄是与我们接壤最近而关系最密的友邦，以往苏俄借给我们的二万万五千万的借款，还比任何两个国家合起来多。而且在上面说过，苏俄现在须做德国的朋友，但总快有一天达到她国防与经济的饱和点，她的小小改变计划完成后，将和我们及英美采取同一不要改变反对侵略的立场，所以在此时更不宜因些小事故而开罪于她，使她到立场相同时以我们为不够朋友而坐视不予援手。抗战既然根据统一阵线，则统一阵线如有裂痕，即是影响抗战的继续进行，抗战如不能继续进行，即是不能利用三国同盟所赋予的有利局势，以谋我们国运的升进。我们站在无党无派的国民一分子的立场上，当然希望统一阵线维持于不裂和国家军队的一元化。

那么，还有别的法子没有呢？曰有。国家的武力统一，根源于政治统一，政治统一了，然后军队统一才有办法，以往英国的政治算是统一了，有一恒久性的吏治制度，各党各派共同承认大选为轮流执政，谁在朝谁在野，人民是最后决定者，但大战后英国人仍以为他们国内政治还不够应付战争所需求的统一，所以把当权的保守党领袖丘吉尔升他为举国一致的领袖，而不是保守党一党的领袖。同时在这个全国领袖主持下的最高政治机构战时内阁内，还含有劳工党二名，有自由党一名，有保守党二名，这些人入阁不单是根据于他们代表的党而且根据于他们所代表的政策与能力。所以英国虽大敌当前而能举国一致的对外。

我们现在愿不愿效法英国？是不是愿把我们一党的最高领袖升举为全国的最高领袖，把全国最高的政治而可以命令全国军队的机构，化成一个像英国的战时内阁，不是哪一党哪一派单独据有的机构，而是全国阵线的表现呢？这些问题的"然"与"否"的答案将为我们能否把国家军队一元化的答案。

在这三国同盟给予我们空前有利局势的当儿，我们极希望大家不要失掉这个好机会。

建设新中国与发展法律教育

李浩培

一

在现代中国一般人的脑海中，似乎有一种思想存在，以为现代中国所需要的是，并且只是飞机，大炮，轮船，汽车等东西。我们要抗战必胜，我们只要飞机大炮及其他类似的东西，我们要建国必成，我们也只要轮船汽车及其他类似的东西。因为我们只要以上种种东西，所以我们就只要培植能够制造此种东西的人才；因为我们只要培植能够制造此种东西的人才，所以我们就只要提倡并发展实科教育。至于法律，就一般人看来，似乎不是可以尊敬或注意的东西，一个强盛的国家的建立，似乎与法治的建立没有什么关系；纵有些微关系，似乎现在我国读法律的人已经够了，或且太多了，所以我们不用提倡或发展法律教育。我们的政府，似乎执行这一个政策已经多年，并正在加强执行中；我国大部分的青年，受到政府提倡实科教育的影响，正在努力实学，以期完成建设新中国的使命。简括言之，现阶段的中国教育政策，是提倡实科教育抑制法律教育的政策，现代中国的青年，大都以读工科为荣，读法律为耻；现代中国大学里，充满了工科学生，而法律学生则逐渐减少，快要成为凤毛麟角了。

很可尊敬的读者们，看到以上情形，将有什么感想呢？笔者的意见，或许和你们不完全相同。但是一国的政策，应该是可以公开讨论的，所以就大胆的写在下面，以供商讨，批评，采择。

二

笔者的管见是：建设新中国，除提倡实科教育外，必须同时提倡法律教育。

我们看到凡世界的强国，莫不有很多的工厂，此些工厂能建造很多的飞机大炮轮船汽车等东西，我们就以为强国之所以成为强国，只因为有很多的此种东西的缘故；弱国之所以成为弱国，只因为缺少此种东西的缘故。

但是事实是否如此呢？我们承认：凡强国都有很多的工厂以及飞机……的，我们要成为强国，我们也得有工厂，飞机……所以我们要提倡实科教育，我们要在最近造就很多制造飞机等东西的工程师。但我们绝对不能承认工厂，以及飞机等东西是构成一个现代强国的惟一因素。在一个现代强国里，隐藏在工厂，工程师，飞机后面，还有一个因素，不易为一般人所发现。这个因素，继续不断的在督促每一工程师，使其尽最大的责任；在管理每一工厂，使其出最多的商品；在监视每一飞机，使其得尽量被利用于抗战建国，而不被恶势力为不正当的利用。这个因素是什么？就是法治。换言之，就是一国内有一种人人所必须遵守的法律。这种法律，规定每一个人的义务；每一个人，不论大官小民，必须遵照法律所规定的义务做事，将其完全的力量贡献于国家，不以私废公，不假公济私。不论大官小民，如有违背法律者，换言之，即不履行法律所加予之义务者，依法惩治，绝不因大官有势力而不罚大官，小民无势力而滥罚小民，世间的强国，惟其有这一个因素，所以在平时能以全国的力量用于生产事业，而造成灿烂光华的国家；在战时能以全国的力量，抵御外侮，而得到最后的胜利，相反的，一个国家，如果没有这一个因素，纵令全国的人民，都是工程师，这个国家也不能成为强国。为什么呢？

这理由不难见到。凡法治的国家，因所有规定各大官小民之义务之法律，都能执行，故法治国家之每一个人都将其全力贡献国家。一国家的构成分子都将其全力贡献国家，这个国家还会不强吗？相反的，一没有法治的国家，她的法律，最多只能施行于一小部分的人，大部分有势力的人，例如有经济势力的人，有政治势力的人，有军事势力的人，口头上虽都拥护法治，但实际上的行为，却完全只顾到个人的利益，不顾到国家的法律所加的义务。此种具有势力的人，违反了国家的法律所加的义务，执行法律的机关绝对不能加以制裁，以是法律就成为具文；以是一国内各构成分子的行为，违反国家利益者逐渐增多；结果该国成为一名义上之国家，实际上其构成分子大都在违反国家生存的原则之下，寻求其个己利益之满足。此种国家，纵令全国的人民都是工程师，这国家所设的工厂，也不会很多，决不能及到一个强国所必须达到的数目；退一步言，纵令所设的工厂同一个强国一样多，其生产的飞机等东西绝不会很多，绝不能及到一个强国所必须达到的数目；再退一步言，纵令所生产的东西，与一个强国一样多，也不会全部被利用于建设国家，而必有一部分，或且一大部分，被利用于不正当的事务上。此种国家，怎么能成为强国呢？

上面所说，完全是理论。现在且将我国及现代强国的史实，证明我的理论罢。我国清末的史实，很可显示有工程师，工厂，大炮等，而无法治，尚不能成为强国。现代强国之成为强国，更可显示强国除有工程师工厂大炮等外，尚有法治。

我国清末曾国藩李鸿章张之洞辈，因与欧西列强接触，已知强国必须有工程师，工厂，大炮，轮船，铁路。于是派遣留学生赴海外习科学，设招商局以经营航运，设造船厂以造轮船，设兵工厂以造枪炮，铺铁路以利陆运，创海军以固海防。但是这许多设施，是否能使中国成为强国呢？历史所给的回答是：否，不能。海外回国的留学生，很少于学术，或事功上有所建树，颇多成为贪官污吏。招商局经营腐败，历年亏损。海军军舰吨数，原颇可观，而败于劣势的国家。其他各事业，亦无惊人成绩。此何以故？不是因为曾李等只看到及模仿到人家的坚甲利兵，而没有看到及模仿到隐藏在人家坚甲利兵以后的法治吗？

现代世界强国之一是英国。英国以四千万人口，而所建的大帝国，拥有四万万多的人口，其殖民地遍全世界，每天二十四小时，日光轮流照着，不能不算是一惊人奇迹。他们依靠了什么而会有此种伟大成就呢？依一般人看来，强大海军，兴盛的工业，都是造成此强大帝国的重要因素。不错，但是不要忽略了另一重要因素。英国不是最重法治的国家吗？英国惟其最重法治，所以全体英国人都能以全力贡献国家；所以四千万个英国人，便产生如此巨大的力量，比现在我们四万万五千万人所产生的力量大得多。

不但以上所述，可以证明法治对于建设国家的重要，我们即以军队为例，也可以见法治的重要。一国的军队，如要完成抗战守土的使命，精良的武器是不可少的，但只有精良的武器，就可杀敌致果吗？我们都知道，我们的国军的光荣战绩，并非完全由于军器的精良，我们的国军的有纪律，也是一重要的原因。军队的纪律，等于国家的法律。我们练兵，首重纪律；我们治国，怎么可忽略法治呢？

综上所述，构成一个强国的第一因素，是工程师，是实业，是飞机大炮。构成一个强国的第二因素是法治，是人人——不论大官小民——服从法律，以其完全的力量贡献国家。两个因素，如缺其一，即不能成立强国。此命题应是毫无疑义的了。

三

我国现正在抗战建国的过程中。在这过程中，我们需要工程人才，需要发展实业，需要飞机大炮等等，所以我们需要工程教育：这是笔者所完全同意的。但笔者以为在这过程中，我们也需要法治；在将来我们抗战胜利，自由兴盛的新中国建立后，我们更需要法治。我们现在法治的程度，无论如何，不能谓为高，这是我们大家应该坦白承认的。因为我们的法治程度不高，我们在抗战中所受到的阻力不小。举一个很显明的例罢：现在最难解决的问题，便是如何达到完全消灭囤积居奇的问题。政府三令五申，希图禁止囤积；但是囤者自囤，积者仍积，以致民生所倚的食米，在四川嘉定，在笔者草此文的时候，每市斤价格，已达国币一元四角，每市石价格，已达国币二百元。我们都知道，这种囤积的行为，完全是妨害抗战，违反国家利益的行为，但我们无法禁止。在这种情形之下，我们虽造就很多的工程师，亦复何用？工程师同其他人一样，绝不是万能的。工程师的技能及任务，在设计利用材料，造成可供人利用的东西；但他们绝不能使社会中每一分子，都尽其应尽的责任。这个困难的囤积问题，非工程师所能解决，必须厉行法治，方能解决。为节省篇幅计，笔者只举此一问题，其他的问题，也可以想象而得。简括言之，我们在抗战期中所遭遇的困难问题，其中一部分，可以因多造就工程师而解决；但其他一部分，虽我四万万五千万同胞均系工程师亦无法解决，必须厉行法治趋能解决。在抗战过程中，需要工程人才，也需要法治；在建国过程中，需要工程人才，也不能缺少法治。我们现在已能顾到发展实业，培养工程人才，但我们于厉行法治方面，尚少顾及。

四

从上面的讨论，我们可以得到两个结论：（一）欲抗战必胜，建国必成，我们除提倡实业，发展工科教育外，我们必须厉行法治；（二）但我们迄今尚未真正厉行法治，以致遇到困难，尚无适当解决之方法。于是就发生如何厉行法治的问题。笔者认为欲使我国成为法治国，后列五条件，均须具备：

（一）政府要人认真厉行法治。法治既为强国的一个重要因素，每个国民，都应有促进法治的责任。但，政府当局，既有实权，便更当以厉行法治引为己任。政府要人，近来不是没有关于法治的文章发表，但徒发表文章还没有用，要当认真实行。法治的真义，在人人服从法律，事事以法律为准绳：违法者依法加以制裁，不因其有势力而予以容忍；守法者依法加以保护，不因其无势力而予以不公的待遇。政府固希望人民守法，人民也希望政府（包含大小官吏）守法。政府要人，如能一方面事事守法，以身作则，一方面对属员不顾情面，严密监督，如有违法者依法制裁，则属员守法的观念，当逐渐增强，人民自亦闻风兴起，以守法为荣。如是使中国成为法治国，因此奠定强国的基础，实非难事。昔人所谓转移风气，系于一二人而已；我贤明的政府当局，不可不三复斯言。反是，若政府只希望人民守法，而政府本身不守法，大小官吏，均以守法为可耻，以不受法律节制为荣，则何能望人民之实行守法。

（二）宣传法治的重要。我国一般人，无论受过教育与否，无论官吏或人民，守法的观念，太薄弱了。大家以为法律者，可利用而无须遵守，可口头服从而实际违反。所以我国向来虽法令多如牛毛，而实际上等于无法国。现代的中国人，了解守法的重要者仍不多。故吾人，如欲厉行法治，必先尽力对于各阶级的人，宣传法治的重要，使彼等都感觉到法治是强国的必要因素，所以法律必须尊重，违反法律，应当而且必将受到制裁。经这样有效的宣传后，法治的推行，必能顺利。

（三）各级学校认真训练学生守法的习惯。学生均系将来国家的重要分子。一人在学校内所受的教育，于其毕生的品性行为，影响殊大。

各级学校，如能聘任法律人才，认真训练学生守法，中国法治的前途，自必大有希望。

（四）加强司法及监察人员的保障。司法机关的职务，在执行法律，是法治的必要工具。一国是否法治，以该国的司法机关，是否能对于该国内任何人有效的独立的依法执行职务以为断。过去我国的司法机关虽职权上对于任何人得执行其检察审判等职务，而事实上司法机关所能执行职务的事项，不过一般无势力的普通人民所发生的案件而已。司法人员如逾越此范围，职务生命自由，便失其保障。现在我国的司法，关于这一点，究竟较过去改善多少，笔者尚未敢轻率断定。人孰不欲保其身家性命财产？故欲真正法治，非加强司法人员的保障不可。监察人员，职司监察大小官吏的行为，于官吏的风纪及办公效率，至有影响；但亦非加以真实保障，不能发挥其功能。我们希望政府为厉行法治计，多注意于此两种人员之保障。

（五）广植法律人才，我国现在所有的法律人才已足够了吗？已过剩了吗？对于这个问题的回答，可因吾人是否愿厉行法治而异。如我们不愿厉行法治，如我们以为法律不过是敷衍门面的东西，实际上我们并不希望官吏与人民守法，那么我们或许可以说，现在的司法人才已够了，已过剩了，我们自须改弦易辙，只注意于工科人才的培养。但我们在上面已经说明欲使吾国成为强国，非厉行法治不可，则此答案自非合理，并无采取余地。我们如以为此后须认真厉行法治，则现在我国所有的法律人才，不特质的方面，与列强相较，相去过远；即量的方面，欲以现在所有的法律人才，完成法治的大业，亦相差过远。我们试思：我们要厉行法治，我们必须有很多的法律人才，在学校里调练守法的学生，使他们成为守法的公民；我们必须有很多的法律人才，在社会里宣传守法的重要，使我们的公民，对于法律的应被尊重，都有相当的了解，而使政府得尽量厉行法治；我们要有很多的法律人才，做我们各级政府的顾问，使我们的政府不致违法；我们要有很多的法律人才，做我们各工厂法团等的顾问，使他们的行为，都纳入正轨；最后，我们还得有质优量多的法律人才，在立法机关内依三民主义的原则立法，在司法机关内根据三民主义的精神执行法律，使我国的立法及司法，与世界最强的法治国可以并驾齐驱。我们试问问自己，我们现在所有的法律人才，质的方面，量的方面，是否能当以上种种的重任？

即退一步言，我们如果以为我们的法律，我们的司法，只是为敷衍门面的，我们的司法人才，也快要感觉到不够，废除县政府的承审员，遍设法院，是政府既定的政策，法院里的推事检察官书记官等，依照现行的法令,都须正式法律学校出身,且非正式法律学校出身,绝不能胜任愉快。如果现在不赶紧造就法律人才,将来遍设法院,推检书记官等将从哪里来?到那时,恐怕我们不得不用粗制滥造的方法;但是粗制滥造的人,怎么能敷衍门面?

撤废领事裁判权,是我国朝野多年来的期望,因为一方面领判权是侵害我国主权的,另一方面领判权制度只在我国还存在,其他如日本,土耳其,暹罗,埃及等国都早已撤废了。观英美等国政府近来的声明,我国在抗战完成后,撤废领判权是不成问题的事。领判权撤废后,住居我国的外国人的案件,都将归我国法院受理。英美等国,因系法治国,期望我国法院执行职务的能力与独立,达到较高的程度,使他们的人民有所保障。我们如能满足她们的期望,他们自必刮目相看,认为我国与他们站在平等的地位。否则,我国将招致外人不断的讥评与抗议,我国的荣誉将扫地以尽。那么我们应如何准备以满足他们的期望呢?笔者的管见,除现在赶紧充实各大学的法律系及广植优秀的法律人才外,实无他法。

五

一国的成为强国,其原因不但是该国物质文明的发达,而该国的厉行法治,亦其一重要原因。现在的文明各国,因其本身莫不厉行法治,故观察及评判他国,亦以他国的是否能厉行法治为其尊敬与鄙弃的标准。我国清末及军阀时代的紊法乱纪,招致外国人"无法国"及"野蛮国"等的不堪入我们耳目的名称。物腐虫生,自侮人侮,固自有由。现在国民政府以救国建国为目标,笔者很相信,不过救国建国的先决条件之一是厉行法治,而厉行法治的先决条件之一是造就质优量多的法律人才。现在政府的政策,似乎忽略了这一点;笔者站在一个公民的立场,自应善意地贡献这小小的意见,以供学者的商讨与批评及政府的采择。这篇文字,绝无攻击任何个人的目的,这是无庸声明的。

大学应该怎样？

费鉴照

最近三年我们都看到新生的程度远不如以前，我们都担心，因为大学校在中国是国家的脊椎，政府的官吏及社会上活动的一切团体，担任推动社会上的事业与维持社会中一切机构的动作，它们的办事人员，都依靠大学供给。大学是人才的制造所，是大学负了建立国家一部分的重要责任。在抗战胜利以后国家的建设更多而需要的人才也愈多，在这个时期大学制造将来应用的人才的责任，随着这种新的局势而增加，大学负着这种重大的责任，应当特别慎重选择入学的新生，以便产生优秀的人才，供应抗战胜利后的社会。但是，我们回顾这三年来大学入学新生的程度，不单使我们失望，并且使我们担忧！一大部分新生因为程度低浅读些补习的功课，这些功课，早应在中学里读完的，这是一个很大的浪费，它的弊端不仅是浪费而已，对于大学会发生不良的影响，便是大学的程度随着降低。这对于大学是一个严重的问题，倘使这种情形继续下去，学术上便会发生一个很大的危机！这种程度的低落与现时的神圣抗战当然有若干关系，但是绝不是完全为了战事的关系，在抗战前几年，一般的说，大学入学新生的程度已经不如以前了。近十年来大学在另一方面遇到另一个困难，这便是教授聘请的不易，普通一位教授月薪大约自三百元至三百五十元之间，单身教授领取这个数目生活上还没有什么大的问题，但是，倘使有了三四个孩子，为着孩子们须付若干教育费，以及其他的费用，生活上便发生困难了。在中国小家庭的一切因然要完全负担，很多人常常同时还要负担大家庭的全部费用或一部分的费用，教授的经济情形更觉得困难，所以，许多大学教授放弃了教书的生涯，去从事于别的事业。抗战以后物价高涨，教授的月薪不如一个洋车夫的收入，离开教书生活的人更多。看了上面所说的两种现象，我替大学担忧，我也替中国的学术担忧，所以，想起大学该怎样办的问题。我想大学要完成它的任务应该做到下列三点。这三点大学单独做起来是很困难的，还要靠贤明的教育当局尽力去做！

第一，大学的目的，依我的意见，在造就学者和替国家社会造成办事的干部，来领导社会前进。为了这种原因，大学选取学生应该特别慎重，特别严格。近十几年来因为大学数目的增加与为着给更多的青年受大学教育的机会，于是，大学降低了以前的标准，不顾品质取学生，造成今日大学的现象。我们应当记着大学教育不是公民教育，它有它的特别目的与任务。这点我在上面已经说了。大学校为着达到它教育的目的与完成它的任务，它应选拔聪明的，勤恳的，认真的青年来教育他们，给他们严格的训练，以知识灌输给他们，并且使他们有主动的能力和健全地运用思想的能力。这样，他们毕业以后，或继续研究学术，或去领导社会，才有优良的结果。每年中学毕业出来的青年很多，大学只吸收一小部分，那末，倘使其他有志升学的青年怎样受高等教育呢？要解决这个问题，给其他有志升学的青年一个上进的机会，政府应增添设立各科专门技艺学校，来给其他不能考入大学的青年一种专门知识。一般地说，无论哪个人都有他的特长，只要好好地教育他，训练他，这种特长总能发展出来，供给国家社会应用的。抗战以后，教育部已经设立几个技艺专科学校，但是，数量还不够，自后应再增加，使大部分中学毕业生，如有升学志愿的，得进专门学校，不必送入大学里去。

第二，教授教育学生为国家造就人才，他们替国家做了一种基本工作，政府酬劳这种工作，应给他们足够的薪水，使他们安心从事于教育青年和研究学术，大学教授教书与研究当同时并进，因为这是他们的任务，但是，要完成这种任务，大学与教育当局须给他们帮助。做研究工作不单需要时间，并且需要金钱，最近教育部颁布的大学教员任用律规定专任教员每星期须担任九小时至十二小时，若每门课程平均以三小时计算，那末，一位教员至少担三门至四门课程，在上课以前他须有足够的准备，下课以后，尚须阅读和改正学生的练习或写作。三四门课程已使他的精力与时间用到大限度，哪有余力来从事研究？但是没有研究便没有学术的进步，倘使大学教员不做研究工作，便负了他神圣的使命，而大学也不能完成他的重大任务，因之，大学应减少教员的上课钟点,给他研究的机会。同时教育部应指拨专款来帮助教员做研究的工作。教育部最好设立一个特别委员会统盘计划全国大学的研究工作和审查研究成绩。这样可以避免许多无谓的浪费与重复。这个委员会的人选,可由教育部提出候选人若干,而由全国大学教授票选出,任期三年。这是一个比较公平的办法,同时还可免除官家指派委员会的缺点。

第三,大学完全是一个学术机关,教授应该参加学校的行政。设立评议会或性质类似的校务会议以决定大学校策及推进校务。这种会议内,除校长院长及系主任外,应有教授代表参加,而此项教授代表应占全体委员百分之六十。教授的聘请与解聘及其他重要事项都须经这个会议的同意。这样,一方面可以保持学校校策的永久性,另一方面,教授与学校当局消除摩擦而能协力合作,发挥大学教育最大的威力。一个大学校办理完善,绝非一二人的力量所能够做到,须有全体教授合作,才能成功!

近十几年来,全国都喊提倡学术,使学术独立,不依赖欧美的学者与大学,这是一个很好的醒悟,很好的现象。

但是,要达到这种目的,完成这种工作,须得使大学健全起来,倘使大学不健全,哪能提倡学术,哪能使学术独立呢?又哪能造就领导社会的健全的领导分子?所以使大学健全是第一项重要的工作,而使大学健全的方法,我想,只有实行依照上面所说的三点才能做到!

我们对于西化的态度

吕学海

最近在《今日评论》上又读到几篇批评全盘西化的理论文章,其中反对这个理论最力而其错误最多的要算伍启元先生的《论"全盘西化"》(载该评论五卷五期)。伍先生的文章包括五个要点:第一,他认为"全盘"两个字是不通,就是"西化"一个名词也有很多困难;第二,他认为文化有其惰性,一个国家不能完全抛开其原有的生活样法和社会制度而全盘接受另一种新的文化;第三,他指摘全盘西化论是一种拜洋主义和自卑主义,是表示丧失自信力的结晶品;第四,他以为全盘西化论系违反时代潮流的趋向;第五,他主张我们唯一的生路,就是就现在原有的文化基础上尽量吸收现代的科学和科学所产生的文化,但绝不能全盘西化。我对于伍先生的见解和态度是不敢同情的,我愿意借此机会,再为申说我们一贯的立场,虽然十多年来我们对于一般非难全盘西化论者的各种理论和疑问,都已有过详细的解答(详见《全盘西化言论集》及其续集《三集》)。

"全盘"两个字是不通吗?我倒以为这在用语上并无不妥之处,就是"全盘西化"的涵义和主张也是很有意义的。从我们"西化"的历程来看,如果我们承认"现代化"是十九世纪以来的中国和东方最大的历史的过程,则七十年前我们既可用"维新","洋务"等用语和主张,以为指导当时的新时代新环境的文化理论,则今日更不可不用一更积极更彻底的用语和主张,以纠正今日仍有主张局部现代化或局部西化的错误。中国人对于"西化"的态度被内外新环境的要求每代确有每代的进步,今人如胡适之,陈独秀先生等的"西化"态度,比较前人如康有为,梁启超,章炳麟,严复及张之洞,郭嵩焘等的"西化"态度,积极得多,彻底得多,而"西化"的事实,则今日的新中国,亦比过去进步得多,所以在现在的新中国,我们要造成一新文化理论,以进一步来应付目前的新环境和新事实,我们非主张"全盘西化"便不够积极和不够彻底来进一步摄取西方文化以建设一个真正的现代化的中国。所谓"全盘西化"的积极意义,就是在"西化"的进程中,注重将来文化的各种主要不可少的要素,应有尽有的,完整平均的,形式内容兼备的,精神物质一体的输入,譬如输入西洋的科学,也要输入它的政治理想,伦理标准等,输入民权也要输入人权,输入革命,也要输入宪法,输入男女的交际,也要输入西洋的礼教和道德,输入坐汽车住洋房的舒适,也要输入造汽车筑洋房的技术,就是说,我们不只要会"革命",还要会"守法",不只要会享受消费方面的西化活动,更要会创造生产力方面的西化活动。所以我们认为在今日而主张"西化"非提出"全盘"即不够积极和不够彻底。

再从文化变动的原理来看,假使有两个文化体系发生接触,一个是较进步或较新的文化体系,一个是较落后或较旧的文化体系,所谓较进步的文化体系,就是说它的变迁至多,趣味至浓,弹性至富,内容至丰,所以它所具备有的要素和价值,必为较落后的文化体系中所缺乏,这两个文化体系接触的结果,那较落后的文化体系必不能适应时境,势将逐渐成为文化地层里的一层,这种接触也有它的过渡时期,在过渡时期里,从其中一个文化体系,特别是从那较落后的文化体系方面看去,好像是有两种文化平行并立,但是从文化变动的目的和趋向上看去,他们并非平行,并非并立,他们的关系是那较落后的文化体系逐渐成为陈迹,而那较进步的文化体系则逐渐伸张而成为送旧迎新的时代,这个时代也许延长很久,然它的趋势只有一致,即从那较落后的文化体系看去,只有全盘接受那较进步的文化或新文化。假如我们是一个公平的批判者,我们不能否认今日的西洋文化是一个较进步的文化体系,中国或东方的文化是一个较落后的文化体系,所以在东西文化接触的结果,西方文化已快快地变了世界文化,东方文化纵有保留价值也不过要变为西方世界文化的一小部分,从中国方面看来,这是"西化"的历程,结果是趋于"全盘","西化","现代化",或"世界化"。故我们近百年的"进化史",简直是一部"西化史",即以前梁任公所谓"欧化的维新史"。因为在这种文化潮流之下,我们非这样地趋于"全盘西化",势必不能使我们民族的生命延长和发展,这都是事实,明眼人自然明白,用不着多说了。"全盘西化"的理论既不见得有何不妥的地方,"全盘"这两字又有什么不通呢?

"西洋文化"一个名词有困难么?伍先生认为"西洋国家中,除了民主主义之外,还有独裁主义,除了资本主义之外,还有苏维埃主义和法西斯主义;在不同的社会制度中,人类底生活样法和文化是绝对不相同的,因此我们现在有几种不同的'西洋文化',而我们不能找出一种唯一的和代表的西洋文化",其实"西洋文化"这个名词有什么困难可言呢?若说在这名词之下是涵有很多各异的成分与不少的冲突特性,使我们在"西化"的进程中无所适从,我倒以为这种看法是错误了。原来在一个文化体系中,它的各异成分与冲突特性之多,正表示其包藏较富,弹性较强,譬如就思想方面而言,过去中国思想派别之多,主张之纷歧,莫若春秋战国,诸子百家,互相争鸣,构成思想的黄金时代,这亦岂不是表示其包藏较富,弹性较强?在今日西洋的文化体系中,固有"民主主义之外还有独裁主义,资本主义之外还有苏维埃主义和法西斯主义"等等无数的各异成分和冲突特质,然而与其说这是西洋文化的困难,不如说这是西洋文化克服困难之所在,又与其说这使我们无从西化,不如说这使我们易于西化。事实上在西洋文化体系中这些所谓各异成分和冲突特质,都已经或正在介绍到中国来,就只看我们的国民参政会,岂不是就已包括各党各派和容纳各党各派的思想和主张吗?西洋文化体系中的各异成分和冲突特质,我们尚且可以接受,何况它还有其共同的基础?比方要满足他们的政治欲望,他们都有共同的公共心,爱国心和制度化的政治,要满足他们的经济需要,他们都有共同的科学生产方式和分配方法,要满足他们的"衣","食","住","行"的生活,他们也都有共同的方式和工具。因为西洋文化有其共同基础,所以它也是整个的,所以由专家以至常人,也叫"西洋文化"为一个"西洋文化"。"西洋文化"既是一个整体,既是一个对象,我们在全盘西化的进程中,又有什么困难可言呢?

中国的文化有其惰性,我们就不能"全盘西化"吗?伍先生说"全盘西化论者完全忽略了社会制度和人类生活方式底惰性,以为一个国家可以完全抛开其原有的生活样法和社会制度,而全盘接受另一种新的文化,所以是完全错误的",我们并不否认社会制度和人类生活方式底惰性,即文化惰性,然正因为中国文化的惰性会成为我们彻底吸收新文化的障碍,所以我们非提出"全盘西化"不可。因为我们非这样地说,这样地主张,则在消极方面不能铲除中国文化的旧势力或惰性,在积极方面则不能彻底摄取西洋文化的全部要素和价值，使中国的文化能和西洋各国的文化立于平等的地位，而继续在这世上生存和发展。从我们"西化"的历程和各方面来看，中国文化的惰性，这亦即是中国的固有文化，是可以逐渐铲除的，而"全盘西化"即伍先生所谓"完全抛开其原有的生活样法和社会制度，而全盘接受另一新的文化"是完全可能的。假如杨光先活到今日，他绝不会坚持"宁可使中国无好法律，不可使中国有西洋人"；王壬秋生在今天，他亦不至再说"火轮船者，至拙之船也；洋炮者，至蠢之器也"等笑话了。就是抗战之前，纵有提倡大刀队杀敌者，现在也明了飞机大炮的重要了。所谓文化的惰性，是随着"全盘西化"的进展而减轻，而"全盘西化"的进展，又是随着文化的惰性的减轻而加速，这是研究过百年来中国西化史的人所容易了解的。

记得七年前在广州文化论战的时候，也有人以为中国有中国的国情——即伍先生所指我们那套生活态度或文化的惰性——如历史，宗教，风俗，习惯等，使我们不能全盘西化，我在《为全盘西化答客难》一文里曾经作过这样解答，我说：

> 事实上基督教输入了中国，已有几百年的历史，新教的输入，也有了百余年的历史，不但是我们一般民众有许多是信仰基督教，就是我们的革命元勋与一般先烈也有不少是基督教徒。反对一夫多妻制的基督教，与儒佛道的宗教观念不相容的基督教，打破数千年的中国文化基础的家庭制度的基督教，我们都能够吸收，试问现代的西洋文化，还有哪一方面我们不能吸收呢？还有什么"国情"可以作拒绝我们吸收西洋文化的力量？其次，关于中国的固有文化的本身，除了它的数千年的大家庭制度，还有数千年的帝制，千余年的科举制度，这种种思想制度和风俗习惯，在中国文化里不可谓不根深蒂固，不可谓不居着重要的地位，然而我们都可以把它推翻，试问在中国文化里还有什么思想制度和风俗习惯我们不可以推翻呢？有了数千年历史的家庭制度，我们都可以把它"西化"，把它变为一夫一妻的小家庭制度，试问中国文化里还有哪一方面我们不能同样收到"西化"的效果？

不错，在"西化"的进程中，我们文化的惰性似在把我们拖向折衷调和的路上去，然而这种现象，只能当作东西文化接触以后的一种过渡时期的畸形现象，这种现象的存生，在时间上也许很长，然其趋势却是趋向于"全盘西化"的，这是稍具历史眼光的人所容易明白，伍先生以为中国绝不能"全盘西化"，那岂不是"完全错误"？

全盘西化论是拜洋主义自卑主义吗？是表示丧失民族自信力的结晶品吗？关于这层，伍先生的态度是很不明显，思想是很不清楚，见解很为浅薄的。他一方面指摘全盘西化论为拜洋为自卑等等，一方面却承认自鸦片战争后，中国"逐渐主张摹仿西洋，这种主张的路向是对的，但不幸因为国家没有及时革新，结果国势一天不如一天，民族自信力也一天比一天降落"。从这种理论来观察，我们的国势和民族自信力的降低，伍先生岂不正是承认由于国家没有革新或西化吗？原来所谓民族自信力，并不是筑在祖宗的光荣或固有的文化上头的，而是要筑在我们自己的智慧和自己的努力上面的，伍先生所尊为具有"专家资格"的吴景超先生，岂不是早就解释过吗？他说：

> 自信心不应建筑在某一时期的文化成绩之上，凡是有历史观点的人都承认的。假如在某一时期中因为自己的文化成绩不如别人，便丧失了自信心，那应在埃及的金字塔时代，希腊罗马人的祖宗应当没有自信心了。同样的，在希腊罗马的黄金时代，英德人的祖宗，假如把自己的文化来与他们对比一下，看见别人的伟大，回顾自己的鄙陋，岂不是要丧气吗？然而希腊人罗马以及英人德人，并不因一时的落伍，便丧失了急起直追的勇气，他们都有自信心的，所以都能够产生一个更伟大的时代（《自信心的根据》载廿四年七月七日《大公报》）。

进一步说，全盘西化论不但不是表示丧失民族自信力，而正是真正民族自信力的表示，因为这个理论，这个主张，是确信我们民族的本领绝不低于西洋人为前提，因此认定西洋人所能创造的文化，我们也一样能够创造，西洋人有资格实行"民有"，"民治"，"民享"等原则，我们也一样有资格实行"民族"，"民权"，"民生"等主义。西洋所以有今日那般灿烂的文明，实由于他们自信力的强大，故有种种新学说新制度等产生，故能克服自然，战胜环境，我这主张全盘西化，就是包括连我们的民族自信心也要

"化"到"家"的，反过来说，假如我们根本就没有自信心，我们根本就不配谈"中国文化的出路"，反之，认为中国文化绝对不能全盘西化——即不能追上一个较进步的文化体系与欧美的文化并驾齐驱——如伍先生所论，那么，中国前途还有什么希望呢？这岂不是正是表示丧失自信力吗？这真不只是"拜洋"和"自卑"之尤者。而是奴隶的思想了。

全盘西化论违反时代潮流的趋向吗？时代潮流的趋向是什么呢？现代西洋文化正在急激地蔓延他洲，快要变为世界文化，东方的种种特色与世界潮流抵触的自然快要成为历史的陈迹，东方文化纵有保留价值，也不过要变为西方世界文化的一小部分，故在中国文化方面看去，这个历史是"西化"，惟有"全盘西化"才是最适合这世界的时代潮流，而事实上，百年来国人对于"西化"的态度和中国"西化"的事实，却一代比一代进步，其目的是趋于"全盘西化"的路上。假如伍先生是忠于解释和应付历史事实的话，想不至否认我的话的，伍先生认为全盘西化论是"违反时代潮流的趋向"，是"已成过去的思想"，那真是无稽之谈，比方伍先生说到了二十六年，一般知识分子都舍弃了他所谓"拜洋主义和自卑主义"的全盘西化论，试问在二十六年前有哪"一般知识分子"是主张全盘西化论，而到了二十六年后就把它舍弃了呢？这有点类乎说谎了。这使我们怀疑伍先生有没有注意到国人对于西化的态度，至少我们认为伍先生在大骂全盘西化论和大谈时代潮流之前，尚未尽过半点认识事实的责任。

中国文化的唯一生路是科学化吗？伍先生的见解是矛盾的，他一面坚决否定全盘西化论，指摘全盘西化论为拜洋主义自卑主义，为表示丧失民族自信力的结晶品，一面却主张"中国一切学术文化工作都应该科学化"，所谓"中国一切学术文化工作"岂不就是全部"中国文化"？而所谓"科学化"岂不也是"西化"？岂非"自卑"岂非"拜洋"？而况伍先生这个主张从中国文化方面看来还是"全盘西化"的。我在这里不愿随便骂人是"拜洋"是"自卑"等等，我只愿指出这"科学化"的提倡，是不够彻底的，又况事实上科学的提倡，已不止是二十年前胡适之陈独秀等所曾致力，就是七八十年前的曾国藩李鸿章，以至三百年前的徐光启等，也已努力提倡过，而伍先生在三百年后的今日，却以为提倡科学化是一种新认识，那末，不但太没有识见，而且恐怕还没有读过中国近代的历史。何况伍先生所提倡的科学化，还不如廿多年前《新青年》的著作者所主张的彻底，陈仲甫先生说：

要拥护德（模克拉西）先生，便不得不反对孔教贞洁旧理论旧政治；要拥护那赛（因斯）先生，便不得不反对国粹和旧文学（《新青年》六卷一期《本志罪案的答辩书》）。

　　这样的态度，使提倡孔子化的梁漱溟先生也要赞道："从前人虽然想采用西方化，而对于自己根本的文化没有下彻底的攻击。"陈先生和他们几位的见解，实在见得很到，我们可以说是对的。

　　然而陈仲甫先生等的主张，还不是从整个文化着眼，故还不能适应时境的要求，还不能满足我们的需要，又何况伍先生之提倡科学化，还是三心两意，说什么"就现在原有的文化基础上，尽量吸收现代的科学和科学所产生的文化"，我们若"就现在原有的文化基础上"来"尽量科学化或西化"，这是一条很含糊和很危险的路的，这就使在不西化或保持原有的文化基础的前提下，来尽量进行接受科学或西化，伍先生的思想是这样的不健康和矛盾，无怪乎他说全盘西化是不可能，和承认"文化的惰性自然会把我们拖向折衷调和上去"为真理了；而且所谓"尽量科学化"或"尽量西化"等主张，是很有流弊的，它很容易被一般主张折衷或趋于复古者当作他们的护身符，例如伍先生所要反对的东方文化论者，和"中学为体西学为用"者，也都可以同时呐喊"尽量科学化"或"尽量西化"；姨太太们坐汽车住洋楼吃西菜……也可以叫做"尽量科学化"，有些人以落后的生产能力，而却应有尽有地享受西化玩耍方面的活动，也可以叫"尽量西化"了。伍先生以为他的主张是"我们唯一的生路"，是最适合这时代潮流，其实他的主张不但是不通，不但是落后，而且是危险。而只有"全盘西化论"，不折不扣的全盘西化，是中国文化的出路，这条出路，是远在十三年前（民国十七年）卢观伟，陈受颐及陈序经先生所曾具体提出的。

　　今日中国是在抗战中，这是整个的国力战，国人莫不渴望我们国力的提高，然我们若要提高国力，诚如对于中国近代历史认识很深的蒋廷黻先生所分析"我们不能不火速促进全体人民的全盘生活的现代化"（见蒋氏《国力的元素》一文），蒋先生在他所著的《中国近代史》一书中亦承认中国的问题根本是个文化问题，他并且指出这百年来中国历史的教训，是"中国要在近代生存，非全盘接受西洋文化不可"。这岂不是我们所谓"全盘西化"吗？

谈谈独裁政治

王赣愚

现世的独裁国家，以苏，意，德为代表，其兴起的背景未必相同，其政制的运用亦互有差异；其实，它们根本上所相似的要点，就是重视"集团"的利益，而全置个人利益于不顾，虽然他们对"集团"的观念也是不一致的。"阶级"之于共产的苏联，"民族"之于法西斯的意国，"种族"之于纳粹的德国，同样的是三者各所代表的"集团"之主体。证诸实际的情形，苏联在现行政制下，并未为无产阶级谋最大之利益；国社主义的德，和法西斯主义的意国，所侧重的亦只是中产阶级的利益。从这样说过去，在这三国所谓"阶级"，"民族"及"种族"，究竟是以"集团"替代个人，骤看似乎着重广泛的利益，而抑遏偏狭的利益，实则其实施政适与此相反，推翻传统的自由主义，乃整个独裁运动的动机，在理论上尽管作任何辩护，终不能使人改变如此看法。

至就攫取政权的方式来论，这三大独裁国有何相似之点，亦是尚待考究的一个问题。当然，眼光比较敏锐的人，不专从方式中较异同，而且还要就背景或倾向上去观察。苏，意，德独裁政治形成的过程，就是苏、意、德代议制度崩溃的过程。旧治下的政府既失自信，对战后的紧迫情势应付乏力，又不堪国内外舆论之抨击，明明知道国内有反抗力存在，而丝毫不加抑遏，只掩目听任其滋长。假使这些垂亡中的民主政府，贸然暂时放弃法轨，出以高压的手段，对付那班崛起的政敌，则他们政权的倾覆，当不致演成必然之局。但他们的支持者，大都是太讲理智的人，素来过分重视法律，以致遇事犹豫寡断；而他们的这类心理，便为少数反抗者所利用，因为在政府的放任容忍中，反抗者早已培养潜伏的实力，到了发难之日，政府的让权失势已成定局了。

独裁者掌权的秘诀，即在遇机不轻失，歼敌无惮忌，以政权为无上目的，待人自然残酷已极。什么正义，法律，于独裁者究有何用，政权在握一天，便恣睢跋扈一天。当然，我不说独裁纯是个人专政，尤其苏，意，德三国的独裁，绝非此类：世人所见的只是史达林，墨索里尼和希特勒，其实，这些独裁者的背后，还有组织严密的政党和意志坚韧的党徒。在今日的世界上，凯撒式的个人独裁，业已不适用了。凯撒在当时虽权大无比，然较之现世独裁者，似乎有逊色，因为他缺乏着党，民众和宣传工具为其后盾，对于经济，政治及社会机构的控制，始终远不及现今之严密。不过就个人的态度来讲，今昔的"凯撒"根本是无大差别的。本来尊重人格，是实行法治的结果，凯撒主义既否认法治，必然在政治上只管"驭人"，以人为政治工具，而人权是不足重视的。现世的独裁者，虽说得振振有词，自命为"集团"利益的保护者，但其忽视人格和摧残自由的手段，和昔日的凯撒究有何别？

苏，意，德三国以崇奉暴力为特征，但这并非说独裁只有一类模型，并无程度之差异。由于议会制度的没落，而使政治趋向于独裁，纵然对和平方法不信任，但只因那里仍不全脱民主传统的影响，所以援用暴力似乎不如他国之漫无限制。苏，意，德三国的改制，与其归咎于民治试验的失败，不如推因于民治之未得充分试验。而民治在这些国家未能生根发芽，战后险恶的经济环境实有以致之。经济危机是政治纠纷的根源，因为民治政府在危机中，每每束手无策，因此世人对整个制度根本怀疑，结果使国内政治难循正轨以发展，这是独裁勃兴的一大助力。上次大战后的经济危机无疑的暴露了议会制度的弱点；不过议会之被完全推翻，要算在政治纠纷变本加厉之后。上次大战的结局，是德意志帝国的惨败，惨败之后政治趋向民治，遂有柔弱的共和国产生。虽然当时改制大致是出自外力的，但德国进入共和时期后，倘使不受经济危机所摇撼，似乎仍不会因肆应乏策，而终至于中途夭折。从经验上说，民主政府如果有力应付经济危机，保持繁荣于不坠，则我们不相信它是毫无抵抗独裁狂潮的方法和力量。代议制度与资本主义结缘，证诸各国的实况，不无相当根据，虽然以制度本身论，我们否认二者是绝对不可分的，十九世纪是代议制度的黄金时代，因为当时是资本主义的黄金时代；现在是代议制度受厄的时代，也因为现在就是资本主义受厄的时代。只有经济繁荣能保持下去，人民对国家的要求是有限的，而国家对人民的干涉也是有限的，如此，对政府怀怨，责谤以至反抗，自然不易发生，纵使偶然发生了，亦未必摇动现有政制的根基。

让民主政府负统制经济的全责，其成功的可能性未必较失败为小。共和时代德国的努力，实不足作为佐证。德国当时处置经济问题，弄到焦头烂额，其失败是由于"无力"抑"不力"，至今犹成一个疑问。当人民坠入失望的深渊之时，魏玛共和国除静候观望外在经济上始终无所建树，自身的最后崩溃，就是于此种下了主因。除德国不论，一般民主政府之无能，陷国内经济于窘境，其症结无非是各政党不能团结一致，以组成强有力的政府。这种弱点是实行一党制国家所没有的。现今独裁政治的引诱性，即在其表面上能避免多党的积弊，但明眼人却未必妄信它有如此广大的作用。在现今代议制度之下，于多党的必然影响，国内政治势力的适当安排，是经济机构运用成败之关键。话又说转过来，国内政治势力的适当安排，亦不得不系乎健全的经济环境之保持；只有具备这个重要的条件，民治国家才获到"一致基础"，藉此以团结各党及民众。所谓"一致基础"，在今日大致是经济事实所造成的现象。战后严重的经济危机，从政治上看，可说是一种离心力，民主政府倘无法应付，终究要败坏其所必需的"一致基础"。战后新兴的民治各国，先后趋向独裁，其走的路程几乎是一样的。因为社会上的"一致基础"已被败坏了，议会不能造成及表示国家的真正意志，故各政党首先对讨论方式怀疑，而渐渐超出轨外以争权；同时在经济危机益迫中，紧急的处置更不能等待立法手续，终至于由行政机关以紧急法令行之；行政机关通常为执政党所支配，而执政党在上述场合之下，事实上便变成了主要的立法者。我们于此似可断言向独裁屈膝的国家，大都是随着经济危机的加深，自己不肯倾全力在民治机构以内，企求一切可能的应付方法，结果酿成整个社会的不安，政治因而失掉均衡，无形中便开辟了独裁的途径。

独裁政治在战后的抬头，其表示民治国家自动退让的意志居多。我们为民治国家着想，要预防独裁政治的侵袭，只有一面增大政府应付经济危机的权限，一面又酌量增加这种权限以相当限制。必须权限与责任均有合理的规定，然后得使政治永远保持其均衡。欲达到这项目的，民治国家的整个机构，均须予以彻底调整或重新改造，这当然是非借助于人类智慧不为功的一种工作。我们切莫误认实行独裁立可消弭经济危机，反之，独裁国家的经济窘境往往更有甚于民治国家者。所以为解除经济困危起见，民治国家只宜就原有机构上求办法，倘舍此而仿行独裁，其危险则可以想见了。

  我们只分析着国内的政治势力，还未必能充分了解独裁政治的起因。尤其在上次大战后的欧洲，独裁政治的蔓延，大半是由国际各种因素所推动。任何独裁国家，都带着侵略的色彩，随着领土的扩大和势力的膨胀，传播着极权主义于其他大小各国，到处都与传统民治思潮挑战。国际的思想冲突，本不自今日始，但这次欧洲大战，乃这项冲突激烈化的表现。今番战局不论如何演变，民治各国经过了一大刺激，对外既知联合一致，共抗独裁怒潮的侵袭，对内则当力谋自身改造，避免独裁倾向暗中作祟。从远大处看来，目前或许是世界政治动向的一大转捩。

本期撰者：

  何永佶先生是国立云南大学教授。李浩培及费鉴照二先生俱是国立武汉大学教授。吕学海先生现在重庆南开大学经济研究所任教。

第五卷第十期（1941年3月16日）

这一周

第二届国民参政会第一次会议，已于本月十日正式闭幕。各参政员经过十日的集议，对各种报告及提案，成立充实完备的决议。我们相信中枢必能尽量采纳，并切实施行；同时亦盼望各参政员，在休会期间，努力协助政府，本实事求是的精神，共促决议案之彻底执行，这届国参会的使命，较上届为重要；此次大会出席人数，亦比前几次更多；但此次国人引为深憾的，就是中共参政员拒绝出席，并提出若干无理条件，造成不良的先例。不过此事只使我们感觉美中不足，却不至影响抗战大局。在这次大会中，劝促中共领袖觉悟的提案，经过全场一致赞成而通过，这足以证明国参会拥护统一，始终不改初衷。国参会是战时的民意机关，在现今情势之下，它确可使政府与人民的意见，融成一体。此后倘能善为运用，以加紧国内统一，则政治与军事相配合，自然不成问题了。

德国在巴尔干的最近发展，引起了全世界的注目。我们相信希特勒倘在近东采取更积极的军事行动，就要陷入进退维谷的泥淖中越深。这在上次欧战中，已经有不少的事实证明。当时西线战争无法进展，鲁登道夫就幻想得到东方的新富源，借一九一八年的俄德和约，打开乌克兰和罗马尼亚的门户，在东线驻屯下一百多万兵力，要发展新获得的权利，倘使德国把这一部分力量增到西线，照当时情形来说，全部的欧战历史，或者会因此而改观。现在德国在巴尔干方面用了不少军力，若要同时在大不列颠三岛进行闪击式的战争，恐怕是不可能的事实。如果战事扩大延长下去，德国原料的消耗要增加，德国战时原料的供给，一部分已经倚靠着苏联，但是苏联是否愿意牺牲国内的需要，来帮助德国，本来是一个疑问；假如德国改取大规模的攻势，旷日持久，苏联自然会感爱莫能助，更加上各战线上随时可能发生的政治变动，德国原料的供给，终久是无法保障的。希特勒的东进野心，无疑地是自掘坟墓。苏联在近东外交的动态，很明显地与德国的利益正是相反。斯大林是实际主义者，他一面尽力避免卷入战争漩涡，一面乘机充实国防。德国要在巴尔干方面，扩展它的优越势力，其双重的障碍，就是布尔希维主义和汎斯拉夫主义。在一九一四年，只有后者存在，现在的威胁，是两者俱来了。在希特勒东进声中，假如苏联能保持善意的中立，德国当然要认为满意。但是苏联绝不能无条件地保持善意的中立，这是可以断言的。所以它反对德国占领保加利亚，在黑海增加军力，更进一步同南斯拉夫订立了共同友好宣言。在这样情况之下，柏林不得不作政治上让步，一直到苏联认为可以中止的时候。

土耳其正逢着空前的国际危机，假如柏林和莫斯科联合，对安哥拉加以压力，尤其是苏联果真要收复在布勒斯特里多佛斯科条约下所割让的喀斯区和阿达罕，或是要达到控制达达尼尔的多年宿愿，土耳其就有变成波兰第二的可能。所以土耳其要执行英土的军事联盟条约，它必需同时同莫斯科保持友好关系，继可以排除瓜分的可能。

军火租借法案，在美国参议院，经过十七日的激烈辩论，最后得予以正式过。此案只须退回众议院，由其再度表示同意，即可由罗总统签署，而成有效的法律。众料此法成立之后，美国当加紧以值十万万元之战舰，货轮，飞机，坦克，大炮，食粮及其他物品援助英国，最少在国内可不再受法律的牵制。在国际现势之下，援英固是美国的急务，然因为抗德与制日，实际不易划分，故加紧援英之后，当然不能放松助我。这点是我们可以断言的。罗总统早已主张倾力赴援反侵略者，务使美国成为"民主国家的兵工厂"；现在为实现这个政策，将获便宜行事之权，不会因受孤立主义所阻挠，而采行不彻底的步骤，当然，罗总统授权于军火租借法之后，势将宣布全国紧急状态之存在，以加速军用品之生产。其实，必须使美国进入这个阶段，反侵略的势力始克大量增进。

泰越的东京谈判，虽因维琪当局反对倭寇的调解方案，一度陷于停顿。后因日寇一再胁迫，且以增兵越南东京区及撤退侨民相恐吓，维琪政府惧而屈服，终于接受日寇所提的调解条件，据传泰越代表已于十一日下午四时在倭首相官邸签订和约。法越人士闻讯之后，异常悲痛，而对日寇的违信强迫割地，尤深愤慨。越督德古总司令部公报亦宣称泰越调解的成立，法方完全处于被强迫之地位。可见法越的屈服，实有其不得已的苦衷。不过日寇得寸进尺，野心毫无止境，法越一味退让，将何以应付层出不穷之要求。所以我们虽谅解法越当局屈服的苦衷，但对法越的前途，不得不深为危惧。再就泰国言，虽赖日寇的支持，割取了法越一部领土，但以日寇之阴谋狡猾，决不愿无所谓而助人。据同盟电所传，泰国调解协定外，关于维持"大东亚之和平"，及建立日越泰三方更密切关切之办法，将另行议定。可见日寇必将借口支持泰国割地，有所要挟强求。值此日寇积极图谋南进之时，势将以越泰二国为根据地，希望泰国慎勿因小失大，使国运堕于万劫不复之地位，越南当局更应观机待变，以雪此次被迫之辱。

这一周间因日寇准备南进而引起的紧张局势，表面上似稍沉寂，但美英及倭寇三方仍均积极准备。美国已通过军火租借法案，罗斯福总统并声明将同时援助英国以外的民主国家，关岛设防案亦已通过。英国远东的防御准备也仍在积极进行。因此倭寇大为恐慌，一方面使驻英大使重光葵与英首相举行会谈，面呈松冈照会，保证日寇无意南进。一方面松岗外相亲自赴欧，取道西伯利亚，经苏赴德，除将与德意会议外，并将与苏俄谈判。前者的目的显因南进时机尚未成熟，野村的对美使命完全失败，乃转而妄想欺蒙英国，缓和英国的情感，拆散英美的远东联合阵线。后者的目的则在与德意进一步商讨军事合作计划，并企图借助于德国，与苏俄举行谈判，以免南进时无后顾之忧。在这种情形下，重光的对英谈判自属毫无意义，反将益增英美联合对日的决心。而苏俄鉴于日寇的独霸东亚野心，当亦不至于受日欺骗的。

战时公债劝募运动，最近已经开始。这次劝募公债的种类，共分两种：一是民国二十九年军需公债，数额是国币十二万万元，一是建设金公债，数额是英金一千万镑，美金五千万美元。就中国经济状况来说，这个数目虽然不能算小，但只要征募得法，也并不难完全推销。我国战时公债的发行，到这次为止，总额约四十万万元。这个数目若和其他从事现代战争的国家比较，实在不大：在上次欧战中，英国战时公债达七十万万镑，法国达一万二千余万万法郎，德国达一万三千余万万马克；而在这次中日战争中，日本的战时公债已达二百余万万元。我们如努力推销，则此区区数十万万元之数，原不会十分困难的。但问题是政府中有钱的人愿否以身作则吧！

中层阶级的没落，是中国民主政治发展的一大危机。最近国民参政会也注意到这个问题。根据九日重庆电，国民参政会八日第八次会议中，对改善薪水阶级问题的提案，竟有三个之多！可见这个问题的严重性。我们盼望政府对这些中层阶级的呼声，能切实而迅速地加以注意。须知中层阶级是国家社会的安定力量，而健全中层阶级的存在是实行民主主义的必要条件，如中层阶级整个没落，则根据以往欧西的经验，恐将引起民主主义的衰落与集权政治的抬头。

华侨汇款是中国外汇资金重要来源之一。据最近统计，"南洋侨胞在抗战第一年汇寄回国之款为六万万元，第二年为八万万元，第三年增至十二万万元，现仍有增无已。"这个重要资源，现在大部分都不是经由政府银行汇寄返国的。我们盼望政府银行对这点能特别注意，而负责经营对外金融的中国银行更应多所努力。

本月八日是妇女节。全国庆祝这个节，在抗战开展以来，已经有四次了。这四年来我国妇女界，从观念以至行动，确已知加以自我的检讨，且在战时工作上，其所尽的努力，亦颇值得我们钦佩。不过她们向来贪逸奢侈，积习已深，虽受过这次苦战的教训，仍然没有根本戒除。她们应该从这一天起，立定决心彻底改变过去的生活方式；果能做到这一层，不论在战时或战后，自然都可以充分得到与男子的同等地位。我们为责备求全起见，在庆祝妇女节的那一天，对妇女同胞有这个的期望。

全国慰劳总会，以优待抗属问题，关系兵役与士气，至为重大，欲使这项优待工作，益加普遍深入，所以最近特拟国内"优待抗属公约"，函请各省府饬民厅通令遵行。此举我们认为抗战中的一种要政。在抗战之始，政府关于优待抗属，早经颁布条例，并已切实施行；不过一般社会人士，还没有尽力协助，使这项要政未收宏效。本来服务兵役，是人人应尽的天职。但在我国现阶段上，许多人依法竟得免役或缓役，而这班免役或缓役的人，对于出征人家属，尤当给予物质上的援助及精神上的安慰。我国农民占人口绝大多数，但他们都是在胝手胼足中谋生，一旦应征入伍，立即有家族后顾之忧。所以此时优待抗属，使其得到帮助与安慰，其结果就是一面鼓励应征壮丁，一面激励前方士气。本来兵役之推行，责任并不全在政府，而社会人士亦应从旁切实协助，始足以言大效。优待抗属工作，关系兵役极大，我们立刻需要推动，以倡树风气。今番慰劳总会拟定公约，请求全国遵行，其用意甚善，望国人特加注意。

中国当前的外交

吴之椿

一、两次国际同盟间的中日关系

自世界的观点看,凡尔赛合约以后的国际协定,没有比德意日同盟更重要的。凡尔赛"约"而不"和",事实上只是将军事所已造成的战果加以追认,德意日同盟的目的,是要以武力建造东亚与西欧的新秩序,进而造成受他们统治的新世界形势,所以其重要性将来更大于现在,看其发展可以到什么地步。这种发展的止境,今日既无人知道;故三国同盟对于世界的威胁,在政治与军事上固然甚大,在心理上更属无穷。这样一个囊括四海的国际协定,实是历史上所少有,谓为近世史上最重要的协定,亦无不可。

自盟约公布后的月余起以至现在,国人中浮现相当普遍之印象,感觉对日战事之好转。此种乐观,为多月以来战局苦闷的回动,亦有若干事实上的根据,然苟进一步追询,中国是否即可循此乐观之途径而获得胜利,又转觉毫无把握。如三国同盟一类的国际协定,对于中国的利害,其因素很复杂,多潜藏而不显著;属于或能与可能的境界而难于事先把握;间接的利害,每远较直接的为大。处此情形,吾人惟有根据客观的事实,设立种种的假定,以推测其近期与远期的效果而实行坚决有效的对策,才能够保障国家的前途与命运。四十年前,中国曾经遭逢类似的国际局势,便是一九〇二年日英同盟的成立。当时中国的朝野,视之为无干己事,漠不关心。其后的情形,果然如何?日英同盟,在近四十年内,直接的对于远东,间接的对于世界,发生过决定的影响,已为一般周知之事,其对于中国的影响,在于扶植培养日本在远东的势力，使之形成对于中国的绝对政治优势。中华民国之政治史，在中日关系方面，扼要言之，就是日本的政治优势，对中国作连续的压迫；中国对于此种政治优势，作不断的抗拒。吾人须认清，世界亦须认清，中日关系，此外尽属枝叶。自民元以来，中国之内政外交，凡有兴废，不问大小，几于无一不受日本之牵制，此当为内外人士所共认。在此种政治优势的压迫之下，中国永远不能有片刻自由的呼吸。中国如此，与远东有关之其他各国，焉能长久不受影响？中国对于远东局势，未能及早采取有效之应付，以至自食其果，此诚中国之咎。而造成远东此种局势，日英同盟是其主要原因；其中因果，源远流长。盟约虽于一九二一年四国公约内失效，但直至去年九月三国同盟公布之日为止，远东局势就大体言，不但未曾改观，且其流毒益广。日本挟其无匹之政治优势，企图永久压倒方兴之中国，其他各国既未束手，亦感棘手。

二、中国的孤立

日本要实现其对于中国的野心，有一必要的条件，就是自始至终必须使中国在国际政治上，立于孤立无援的地位。日本对中国的政治优势，与中国的孤立，是一而二，二而一的事。如果中国不孤立，日本对中国虽保有或种程度之优势，但其力决不致陷中国于窒息之境，优势毕竟是相对的。中国之孤立愈甚，日本之优势乃愈强。不幸得很，四十年来中国在外交上，除极短的一段时期以外，完全是苟安于孤立的情况之中。中国在以往几次对日的屈辱，都演成于此种情形之下。二十一条不用说；即九一八以后对日的曲让与迁就外交，仍然是受孤立的影响。七七的时候，日本悍然对于中国为大规模之侵略，实亦鉴于中国内则新基未固，无力单独为有效之抵抗，外则素寡亲交，无国协助为有效之声援。吾人如果未曾完全失去想象能力，应可想象而得，当时中国如果有一与国，则外交上得有策应，虽不能根本打消日本之野心，至少可以使侵略者三思而后动，并为中国延长其准备之时期。凡此种种，非尽关事后之追悔，实为将来提供客观的警惕。孤立无援，是中国外交的根本弱点，影响中国整个的国事。日本的情形，与中国恰相反，在七七以前，其对中国每次之重大举动，几于无一次不于事先获得与国或准与国的或种谅解，与其他各国不致联合反对的把握。中日两国在形势上的对比，至此遂有以毫厘对千里之势。这种形势,是日本实现其野心的理想的机会。一九三四年四月十八日东京外务省发言人的声明,"除中国外,没有一国能与日本共负维持东亚和平的责任"。这就是说,必须中国在国际政治上彻底孤立,然后日本才能畅所欲为。

中国的孤立,为其本身的需要所不许;因此,非由于自己的愿意与选择,而全属被动。在以往别的国家,曾有以荣誉的孤立相标榜的,但至少是五十年以前的事。在现时的世界中,孤立的主张,显然有永为陈迹的趋势。中国孤立的原因很多,主要的约有三端。其一,中国与列强间的关系,在政治,经济与贸易上,只是一般的关系,并未曾与特殊的国家发生过生存攸关的特殊关系。如英之于美,美之于荷印,法之于捷克等例,皆可证明国交之发生特殊侧重,必由于双方在生存攸关的利益上,感觉到有绝对互相倚重的必要,必须完全具备这几个条件,继能够与别国发生政治联系如谅解,同盟。特殊的国家,便非一般的关系;生死的利益,便非浮泛的关切;相互的倚重,就发生交换的问题,有所取者必须有所与,亦惟能有所与者,继能有所取。这些条件缺一不可,而皆非偶然。其二,中国与列强间过去未能发生更亲密的关系,一部分的原因是列强对于中国缺乏了解或有根深蒂固的误解。甚至于对其本身在远东的利益缺乏伟大的眼光。其三,由于中国自己未能发挥外交上最大的作用,致长久胶着于孤立之中。此中根本原因,当由于未能认清国际局势,与此种局势可能的利用与努力。因此种种原因,遂至造成七七时代中国在国际政治上举目无亲的状态。我们须看清,就过去四十年的往事看,敌寇的侵略与中国的孤立是相终始的。历史上的因果,还有比此更显明的吗?

三、德意日同盟对远东的初步影响

抗战开始以来,中国坚强的抵抗与英勇的牺牲,获到全世界人民深厚的同情。列强政府凡可能者,皆曾给予中国以物资上的援助;民主国家,一致根于条约谴责日本,拥护中国。但在三国同盟公布以前,中国在国际政治上的地位,仍然是孤立的。列强所给予的声援,在法理上极关重要,在实际上仍只是一般国家一般的声援。中国不曾在条约上或谅解上,取得任何特殊国家给予援助以抵抗侵略的义务与束缚,正因为中国不曾对任何特殊国家给予同样的义务与束缚。中国对日的外交是孤立的外交，所以中国对日的军事亦是孤立的军事；这是三国同盟公布以前中日间的形势。

三国同盟的公布，在各方面引起了重大的反响。举其大者，英国中止其自日英同盟以来所采行之对日妥协外交，美国舆论的彻底觉悟，认清远东局势对其本身安全的威胁，因而造成英美在远东联合行动的可能。这种联合行动日益加强与显著。这是远东从来未有的局面。盟约公布以后，英美对中国的援助益为扩大，固属极关重要。然而英美逐渐认清，中国的存亡，有关其本身的安危，乃属远东局势极为光明的关键。基于此点之观察，中国与英美，大之，就世界全局而言，小之，就远东方面而言，早已发生存亡与共，荣辱相关的特殊关系，而非一般的利害关系。中国当前的外交，应该以此为出发点。英美的远东政策更应该以此为其基础。中国与英美三方皆应基于此点而以最迅速有效之方法，消灭日本在远东的政治优势，奠定远东和平的基础。三方对于共同的任务，皆有其所应担负的劳力与牺牲。因此三方间现有的关系，有从速使之更加密切的必要。中英美三国间或种的互相谅解或同盟，便只是使此关系更加密切的技术问题。在现行的情况下，如果中英美进而发生互相的谅解或同盟，乃属极其自然的发展。至此，中国方在国际政治上发生联系，而使日本陷于孤立。如果苏联加入此种联系，则日本在国际的政治上，必陷于彻底孤立的地位；这种发展亦非不可能。中国必须与英美发生政治上的联系，继能于日本的孤立的情况之下，颠覆日本的政治优势，永远获得自由。

政治的联系，就今日的军事与来日的和会而言，均有绝对的必要。就军事言，在生死存亡的局面中，军事与外交，甚难强分轩轾。但欲收二者最大的效用，必须注重彼此的策应，并因时势的需要定其主从与侧重。大体言之，在三国同盟公布以前，中国对日，是军事重于外交。当其时，一切系乎军事站得住脚，外交无从发挥积极作用，如果军事瓦解，中国大局势必不守，外交亦将无所用之。在同盟公布以后，中国对日，显有外交重于军事的形势。军事上中国采取守势以争喘息的时代，今日已成过去；而采取攻势以争胜利之时代，已经开始。今后的军事不仅为策应英美在远东或近东实现军事行动的便利，而应为三国在远东战场的一部分。因此，则在战略上、军器与给养，兵员之分配上，俱应受三国合组的整个军事计划的支配，才能获致全体的胜利。这种整个的军事计划，是要以三国间的政治联系为其根据；而政治关系的成功,系乎外交的运用。中国如欲求军事的战果,能收最大的政治效用,则在今日固应注重军事,更应注重外交。

政治的联系,对于来日的和会,其意义较之对于军事,尤为基本。和会之期故属遥远,而迟早终必来临或来临较吾人预期为迅速。中国今日之举措,在政治军事或外交方面,皆不可不着眼于其将来在和会上之立场。列强对于和会中之讨论,其基本原则与条件,类皆事先由政府间成立谅解。以往的和会,几于无不如此,将来的和会,焉能成为例外。在以往的和会中,中国本身之利益,未能事先获得他国之谅解与支持,反而成为他国间支配的资料。此种惨痛的失败,岂非来日之大鉴?在今日的情况之下,国际的情形,于我有利。但国际政治的变迁,难于逆料,未知之因素正多。国际形势的发展,将来取何途径,至何程度,在今日仍无人能加以预测。为防止将来国际形势之或能的逆转,及免除在和会中重大的失望与失败,中国今日,皆有与英美就远东政治的基本原则与政策,取得谅解的必要。此种谅解,亦必政治联系为其根据。

四、中英美政治联系的先决条件

三国同盟对于中日之关系,结束了四十年来日英同盟所产生的局势,而为中国新国际地位的起点。中国如何利用现时的国际情势,以求奠定国是而安远东,这是要看中国的外交能否尽其应尽的职责,并发挥其最大的效能。

中国的外交在过去有一通病,就是对于国际形势所产生的可能,及其利用,往往偏于估计过低。因此,对于自己的能力,亦往往未能尽量发挥。中国外交的作风,向来偏于稳重而缺乏进取。过于稳重,每致失去良好的机会,此犹仅就消极方面而言。若在积极方面,对于国际局势未能加以正确之估计并临以有效的对策,则外交可谓全部失其功用。现时的国际局势,对于中国有无穷的可能与无限的希望。中国的外交,对于国家的责任,也从来没有比今日更重大的。透彻的眼光,超凡的手腕,进取的精神,果决的措施,是中国今日外交应付空前的国际局势所不可缺的质素。

如果中国的外交,能积极的努力,使中国与英美现有的关系,更加密切,以造成三国间正式的政治联系,则中国今后的国际地位才有坚强不拔的基础。此种政治联系所牵涉的问题与困难,自不在少,无庸讳言。但在中国方面，目前所应考虑之事，约有二端。其一，中国作战之目标，大之对于世界，小之对于远东，应有一整个基本，扼要，完备的宣言，以作为中国外交的纲领。在以往"取消不平等条约"是中国外交的纲领，这是中山先生依据彼时的情形所首定。现时的情形，其严重较之以往，已不能相提并论。而"取消不平等条约"不复能支配中国的全部外交。必须另行拟定一能符合时局范围的新纲领，以作今后外交的指南。亦必由足以代表全国民意的机关拟定，然后由政府郑重宣布，才能在对内与对外方面，发生最大的权威。晚近可资参证之事例，如一九一九年土耳其之民族公约，列举土耳其在政治，经济，土地上的要求。后来，此项公约在洛桑会议，发生极大的作用，成为洛桑和约的根据。中国今日如果将其全部作战的目标，以适当的方式，公布于世，除对内可以指导今后的外交活动以外，其对外之功用，亦复极大。此项宣言，今日可以作为与英美成立正式政治联系的根据，他日可以作为中国在和会中所提条件之张本。列强对于中国作战之目标，所知愈清晰，所信愈坚定，则与之今日成立政治联系，他日在和会中得其合作与支持，其成功之希望亦愈大。因之，此项宣言，无论在政治，经济或土地方面，其弹性必须抑至最低限度；而其主意，则在于廓清日本之政治优势，扶植中国的民主生存，维护远东与世界的和平与安全。

其二，中国欲求与英美成立政治联系，必须考虑中国方面所应负的责任与所应付的代价。联系是双方的；惟有自己能付代价，才能换取对方的供献。外交向来是现实的，能有所与者始能有所取。中国如欲在将来的和会中，发言有力，则今日不可不对于共同的任务，有所分担。目前国内战场的担负，固已甚重，但为实现政治联系的精神，与宣扬中国的声威，中国势不免于在军力与资源上，分担一部分国外之担负。西方的国家，对于肯牺牲与负责的国家，是公平的。中国要求别国相助，只有尽力帮助别国。加富尔于一八五四年派兵至克来米亚参加英法对俄作战之时，意大利尚未成国。后来加富尔因此得到了英法的援助与在巴黎和会的地位；史家至称意大利兴于克来米亚之战壕中。中国对于此次维护世界民主生存的战事，在政治上军事与资源上，均有分担责任的机会与义务，这是与英美发生政治联系不可少的考虑。

中山先生之言曰"联合世界上以平等待我之民族共同奋斗"，今日中国与英美成立政治联系，正是根据此种精神。中国向来站在民主国家的立场上，而中国今日更应该由消极的同情进而积极参加建设世界民主秩序的工作。

抗战中的生活费用与生活程度

戴世光

生活程度与生活费用是对生活状况加以描写时常用的两个名词。前者指生活上物质的享受,例如以鸡鸭鱼肉佐白米为餐的人们是比仅以玉蜀黍果腹者的享受为好;亦即第一种人的生活程度比第二种人者为高。后者则指按某种生活享受所支出的费用。生活程度高者其费用大,低者费用小,换言之,生活费用是代表以货币量计后的物质享受。因此生活费用又直接与物价的高低发生关系。如以简单的数学方程式来表示之,应为生活程度乘物价等于生活费用,此中共有三个变数,若一个变数固定,则第二个变数将因第三个变数变动而随之变动,进而再就实际情形论,生活费用既是物质享受的货币支出,则由于"量入为出"的原则,费用又直接受收入多少的支配,根据这个方程式和实际支配费用的因子,即可很显然的指出三种变数的关系,与其间变动的因果,物价不变,生活程度高,生活费用也随之增多,生活程度不变,物价上涨,生活费用也要随物价高而增加,如果生活费用因收入有限度的关系,不能增加,则物价上涨之后,只好降低生活程度,以将就固定的生活费用,庶能收支相抵。

根据前述简单的理论,我们试检查一下抗战中的生活程度与生活费用。就三年来各地的情形论,物价多少的在上涨着,虽有程度的不同,但各地全有物价上涨的现象,却是一个不可抹杀的事实。关于物价上涨的原因,姑且不论;即就物价上涨的结果而言,如果社会各阶级的人们之收入不变,物价增则生活费用大,但为了"量入为出",最后只好降低生活程度,现在容我们先具体的提出昆明市的情形,庶可指出在前述方程式中,物价这个变数增涨的程度，再来进一步讨论它的结果。

据作者的调查，先设法求得民国二十六年一月份昆明市的批发物价，挑出与生活有重要关系的物品十四种，然后再与目下（卅年二月份）的物价相比，换言之，即以民国廿六年一月为基期，这种统计不能算为完整的物价指数，只是简单的利用指数方式，藉以说明一般与生活有关的物价之增加程度，结果计最高者为十九倍，最低者为四倍；其中有十二种是本省生产的，平均计增九倍多，两种是外省或国外输入的，平均约增十六倍以上，在本省生产者中，有两种是米，平均约增十倍，总起来，十四种用几何平均计为十倍，这个数字只简单的指示现在一般与生活直接有关系的物品价格，已较民国廿六年一月时，增加了十倍，亦即现在货币的购买力低落了十倍，根据这种变动，即可进一步推论前述方程式中生活程度与生活费用因而所受的影响，简单来说，如果某甲是属于薪金阶级，在廿六年一月时每月收入一百元，而现在月薪仍为一百元，则生活费用受收入的限制，物价上涨十倍，生活程度只得相反的降低，物质享受只好尽量缩减，以至于降到维持生存的水平线上；不能再低时，只好借债来应付高涨的物价。

当然，这种物价的变动对各阶级的影响是并不一致，即以农民，劳工，商人与固定薪金收入者四种阶级来论，虽无详尽的统计数字作根据，但不难按各种收入性质和各种物价增加的情形来推定：（一）农民是靠田地生产的，直接获得的是农产品，而非货币，根据前述的简单指数为张本，则大致可断言，农产品比其他农民必需品的价格增加为少，农民随时以物换钱，以钱购物，当以农产品换非农产品时，一定要多拿出许多，才能换到从前能换到的东西，因此现在农民的生活程度多少要比从前降低一点，此外再加上两种原因：（甲）心理的，农民节俭成习，过到物价上涨，心理上直觉的感到物价太贵，因而节省货币，致生活费用稍受限制。（乙）劳力的，由于抗战后壮丁被征出征，以及农民被派到公路上工作，都减少乡间的劳力，因而生产量减少，结果等于收入降低；（二）劳工方面，因无工资指数，估计比较困难，大致的讲来，劳工的流动性很高，换言之，即改业的情形很多，因而虽有多种不同的劳工，但其收入应无显著的差别，据作者的看法，劳工所索工资，多半以米价为标准，劳工卖劳力，再以收入购米，故其劳力工资的增加，约与米价的增加率相当，因此其生活程度大致的应无显著的变动，与昔日劳工的生活程度相较，出入有限；与农民比，恐怕还要好些，以上两种阶级的生活程度，都是相当的稳定，虽然农民者降低一点，但其变动不大；（三）商人阶级，是购物售物，代货物增加地域效用及时间效用，现在并且进而利用交通的不便及内地人口的增多，因而其收入超过应得，换言之，不仅收入是随物价而增多，而且因抗战中的特殊情形，多得额外的盈余，是以商人阶级的生活程度，一般来论是增高者多，而降低者少，不过由于商人在战时对他们的商业所担承的危险性大，因而收入的变动限度也大，致其生活程度远不如农工人者之稳定；（四）最后一个阶级即固定薪金收入者，举凡公务员教员职员，每月靠固定收入以维持生活者，皆属之，这个阶级又可分为两部分：一部分我们权称为"准固定薪金阶级"，即低级的公务员及教职员等，按其工作性质，是应该属于这一个阶级，但其薪金则较有弹性，因为他们的生活程度本来就在维持生存的水平线左右，事实上不能再低，再低即将改入农工阶级，故其收入也大致的能以米价为标准。结果与劳工阶级的生活程度之稳定情形相同，另外一部分，则系纯粹的固定薪金收入者，与第一部分不同之处，是前者可以收入来将就生活程度，而后者却以生活程度来将就收入，这一部分是最能清楚的用方程式来推定其生活程度的，因为物价为已知，收入为已知，生活费用受固定收入的限制，结果其生活程度与物价背道而驰。固然目前各固定薪金收入者之薪金多少增加些，但以廿六年为标准，到现在物价是从前的十倍，试问是否大部分的薪金也随之增加十倍？或增加五倍？如果没有，那么这个阶级的生活程度，至少是减缩了一半，不幸的是，其中还有薪金增加多少的显然差别，有的连津贴在内增加的不足百分之廿；有的则津贴种类甚多，总数几及昔日薪金的八九倍，同属固定薪金收入者，生活程度全在降低，但其差别却甚大。

以上虽仅属昆明市的情形，其他各地的物价增加率或有大小的区别，但相对的不难据之推测一般的生活程度，也同样的有这种结果，这种现象的影响则有下列重要的几点：第一，改业者多，大家为生活所迫，谁都不愿意借债来维持生存；唯一出路，即设法就待遇较高的职业，或就物价较低的地方的职业，以至于更改行业，这种现象的影响，小者是全体的工作效率减低，大则影响整个社会的不安定。第二，固定薪金收入者大部分是属于知识阶级，现为生活所迫，不但营养差，而且结果多有意的减低生育，这样要间接的影响将来知识阶级的量与质。

现在各界都在谈物价的问题，都知道现在的物价是比抗战前高若干倍，从历史上来看，物价高涨几乎是战争国家的一种必然现象，"病不讳医"，我们应该承认这种事实，并且应该进一步认清这种现象的结果，由原因方面，如果物价统制能收效果，当然是最好的，若无多大改善，理应该对着这种已经发生的现象，使其影响威力到最低的限度，本来在我国以长期抗战之国策下，大家都应该比平时刻苦努力些，这是不成问题的，但为了各人全能守着本位安心工作计，应该使每人都相对的能维持每人应有的生活程度，不应任其自然，致苦乐不均，按现在的情形，固定薪金收入者有双重的不平：第一，是阶级与阶级之间的，由前面的分析，其他三种人差不多是生活程度没有降低，即降低亦有限，唯有固定薪金收入者是在被迫而减缩他们的物质享受。不仅如此，阶级中同一种性质的职业，还有薪多薪少之分别，以第一种不平论，我国农工阶级和所谓"准固定薪金收入阶级"的生活程度本来太低，在抗战中能不至于有多大的变动，这是好现象，不过商人方面反有比从前增高的性情，这似乎应该从早征战时过分利得税，第二种不平是由于各机关对薪金调整的办法不一致，我们认为固然不必作到薪金与物价比例的升降，至少政府应有统筹全局的调整办法，不得在各机关分别枝节的解决。

我们上下全准备着对敌人作长期的抗战，必如此才能得到最后的胜利，不过我们要注意如何才能使抗战的力量日益充实起来，欲达此目的，一定要使各种对抗战直接间接有关系的人们能安心工作，一定要使这些人工作效率达到最高的限度；同时为了准备抗战后的建国工作，应该由优生的观点，鼓动知识阶级多生育，凡这些问题，都直接和生活费用与生活程度发生密切的关系，我们不应该忽视，为了抗战建国应该有合理的控制与管理才对。

教育学与教育科学

田培林

教育学与教育科学，在一般用语中，似乎是"异名同实"的玩意；因为都是拿"教育"活动作研究的对象，想把教育现象从"常识"或"技术"的领域中提出来，使它成为一种有科学体系的学问。可是因为教育概念的解释颇有差别，教育学与教育科学内容也就截然不同了。

无论是实证主义的或文化科学的教育学派，在其他见解上纵然立于极其相反的地位，可是对于教育的起源，都是认为自有人类就有教育的。人类要生存，自然就不能不学习一些生活的方法；人类不能没有死亡，所以下一代继承上一代的生活方法，也是十分必要。生活方法的"学习"与"保留"，就是原始人类的教育。因此原始的教育只是对于实际生活的功用，只是一种技术。在此时期，教育与生活，可以说是完全一致的。教育的原始性质，是偏于技术一方面。所以后来的教育研究，亦都在这一方面着眼。因此教育学自始就可以说是一种技术之学；所有教育学的研究，都是先立定一个实际的目的，然后寻求达到目的的最妥善的方法。所以教育学也可以说就是教育施教，教学活动的法则或技术的一种学理的研究。

教育学的研究，既特别注意到技术的方面，在本质上就染上很浓厚的"规范科学"的色彩；所要答复的问题，也只是"应该怎样去教育"？而不是"什么是教育"了。如果希望这种研究可能而且能有若干效果，就应该先要承认下列几个假定：第一，教育是一种能以根据爱好加以选择的事实。第二，人可以用自己的意志和计划去实施教育。第三，人能够使教育活动达到自己所立定的目标。在这几个假定的条件之下，教育工作就只能在儿童的自然本质与其内在发展的里边来发现教育的方法与范围。

十九世纪以来，教育学的研究方面，有一种新的倾向，提出了"自儿童出发"或"儿童中心"的口号。这种运动的发动也和上述几个假定有相当密切的关系，儿童是儿童，不是具体而微小的成年；儿童时期，自有其本身的价值，绝不是成年准备时期。因此最好的教育，只是消极的把儿童自己发展途径中的障碍除去就够了。如果再多作一些，就难免损伤儿童的个性。外来的影响或干涉愈少愈能完满，儿童的本质亦保存愈多。此种消极的教育观点又使教育学的研究上显出很强烈的自然主义与个人主义的倾向。

近代科学长足的进步，主要的原因之一，是使用了实验的方法。起初这种方法的使用范围还只限于自然科学一方面，以后更慢慢的扩充到了文化科学（社会科学）的研究中间。甚至以"心灵"为研究对象的心理学，亦采用了实验的方法。教育学的研究和心理的研究，在根源上本来就有共同之点，自赫尔巴特之后，一大部分的教育学者，都承认心理学是教育的"基础科学"。教育的方法，必须凭借心理学的研究，才能适当的发现出来。传统的教育学，所含"技术之学"的色彩，非常显著，自然对于心理学的一切，都特别注意。近世纪初期，实验的方法在心理学研究上最占势力的时期，同时教育学的研究亦显出了实验倾向，并且实验教育学在教育研究上也能自立的成了一派，教育学所研究的对象是整个的教育活动，所有历史的演变，社会的背景，文化的体系，教师的人格与权威，儿童身心二方面的情况等等，俱应严密的加以注意，可是过去的实验教育学的对象已缩小得只限于"儿童心灵的状态"。因此实验教育学，经过相当的研究期间，不知不觉就变成教育心理学了。实验教育学虽然没有完全成功，可是近代教育学的研究上，有这样一个实验的倾向，却是不可否认的事实。

在实验教育学的研究稍为衰退之后，教育学上又发生一种修正运动，仍然是要教育学的研究去走自然科学的旧路，去追求获得一种"正确的"特征。在科学的研究方法中观察与实验，本来没有性质的差别。所谓实验亦不过是选作一些适当的条件，使一种现象能够发生起来，然后再加以周密的观察。这种方法，在"自然"现象的研究中，应用的范围比较的广大。可是在"文化"的现象中间，实验就很难发生作用。文化系中的主要部分属于历史方面，而历史的特质又是"一次性"（Einmaligkeis）的。对于一次性的现象，如何能够设法加以实验，所以实验教育学的修正派，虽然仍旧要求获得像自然科学那样的正确倾向，可是已有了一些相当的让步。文化的体系虽然不能选作条件，加以实验，可是"客观的观察"方法仍然是可以采用的。客观的对于历史社会所交织而成的文化体系（即教育学所研究的对象）加以观察，然后再作比较的研究，虽不能加以实验，又何尝不能得到"正确的倾向"！

就以上所说的，我们可以看出教育学研究的本身，有以下的几种特征：技术的，规范的，自然主义的，个人主义的，实验的，正确的。教育学的研究，如果受技术的或规范的倾向所支配，教育学就永远不能成为一种理论的科学研究，永远停滞在技术与科学中间的地步。可是从赫尔巴特起，经过莱茵（Wilhelm Rein）以至廿世纪的初期，一般教育理论的研究者，总是希望教育学能够成为一种独立的科学，所以常常从已经相当成功的自然科学中寻取并借用已有的方法，来作教育学的研究。教育学上实验的，正确的倾向，就是这种努力的结果。

莱茵以后的教育学者，希望或要求教育学能够成为一种独立的科学，其志固可嘉，但其结果则仍不能不使人失望！"自然"与"文化"是截然不同的两个世界，所以对于"认识"自然已经相当成功的方法，再借用过来认识文化，就不会有适合或恰切的效果。过去教育学的研究没有好的结果，不能成为一种真正的纯理的科学研究，并不是这一般学者的能力不够，乃是应用的方法有了错误。自狄尔泰（W.Diltheg）以后，精神科学取得了自然科学相等的地位，教育学的研究才有了相当的猛进和新的面目。

"自然"与"文化"是完全异其性质的两个世界，甚至带有十足的唯物论的色彩的学者，也只能说文化是以自然为基础的，也不能说文化就是自然。"文化以自然为基础"和"文化即自然"两个命题，其意义并不相同，所以无论如何，不能不承认自然与文化是两个不同的领域。在两个不同的领域中，采用同一的研究方法，当然就不能要求有相同的成就，教育现象的全体是属于文化的范围，过去教育学的研究，在应用自然科学的方法条件之下，当然就不能把教育学的地位提高到和纯理科学的地位相等，自然科学的对象是自然的一部分。自然界的秩序是并列的，机械的，系统的。从自然系统中，取出了一部分来作研究的对象，这被取出的一部分，并不变更其本来意义。所以自然科学的对象是在研究者的主观以外，能够照旧存在的。文化联系（Kulturzusammenhang）是一个旧体系，其中所含各部分的关系是交互的，并且部分的意义与价值，一离开其所属的全体，就会失去或变更。所以某一文化科学所研究的对象是大的"文化联系"的一方面，一方面是不能而且不可离开其所属的全体的。所以一种文化科学虽然只注重文化联系的一方面，但是也绝不能不注意其他的各个方面。所以文化科学所研究的对象，虽然是客观化的文化联系，可是对象的体系，却是透过了研究者的主观，再加一番结构的。教育学的研究属于文化科学研究的范围之内，其所研究的对象在构成论（Struktnrlehre）的意义之下，和任何一种自然科学的研究对象是完全相异的。

自然科学所研究的对象是静的，固定的，是自然体系中的一部分。近代自然科学研究的方法，就是适应这种性质的对象逐渐研究改进，才达到了现在的地步，对于静的，固定的，部分的对象，能够第一步"认识"，第二步"说明"，自然而然就会得到相当的成就。文化科学所研究的对象是动的，变化的，是文化联系的整体。所谓"认识"，所谓"说明"这种方法，对于静的，固定的，部分的对象之本身的性质，情况应用起来，固然有效，可是对于动的，变化的，整体的对象之意义与价值，就不免有束手无策之感，所以文化科学的研究者于"认识"之外，提出"体验"的方法，于"说明"之外，又提出"了解"的方法。文化科学有体验与了解两种特殊的方法，于是才能够建立了一种理论的体系。教育科学所研究的对象，既然属于文化科学的这一方面，如果要作一番纯理科学的研究，就不能不采用文化科学所特别需要的"体验"和"了解"两种方法。

过去的教育学的研究者，既不能明了认识其所研究对象之本质的性质，又没有适当的研究方法供其应用，始终只在自然科学的范围中间绕圈乱转，所以永远找不出新的出路，永远停滞在技术与科学之间，即使进一步有些成功，也仍旧是应用的科学而非纯理的科学。过去的教育学，到近世能够进步成为"教育科学"，就赖有文化科学所需的特殊方法的发现。"研究对象"的解释不同，"研究方法"的种类相异，这是教育学和教育科学的基本差别。

除了对象的"结构的性质"和方法的"基本的差异"可以作为教育学与教育科学的区别以外，其他关于"教育"和"人类"两个概念的解释在两种研究范围之内，也不相同。过去教育学的研究者，把"教育"只解作"功用"（Aufgabe），所以研究起来，只注意到教育的应用方面，尤其关于教育目的和教育方法，特别努力。因此，教育学永远是技术之学，不能列于纯理科学之林，其在知识方面的估价，也就因之大为降低。教育科学的研究，乃是把教育的概念，解作"事实"（Tatsache），所以在研究的过程中，只求教育本质的正确认识。可以用历史的观点，也可以用比较的方法，去建立一个纯理论的系统。把教育解为功用，那么教育学研究所得的结果，只是"此时"或"此地"的有其价值，绝不会普遍的有效。所以教育解作"事实"，然后再加以科学的研究，其所得的结果，虽然不敢说是绝对的有效，但至低的限度，亦可以和其他科学研究所得，同样的有普遍价值。人类虽然有种族的不同，文化的差别，但是任何能营集团生活的人类，都有语言，经济，政治的秩序，教育的活动，礼俗的规范与宗教的信仰，凡此一切，在内容方面，尽可不同，可是总有一种共同的形式，如各民族的语言，在文法上或字汇上差别很大，可是我们的语言学的研究，仍能得到普遍的原则。经济科学，政治科学等等，无不如此，同样，教育科学的研究，亦可以发现教育的普遍"形式"与"法则"。

  关于"人"的解释，在教育学的研究者，相沿的有一种观点，无论在生理或心理方面，都把"人"看作一种孤立的"个体"。因此就把一个个别的成年派作"教师"，再把一些个别的青年，认作学生，然后在二者之间，就可以发生教育的活动。而且此种教育活动是从教师出发，归结到儿童身上。从这样的观点出发去作教育学的研究，如何能够发现教育的普遍原则！真正的教育科学研究者眼中所见到的"人"就不如此。教育活动中的"人"，其心灵的方面较生理的方面，更应加以重视。生理方面的"生长"，在教育家看来，远不及心灵的"发展"重要。从心灵发展方面来对"人"加以观察，并没有孤立的个别的"人"，任何个体的人，都是一个客观化了的"文化联系"网上的一结。构成文化联系网的历史成分与社会成分，都必然直接影响每个个体的存在与发展！因此个体的意义与价值，只有在此种种文化网中方能表现出来。个别的人，虽然是文化联系中一个肢体，但是在另一方面，每一个个别的人，其自身又是自成一个"完形"。教育科学研究者所看到的教育活动，不是教师个人与儿童个人间之关系，乃是如何把正在成长，变动中的一代青年很适当的安置在已经形成的客观化的文化联系之中，使这个文化联系，不但能够延续下去，而且能够藉个体心灵完备的发展，再扩大起来。总而言之，教育学者所看到的教育，只是个人与个人之间的活动；教育科学的研究者，则认为教育乃未成熟的下一代青年和已经存在的文化联系之间的关系。

就以上所说的总结起来，我们可以替教育学与教育科学之间，规定下列的区别：

把教育的概念解释为"功用"，把教育的界说认为是教师对于儿童所施的一种有意识的、有计划的、有目的的影响，把怎样能以增加教育的效率作为研究的目的，把"应用"看得相当重要，所用的方法是一般自然科学所已用过的方法——这种研究，我们称之为"教育学"。

把教育的概念解释为"事实"，把教育认作是人类历史和社会组成的那个大的"人生联系"的一个方面，把怎样能够认识教育的本质，怎样了解教育的意义作为研究的目的，把学理的探讨看得最为重要，所用的方法是精神科学（或文化科学）所独有的——这种研究，我们称之为"教育科学"。

农民的离地

费孝通

一、被咒诅的"离地"

五六年前,关心农村的人,一听到"离地"两字,总是有些警心,正好像一个看护听到了病人"热度在上升"。当时,"离地"真是个不祥的名词,因为它正表示着两种严重的农村经济的症候:土地权的集中和农民的离散。

农村金融恐慌的结果,使农民们不能不如饮鸩止渴一般以高利来吸收市镇资本的济急,农民所保有的土地权加速的向市镇输送,引起了地主的"离地"。地主的离地使农村里的人民普遍的佃户化,这辈佃户重重的压在地租和高利的榨取之下,劳作终年也不能避免妻儿的冻馁,他们既和土地脱离了"所有"的联系,生活的压迫,很容易把他们逼出农村,在农业之外另求他们安生主命之道,人口从农业里流出来,农民的离地!

"农民的离地"背后不是在扮演着一幕幕惊心动魄的悲剧么?五六年前在沿海诸省农村里偶尔去走走,就可以随手摘取无数可以写作小说的题材。譬如说我自己就亲身知道亲戚家的一个丫头是为了抵几十块钱的债而来的,她父亲死后,没有钱送葬,她妈哭哭啼啼的向我亲戚借了那笔钱,不到一年,她的女儿就被拉出来了,她妈也离了乡下,不久就死了。一个软心的人,决不宜去农村调查,因为那里这一类的事,早就被列入天灾一类,太平常而又无法避免的祸事了。

"离地"被咒诅是活该!

过去谈"农村复兴"的人，也总忘不了这被咒诅的"离地"，我们见到不少防止这两种症候——土地权的集中和农民的离散——的"热度上升"。好像：用农村贷款来减轻农民金融上的煎熬；用二五减租来缓和地主的威力；用"耕者有其田"来限制土地权的流入长衫阶级的手上。没有问题的，这些全是"良法善政"，若是能认真做去，自可减少许多人间的悲剧，使传流的农业制度能维持得下，使那辈挤在土地上，在农业里讨生活的人能安心住在农村里，日出而作日入而息。

二、农民逃亡并没有减轻土地担负

若是住在村子里，天天看着农民们那种窘迫的苦况，谁也不能不为"恻隐之心"所动，进而觉得非赶快安定农村不成。可是让我们暂时闭一闭眼睛，从远处想一想，一切罪恶是否全能归在"离地"身上？

并没有在中国农村里住过的R.H.Tawney曾这样说："中国农村问题虽则千头万绪，其实却极为简单，一言以弊之，是现有资源不够养活这一批挤在土地上的人。"若是他说得有理的话，我们似乎反而得奖励离地了。土地上挤的人太多，唯一的法子就在解放一些人到农业之外去，这不就是在我们咒诅中的"离地"，摇身一变而成了我们救星了么？

事实不是告诉我们几十年来农村人口离地并没有改善我们的农村窘态，这不是明白说单单"离地"是成不了救星么？于是我们得在这里追问一下，这辈从农村里流亡出去的人口到哪里去了，他们是否因为离了农业，减轻了土地的担负？

陈翰笙先生最近在他的《三十年的中国农村》一文中（见《中国农村》七卷三期）曾回答这个问题。他说那一大批破产的农民，离村之后有下列几条出路："十年以前直鲁豫三省的农民蜂拥到东北的，每年达一百万，自第一次欧战直到世界经济恐慌开始，闽粤等省，破产的农民也成千成万的流亡到南洋一带去当苦力，许多没有出路无法迁移的破产者，不当土匪便投入军队。他们在军阀制度之下，渐渐失去了农民本来面目而同化于流氓性质的游民。"

这一段话说明了离村的农民只有少数是在农业之外，或到其他的生产事业。东北去的农民依旧在土地上求生活。他们离了甲地入了乙地，只在地域上换了个位置,没有在社会经济中换个职业。流亡到南洋去的有一部分固然转变了职业,确实离了地,可是和国内的经济,除了约略减少一些人口压力外,并没有多大贡献。离村的农民大部分还是走入军队,入了军队表面上是离了村,出了农业,但是军队本身并不出产什么,它依旧大部分取给于农村;苛捐杂税,敲诈勒索,一分一毫没有减轻土地的担负,只是减少了一部分土地上的劳动者,没有减少土地上的消费者。这样说来,过去农民的大批离散,并不是减轻土地担负的离地,他们的流亡反而增加了留在农田上那辈人口的经济压迫。

土地上一部分劳动者离地他去了,重重压迫下的农民,哪里有余力和余资来改良他们农业的技术。技术未改,劳力减少,结果却发生了所谓"熟荒"——不是有可耕之田荒废了,就是因为劳力不足,农作流于粗放。农田产量,下降不已。

战前的"农民离地"确是该咒诅!

三、抗战后的转变

抗战在中国农村经济史上展开了一张新页。在农业之外,很快的加多了不少新的事业:兵役,运输,工业,建筑,随处都需要大量劳工。这批劳工大部分还得取之于农村。可是内地的农村中却供给不了这大批的需要。于是很多人又在为农民不肯离地而发愁了。

以兵役来说:以前几块钱就可以雇一个人去冲锋,去当内战的炮灰,以理推想,为民族争生存的战争开始了,兵役不该成问题了,但是在农村里住的人,和负有征兵责任的保甲长,一谈起兵役,没有不摇头,满墙满壁写着触目的标语:"好人当兵",好人却还是不多。

当前的新工业正需要大量的劳工,可是到处可以听到招不到工的怨言,连街头巷口都贴着招工的广告,工资提高了,生产成本加高了,农村里的人依旧不向村外跑,即使为了要逃役而不能不离村的,大都还是从甲村到乙村,不肯离地。

这是什么原因呢?农村经济在抗战中甦(苏)转了。后方连年的丰收,农产物不断的涨价,三十年来压迫农民离村的力量消失了,在本乡有好好的饭吃,谁愿意,自动离井背家的,走入城市;新工业等待他们,可是他们不出来，"离地，到农业之外去！"成了目前急需的口号。

可是现在的离地和以前的离地的性质不同了，以前是农业之外没有生产事业来吸收那批农村里流亡出来的人口，跌入军阀的掌握。是从"生产"到"不生产"。现在是要转移一部分农田上的劳力到别的生产事业中去，这才是真的减轻土地所背着的重担，这才是根本解决千头万绪的农村问题的根本对策。

四、农业劳工的解放

要转移农田上的劳力到别的生产事业中去，问题就复杂了，以前农业之外很少其他生产事业，农民离地成了流寇，现在农业之外有了其他生产事业，可是农业的繁荣又不肯把劳工解放出来，新工业要想向农业争取劳力到处都逢着困难。这种困难的发生其实是因为新工业的设计没有和农业政策取得联络所致。

设计新工业的人时常忽略了和工业密切相关的广大农村。新工业需要原料，这些原料很多是要农民去培植的，新工业需要劳力，这些劳力是要向农业里争取的，若是要新工业成年，我们不能不同时在农业方面采取相配的步骤。稍知道一些工业史的人，不会忘记，英国工业的发展，得力于农业革命的地方，实在很大。换一句话说，若是我们尽力维持传统的农业，则新工业一定会受到很大的限制，这里我只从劳力上来申说。

要想在正常的方式中去吸收农业劳力到农业之外去，一定要先想法使农业所需的劳力减少，农业所需的劳力减少之后，农村就无需拖住中国百分之八十以上的人口，使他们半身插在泥里，动弹不得。这是说我们要农民离地，必须在农业的生产要素中，加以重新的配合——以资本来代替劳力。

以资本来代替劳力，就是减低劳力在生产要素中的地位，而增强资本在生产要素中的地位。让我举一个最浅显的例子来说明这句话的意义：若是你一早在农村的大路上去看，就能见到不少小孩在路上捡粪。这是以劳力去得到肥料的办法。若是我们有便宜的化学肥料可以大量的输入农村，使农民不值得费力去捡粪，在肥料上是以资本代替劳力。

"以资本代替劳力"，最重要的方式是"农业机械化"。机械就是资本，用了机械可以省下劳力，就是以资本代替了劳力。对于农业机械的问题，已有很多人讨论过，在这里不必多说，苟其我们能在各种方面使农业里的劳力需要减低了,农村里才能有多余的人口送入都市。

"离地"在新局面中已不应再被咒诅了。可是要使农民在有利于国民经济的条件下离地,却还得我们通盘的筹划,还得我们把它作为今后农业政策之一,努力去促其实现。

玉龙雪山巡礼

晨岚　霖灿

短　序

对于玉龙雪山，我们都有像一个宗教巡礼者的虔诚，自从前年五月间发现了这座胜山（或圣山）便一直在丽江住到现在还舍不得走开。去年春天时候我们曾到它那阳春白雪的世界上住了半个月，更觉得这座雪山它的美丽到了情理俱无的境界，曾为这写了一些短文。后来由此接到许多朋友的来信，都说那篇文字所写的雪山分明是假的。他们的怀疑引起我们一同登山的几个朋友的商谈，讨论之下大家都反而觉得这个批评很对，因为我们在雪山上的时候就连自己也觉得是假的。阳春气候白雪世界已经是不合理了，又加上雪中开遍杜鹃花和牡丹，这岂是使人一听见就能相信的事？由于此使人想到写玉龙雪山是困难的，自己实在还没有能力把雪山的美丽写出一部分，而看的人已经在怀疑你说的是不是"真实"，所以以后也就没有敢再写。

一年以后看遍了玉龙雪山四季的变化风雨晨昏情态的不同，觉得又有许多话要说，而且后悔从前写得太匆促。一座名山不曾对它有一年以上的欣赏，就来动笔，总难免是一种慌张和不够恭敬，于是前些时又有意再写一点，这个也终于是鉴于以往而停下来。

这一停到现在才发现它是有道理。在去年十一月的下旬，一场新雪后我们由丽江出发，沿着金沙江把玉龙雪山全部的绕行一周。这一走使我们从前的观点几乎全部加以修正，原先在丽江北望玉龙雪山很像是完整的一个，使人很满意地认为这就是玉龙雪山全部，再不想到它只是一个雪屏的开头，在它的后面还斜拖着一列三百里的蜿蜒雪峰，而且这些雪峰又都为金沙江所围绕，江山掩映，雪峰罗列，使人忙于迎送。以一个多月的时间全部看完后，又惊，又喜，又悔，惊的是从前所见的是如此之少，悔的是以往的大惊小怪难免不为玉龙山灵所笑，喜的是人间竟真有山水如此！在这种情景之下便想到不能不来写一个比较完整的玉龙雪山，以补追从前的不足。因为这样绕山巡行很有点像藏人的朝拜海子，又像是对圣地的巡礼，便用"玉龙雪山巡礼"为名。

西侧面观——金沙江上

在丽江有这么一个神话，说当初金沙江小姐和玉龙雪山公公一同由青海出发去朝南海。来到丽江石鼓地面，雪山公公不愿再往便停留下来，嘱咐金沙小姐还是随同怒江小姐等一同去南海，又为了防止金沙小姐向东流，便由南自北躺在丽江的地面阻挡她的去路。金沙小姐也许是渴慕中国江南的景色，便想趁雪山公公睡着的时候偷偷地绕过去。正当这时候被雪山公公知道了，便大哼了一声，把脚又向北一伸，吓得金沙小姐连忙倒退了三百里，这就是金沙江到了石鼓又向北倒流三百里的来由。但是金沙小姐想是很有志气的一个，终于趁雪山睡熟的时候，偷偷地由他膝下溜过去，这就造成了有名的虎跳涧。等她逃到了现在太子关的左近，因为已经逃脱了雪山公公的掌握，便大喊地说："你来追我好了！"就一路大笑着向江南流去，所以现在的金沙江在石鼓附近都水平如镜悄悄地流，一到了太子关以下才有了浩浩的江声。

我们巡礼的路线很和这个故事有关联：我们由石鼓开始，沿着金沙小姐倒退三百里的路线向北方前进，折而东入虎跳涧，即金沙小姐偷过玉龙公公膝下的地方，并未曾到太子关附近，只绕着雪山东麓又折回丽江，因为我们只是巡礼玉龙雪山而不是要追随金沙小姐的芳尘——在由石鼓向北行到虎跳涧口的这一段便是玉龙雪山的西侧面观，全部都在金沙江上。

我们由石鼓开始，这是丽江西北一日程的小乡镇，颇为可爱的一个傍水小小山市，其位置在金沙江开始转向的地方。由于此地使我们格外亲切些，看去它虽然只是一个三四百户的小乡村，但却与我们整个的江南有很不可轻视的因素。江南当今的繁华，无疑的与长江有很深的关系，而石鼓则正占在长江改向东流的地位上。据许多地质学家的意思都以为金沙江原是同澜沧江，怒江一齐向南流的，后来才改道东下，改道的原因有的说是由于地层上升，有的说是由于河流争夺，说法虽不一致，但由石鼓这地方改道却是当今的事实，而且不容我们忽视。我们想若不是石鼓这一转，金沙江仍旧南流入印度洋，现在我们的江南也许还不大是这副模样！所以我们站在这个傍水山市之上，颇有欲夺造化之工鞭策长江东去的气概。望着疏疏衰柳，漫漫平沙，在夕阳明灭中，长江于我们脚下开始滚滚东去，便觉胸襟不禁为之一快。

由石鼓沿着金沙江北上，便是一路在玉龙雪山的西山麓行。雪山我们一两年来已经看够了，但在金沙江上因为一有了水便格外生色，因为江水的本身实在富于变化，沿着金沙江上走，哪怕随便一个转折处便都有一番新的情趣。江面在某一个转折处忽然放阔，于是水光淼茫混然是大江浩浩的气概。有时滩转水急忽然一列石壁矗插江底，便又是一种岸然削壁的意味，石壁上时常挂着一条条的瀑布，飞涛溅雪的垂叠而下，崖头上常密密层层地长满了杂树。我们虽然是于十二月间来到，但江边极温暖，所以那些团团的崖树都正有最美丽的秋色。郁然苍翠的丛树中，忽然现出一团团的红叶，配着下面的绿流白沙，真有美女簪花之妙！

这一带的路线被本地人称为"一线之路"，这表示金沙江在峡谷中两旁都只有一线可通，所以在这一带迷路的危险是很不容易有的。我们曾于这一线之路上来往走了十多天，发现有几个地方是看雪山最好的地点，一个是江东岸的葡萄湾，一个是对岸的老虎箐和木笔湾下面的勒托里。

葡萄湾因在江东还属于丽江县境，我们由干海子下来沿着黑雪山的西侧，取道白浪沧过渡时便由这里经过。去年我们游白雪山时在主峰下发现了那条深沟。这里像就是那条八千尺深沟的西口，所以在这条涧水的两岸小小平原上，多有由雪山冲下来的大石，几块大石背后远远有两丛秋色正酣的红树，后面再配上青天白云，又明朗，又沉醉。而且这一带的小小房舍，因石灰不难得便都刷得耀目的白。房舍外面多种棕榈当做篱笆，这些绿的手掌都正生长得蓬勃。更妙的江边以出辣椒著名，冬天这种血红色的荚果晒满了房顶，于绿树白屋之间画出这一点使人惊醒的鲜红，实在动人！

在葡萄湾我们最神往于玉龙雪山的云。此地已走完了黑雪山的银线铁壁，正当玉龙主峰的西侧。也许是来到主峰脚下自己处的地方太低了，我们在葡萄湾所看到的雪山只是模糊的云雪一片再不能分开。云的变化到这里也算到绝顶了。但觉得在蓝宝石的山顶上白絮白云白玉白雪纠缠在一起不容分辨，风急时候白雪像受惊了来往飞腾奔驰，白云闪开处，一条青天忽然出现，忽然就又于蓝天中间托出一个白玉的雪峰，雪峰若是大一些每每又被认成白云，白雪白云的辨认也只是一时的近似而已，实实在在是白云还是白雪那都是很可怀疑的。我们看见白云和白雪原是偎在一起，一阵急风由侧面卷来，便立刻扯成青天中的一面大旗，有时风过于猛，云来不及扯成棉絮便一束一束地乱弹入天空去，有时一束一束裹得极紧，又一口风来把它扯成一把镰刀，忽然由下面又弹一簇团团的白云，便成了一个最大的疑问号"？"，像是对苍苍青天提出了一个最大的问题。可以想见那块蓝宝石的山是凝然不动，只是那上面白玉的雪被阳光一晒便生来了白云，又由这里生出了风，这些风常是最激烈的一种，每每把雪海中的云来往冲散或卷上青天，由这里便造成这一带的云雪奇观。古人所说的"云蒸霞蔚"用在这里实在很对，我们都分明看到白云白雪的酝酿，常常觉得玉龙雪山有在蒸在煨的感觉，"雪之奇在云，云之奇在雪"，丽江诗人马子云先生已经先我们说过这样的话。

若从金沙江的西岸来看玉龙，有两个地点是绝妙的，一个是由山水碧上来转弯的勒托里一带。在这里可以看到雪山主峰和后面"七老峰"的小主峰一齐升上半天，因为江边比起丽江又低下了好几千尺，所以这一些雪峰都像一下子浮在天空中去了。我们在剑川（丽江西南二日程）北望雪山的时候，但觉得在北面的天空里晚霞隐约中浮出了三朵含苞欲放的白玉莲，一朵是哈巴雪山，那其余的两朵就是现在所看到的玉龙雪峰了。不过来江边看它，才心悦诚服的知道了这两朵玉莲的尖和玉莲的高。那天有很急的风吹得天空像阴丹士林布的那么平而且蓝，这两朵白莲就像分明是白纸剪成平贴上去的，假的或觉多而真的或觉很少。拿假的东西来冒充真的总不会使人喜欢，但真的山水忽然以一个假的面目出现，倒会格外使人倾倒。

再一个江西岸最好的地点也是全部西侧面观最好的地方，当然就是老虎箐。由勒托里上来一天的路程便到此地，若立在此地一看，玉龙雪山西侧面之奇艳尽入眼底。老虎箐的地位选得极好，它正在葡萄湾的对面，于是葡萄湾的红树怪石，先在对面江上展开了一幅江村平远的图画，这对于看玉龙雪山是必须要的，因为必须有这样大的基盘才能够在上面安置这座高的雪山，正像玉龙雪山它有八百里的广大基础才能在上面安排这许多玲珑峭拔一样。

而且这里更因为那条八千尺深沟的关系，前山一偃，雪峰尽出，于是一列雪岭便锋芒森然的沿着对江的青松林上扯展开来。

黑雪山和白雪山在这里一齐可以看到，黑雪山在这里才表现出它的奇绝。在那座像钟乳结成的大山后面，黑雪山像一面铁壁似的平贴上去，全体是一种糖烘焦了的色泽。在那上端，白雪像熔化了的银丝，披蒙而下像白银织成了一面网拿来披络在铁壁之上，一个是玲珑打扮，一个凝重坚实，加上色彩的对比使人为之叫绝。黑雪山虽然较低，但它实在是以这种银铁争流的奇观自树一格。由此以上便但见白雪山突围而出，在天空中展开一匹素练。雪山的本身是一种银灰色调，这种淡淡的蓝灰色极其飘渺，若是它不上负白雪，真令人担心它会在远空中消失了去。所以黑雪山之上，又别是一个格调，只剩下一片蓝宝石和白玉的结合，加之以晴空托在后面，白玉光耀得就像在你面前。

玉龙雪山的这座主峰很妙，我们过葡萄湾时它在雪中出没，使我们不能见到它的庐山真面，等到我们身在江西来看它，它全部出现，但因此也更使我们迷惑，因为它仍旧像我从丽江看它时是一模一样，我们游白雪山时虽临近看它，现在它仍是像一把银扇矗立在那里，分明又是一个扇子陡。它使我们疑心是错误了方向，后来才知道这座两万尺高的主峰是笔直的一个正三棱形，所以尽你由各面去看，它都似乎相差不多。但若为看雪纹流动之胜，那还是以西侧面为胜，因为西面比正面背阴，所以雪也格外积得多些。原先我们巡礼玉龙雪山还抱着一个万一的希望，或许意外的我们会由雪山背后发现一条攀援主峰的路。现在它像一面镜子似的直挂在那里，似乎雪都挂不住，看到它雪纹的滑溜，我们也自动的把那个妄想丢开。

主峰已经是妙极了，谁知道尤为妙绝的在主峰北面突然又插起一座小小雪峰，除主峰以外它也算是最高了，使我们疑心在白雪山上看主峰时，那西侧的突起也就是它。白雪的光耀使我们常把远近两座雪峰混而为一，我们上这个当已经不是一次，譬如说由丽江望雪山谁不以为白雪山是和主峰连在一起的。

这座小雪峰的妙处在于它的形状，分明就是一个白玉的古戈头，粉装玉琢的直插入晴空中，又使我们想到我们从前看见绿雪奇峰上的白玉金字塔一定就是它了。那时远，所以在天际虽然晶莹但很小，现在由近处对它看，下面又接上一截绿雪，它便以一个真正玉矛头的姿态出现。难得的最是它全部都是白雪装成。玉龙雪山是一块大的岩石的山，所以在雪的下面我们总能看到石纹的痕迹。惟独这座雪峰它奇绝，白雪一直全部把它敷满，完美，纯洁都到了一种非人间文字所能形容的境界。在它的白玉戈头的下面，雪都不能平平站住，于是便像刀切样的一级一级斩开来，斩开的断面全都闪烁着一种莹莹的绿色，这一级一级的绿色最使我倾倒，绿雪本来就已经奇艳，像是童话世界中才能有的景色，现在忽然于光天化日下光耀夺目，遂使我们没有办法来传达这种梦幻的情感。经我们再三的思虑之后，只得到一个可算近似的比喻，我们由新出土的商周古鼎上常常会有一种斑斓的铜绿色，这一种绿色和绿雪的绿有点相似，我们应该试想，一块白玉的矛头埋在地下两三千年后便也会发生白玉上的一种绿色，那再于最近被发掘出来，试想那条白玉绿戈就有点近似这座小雪峰了。

这座雪峰给了我们无穷的启示，层层级级的莹绿堆砌在白玉雪峰头的下面，老使人想到这太纯洁，太美丽，万不应该在如此的尘世之间来出现，人间怎能有这样纯冰玉清洁的东西？我们再三的想给这座雪峰一个专名，但自愧我们胸中还不能有这么一个超逸的名字。陆放翁曾说"欲与梅为友，常忧不称渠。从今断火食，饮水读仙书"，想饮水读仙书若干年后是才能有这样莹朗的胸襟。我们也曾想到以秀绝的人间少女来比喻这座雪峰，但人间岂能有这样冰雪晶莹的人儿？陈无己曾有诗云"又无人间第一人"，很说出这一点不可能的感觉。因为这不是一种人间的美，而是一种超然纯洁只在理想中出现的美，凡是沾染着人间气息一点的，对这座雪峰都是一种损害。在这里语言和文字都是多余，只能希望在会心无言的境界中默默领取，或者音乐的崇高处及一种宗教上的虔信境界中能偶一有之。

其他雪峰纵有许多，如那座像西藏宝塔的便极奇绝，然而在这座白玉峰头之下自觉也不须再写下去了。这次我们来游雪山，别人都以为也尽够闲暇了，但我们仍觉得是来去匆匆，因为玉龙雪山的变化实在太多。平常它像白银，也有白银的光耀，但有时又像一块白玉，分明也有白玉那种温柔滋腻的抚摸感觉。在阳光某一角度下，绿雪绿得特别娇艳，像是长夏的萤光，也有萤光的闪烁。而在傍晚的时候又最好看，因为这时云也变成了红霞，雪也变成了红霞，又因为玉龙过高直要等到大地黑暗了两个钟头以后，这些晚霞才渐渐退色。我们在金沙江上时常坐在黑暗里来东望这一排赤壁红霞，四周是早已全黑了，唯独它红不肯休，很像是专意放映给我们看，也只有银幕上才会有这种动人的镜头。所以我们在江的两岸一线之路上行走了十多天只觉得是"镜铺金江,银铸玉龙",景色之佳,使人觉得不可名状,欣喜之后,常常还有一种"感激"的意思在。

最后我们自觉在这样好的一条大江上,缺少了几只来往捕鱼的船艇,我们太喜欢这一带的江山,便曾想到自己造一只小艇名之曰"二李书画渔船"。金沙江鱼多且美,以渔为业想也可以生活。搬一些好书来,再设上一个画案,船泊在沙滩水际,就可以面对雪山作画。想到月夜时光江山如画,这一带江上一定变成了广寒世界,那时一叶扁舟于月明中开窗与雪山端坐相对,雪山也是画,江水也是画,自己也画在图画当中,那才能算不辜负如此江山!(未完待续)

第五卷第十一期（1941年3月23日）

这一周

罗斯福总统于本月十八日发表就任以来最重要之演词。这项演词以十二种言语向世界广播，其要旨即在更进一步表示美国将以全力援助中英希三国，直至获得最后胜利之日而后止。一般人因观罗氏此次未提及"战争以外之方法"，而揣测美国有随时参加欧亚战争的可能。我们以为美国在罗氏领导之下，准备应战固已下莫大的决心，但参战与否却是事实的问题，倘非情势异常急迫，似乎仍将援用"战争以外之方法"。支持反轴心的各国之抗战，就实情上言，美国援助中英希的热诚，亦不必因需要参战，而后始能增强。由于"军火租借法案"之成立，美国国内军需生产，必将大加增速，此后以全力赴援，既可避免法律上的羁绊，又得消除事实上的困难，这是我们可以断言的。这次罗总统在演词中，重申助华的保证，尤使世人获得深切的印象。中国是反抗轴心的一国，其受暴力摧残的程度为最高，且对民治前途的关注亦不后人。最近罗氏代表居里访华，对中国处境的困难，及其所负使命的重要，当然有更深刻的认识，所以返国之后提出报告，是极有利于中国的。过去罗氏对于援华，从未发表具体意见，以致有人怀疑居里对华没有良好印象，现在这个无稽的揣测，已被罗氏此次演说根本推翻了。

敌国大政翼赞会自去年十月十六日成立以来，迄今已将半年，不但没有丝毫建立，反而成了政治官僚及各党各派的斗争场所。所以敌国人民对于近卫所提倡的新政治体制运动，非常感觉失望。近来倭寇因南进问题而引起的外交颓势，为加强对内控制起见，据传大政翼赞会将自四月起开始活动，促进一党制的实现，拟模仿轴心国家，将国家置于独裁政治之下。新党运动的酝酿已久，但因种种困难，未能实现，近卫在去年七月再度登台时，即以组织新党号召国人，所以既成的政党，都先后被迫解散，而参加近卫的所谓新体制运动。但鉴于七八个月来的经验，既成的政党，如政友会的中岛派与久原派以及民政党社会大众党等，表面上虽已解散，实则仍隐然各成集团，角逐政权，至于一般法西斯小政党根本没有解散，反想趁机扩充势力，最近东方会首领中野正刚甚至宣言退出大政翼赞会，仍然从事于法西斯政党的组织，大日本青年党首领桥本欣五郎等对于近卫，亦喷有烦言。在这种情形下，如何能组织一个举国一致的政党呢？即使杂凑成功，事实上亦不过徒有其名而已。大政翼赞会的促进一党制的企图，在我们看来，适足以表示该会内部的分歧与无力而已。

倭外相松冈已于本月十四日率外交及海陆军随员等，由下关出发，经朝鲜，将取道西伯利亚，首途赴欧。行前虽一再表示无特别意义，但事实上谁都知道，其使命是相当重要的，除了商讨三国军事合作及对付美国的政策外，并想借助于德国，取得苏俄的谅解，使南进时无后顾之忧，并希经由苏俄获得德国的接济。英美为答复松冈的聘欧起见，美罗斯福总统已宣言加紧援助中国，英国亦表示愿意帮助中国建筑缅甸铁路。目前远东的情势很明显，日寇愈和德意愈接近，同时和英美的关系亦必愈趋紧张，所以松冈的聘德之行，终久必生于己不利的结果。

在松冈途过苏联赴欧的时期，日苏经济谈判，正在继续进行着，这是很值得我们注意。日本既然要促进轴心三国盟约的作用，那么英美对日加紧实施经济压力，当然是不可避免的事实，假如日苏经济谈判成功，就可以增加日本经济上及军事上力量，结果也许要铤而走险，孤注一掷，实行南进计划，与英美发生正面冲突。我们希望在日苏谈判中，苏联应以不放弃他的援华政策为前提，这是根据一九三七年中苏互不侵犯条约，我们应该要求的权利。

苏联在巴尔干半岛的外交活动，最近又形非常活跃。在土耳其方面，传闻苏联曾以书面向土耳其保证，如果土国遭受巴尔干方面的攻击，苏联决保持善意的中立，但土耳其当局，对此曾经加以否认。在南斯拉夫方面，苏联亦曾经交以照会，传说内容包括以下各点：（一）南斯拉夫不应参加轴心三国公约，因为如此就要引起巴尔干的战争；（二）南斯拉夫如果受攻击，苏联可以予以军事技术上及财政上的援助；（三）南斯拉夫如果有决议，应于四十八小时之前通知苏联。甚至外间传说苏联亦曾经向土耳其同希腊提出上述三点。照我们的观察，站在泛斯拉夫主义及共产主义的立场，苏联绝不愿意轴心国家的势力，扩充到巴尔干半岛。一九一四年的欧战发生的近因，就是为苏联在巴尔干的泛斯拉夫运动，与日耳曼主义发生了不可避免的冲突，这次欧战发生以后，德苏签订了互不侵犯条约及经济协定，邦交非常和睦，德国一部分的战时原料，全靠着苏联供给。苏联的巴尔干政策，对轴心国家的行动，当然要发生决定的影响。在轴心国家没东进以前，它们一定不惜提出可以让苏联满意的条件与保证，然后可以交换得苏联的"善意中立"。

大批英国远征军，近已在希腊境内若干地点登陆，依一般观测，其目的是在协同希腊军队，以防御结集保国的德军之攻势。现在希腊不啻是英国的军事要塞，从那里英国扩充军力于大陆，与德军发动正面冲突，所以这次不能先让德军进攻希腊，而决然登陆作防御必需的种种布置。今后德国倘对希作战，则不免与占优势的英军一决雌雄，结果谁可获胜，目下虽不敢预言，但德国欲在这方面采用闪击战，我们却可断定，他很难达到目的。从外交上言，英军在希登陆，一面既可由加紧助希，以示好土耳其，一面又得以粉碎轴心诱希与意媾和的阴谋。这当然是艾登访希所造成于英有利的一种局势。

中国新闻学会于本月十六日成立，是我国新闻界有全国性组织之开始。近三四年来，我国新闻事业，因受战时应有的统制，致不易顺利发展；但一般报人确能本其职责，宣扬正确民意，判断实际是非，使政府获助不鲜，这是值得我们敬佩的。报人是社会木铎，在战时所负的使命更为重大。要保证抗战的胜利，必先促进国家的统一，加强人民的团结，尤其国家不堪分裂的时候，报人更不应与政府对峙而立，只有在维持统一团结的条件之下，对于国策的是非和施政的得失，各抒所见，各贡所知。而政府当局亦当虚怀若谷，酌量采纳，不容加以无端干涉或禁止。不然，则无异自绝于报人。现在国内优秀报人，联合以求协作，今后努力当有更大的收获。

第一次全国农林行政会议，于会议一周之后已于十八日完满结束。会议中最重要的节目，是通过农林部三年施政计划大纲。这个计划的内容，因电讯简略，不悉其详。但根本的问题，不在计划内容的优劣，而在怎样去实施所决定的计划。以往中国会议的缺点，不在没有决议，而在会议的工作随会议的闭幕而告终，结果计划束之高阁，决议并不施行。我们希望这次农林会议不致再犯过去的积病。

经济统制的礁石

陈岱孙

经济统制是现代一个方兴未艾的潮流。一方面，它是过去自由主义的反响，另一方面，它是近代政治经济上若干现实问题所压迫出来的答案。

在这若干现实问题中，战争是一个最迫切而暴烈的力量。近代战争越变为有组织的冲突，而在这有组织的冲突中，经济因素的重要性也随之增加。近代战争充分的表示自由经济制度所培植的私人经济机构不足应付此非常时期的剧变。极权国家无论矣，即在自由主义素称发达的国家里，经济组团化（Economic delegation），在战时也有一致的呼声。所以就是在我们这个工商业尚未十分发达，平时还说不上经济组团化的国度里，一旦战事延展，经济统制不但是热烈争辩的问题，而在可能范围之内，也已付诸实施。

我们不否认这个潮流有它的背景和它的立场。我们更不否认，在战时，经济组团化有它的必要和不可避免的理由，然而我们不敢相信经济统制是可以无须若干先备条件，一蹴而至。我们更惊讶于一般盲从耳食者的信念，以为只要骑上这个经济统制的高潮，一切经济问题都可以顺流而下的解决了。不幸得很，这种信念在我们今日社会中颇占势力。因而经济统制便是今日一个最时髦的口头禅。这种信念虽然可以推动若干经济统制的实施，然而它对于经济统制的实际是害多利少，因为这个信念既是以耳食盲从为基础，它根本就不了解经济统制的限度性。经济统制是一种制度。一种制度很少有绝对的好坏而只有相对的优劣，优劣的差别又有视于环境之适宜与否。所以在某种环境之下，一种制度运用有它的限度，在限度内运用，我们可以期待一个相当的成效，超过限度，不但没有成效，并且易致偾事。耳食盲从信念之不可靠也就在此。

我们战时的经济统制，以较诸现在欧战中各交战国所实行者，相差甚多。然而即就我们所能实行的经济统制诸设施而言，我们已经可以看出许多困难。这些困难，就是一种环境，也就是造成我们今日经济统制的限度的因素。

显而易见的困难，大部分属于制度方面，或者可以说是客观条件的不备。第一，我们现在国内的经济还是滞留于农业，手工业及小工业的阶段，换句话说，我们不是一个资本化的国家，我们的经济不是一个大规模生产化的经济。唯其如此，所以我们没有集中的生产，更没有集中分配的市场生产的货品，一部分自己消耗了，其能输入市场的剩余也不过流通于三五里以内的市集。泉清先生在《新经济》第四卷第八期《从无为而治到统制经济》一文曾经提出这一个论点。他说在农业社会中统制经济"有如沙漠中下雨，雨点一到沙上，就浸下去了。在沙漠中去建沟渠，以期统制水流，岂非白费事"。至于在高度资本化工业化社会的经济则是"成流的经济"，政府就这成流的经济层层设关设卡去统制，于是这成流的经济"是流到社会或政府所预制的水管，其或关或开是政府可以完全统制的"。这个比喻很可以解说我们这个困难。其次我们行政的机构没有发展到这个细微的程度，能够作为水银泻地无孔不入的微细工作。有人也许说，我们的经济虽然不能如经济较为进步的国家之成为巨流便于统制，然而它未尝不成为无数的细流，细流也未尝不可加以统制。确然，如果我们行政机构已经发展到细微程度，细流的统制虽然费事，未始不可有相当的成效。关于此点，泉清先生也有一个具体的例证。他说："战时的统制，多从粮食下手，而所用的方法均包括计口授粮，所以在欧洲，战争和面包票简直分不开。这种制度是我们基层行政机构所能推行的吗？我们一方面口不能计，另一方面又无粮可授，就是四万万张粮票的制发都是不容易的事情。"其三，政府可以用于经济统制方面的人力财力都有限，人力是运用上述行政机构作经济统制各项工作的人才，财力是运用经济统制机能的资本，"徒法不足以自行"在经济统制经验中表现得十分清楚。例如现在重要省市都有类似平价处的组织，而平价一种工作便是平价购销。这就是说明主持平价者知道一纸法令平不得价，而想以政府的财力加入购销的工作，以政府的平价影响市价。用意未尝不善。然而此项工作显然不能得期待的结果。因为平价机关所能用作购销工作的财力有限。平价机关既然不能把握生产的来源，又没有左右物产分配的能力，少量的购销，在整个市场上只是"杯水车薪"不能发生多大的效果。

制度上的困难固然是今日谈经济统制的重大打击，然而制度上的困难还不是最基本的阻力，最致命的创伤。经济统制最基本的阻力，最致命的创伤恐怕还是在人事方面。制度尽管可以逐渐改进，纸面的计划办法尽管可以言之有物持之成理，如果人谋不成，一切都没有办法。人事的缺点一面是无意的，一面是有意的。无意的人事缺点大都是源于知识与眼光之不及。我们相信有许多统治办法的本意都是好的，执行者也确是忠实将事，然而其结果乃与其目标相悖。这种情形是"误"事，然其结果仍然是"害"事。举个例来说，外汇统制是战时经济统制一个要务。统制的目的是阻止国内资金外流，保护国内的金融与币制。比较的说，我们的金融机构已经相当的现代化，制度上的困难并不严重。可是一九三八年之后我们继续维持上海外汇的智否，与其结果是否适合于外汇统制的目的大有问题。外汇统制，要产生效验的话，要与进出口统制相辅而行，政府所委托的银行必须是外汇的专买及专卖者。东南各省沦陷后，我们对于上海的市场已失去控制的能力。上海的外汇统制变为外汇汇率的维持。基金少，限制严，黑市买卖的重要性远超于官市。基金少，限制松，资本的逃亡，敌人的套取更得了方便。这就是我们继续维持上海外汇的经验。其实自我们退守内地之后，上海的经济与内地的经济本可截为两事。如果我们认为外汇仍有统制之必要，我们应该割弃上海的市场，而统制内地的外汇。当然我们应该了解我们当时至少局部的靠外资来维持汇率，而上海与国外经济关系较密，外人自是仍以上海为对象。然而我们也因循的接收这个传统观念。这就是我们的错误。等到逃资数量日大，维持基金不能应付之时，我们觉悟了，然而我们学来这个乖的代价已不在小。再如，贸易统制也是无可非议的政策。我们也曾公布若干禁止入口的货品。而若干与国防有关的重要外货，如汽油，滑油等等也在禁止之列。考其原意，是项物品，并不是不许进口，而是应由政府输入，不许私人购运。结果是政府输入者只够政府机关消耗，私人禁运，存于民者遂少，总算起来，国内公私的总储量也就少了。到滇越路交通有阻之后，我们乃觉到公私之间无从挹制，于是我们乃开禁免税鼓励私人输入，然而机会已不如以前了。这就是我们所谓知识与眼光不及所造成人事的缺点。

人事第二个缺点就是办理统制机关者的腐败。腐败或者只是官僚化，办事没有效率，或者甚于从中营私牟利，这也就是我们若干年政治的症结。我们相信这种情形不应太多,然而它的可能性不是没有。去年有一位负有声望的侨胞回国考察,经过他桑梓之乡,后来他在省外同乡会上报告他所看到本省经济统制的情形,颇足引起我们的感慨。我们节录一节如下:

> 在省城外政府设立了十二个检查米站,民众挑米入城的,要受检查,受检查多被没收,为什么要检查和没收呢?据说要统制运输,因为省政府已设有贸易公司,不许肩挑贸易,所以城内米价非常昂贵。崇安的米一担不过十六七元,运至省城不过卅元,但售价却在六七十元以上。这就是统制运输与调节民食的影响。民众的痛苦,简直非语言可喻,因此自杀者多。多数是弱小贫民,因运输统制,无处肩挑,谋生绝望。或因家口众多,米粮太贵,无法生活,此外还不知有多少。因为运输须受统制,闽江上流四千多的船只,只剩下被统制二千余只,运输自然困难,物价安得不异常腾贵……统制运输本是在防止资敌,在敌我交界地方一带实施,还说得过去,今竟通行全省各地,如何解释呢?据该公司负责人说,是供应财政部在本省运取十万担盐和茶的缘故而不得不实行统制运输。可是这是没有理由的。运输财政部所需要的货物,如果能与相当工资,绝不会找不到挑工,一点也不必假政治压力的。所以运输公司是为便利贸易公司的运输而设,是专门垄断商人民众利益而设,是很显明的。不但商家的货物须交运输公司运输,凡行李有挑担者亦须交由公司运输。甚至于农民进市,购物一月用而满一担者,亦须送交运输公司,不然给特务队查出来,便是没收充公。

我们不能断言上述的观察一定没有错误,然而这位侨胞忠实的人格,使得我们相信他说的是由衷之言,没有作用。我们当然不知道上述情形内在的原因之为何,然而如果上述外观的现象是不虚,主持者知道而不加以补救,腐败的批评恐怕不能避免。人事的缺点,我们以为比制度的缺点更为经济统制的致命伤,因为无论何种良好的制度,在人事问题没有解决之前,都是纸上谈兵。

也许有人以为我们是反对战时经济统制。我们在此特复声明我们并无此意。我们以为战时经济统制,不但不可避免,并且在很多方面是必需的。我们不过要指出经济统制不是一个康庄坦道，尤其在一个制度与人事都亟待改进的国家里。一方面，我们希望我们不要耳食盲从，以为一经统制，一切经济问题都迎刃而解，另一方面，我们希望努力铲除制度与人事上的困难，使我们在某个限度内的经济统制得到相当的成效，抗战的前途实利赖之。

蜕变中的中国社会

李树青

一

　　一年以前,我曾在《新经济》半月刊上发表了一篇《为什么中国社会未能资本主义化》的短文(载第二卷第三期)。后来曾经引起一点讨论。那篇文字的注重点只在解释自周秦以来的两千年历史,都有一些什么力量,使中国始终未能走上资本主义化的道路。但自一八四二年鸦片战争以来,中国社会各方面都因受有外来影响与压力,已经发生了剧烈的变化。直到目前为止,尽管这种变化的程度比较浅,变化的区域比较狭(在沿海沿江等交通便利地带),受变化所影响到的人数也在全人口中占有很小的比率,然而这种外来的影响,毕竟已给中国社会引起了与历史上任何时代都不相同的变迁。在过去这一世纪内是如此,在将来恐怕仍复如此。这类影响与其所引起的变化,不是前文所预备解释的。爰再撰成本文,算是对前篇拙作的一个补充。

　　前篇文字的主要论点,是想从社会制度(Social Institutions)方面,解释中国社会未能资本主义化的原故。内容对人地比率(Man-land Ratio),土地制度及传统思想等几个主要条件,特予注意。在结尾处对中国未来社会的预测里,我曾经说过如下的话:

　　两千年来的中国社会,既只有"大贫和小贫",没有"大富的特殊阶级",结果致使社会始终未能走上资本主义化的道路。这是历史事实,但造成此种事实的社会条件,倘如目前仍然无法消除,则将来恐怕也不会走上。有之,则只能由政府的力量,利用外资,创造一个国家资本主义社会。

这种意见，本文仍不拟予以修改。其理由可以概括地叙述如次：

二

前文曾经提到人口的数量问题。在历史上比较固定的生产技术的条件下，中国的人口实在早已超过土地或自然资源所能供给的程度。其所造成的结果，便是：（一）无从积累下大量的资本和（二）有过于贱价的劳工。这两个条件，在过去固然已经桎梏了工商业的发展，在将来恐怕仍属不免。

资本主义的发生，必需社会上已积有大量的赢余的资金。这是发展工商业的先决条件。否则所谓"巧妇难为无米之炊"，即使社会人士已经认识并决意开发国内的资源，结果也将难有成就。在一个农业国里，资本的积累，主要的有两个条件：第一个是人地比率正在适中的程度（Optimum Point），这时为社会上全人口所创造出的财富的总额，除去消费以外，还有赢余。家给人足，闾阎殷富。次一个是人地比率未动而生产技术进步，以同样从事于生产的人口却创造出更多的财富。这两者又系互相影响互为因果的。换言之，即生产技术固可影响人口数量与其生活程度，而人地比率对于生产技术亦具有决定的意义。例如在比较人少地多的情形下，社会上土地低廉，人工昂贵，从事生产者自然而然地想法改良生产工具，借以代替价高的与缺乏的人工，反之，假如人多地少，则土地价昂而工资跌落。这时若应用改良的工具，其影响可使工资愈益跌降，甚至使多数劳动者无法谋生。目前我们眼望着曳引机，刈打双用机，以及其他现代的农业机械，都在新大陆的农场里咆哮着从事增加生产。但我们始终无法把这些增产的武器，介绍到我们的农场上来，其中最大的缘故，正如我在前篇拙著内所言："因万一应用一架机器代替了几十乃至几百的人工，使大多数工人骤然失业，其结果不是增加农村的福利而是扩大人造的灾荒！"

以上的叙述，当然是为着简单化这个问题。事实上人口过剩农业国的无法改良生产技术，还有许多理由：（一）这类国家内的农场必然是小的。因所有权分割的细碎（诸子继承制为土地权分割细碎的主要原因，已如前文所述），使新式机械没有"用武之地"。（二）农场狭小与难于取得，使积累资本为不可能，于是每家农民不得不尽量利用其自行贬值的劳工，用以代替资本。（三）农业生产必然以家庭为单位。生产的目的，在使一家人口的衣食赡足，无多余的生产物可资交换。有时为农民所送往市场或"街子"上用以交换日用品的农产物，是农民对于日用品的需要迫切，不得不压低自家的生活程度，来从事此类的交易。农民到"街子"上去卖掉一口猪或两只鸡，用以交换一些布疋和针线回来，便是好例。唐聂夷中的《田家诗》有所谓"二月卖新丝，五月粜新谷。医得眼前疮，剜却心头肉"。也许正是此类乡村交易的本色。（四）农民的生活程度甚低，受教育成了一件可望而不可即的事。知识无法增进，当然只有墨守成法，哪里谈得到改良生产技术？此外还有社会制度或文化方面的理由，因比较次要，恕不在此赘述。

农业中的人口过多，固然足以障碍工商业的发展，已略如上述。但工商业的发展，也能吸收农业里的人口。近百年来，在沿江沿海的大都市中，工商业的发展，已经略具规模。抗战以后，政府对后方工商业的鼓励与发展，更是不遗余力，是否可以因此减少农业人口呢？我个人对于这个问题的看法，比较地偏于悲观的一面。主要的有两个理由：第一，因为人口众多，无法积累下大量资本。资本贫乏，便限制住了工商业所能发展的程度。第二，即使工商业得有某种程度的进展，使人民的经济生活稍感富裕，结果人口的数量必然随着增加，来填满了这个刚刚腾出的空隙。印度的过去情形，就是一个最显明的例子。节制生育在短期内还是知识分子间的事情，一般数量广大的农民，在目前经济困窘时都未曾感觉到有此需要，在将来经济状况转好时，谁能劝动他们去阻止送子观音的光顾？中华民族生殖能力的丰富是历史的事实，无容辩驳。想要抑制生殖力，必须普遍地提高人民的知识程度与生活水准。这在我们自力所能经营与抗战所能发展的工商业的情形下，我以为是杯水车薪，无济于事。

我们要是无法改变农业中的人地比率，则由中国社会本身的力量，想要走上资本主义化的道路途径，我以为可能性是不大的。

三

上文说中国社会不会积累下大量的资本，并不是说不能积累资本。事实上，在历史文献里即曾记载有大富之家（注意：并非所谓"大富的特殊阶级"），尤其是在已受西洋文化洗礼的近一世纪，通都大邑均出现了新式的工商业。这类资本能否构成资本主义化的基础？

为着了解这类资本的数量与影响的大小,我们得先分析其发生的根源。这类资本大约可以分成两类:一类是中国社会自身所积累起来的,另一类是来自中国以外的社会。前者为土著资本,官僚资本,工商业积累的资本与国家资本;后者为买办资本,华侨资本与外国资本。这种分析,当然只为叙述上的便利,其间难免有重复的地方。

第一,所谓土著资本是指在农村内经营土地或商业所积累下来的地主与商人的资本。因没有全国性的国情普查,这种资本的数量是无从知道的。有人说,这类潜在的资本额是很大的,有人则谓为极少。我个人的意见是比较倾向于后一说法。其主要的理由,便是因农村中的人口过剩,无法积累下大量的资本;而农村中高利借贷的猖獗,更是一个资金缺乏的有力的证据。

第二,是官僚资本。清季以来,官僚如聂璐生,李鸿章,张謇辈,受社会新潮的影响,均出资创办工矿企业(参看方显廷著:《中国工业化的资本》页四一——四二)。这类资本的数量也是微小的。第一,因官僚资本都是用合法甚至非法的手段取之于中国社会。因为中国社会就无法积累出大量资本,则为官僚所能取得的,自属有限。其次,这类官僚都出身中国社会的士大夫阶层。他们虽然受现代思潮影响,想要经营生产事业,但经营企业毕竟需要一套新知识与新方法,并不是一个"四体不勤五谷不分"的官僚所能胜任。所以创办的结果,成功者十之一,失败者十之八九。其中缘故,大半是由于资本短绌与经营不善所致。

第三,是国人自营工商业所积累起来的资本。如无锡荣宗敬氏的纱厂与面粉厂,宁波刘鸿生氏的火柴水泥及毛织厂,以及四川的民生公司与华西公司等。此类由国人自资经营的工商业,除少数工厂出品可以行销欧美及南洋外,多数均以国内市场为对象。在欧战期内,此类工厂曾经一度繁荣,过后因外商竞争,营业稍差。七七事变以来,多数毁于敌人的炮火,或为敌人强占,由此种工商业所积累起来的所谓民族资本,应为中国社会工商业化的主力。在其他欧美资本主义化的先进国家,无一不是经由这一个途径。不幸的我们一因先天不足,所能积累到的资本数量极小,再因国内一般人民的购买力甚低,销场不大;又以连年兵燹的摧残,交通的不便,租税的苛杂与地方主义的障碍等等,使其无从发展。同时再加各种不平等条约的束缚,外商携其大量生产与物美价廉的舶来品,与之作生死的竞争。其中最贪婪卑鄙的竞争者,更于经济的竞争以外,继以武力的摧残与掠夺。目前我们便在从事于此类的防御战。

倘无外来的武力与经济的压迫,则此类资本容或可在长时间内由于锱铢累积而构成工商业化的主力;但因其先天脆弱,可能性原不甚高。目前似乎已经全无希望。

第四,国家资本又可分为中央政府及地方政府资本。在过去曾经创办了许多企业,如马尾船政局招商局及汉冶萍公司等。目前经济部亦正在积极建设厂矿中。然而国家资本尽管其使用形式不同,除非利用外资,其来源仍不外自各种方式,取诸自国的民众。若社会并未储蓄下大量资本,则国家资本的数量,也是受有限制的。

第五,为买办资本。这种资本,在通商口岸中曾具有其相当的力量。金融场中有所谓"广东帮"与"浙江帮"财阀,即系代表此类资本的主人。这类资本的所由积累,与洋商资本具有密切的关系,换言之,这种资本即系外商在吸收我国人民储蓄过程中的一种剩余或附产物。在洋商的生意兴隆或赚取利润最多时,此类资本始有积累的机会;若洋商赔本或歇业,此类资本亦将随之停止。事实上,洋商发财,对中国的工商业化只有相反的影响;然则此类资本之不能恃以为中国资本主义化的动力,固系一极端显明的事实。

第六,为华侨资本。即华侨在国外经营工商业所积累起来的资本。其数量,尤其在南洋一带,相当庞大。就其战前每年汇归国内的数额而言,虽各家估计略有不同,大约总在三万万元到四万万元之间。据Edward Kann氏的估计,在一九三八年已达六万万元(发表于*Finance and Commerce July 5.1939*)。这或系由于战争影响(如捐款救国金等)的结果,不能视为常态。

华侨回国投资,为中国工商业化最有利的条件之一。华侨资本与买办资本,虽同系与中国社会的积累无关,性质有些相似,但后者在洋商侵蚀中国人民的储蓄时,方能发生与累积;前者则系赚取其他民族的积蓄,用以增益母国的资本。两者对社会的利害关系,恰恰相反。最可惜者,海外华侨对资本的累积,也有两个致命的弱点:(一)出国的华侨,并非受教育与有组织的商人,多系闽粤两省的农民。他们在海外各地之能得有目前的地位,其努力的成绩,固已极可钦佩。倘如政府能以早定移民政策,鼓励有知识的商人,出国经商,其成就当犹不止此。(二)华侨的商业地位,多数是在帝国主义者与其殖民地之间,作为一个中间人,而非其母国与土著之间的中间人。换言之,即华侨所积累的资本,多数仍系一种"买办"资本。不过为其所代表的帝国主义者剥削的对象,不是母国人民,而系当地的土著而已。因此,他们的经济基础,并不稳固。而对母国工商业发展的助力,除去汇款回国,投资,或推销有限的母国货品以外,并不能如英国的经营印度或荷兰的经营南洋那样大。虽然如此,将来华侨资本,仍属成为中国社会工商业化的一支生力军,假如不受政治影响的话。

最后一种资本即系外资。这种资本,数量当然是无限的,倘如利用得当,固可使中国社会趋向于资本主义化;但若利用失当,也能使其殖民地化。所谓平等互惠,终究是一个好听的名词。一国的工商业,若不能自力加以发展,而专靠外资来开发,则其社会之不沦入殖民地,大概是不甚容易的。

根据以上的分析,可知自鸦片战争以来国内虽曾经积累了一点资本,并也局部建设了一些工矿企业,但因历史上阻碍中国社会发展的主要障碍,未能铲除,先天已属脆弱,并无引导工商业化的力量。在已经分析过的七种资本当中,只有工商业积累的资本与华侨资本,可视为发展工商业的主力。勉强可以利用并须附有条件的是外资。其他各种资本,虽在某时期或某地域具有其相当的影响,然而时过境迁,亦徒然成为历史上的陈迹而已。

但是,中国的面积是广大的,人口是众多的,单靠过去和目前国内工商业累积与海外华侨的资本,似乎不能也无力使中国社会资本主义化。

四

近百年来,只有一个阻碍工商业发展的条件,目前确已改变,便是历史上的传统思想。中国的一向由儒家尤其是道家与佛家所支配的思想——主张"重农抑末"与"抑制欲望以满足任何经济环境"的,现在虽不能谓为消减,但早已失去其支配社会的力量。这便是中国社会演变的初步。

经过了近百年来的惨痛经验,使我们彻底了解以往的"以农立国"之非计。要想立国于现代,不作一个为人宰割为人侵凌的弱小民族,则我们必需具有立国的实力,换言之,就必需建立自己的工商业,尤其是工业中的重工业。不管社会上所积累的资本如何贫乏,要图存只能俭衣缩食千方百计,来从事于这种建国的工作。这一点信念,就是中国社会蜕化古老躯壳的主要动力,也是在抗战期间建设将来的现代中国的基础。

工商业一经发展,就要改变目前的社会性质,而创造将来的社会形式。我们知道,工商业发展,并不一定就会造成英美式的资本主义,也不一定造成德苏式的统制经济或金融主义。其中关键,不在我们自己愿意或不愿意走那条途径,社会的现存条件,便决定了我们社会的发展。

几世纪以来的人地关系,使中国社会无法积累下大量资本,已如上述。这就是说,在我们发展工商业时,必须仰赖大量的外资。因此,英美式的资本主义,即完全或大部自由国资本家来建立工商业的模式,我们是没有多少的希望。同时,德苏式的统制经济,我们也无从邯郸学步,因为:(一)经济统制毕竟是工商业发展以后的事。以农业为主要职业的国家,生产与消费均分散各地,无法作有效的统制。(二)我们既有的工商业,毫无根基;经过这次敌人的掠夺与摧残,可谓荡然无存。将来的重新建设与发展,必然得依靠华侨资本与外资。德苏式经济统制,是无法吸收国外资本的。(三)我们的社会组织与国民训练,显然在德苏以下。故经济统制在他们容或可以成功,在我们则等于画饼充饥,绝无希望。

在人地比率的关系上,中国是属于人多地少的类型。在过去是如此,在将来也是如此。所以我们工商业的发展,必须能适应这一个自然的条件。我们无法直抄英美,也不能完全模仿德苏,只能设法寻出自己的出路。

然则中国工商业的发展,在最近的将来毕竟要走上一条怎样的道路呢?假如我们不愿抄录空洞的名词,而根据实际情形来答复这个问题的话,我以为中国社会仍得走上一种资本主义。即一方面在奖励私人资本,使其投资于与国家经济政策相符的企业,一面由国家出资或大量利用外资,从事建设与国防有关或私人无力或不肯经营的重工业或无利可图的企业。国家控制重要的经济生产,私人则经营有利的工矿企业。国家经济与私人经济携手并进,共同发展,达到创造财富与积累资本的结果。这种社会,我们通常称为国家资本主义。即本质上仍系一种资本主义,不过由国家或政府机关代替了一部或大部的私人资本家而已。

根据已往的历史事实,加上目前的社会条件,使我们感觉到正在蜕变中的中国社会,将走上上述的一条道路。虽然如此,但我们知道:一个国家的经济发展,常常受有政治的影响极大。经济上最适于发展的道路,也许因为政治而变为不可能;经济上不易发展的道路,也许因为政治而促其成功。目前正在进行的世界第二次大战,即是近代政治制度的总清算。战争的结果,无疑地将要影响到我们的政治,也将影响到我们的经济。所以这篇文字,只能看作从经济方面所推测出来的结论。

关于教员服务奖状的一些意见

倪中方

长期的艰苦抗战,已造成许多职业的空前恐慌,产生动荡不定的现象。其中最受威胁的,恐怕要算负有"培育英才""传播文化"使命的"教书匠"。论及教师的智慧,不在一般汽车司机或商贾之下,故想发笔"国难财",过几天舒适生活,亦属"办得到"之事。乃在事实方面,不论环境如何引诱,生计如何压迫,仍有一部分教师在那里咬紧牙关,硬干苦干,站在其本身的岗位来从事于神圣的教育工作。还有,由于人才之异常缺乏,供不应求,遂酿成各校互争教师的怪现象。可是有时虽则他校所给予的位置如何高,报酬如何厚,仍打动不了一部分老教授的心弦,使之轻于舍弃其多年服务的学校。"岁寒然后知松柏之后凋",教师的专业兴趣,爱校热忱,至此更可以有了充分的证明。

教育部为安定教师职业,鼓励教师长期服务起见,特颁发奖状,对于比较富有恒心的教师,予以相当报酬。凡教师之在一校继续服务二十年以上者,给予甲等奖状;十五年以上者,给予乙等奖状;十年以上者,给予丙等奖状。奖励之轻重,视其服务期长短而定。当兹各校正在闹"教师荒",教师轻于改业改校的时候,如此办法,未始非对症的一副良药。因奖状之颁发,所以满足受奖者求名的动机;若果是说穿了的话,其功用类似食物之于动物,在心理实验室里,我们苟欲控制一个白鼠的行为,使其走入某路,则可在其每次走进某路时,给与一点素所喜食的牛食面包,以为报酬。"人之异于禽兽者几希"!动物如是,人类又何独不然。在此所不同的,便是奖状不唯有其直接的功用,能影响受奖者的行动;并且,尚有其间接的功用,能使别人的行动，亦受其鼓励。

笔者有友人某君，生平极热心教学，尤富于恒心，曾在某最高学府任教逾十五年之久，门生几遍及全国。按照教育部所订教员服务奖励规则，应得乙等奖状，以资激励。就某君的情形来说，用尽了半生心血，方取得如此代价，当奖状到手时，宜如何心花怒放，满面笑容，认为是生平一件最光荣之事。而天下事竟有出乎我们意料之外者，据笔者当时所目击的现象，某君接到奖状后，反大不高兴，引以为辱，以为政府此次对于名气之颁发，未免过于草率，有类儿戏。其一种气愤之情绪，不知不觉的流露于言词之间。类似这样情形，鼓励受奖者尚谈不到，尚何说什么影响别人的行为！

试就某君的事实来推求其原因，便可发现奖状的价值在于其他的因素。换一句话来说，一种奖励方式的效力，每为许多因素所支配。苟有人认为只要送出一纸奖状，即算达到奖励目的，实犯了严重的错误。心理学家告诉我们，奖励要请求效率，有效率的奖励，方可控制受奖者及候补受奖者的行为。至于奖励的效率，在某种限度内，是可用人工方法来提高的。采用些人工方法来增进奖励的效率，或会把那不及国币一角钱的教员服务奖状来变为价值百倍，成为受奖者的珍宝。

提高奖品价值的一种方法是当众颁发。当许多人面前去施行奖励，则受奖者会觉得奖励的效力大些。同时，亦能影响别人多些。应用在这里，便是学校每次颁发教员服务奖状，务必要隆重其事，利用开学典礼，毕业典礼，周年纪念日，国民月会或纪念周去举行。参加典礼的人"多多益善"，除开学生及来宾外，最不可缺少的是受奖者的同事们。自然，更美满的办法是由校长或教务长借此良机举行一次庆祝宴会或茶会，专门招待受奖者。"私相授受"，仅有给奖者与受奖者参与其事，则奖状所能发生的效力，当然难于达到我们的期望。若能百尺竿头再进一步，于颁发奖状之前，将受奖者的姓名在校报，或新闻纸上予以公布，又在颁发奖状之后，将举行典礼的经过详情发表出来，则受奖者之求名动机，更可以得到满足，而奖品的价值，亦因之而更加增高。

另一种用来提高奖品价值的方法是使其本身像个样子。奖状原来是做给人看的，所以在外表方面，应该求其雅观。现在所颁发教员服务奖状，纸质未免太差，书法亦欠工整，看起来会令人产生不快之感，殊有改善之必要。又受奖者不一定皆系国民党党员，在奖状上只有党徽而无国旗，好像亦说不过去。再奖状的面积不妨缩小些，以便受奖者好装框悬挂。若能仿美国大学研究院西格玛赛（Sigmax）荣誉学会的办法，在奖状之外，还附送一个金属制成的小型奖章，并在其上铸有受奖者的姓名，则既便佩戴，又可有永久纪念之价值。如是办法，奖状容易被人看见，不难满足受奖者求名的动机及达到鼓励别人之希望。

　　最后一种提高奖品价值的方法是使之来自有威望者，虽则人人可以颁发奖品，但非人人皆能够颁发奖品而生同样的效力。在军队里面同一勋章，由较高地位的长官亲自颁发，其奖励之效力会于无形中增加许多。故当颁发教员服务奖状时，最低限度亦宜由校长亲自出马，不可仅派一位工友将奖状像挂号信一般的送给受奖者，便算完事。在抗战期间，一切应该从简；唯在这方面过简了，便会失去奖励的意义。

　　由此我们认识了教员服务奖状之颁发其作用不外代表社会对于某位教师工作成绩之欣赏，鼓励受奖者及候补受奖者，使其乐于为社会而如此服务。惟欲完成这种使命至何种程度，则须视我们利用以上所介绍的三种方法至何种程度。同一奖状，因其他因素之关系，也许会产生不同的效力。奖励是一回事，使奖励充分发生效力又另外是一回事。有价值一角之奖状，亦有价值连城的奖状。应用人工的方法来使一种低价的奖品变成一种高价的奖品乃是我们所期望达到的最终目的！

农贷与合作

高尚贤

近十余年来中国农村经济枯竭,成为农村最普遍之现象,最严重之问题,影响所及,造成整个社会之不景气。都市虽浮露繁荣,但此是畸形发展。因此农贷便成为复兴农村最重要工作之一,过去华洋义赈会与几个大学农学院曾组织农村信用合作社作为贷款对象,俟后农民银行之设立与各银行努力推行农贷莫不欲图资金流入农村,俾农村经济,逐渐恢复,农产质量并增,更进而造成新的农村,来树立国家的基础。数年来成效虽见,但农贷办法不一,漫无系统,既有叠床架屋之弊,又贷款率皆偏于一隅。致功能不克如期望之高。于是有农本局之创立,谓欲使农业金融方面监督,管理与贷款,能集中办理。成立以来颇著功绩,尤以抗战军兴,对西南西北各省县合作金库之辅设,农仓之建立与生产,贷款之推进,不遗余力。二十九年度四联总处及农本局,更决定扩大农贷,合作办理,则今后农贷当更形发展,农村经济复兴,农产质量增进,可拭目以待。

所谓农贷,通常系指农业贷款,按目前实际情形论,农村方面,除农民经营农业外,不属于农业而与农业有密切关系之事业甚多。例如各种农村工业,农产制造等等,经营者,并非尽属农民,但所用原料,为农业或农村产品,或事业之经营有在农村之必要。此种事业非特适应农村一般需要,抑且为农村工业化之基础。欲求达到新农村目的,此种事业应予扶植,而求某种工业品生产过程各阶段都有密切联系,农工不致如目前之截然分割,各自为政,为工农确切联络计,今日之农贷应暂包含对农村贷款之原则。

中国农村衰落,原因甚多,然农民资金缺乏与负债压迫,实为主因,谋农民自身团结，逐渐消灭高利贷剥削，而承受低利合理之贷款，与农业技术方面之改进，以及生产品成本减轻，最后达到生产各阶段，及农业金融事业为农民自己所把握，与改善农民生活之目的，就产生农村合作运动。农贷对象，虽不限于合作组织，但目前合作组织，几成为农贷对象中极重要之一种组织。同时合作组织之推动，虽不限于农村，或农业方面，社员分子，亦不限于农民。但我国以农立国，近十余年来合作运动之推行，亦在农村着手，此所以合作组织成为农贷主要对象因素之一。农业方面之合作与工业方面之合作，颇有不同之处，盖所谓农业合作，系指合作组织之组成分子，为经营农业者，为谋农民本身经济上生产上便利而合作。所谓工业合作，则组成分子为经营工业者或工人，其目的在谋经营工业者与工人本身经济与生产上之便利经济，即以农业方面以加工为业务之生产合作论，自表面观之似为主业性质，其实加工产品系农民自有之产品，谋加工之便利与经济，以及某种产物，由农业品而工业品过程中各阶段联系而组织，姑不论加工后之产品，仍为农产品或为工业品其合作之性质，当非属于工业，但有须加讨论者为农业性质生产合作之体系组织。按经济部颁布之合作组织指导及登记所规定，各种合作组织之系统，由单位社而区联社而县联社，但合作社法仅规定二以上之合作社或合作社联合社，因区域上或业务上之关系，得设立合作社联合社，则合作组织之采取，由单位社而县联社，或由单位社区联社而县联社而省而全国，可得视实际情形而定夺。生产合作之性质与信用合作不同，信社业务经营为存款放借，谋信用合作组织区域不致十分辽阔，其系统宜由单位社而区而县。生产社则不同，区域不妨较大，社员人数不妨较多，区联社一层组织，可以省去。运销社亦然。不按合作组织指导及登记规定各种合作社之系统，由各种合作社单位社而各种合作开联合社，此即七种合作组织，分成七个系统，即指信用生产运销供给消费保险公司七种。为何种生产社单位社之上层组织，为何种生产社联合社，均无明文规定，因此生产社，或运销社，或产销社之体系组织，为适应实际情况，不必限定何种生产或何种运销或何种产销社之上层组织，必须为何种生产或何种运销或何种产销合作社联合社。仅须上下层合作组织，均为生产或运销或产销合作可也。试以棉花产销社为例，棉花产销社单位之业务经营，为棉花之共同种植或棉花加工如轧花等及棉花运销业务。以生产业务方面论，棉花产销社联合社之业务经营与单位社相同，同为共同种植或轧花等业务，事实上此种业务重复，似无必需,以运销业务方面论,单位社与联合社业务不妨相同,但联合太多,运销反不灵活,区联社一层阶级,亦无必要,各种棉纺织之产销社亦然。棉花产销,棉纺产销与各种棉织产销合作,本可各自成一体系,但棉纺棉织之原料为棉花纱棉,为供给便利,与由棉花而成为棉织品生产过程各阶段联系,其体系组织及业务经营,可如下列:

棉纺织产销社全国联合社(及棉花棉纱与各种棉织品运销业务经营纺纱生产)—棉纺织产销社省联社(又棉花,棉纱与各种棉织品运销业务各种棉织生产)—棉纺织产销社县联社(及棉花,棉纱,运销业务经营纺纱生产)—棉花产销社单位社(经营棉花生产,棉花运销)。

上图有须加以说明者二:(一)有以为社会生产力之发展促进社会之分业,每个经济单位之经济机能将愈变狭隘而愈趋专门化。个个农民的家庭或农村公社,原为无数内容相同(至少相类似的)之经济细胞,因社会分业之发展,不得不起分裂作用,每个分裂出来之经济单位,各自遂行其专门任务。手工业原与农业团结不懈,现已另成一独立经济部门。即农业本身,也在走上分业途径,谷物生产和技术作物生产,已在分途发展,采取专业形态分发的趋势,便要求着各项专门的农具,使各个专门的农作部门,都能个别地增进其生产能事(见冯和法《中国农村经济论》一二二一页)。依上述分业之主要目的,在于采用专门工具,棉纺织产销合作的系统,似把数个经济单位合并起来,有背分业的说素。其实采取专门工具,不一定要经济组织单位,各自分立。在这一个混合的经济单位内,仍得划分各部门,以使趋于分业化。棉纺织产销合作系统与业务经营,如是确定,非特含有此种作用,且使工产农产在确切相联,不可分解中间,相互协同化。况我国各种工具制造,尚未达到所谓专门化之程度,实际环境与工业发展之国家不同,各种经济组织形态,务不宜全部模仿他国。(二)棉纺织产销组织系统单位社仅列棉花产销社一种,而不列棉纺织各种棉织产销单位社者,因纺纱与各种棉织之经营宜采用新式机械,规模应较大,而纺织机械有须利用电力者,依目前农村环境,组织棉纺与棉织产销社单位社似不相宜。至手工纺纱或手工织布或旧式针线棉织,有组织合作社之需要时,得指导组织保证责任之信用合作社,因毋须集中经营故也。棉纺织产销社县联社经营纺纱生产业务,其原料由棉花产销社单位社供给之。在产销社单位社尚无组织联合社之需要的可能,而实际环境,有大量棉纱生产之必要,可先以县为单位由政府或金融机构投资筹设小规模之纺纱工厂，凡县境内棉花产销合作社单位社均得认购股本，于相当时期后蜕化为棉纺织产销社县联社。棉织生产由省联社经营，棉纺由县联社供给之。全国联合社所以经营纺纱生产业务者，以补县联社产量之不足。至运销业务，各级组织得密切联系，俾运销灵活便捷。

农业生产资金需要之主要目的有三：一为长期改善工作，一为农产储藏运销，一为农业在生产前所需之资金供给。故所谓农业金融，恒分为农业长期贷款，中期贷款与短期贷款，但合作组织既为农贷主要对象之一，而合作组织所需资金周转之期限有长期有中期有短期。借款用途，仅为业务上运用资金之周转，其中亦有并非为直接农业上用途，例如销费，公用等合作组织之借款。所以合作贷款应另列一类，并包括一切含有合作社过渡性质之组织。

目前我国对农业金融系统，尚未确立，长期中期短期贷款机构，亦未明白指定。此实为适应抗战时期农贷开展之急迫需要，故农贷分类，暂不以长期，中期，短期为准则。为分类简括明晰，似可分为（一）为农业生产贷款，其下列农田水利，食粮及一般生产，经济作物贷款；（二）农业运销贷款；（三）农产加工贷款；（四）农产播种贷款；（五）合作贷款五大类。

四联总处及农本局二十九年度农贷办法纲要所列农贷分类为农业生产贷款，农业供销贷款，农产储押贷款，农田水利贷款，农村运销工具贷款，佃农购置耕地贷款，农村副业贷款，农业推广贷款八项，按农田水利贷款及购置耕地贷款之目的，系属于农业生产，且农田水利原为便利灌溉，非特于产物质量均有裨益，抑且农民工作方面效能，亦可增高，效用与施用肥料及采用改良农具相同。而购置耕地性质与购置种子无甚差异，盖无土地，不足以生产，与无种子不足以种植一也。且在四联总处及农本局各种农贷准则内规定垦荒费用为农业生产贷款用途之一种，购置耕地与农田水利如于农业生产贷款外另列一类，未免重复，因垦荒时容或需要购地及举办农田水利工程方面之费用，均得名之为垦荒费用故也。在农业生产贷款下列食粮及一般生产与经济作物，可包括购置耕地，而农田水利可另列一目。至农村副业贷款当包括农村副业方面一切需要资金之贷给，唯副业产品之运销，既可属于农业运销贷款，而经营副业所需生产上资金周转，亦得归入农产加工及农业生产贷款之内，盖副业虽种类不一，有属于农业方面者，如养蚕饲育牲畜等，有属于工业方面者，如经营各种手工副业。但目前实际情形，经营手工副业原料，大半属于农村产品，经营者又概系农民。关于供应一切农事改良及推广所需资金之贷款，似无另列一类必要，改良推广，属于食粮者，归入食粮及一般生产贷款，属于经济作物者，归入经济作物贷款，其他得依此类推。又既有农业运销贷款一种，农村运销工具贷款一类可删。

  农贷分类，既另列合作贷款一类，不能不谈及合作金库。合作金库是一种合作组织，合作金库制度的产生是因农村放款机关并无整个组织，各个宗旨，互有差异，进行办法，难于一致。农村贷款，因此无确定方式，商业银行因业务性质与营业开支关系，不能普遍深入农村，贷款银行与农民不能发生密切联系，而最大之缺陷，为农村资金周转，须长时期仰给于外来资金，不能培养自有自给之基础。合作金库之意义除深入农村，使农村资金借贷合理化，吸收民资，以增贷放资金来源，划一农村贷款方式外，最重要为培养农民资金自有自营之目的，树立合作金融制度，所以合作贷款亦应包括贷款于合作金库，而合作金库本身为合作金融机构，亦负款贷于合作组织之责。

玉龙雪山巡礼之二

晨岚　霖灿

虎跳涧

虎跳涧并不需要我们的介绍，固然在现时我国认识它的人总嫌太少，但它当今的声名早已震动了全世界。试想金沙江一条浩浩荡荡的大江忽然在玉龙、哈巴两座雪山中被束作一线细流，于两岸千仞雪峰夹峙之下飞雪惊涛地冲激而出，这是如何动人的壮观！虎跳涧的得名是云两岸峰狭处虎可一跃而过。固然这只能是一种传说，然而由此虎跳涧的惊险奇绝，却分明地画了出来。

由白浪沧渡过金沙江，雪山主峰便在南边隐没下去，又因为迎面的山很高，在江底有一段路不能看见松林头的白雪，但由此路渐向北也渐高，等升到半山的高度，忽然又于对面青山的北边，一连涌出七个白银峰头，各具情态的霸占着这一带的天空。金沙江在这里汇合了由中甸高原下来的硕多冈河，深深的划入地底并且渐有怒意地直向雪山脚下冲去，于是绿流清急雪峰峻拔便造成一片壮观，使人不觉的便在心中点头，一个大名胜的入口便果真迥然不同！

要看这江口七老峰之胜，顶好的地点是下桥头附近的拉咱谷，在这里可以看到江水曲折盘旋地经过雪峰的崖下渐渐注入虎跳涧去。要看山重水复之妙莫过于此了。而且在江水曲折的尽头，一条圆顶形的石崖，由大峭壁上分流而下，正插入江流中间，宛然是一个昂首的灵龟仰望着上面天际的白头七老峰。江山是自有安排，要在伟大之中也包含有玲珑。这一带的胜况可以拿

"壮丽"两个字来包括,"壮"是指它的体积,因为这座雪山自有八百里的大基础,因此无论它怎样变为峭拔玲珑,而它的全体的气派总是坚实浑厚;"丽"是指它的色彩。在黑绿交错的松杉林上加上一截碧玉的峰头,峰头上又堆满了白雪这已经是奇绝了,下面又加上一片深赭浅红的衰草,崖下又用一条绿流束住,一眼看去,正是一张斑斓的虎皮,或者是一片斑斓的古锦。

一天早晨我们坐在拉咱谷前来看这白头七老峰,但觉得迎面是一排蔚蓝色的城嶂,江上的晨雾都变成了一条条的蓝云挟着浩浩水声一齐流进蔚蓝谷里去。玉龙山实在太高了,一直等到十点钟左右我们身上都已经载满了阳光,而虎跳涧还在晨雾蓝色封锁之下,一点没有光亮的意思,像是故意使我们坐在阳光里来看黑夜,不禁想到杜甫"造化钟神秀,阴阳割昏晓"造句之工,只隔了这一岭雪峰,便真的把昏和晓分割在江的两岸。我们又想人间若不是老杜也绝不能尽玉龙之浑厚,而且若不加上曹孟德的雄健恐也不能尽虎跳涧之惊险,而云外雪峰的飘渺秀丽,则分明又非李太白不可。若是古人可以复起,此地须集杜工部之浑厚,孟德公之雄健,李青莲之飘逸,方可尽兴长歌一咏,使诗文之奇不负名山。不然,想不辜负如此江山恐人间尚不能有如此大的手笔。

多谢杨千总的帮忙,又找来了一个翻译人,便于十二月中旬向虎跳涧中进发。过诺玉后,玉龙哈巴两架雪山渐渐靠拢,江水也突然变成一片雪花奔流而去。当地的情歌中有"山对山来崖对崖",充分写出虎跳涧峡谷的情况。由此上去经过几盘罗,岈嵯角,崩东湾几个"山一家水一家"的小村,到观音崖后便渐入佳境,而以大深沟为登峰造极,最后以虎跳涧的雪浪为煞尾。

过观音崖的那一天出门便遇见石匠老段,这位粗而不俗的艺人就给我们一个很好的预兆。在将近观音崖时,竹石渐渐幽韵,虎跳涧一进来便满目是旷野荒原的感觉,所以这一带使我们不由得不注意,只见由一面斜削的崖面中间,十分不合理地冲出一条瀑布来,这股水看去既无来源,又不容人去根究它到底落在哪里,因为没有路准许我们在悬崖上去追索。我们在虎跳涧中看的景色都每每是这样不可理喻的。

虎跳涧冬天江风之大是惊倒人的,所以有传说鸟都不敢从这里飞过。在我们想象中两岸雪峰夹峙一线金江中开亦可以见到气流的不稳,但这究竟仍非亲身经历者不能知道它的厉害,不过我们也想如此犷野的山水若不有这样凄厉的江风究不足以充分显出它的伟大,所以后来江风尽管它吹得我们不能谈话不能呼吸,我们也不曾有抱怨的意思。过观音崖不久,崖边的水径突然一转,路转向一个横断的峡谷里去。山坡上衰草长可以埋人,又傍崖生了许多绿竹。山高风疾,这里的衰草绿竹都掀地起舞,更使人吃惊的是迎面一削千仞的崖壁,一直伸到我们这边的脚下,下望但见黝黑的一片,不知它插地有多少丈深。一阵风来,卷上了涧底的怒涛声响,使我退后几步还惊悚不止。这时风声虽然不准我们说话,但在惊悚稍定之后,便又满心喜欢,知道又是佳境当前了。

这条深谷既挡住我们的去路,于是我们便沿涧上溯,果然在我们进去没有多远,便看见有水从上面下来,变成一个小瀑布倾注入一个碧潭内。这一带的崖石经冬风夏雨的洗刷都光亮如镜,于是一潭澄清便使人遥遥想到大理的清碧溪。正就想喊好,忽然在前面又出现了一个,紧接着就又是一个。我们渐渐进入峡中,"碧潭十二楼"便连叠而出,妙在同是雪花及碧玉的色泽结晶而成,却又各自不同,随着观者的心意和目光各具风度,各现深浅,各呈光彩,真不知使人要看哪一边才好,是要全体地来看才能见累累贯珠之妙,但又要个别地去拜访才能酣饮碧玉清潭之奇。由"水观"上说我们在大理看的清碧潭实在已经到了绝妙的地位不容再有所增添,却不曾想到在这里会有个一叠十二潭迥然又以一个不同的面貌出现,于是越看越看不足,时而上前时而又退后,引得同行的背夫都奇怪起来。而我们却以为奇绝还不止于此,这碧潭十二楼之下,即我们初转弯时所见到的,石壁一跌千仞,涧底涛声惊人,谁能知道它是一个怎样夭矫削健的姿态飞溅而下,可惜奇崖太陡太深,未有办法可以下去,但听到下面瀑声震动地底竟不能于万仞之壑底仰看这条白玉飞龙的奇观!

这一带叫大深沟,大深沟也名不虚传的深,若以直线来说不过几十步就可以从上面跨过,但由崖上下降到谷底再爬上对面崖子便需大半日工夫。因为这是哈巴雪山上面所有雪谷总汇合流下来的一条雪瀑,所以它直冲下地底归入金沙江,不知道它下面到底有多深。这是有名的险,因之也意想之外的奇。前年夏天在这里经过的时候,只觉得自己是在云水海洋中飘荡,到处飞雾弥溅,瀑声四面八方袭来也不知道水从何处来,又流向何处去。使人奇怪的只是谁在峻岩峭壁之中狂怒瀑水之上架了这一座木桥。那时是在桥上冲水花而过,现在在桥上换上了一个青天,才使人恍然知道山水竟真能险奇如此!我们站在桥上,瀑水由我们顶上灌下来,又在脚下碧潭十二楼的连叠而下直划入地底。再平着望去，两岸垂天而下的削崖。由这峡谷中望远处，对面一片碧蓝的是玉龙雪山，它忽然又在天外插起一座蓝的双鬟的雪峰，于是在天地之间似乎都被青山塞满。仰看宇宙，自己被藏在山水窟中，爱好山水的人到这里忽然无话可说，只有默默欣赏，忽然这时候又由峡口风铃铿然地转过来几匹驮马，古宗人红巾紫裳，掩映于衰草起伏之中，于是天远峰高谷深水响中又加入如虫如豆踽踽而来的行旅。便觉得自己真的走进了范宽的秋山行旅图画中。也惭愧不复能起范仲立于地下，使古人为之写这一幅雪峡行旅图。那不但雪峰奇绝，我们更可惜古人不曾见藏人旅行时的服装，长枪在肩，宝刀在腰，紫袖拖地，红靴及膝，若添入图画里，当更能使云山生色！

我们在大深沟里再舍不得离去，他们驮马背夫等不及便告诉我们今夜住宿在核桃园就先爬上去了。他们去后，我们在桥上大叫了一阵，又在桥下水中大跳了一阵，脱下鞋子竟欲溯水而上试探水的源头，然而在风吼水涌当中我们上了一两叠之后也就放弃了这个痴的念头。水源愈走愈奇，但亦愈深，这绝不是我们现在就能穷尽的，异日当带极牢靠的帐篷来就崖下水滨生火宿营，拿够几日的干粮沿涧而溯，直追寻到哈巴雪山主峰脚下，想那时雪水冰柱定有说不尽的奇景！

时光不准许再停，我们沿着绿草荒草的小径就悬崖上曲折地爬上去。我们越高这条峡谷越显出它的瑰丽深邃。忽然转出一个山头，但见它连城夹嶂的壁垒森严，忽然又是一个树木密茂郁然苍翠，或者满布衰草一片荒凉。总之我们在崖壁上多盘旋了一阵，便又多见了这条峡谷的几重曲折，于峡谷间又多耸出一些奇峦异峰。一个钟头之后我们渐渐升出了这面峡谷，而能又看到对面高不肯休的玉龙群峰。但一出峡谷，江风更疾，横飞扫荡一无顾忌，好几次都使我们呼吸不得，只得匍匐在地下等风于连天衰草上紧驰过后再出来换一口气。就在一个临江的崖边，我们为了避风在草丛中偃伏了一些时光，禁不住对这碧潭十二楼的峡谷深深留恋，于疾风过后转过身来对它作最后的告别。这一转身使我们同时跳将起来，只见于峡谷之上忽然高高举起一把直划晴空的尖刀，如此高．如此尖．如此削，如此锋利，使我们再不顾得江风跳出来拍手大叫！据说许多由异国来的游客也对这柄长刺刀最为佩服倾倒，而且无论哪一位游人都绝不需要向导的介绍，便会自动地喊出它的名字。尖刀山最是虎跳涧的顶点，我们是在几乎失之交臂的回头一望中发现了它！

当天我们赶上了背夫，就宿在核桃园一家姓郑的人家里，为的是看所谓的虎跳涧。

虎跳涧的得名是云刚峰雪峰狭处虎可一跳而过，这个狭的地方就在核桃园与大深沟中间。关于虎跳涧的说法很多。有的说在这里金沙江被逼作一线细流化作飞瀑而下，这里发生电力就足够全中国的使用。有的又说江虽狭凡虎岂能跳过，莫非是木家天王的神虎？又有的根本否认这一带有虎跳涧的存在，实在说起来这是因为到这"凶山恶河"中来的人太少，便越说越飘渺起来。我们这次时间从容便下到江底为探虎跳涧的真相一行。

核桃园这里出一种梗子长得比人还高的白米，郑家拿来给我们吃，味道很好。我们由乡人的口中知道所谓的虎跳涧的确不准人去起临近它的念头，但临江几十丈外有一个伸入江中的高台，坐在这座高台上看虎跳涧的瀑布是极好的。于是我们就请乡人作向导，于早饭后沿江上溯向虎跳双阙处前进。一路经过几个人工淘金金场，在金沙江上以此为业的人很多，但寻找世界上最贵重东西的人却自己穷苦得那么可怜是使我们再不会忘记的。我们由金场边经过渐行渐近江底，终于在一面崖头上停住。金沙江在我们身下的崖底流去，我们不自觉地凌空地蹲在水面二三十丈之上，望着前面所谓两山狭处虎可一跳而过的双阙凝然正在我们面前，只是中间隔开了几十丈的江水，四围又都是不容攀援的削壁，大深沟又在那面给它划了一条鸿沟，于是除了用百丈悬绳直垂而下外似乎不再有办法，而且夏日水涨，两岸之间连立脚之地都没有，可以想见所谓的不曾有人到过这句话并不是欺人之谈。

看着虎跳涧真像两扇大门，金沙江水在门外已经渐渐被逼得有点怒意了。远望门外的那一叠，平平的绿水忽然一齐变成了白的雪花齐齐倾注而下，由于远也不觉得很大，这就是所谓虎跳涧的第一叠了。由这里再汇合了从那深沟来的水，便一齐向双峰缺处争流。我们这里冬天来得很好，水中石骨并露，分明可以看出金沙江真的变成一匹白布由缺处滚滚而下，应该有四五丈高，虽然不算甚高，但大江冲击的力量很强本也不容其有大断层存在。这四五丈的高叠，一条大江倾落而下，已经可以惊人，而且可以知道水底还正藏有不少峻崖，所以江水跌下便又由地底直翻上来，于是瀑流之下涡流翻腾浪花四溅，正是一片雪白的水雾。记得在下关天生桥下面看不谢梅的水漪，彼时自认已经是好了，现在拿来和虎跳涧一比真小巫见大巫，而且虎跳涧的滩声，终日如巨雷，使人闻之自觉气壮。据乡人说在夏天水大的时候，这瀑布会全部都被淹泛，不过那时巨雷由水底上来更为可怕，而且这一带全是水花，又不容人在这面崖头上存身。这是虎跳涧的第二叠，乡人给它一个"刨花滩"的名字，我们却以为似不如改为"雪峡"好，因为这一带实实在在是一个最大的峡谷，而且应该比三峡更伟大，积雪知其高，不容航行又知其险，而这峡的好处则在于雪，两岸雪峰上的白雪固然妙，但更妙的还是江底的雪，金沙江自入峡而来便一路变成了雪花滚滚而来，本是一川碧玉入峡来突然惊作白雪片片，这些水花的白也实不愧于白雪的洁，上下一片白雪交相映衬分明就是一个"雪峡"。在这白雪峡谷中行走，每使人自动地怀疑，是谁移得青天上的白雪改在江底作雪涛奔流？

像是天公自有深意，凡是一个过于奇绝的风景顶点每每不让人得以接近，玉龙雪山主峰是如此，虎跳涧又是如此。这难免使我们有点不甚甘心，而且一直到现在我们总是在怀疑着金沙江在雪峡之外原是一条浩荡的大江，但自从来到虎跳涧中，简直似乎是变成了一条小溪在涓涓地流。为了要找出这个原因，于当天下午又到核桃园的下江口一行。吃惊的是我们一旦披开荆棘站在江边上的时候，展在我们面前的仍是那么一条大江，江边立着两块雪也似白的大石，因为夏日江水冲刷又不曾有人登临，便真的一尘不染朗朗照人。我们一旦爬得这两块白玉石上，江涛声完全掩没了我们的谈话。在沿江而来像这样的小滩不知道看过了多少，现在亲身到江边来看它，才觉得即此已是雪涛银浪的壮观，原是平平的绿玉江水，一跌下来便成了一座座峥嵘的银山，直向我们扑压而下。几座银山在江中相互争斗激起银雾满布空中。我们端坐在白玉峰头，四面全是银的浪花。我们虽上溯沅江于有名的清浪滩上都未曾见过如此的雪浪。我们真觉得自己是身在一只白玉船上正在银涛中奔驰而上，越看我们的船航行得越快，似乎是想在浪花中直飞到雪山上的白玉城中（传说雪山上有木生白先生的白玉城）。平生观水澜之妙尚以此为第一。于是始信大江气象果然不同寻常，因而悟到虎跳涧下的刨花滩才真是人世间仅有的奇观，那比这里的小滩要大十倍，这里已经如此，那里又如何呢？终当有一天或由千尺峰头垂绳直下，或者邀壮士数人编筏夺流而上直趋大瀑之前，于银雪飞溅中踞石相对，那才能使平生心胸得痛快一洗！

在核桃园的人有一句形容玉龙山高的俗语，说"不怕天塌下来，因为有对面这座大照壁"。核桃园在江底，仰看玉龙之高实在有这样一个感觉。

我们在临要告别虎跳涧的时候天公又降了一场大雪，这场雪使我们一路上尽兴地看够了云的变化。玉龙是伟大掩没了玲珑，有云才能把玲珑衬托出来，而且这一场雪都落在玉龙，哈巴两雪山的山顶，并未曾使我们觉到冷，只一路银山水树瑰璨奇丽地把我们送出了虎跳涧。等我们翻过水涧槽下降到江边四村的时候，天就又放晴了。雪后的晚霞沉重鲜明地压在天末，两屏雪山夹山相峙都蓝得凄惨，一轮红日正滚滚落下谷底。我们站在平原衰草中，但见落日苍茫，斜晖四射。四顾只见两岸雪山断处一轮红日中衔，旷野四垂，漫天衰草都在夕阳返照中，悄悄连鸟兽之声都不可闻。旷野荒凉，悲壮，伟大都至此已极，我们彼此茫茫然对看了许久。后来回想起来，觉得这一幅雪峡落日的图画，最能充分代表整个虎跳涧的特质。又是天公有意地选好了这最动人的日落一幕，来送别我们虎跳涧游程的完成。（未完待续）

本期撰者：

　　陈岱孙与李树青二先生在本刊常发表文章。倪中方先生是心理学专家，现任西南联大师范学院教授。高尚贤先生曾在农贷机构服务多年，现在四川农业改进所任职。

第五卷第十二期（1941年3月30日）

这一周

　　罗斯福总统三月十五日在白宫新闻记者席上发表的那篇演词，的确是二十世纪国际史上的一项重要史料。罗总统演词中曾说"我们美国民众，正在写世界史的新页"。在我们看来，这篇演词，就是世界史新页的开端。继此以后，这部人类新历史，页页都有丰富的而且光荣的材料。罗总统说，"美国对于民主国家的援助，非至全面胜利，决不中止"。这是多么有毅力有决心的宣言。以美国今日的力量，援助民主国家取得全面胜利，真是说得到做得到。并且罗总统在那篇演词里，对"援助"一层，并没有附带任何保留条件，这等于说，"环境与事实需要何种援助，美国即决心予以某种援助，不达到民主国家全面胜利不止"。民主国家抗战到底的决心，加上美国援助到底的决心，在我们看来，民主最后全面胜利的基础已奠定了。今后我们惟有期待世界史新页上早早写上民主全面胜利的日期！

　　自罗斯福总统在三月十五日广播演说中，重新声明决心援助中国抗战后，蒋委员长即致电罗斯福总统申谢美总统及人民助我之盛意。蒋委员长电文大意说中国前方抗战将士及后方支持抗战之农工，自闻美国抗战决心援助到底后，抗战情绪，益为振奋。蒋委员长电文中所说，的确是中国目前的实际情形。中国国民早已立下决心，坚持抗战，至获得最后全面胜利为止。中国在万般艰难困苦中，抗战支持将近四年之久，所恃者全在全国民众为民族自由平等而牺牲的精神，亦可说全恃全国民众为民主而奋斗的精神。我中华民族所以能取得邻邦之同情与信心，亦全赖此精神。自罗斯福总统之演词发表后，我民族为自由平等而牺牲，为民主而奋斗的精神愈振奋。罗斯福总统的演词，立即有伟大的收获了。蒋委员长以此情况转告罗总统，想罗总统闻之，亦必欣慰无疑。

敌外相松岗访德意的旅行已经起程。本月二十三日已抵达莫斯科。松岗这次长途跋涉，像煞内幕有微妙秘密，其实甚为简单。三个强盗合伙行劫，当时商定分途进行，预期各方面都能顺手。三个强盗中，日寇最胆小而又最好狡。日寇希望其他二盗得势的时候，趁火打劫，占个便宜，不料事到今日，墨索里尼被人打得落花流水，而希特勒又对英伦望而却步。日寇看见势头不对，既不能进，又不能退，正在进退维谷的当儿，派松岗去德意望望风势，探听探听消息，这是松岗此行的使命。我国驻英大使郭泰祺在伦敦宴会席上说了一句笑话。他说："松岗到了德意，查明他们要失败，或将继之访问伦敦亦属可能"。在席者听了为之大笑不止。其实这并不是笑话。松岗在莫斯科发表的谈话还说此去将与轴心首脑决定和战。"和"字已大有望风转舵之意。风头不对，松岗在访问罗马柏林之后，再到伦敦与华盛顿去讨论，亦大有可能。天下没有什么卑鄙无耻的事情，日寇做不出来，松岗洋右这流氓做不出来的。

南国于本月二十一日内阁会议中决定与德意日三国，签订议定书，参加三国同盟。据电讯所传，南国参加轴心的条约，是"折衷办法"，即南国得免除一切军事性质的义务。南国接受这种条约，自以为可以处于军事扰乱以外，当然是自欺欺人。巴尔干全面战事果真发动，南国事先既不能严守中立，自然要被卷入漩涡，轴心胜，则南国当然变了希特勒的附庸。轴心败，希腊与土耳其岂有不兴问罪之师的道理。南国人民反轴心情绪极高。自内阁决议参加轴心以后，国内示威运动，遍地皆是。革命风潮，随时可以爆发，英土希三国的警告亦接踵而来。南国希图托庇轴心之下，以求苟安，其势必不可安。当然，倘南国拒绝加入轴心，希特勒亦必加以种种压迫，应付亦苦，不过希腊败意，事前谁能预料？其实南国既能得到英苏土希的帮助，又何当不可与德一战。南国果取这立场，最少，国内是团结一致，最少，南国是为本国的主权而奋斗，这是光荣的奋斗。可惜南国当局见不及此。

苏联与土耳其最近在期内或将发表联合宣言，重申互不侵犯。据传，此项宣言内容，苏联将保证，一旦土耳其与第三者邦交破裂，苏联对土仍保友好关系。并传说苏联将在宣言中保证土耳其在里海边境之安全。这种宣言果真是成为事实，于巴尔干局势，于欧洲整个局面，都大有影响。希特勒迟疑不敢攻希腊，理由之一，即是对土耳其的参战，不能毫无顾虑。苏土联合宣言，实际是苏联鼓动土国站在英希方面对德作战。不止如此，土果与德作战，苏联还站在土国后面。苏联帮土到如何程度为止，尚不可知。如此，希特勒又哪能不审慎考虑。照最近数日的情势看来，希特勒在巴尔干的策划，一切亦未能如预期的顺利。

法国魏刚将军最近向国际通讯社发表谈话，一方面声明北非即法国，法国一律效忠贝当，苟有任何方面进攻北非，即北非当联合法舰队之实力，加以抵抗；另一方面对罗斯福之军火租借案，则推崇备至，认罗斯福"英毅过人，殊堪钦佩"。此老目的所在，言外之意，又可概见。法国今日处境甚惨，魏刚将军之流，心怀抑郁，自是实情。像魏刚这类老成宿望之人，依然健在，若谓法国将永远隶属于纳粹统治，则似乎悲观太甚。

罗斯福的远东政策

邵循恪

罗斯福本月十六日的广播演说,是租借法案通过后的第一次公开演说,对今后的美国外交政策,有坦白的表示,这是威尔逊总统参战演说以来美总统最重要的演说。它的内容,与我们抗战前途有密切关系者,可以分列为下面各点:

(一)罗斯福总统说:"我记得在第一次世界大战的初期,德国驻美的代表就向其政府切实保证,美国民众是不能团结的,他们宁愿以任何代价求和平,并不斤斤于自由真谛的维护,倘美国真想维护其国家的利益,说不定国内就会发生暴动及革命的事件。现在我们该让欧亚两洲的独裁,不再怀疑我们的团结"。他又说:"这星期新闻可报告者如下,全世界已知我们这一个团结一体的国家,认清了当前的危机,现在我们这个民主国家,为了应付这危机起见,已在实际行动了。"换一句话说,罗斯福宣布美国外交的新动态,有几个特征:(1)美国舆论,不再受孤立派所包围,畏惧战争思想,逐渐消灭,美国人民,团结一致,有维护民主主义的决心。(2)美国不能再容独裁国家,继续威胁民主国,以及美国本身的生存利益。(3)美国援助民主国家,抵抗独裁国家的实际行动,已经开始。回溯七七事变发生以来,全世界民主国家,受侵略者的威胁,一天比一天严重。最先美国舆论,受孤立派所操纵,反对卷入战争漩涡,为他人火中取栗。就是政府方面,有些先知先觉的领袖,他们并无法采取任何实际行动。赫尔国务卿一九三七年七月十六日的声明,简述美国外交所遵守的国际原则,等于间接抨击日本的侵略行动,而唤起世界各国舆论拥护条约的尊严与国际合法秩序。罗斯福总统的同年十月五日芝加哥演讲，曾经讲到"恢复国际道德的尊严，与美国人民有重大利益与利害关系"，他又说："当世界不法行动的传染病，正在流行，防疫是合理的。"所以他主张一定要有"维持和平的实际行动"。但是美国国民的反响并不佳，很少人愿意赞助采取实际行动，保障国际法及国际秩序与美国的利益。一直等到欧战发生，因德国在大陆闪击战术的成功，美国舆论，在一九四〇年春夏之交，开始有显著的转变。德意日三国同盟成立后，美国对中英的援助，已经变成"自救的援助"。所以罗斯福氏在第三次竞选演说中，公开表示援助欧亚两洲被侵略国家的决心。他第三度当选后，在十二月二十九日"围炉谈话"中，重行声明对于侵略者无所妥协的坚决态度，准备将美国变成"民主国家的伟大兵工厂"。美总统已经公开承认欧亚两洲的战争，都与美国有生存攸关的关系，而中国与其他民主国家的命运，更有不可分割的联系。现在军火租借法案成为法律之后，紧接着美总统的播讲，充分表现美国舆论已经成熟，赞助罗斯福总统采取援助民主国家的实际行动。最近民意测验的结果，百分之十七赞成参战，百分之八十三赞成置身事外，这已经比上次测验时，赞成参战者增加百分之二。对于远东整个局势的态度，美国人更加关切，实属空前，民意研究会最近测验以下诸问题：1. 如日本占领新加坡及荷属东印度，美国利益是否受威胁？结果答"然"者占百分之六十，未答者占百分之二十。2. 美国是否要制止日本抢夺荷印及新加坡？答"然"者占百分之五十六，未答者占百分之二十，答"否"者占百分之二十。3. 如必要时美国是否要冒对日作战的危险，制止日本抢夺荷印与新加坡？答"然"者百分之三十九，答"否"者百分之四。根据上述事实，我们可以得下列结论：（1）美国舆论是已经团结，赞助美总统采取实际行动，通过租借法案，援助民主国家；（2）大多数民意，还是赞成以参战以外的方式，援助正在抵抗侵略的国家，所以租借法案的意义，并不是使美国参战时期更迫切，而是要争取长期准备时间，所以不得不以物力财力援助民主国，它们万一失败，美国立刻就要变成侵略的对象；（3）美国不是没有参战的可能，在远东方面，倘使日本要积极实行南进计划，攻击占领荷印新加坡，美国舆论，是主张甘冒对日作战的危险。

（二）罗斯福说："纳粹实行者，乃不独想改变殖民地的地图，或欧洲小部分的国界，他们公开要把各大洲上一切代议制度的政府，一举而毁灭之，我们美国当然也包括在里面，他们要建设起一个由藉武力夺得政权的少数人来控制全人类的政府以代之，这些人和他们麻醉的党徒称：这是'新秩序'，其实这既非'新'，更无'秩序'可言，因为国际间的秩序，必有其永久性，必定是一种有公道的制度，这样才可以使每一个人甘心自愿接受他，为长期生活的规模，人类绝不愿永远接受藉征服而强制的制度，自陷于奴役。"在欧洲方面，我们可以引证英国外务次官白特勒氏三月十九日在下院的声明，德国在欧洲的新秩序，就是要好些国家按年纳贡税十万万镑以上，挪威六千八百万镑，比利时五百七十万镑，荷兰四千五百万镑，法国八万二千七百万镑，这就是比较接受希特勒领导下欧洲新秩序的结果。在远东方面，日本要想以步枪刺刀建设并支持所谓"大东亚新秩序"，这是任何自尊的国家所不能承认的。日本曾经屡次宣称建立远东新秩序，而否认以往条约的效力，在一九三八年十二月卅日美国致日本的照会，已经坦白反对所谓"新秩序"。英国一九三九年一月十四日的照会同样地否认日本暴力引起的变迁，与单方更改九国公约规定的权利。我们可以说美国确认远东的永久秩序，必须建立在"有公道的"原则，这仍不能脱当日九国公约所规定的原则，这些原则，照一九三二年史汀生给波拉的函中，"系代表一谨慎考虑与成熟的国际政策，一方面可以贯彻保证各缔约国在华的权利和利益，一方面可以使中国人民依照近代文明的标准为世界各民族所维持者，得到发展及巩固它的主权与独立。"英国明了中国主权独立暨领土的完整，与门户开放，有彼此牵连的关系，中国能够保全主权与独立暨领土的完整，然后中国境内的门户开放原则，继能够维持，中国境内的门户开放原则能够维持，然后能树立远东合理的国际秩序。中国问题的合理解决，是太平洋国际永久秩序的核心。

（三）罗斯福说："美国人民认识目下局势极趋严重，已毫无问题，也不容怀疑，因此他们要求，而且决定了现在的政策，无条件的立刻的尽力援助英国，希望中国以及那些领土暂时为侵略者所占领而流亡海外的政府，从今以后，援助将积极增加，而且一天天的增加，直到获胜利为止。"他又说："中国数万万人民，也同样地表示出坚毅的意志，以抵抗外侮，中国由蒋委员长为代表要求我们的援助，美国已经说过，中国必将得到我们的援助，我们这个国家，已经变成了我们政府所公告的所谓民主国的兵工厂，我国将以全民参与当前的伟业。"我们相信美国不久要给我们更积极的援助，抵抗侵略，但是这些援助，可能保取哪些方式呢？

（甲）财政上援助。美政府直接贷款与他国，必须经美国国会通过的困难手续，因宪法对美政府一切财政来源，必须经由国会通过，有极严格的规定。所以美国行政当局，只得运用行政机关所可动用的款项，在法律不冲突的范围内，变形贷与中国，现时美国对华财政上援助，可以援用的方式，不外下列各种：（一）依据购银法；（二）由进出口银行信用贷款；（三）经由金属公司信用贷款；（四）运用平衡基金；（五）依据租借法案（原名为促进美国国防法案）；（六）正在国会讨论中援助民主国家法案。只要中国继续抵抗侵略，美国对中国的财政上援助，当然是可以继续增加。

（乙）对日道义上禁运。对日军用品的输出，美国已经实行道义上禁运。最先仅包括飞机及飞机零件。从一九二九年十二月后，禁运范围，继续扩大，包括制造飞机的图样，飞机所用的煤油，以及金属原料。道义上禁运，对于私运出口者，并不是有法律上的制裁，因没有法律这样规定。不过美国出口商人，经过劝阻及警告，不敢不服从政府的意思，道义上禁运的效力，是毫无疑问的。我们希望美国还可以继续增加道义上禁运的物品种类。

（丙）停止对日信用输出的劝告。美国国外及国内商业司，曾经正式通知美国出口商人，为他们的本身利益着想，所有运日货物，必须先交现款。这一种办法，从一九三八年六月六日官方发出通知后，美国出口商人，实际上全体接受这一个劝告，所以我们可以说，美国对日的出口贸易，已经变成现款交易的局面，对于资金威胁的日本，这当然是一个经济上大打击。根据美国商务部的统计，美对日输出，本年一月份，较去年十二月份减少百分之四十，只要中日战争延长下去，美国停止信用输出，日本资金一天比一天缺乏，很难从美国得到物资上供给。

（丁）经济报复。从美国在一九三九年七月二十六日通知日本，废止日美商约后，该项通知，六个月后发生效力，所以日美间现在早已经没有商约存在，日本在美国通商，再不能受最惠国待遇。根据国际法的立场，美国当然早可以根据报复主义，对日本商业，采取歧视办法。就是在已往最惠国条款有效时日，因日本在中国对美国商业采取各项歧视的限制，美国在法律上已经有采取对日经济报复手段的权利。而且根据一九三〇年国会通过的关税法案。假如外国对美国商业采取歧视政策，美总统得取消该国的最惠国待遇，以资报复，但是美国国内的意见，总是怀疑总统有否充分权力，对日本商业加以有效的法律上限制，最少总统事先没有得到国会的许可，为国内政治上理由，不愿意行使它根据国会法律所可能享有的自由裁判权。而国会在美日商约没有废止前，普遍意见，是不能采取任何有效行动，违反最惠国条款，而不受孤立派的抨击，因美国舆论，总是怕对日禁止输出或是输入，可以严重影响日本在华的战争，那么就要引起日本的报复，甚至促成日美战争。在现在情形之下，我们认为美国对日实行经济报复，较任何其他时期有更大的可能，美国在一九三八年十月六日致日本的通牒，曾经为抗议日本在华对美国商业的歧视办法，说及美国政府"没有在它的领土或是第三国的领土内，设立或是鼓励设立禁止输出，禁止输入，统制汇兑，优先的限制，专卖或是特殊公司，目的在消灭，或是等于消灭日本贸易与企业。"美国政府，当然不只是反映着日本对美国在华商业的歧视，而且是暗示美国政府，在必要时，有采取相类办法以资报复的可能。

（戊）增强海军及海空军根据地。一九三二年史汀生给波拉的函中说过：九国公约"是华盛顿会议关系各国所订各条约与协定之一，而这些条约与协定，都有彼此牵连的关系。如果忽视其中的任何条约，没有不扰乱全部的谅解与均势，美国政府的自愿放弃当时战斗舰建造的领袖地位，不再在爪哇岛同菲律宾建筑炮台，都是以九国条约中自制的规定为根据。"九国公约既然横遭蹂躏，德意日三国同盟成立，日本复有所恃，妄图南进，美国增造海军及加紧在关岛，萨摩亚，夏威夷，阿鲁申等处设立海空军根据地，当然是刻不容缓的事件，这些大海军派四角根据地的计划，当日因华盛顿会议的结果而被放弃了，但是在远东风云日趋紧张之下，却又旧事重提，这可以证明美国绝无退出远东的倾向，而日美战争的恐慌，更加迫切。在大海军计划实现后，美国舰队，很不难与英国合作，对日本施以长距离的封锁，那就对于日本当然可以发生预期的效果。

简单说起来，远东问题的最后解决，要靠着合理的国际秩序能够成立。远东合理的国际秩序，不只要能满足中国的愿望，而且要考虑太平洋各有关系国家的正当利益与政策。美国在重新建设太平洋新秩序中，要占一个主要地位。因美国政策，要影响到英国以及葡荷比等小国的政策，在欧战进行中，英美合作，已经是一个事实，英美对于解决远东问题的步骤，因英国正在欧战漩涡中，当然是不会一致的，但是英美对于建设将来太平洋新秩序的基本条件，当然有共同的认识，那就是英美仍继续遵守九国公约所规定的原则。过去九国公约的效力所以不容易维持的原因有二：（一）日本破坏条约的尊严；（二）九国公约没有包括现在几个大国在内。苏联并不是一个签字国，德国虽曾签字，但是没有批准。在侵略者瓦解后，如何改造太平洋新秩序，是我们划时代的伟大工作。我们对于美国，抱有极大的希望。罗斯福总统，在他的广播演说中说过："当这一天到来的时候，我们这一个国家，一定要在重建新世界的时代中，继续来表演一个重要角色。"

松冈赴欧与日寇南进

吴学义

日本人真惯于模仿：去年二月，罗斯福总统派国务卿威尔斯渡欧；今年三月，近卫内阁派外交大臣松冈洋右赴德意苏，已于十二日起程。松冈临行时，且明言"完全仿照欧美国务员出外访问他国政治家之先例"。其实，威尔斯渡欧，是为斡旋和平，尽最后的努力，试探双方对于和平的诚意与态度，兼观察双方的准备及实力。其任务，与一九一五年威尔逊总统派霍斯上校渡欧相同；其结果均归失败，亦复相似。而松冈赴德意苏，主要的目的是赴盟主德国叩头乞援，以解决其内部与对外的困难和矛盾。故不但不能与威尔斯渡欧并论，且比不上最近数月的威尔基，霍布金斯赴英，登努万上校赴希腊，居里秘书来华。因为威尔基等，是为互助民主国家，实地调查英中希三国的需要与实际情形，以便决定实施援助的具体方案。而松冈之赴德意苏，则系因内外交迫，登门求救。即美国之派特使赴外国，是为助人，亦即所以自助；日寇之派松冈赴德，则为求助于盟主。其两者间之实质，迥不相同；松冈此行，实等于东施效颦。

松冈赴欧的消息，适发表于美国参议院将通过军火租借法案之时，诚如德国官方的论断，"其意义极为重大"。然松冈赴欧的消息，殊有助于美国军火租借法案的迅速通过；如此项消息早发表一二个月，则犹可省却美国参众议员不少的唇舌与时间。故松冈赴欧，与军火租借法案的通过，可谓针锋相对。而其恰在越泰调解协定于十一日在日本首相官邸签字之后首途，总算放了一响起身炮。

松冈赴欧的使命何在，固不易揣测，但当与讨论德意日同盟的进一步具体实施办法有关。而其最迫切的问题，则为决定南进的时机。自日寇制造泰越冲突，由日寇强制调解，乃至在日本东京缔结越泰调解协定，可谓日寇南进第一步的外卫半包围战略已依外交手段而告成功，现在已得到距离新加坡荷印较近的重要据点。然若真正实行军事进攻，则鉴于英美态度的坚决与准备的充分，并受着最近数月意大利攻希腊与北非失败的教训，又不免因而胆怯了。二月间新加坡海面布置水雷，是因为得着日寇欲实行南进的情报，而结果仍只闻楼梯响，不见人下来。此因与联合舰队司令大角大将及须贺中将等于中山县上空被我军射击堕机死亡不无关系，然根本上日寇内部意见分歧，海陆军主张不一致，实为其主要原因。主张南进最激烈的是陆军，然陆军无用武之地，最近虽在越泰取得根据地，仍不能单独进兵，须以海军为主，陆军为从。海军中较激烈的大角，须贺等已堕机死亡，南进计划遭一挫折。代表海军缓和派的野村大使，正在华盛顿相机提出其妥协条件与美国谈判。贵族元老重臣财阀及外交界政治界的英美派，更不愿与英美开战。故陆军军阀虽跃跃欲试，然孤掌难鸣，错过了好几次南进的好机会。

这次越泰调解协定成立，日寇已得着南进的根据地。德国即将发动全面攻英，需要日寇东西并进，配合进攻。加以美国通过军火租借法案，使轴心无徘徊妥协的余地。近卫，松冈抓着此时机，故毅然赴欧企图打开此内外交迫的难关，作孤注之一掷，为日本国与近卫内阁找条出路。

德国是最需要日寇南进，发动太平洋战争，以牵制美国援英。而松冈竟自愿闯进鬼门关，德国驻日大使奥特并愿为引魂童子，与松冈同行赴德，松冈因国内主张南进的力量较弱，欲利用目前的国际情势，凭借盟主国的力量做后盾，以提高南进的空气，并利用赴欧的行动，向英美示威。

松冈亦知此行使命与关键之重大，于临行前礼拜明治神宫，乞佑于手创维新大业的明治天皇之灵。实则松冈于决定赴欧之时，已注定了闯祸与失败——德国急于对英全面进攻，不惜利诱威迫日寇南进，松冈亲赴柏林，等于自投罗网，跳不出希特勒的掌握。松冈要求德国接济军火，飞机派遣军事和技术人才，希特勒均可满口答应；甚至可以拉拢苏日缔结形式上的互不侵犯条约，以安日寇之心。至于德国实际上能接济日寇多少？及苏日互不侵犯条约如果成立，其实质上的效力若何？能否解除日寇后顾之忧，放胆南进？则只有待将来事实的证明。唯松冈一经钻入圈套，势难摆脱，只好硬着头皮去干，挑抵抗力较弱的荷印先下手，以为英美不致立即武力干涉。如第一步幸告成功，则围攻新加坡，希望美国不加入战争。在英美态度坚决的今日，各个击破的梦想虽绝不能实现，但日寇野心却难抑遏，有若暴虎凭河，为欲建设"大东亚新秩序"，完成其与德意平分天下的幻梦，非做到跳太平洋自杀不可，这即所谓贪夫殉财，势难中途罢手。故松冈首途之日，便已大部分决定日寇南进，日本帝国瓦解的运命，因为松冈去柏林加强轴心关系，与英美更立于反对的地位。狠毒的希特勒，亦不答应日寇骑墙，更不能再任其坐观胜败，预料等到夏季攻势决定德胜英败之后才动手，他必面责其履行同盟国的义务，在东亚响应助威，如松冈不去，日寇还可推诿犹豫；今松冈既去，则势成骑虎，只有接受命令，不易再事迟疑徘徊。故冒失鬼松冈赴欧，必替日本帝国闯大祸，推翻明治维新以来的日本帝国主义。虽然松冈想乘机收集材料，调查德英的虚实与力量，以便自行决策，而定南进与否但恐怕没有这样大的自由伸缩余地。

除非欧战情势剧变，德国忽趋劣势；或希特勒完全拒绝松冈要求的条件，弛缓轴心关系，则松冈徒虚此行，只算白放了一回空炮。然上述两种情形，最近均不致发生或成为事实。因松冈赴欧而日寇南进的成分，仍占多数。反之，如松冈竟虎头蛇尾，毫无结果，偃旗息鼓而回，则松冈赴欧失败，等于近卫内阁失却出路将引起近卫内阁倒台，松冈外相下台。故松冈赴欧，非闯祸即为失败；然为日本帝国前途计，则松冈赴欧失败，犹远胜于闯祸。

在松冈离欧返日以前，太平洋的波涛，将暂时平静。松冈离日之前曾请其国民保持镇静，即为此意。如松冈在柏林决定南进，则南进的先决问题，为结束中日战争，在发表松冈赴欧之前，突更动侵华军司令老朽的西尾寿造，易以凶悍的畑俊六——为板垣征四郎以后最激烈者，即为欲结束中日战争的准备。畑俊六虽扬言着重政治解决，然国民政府既绝无与之妥协的可能，汪傀儡又扶不起来，预料政治进攻失败之时，日寇必调集残兵，再来一次军事总攻。中日战争与日寇南进，是互为因果，互相牵制联系。日寇欲实行南进，必先希望结束中日战争，以除后顾之忧，而免分散兵力，财力，物力，如南进成功，则中日战争亦随之解决。然先解决中日战争？抑先南进？则为日寇最难决定最难实现的问题。中国英勇抗战，固足阻止牵制日寇南进，英美荷阻止或粉碎日寇南进，亦足阻止日寇解决中日战争。故日德意同盟以后，中英美站在同一战线实是日寇的致命打击。

日寇南进，先攻荷印，英美援助；攻新加坡，美国海空军加入，必可粉碎日寇的南进计划。美国乘日寇进攻荷印或新加坡的机会，解决日寇的海军；然后腾出太平洋的海军，专对付大西洋的德国，以免两洋同时作战，这亦是与军事原则相符合的措施。战争本带着危险性，故不能畏惧冒险。太过稳重反有背战略与错过时机的可能。例如去年六月以前，英法不先解决意大利，是为自己留着心腹之患，真为一大失策。去冬英国予地中海的意大利海军以大打击，反可安心攻非洲及集中海军保守英吉利海峡，故日寇如若南进，倒是英美先解决日本，再以全力对付德国的好机会——意大利已被英希弄得落花流水，轴心只余德国一条腿。英美二国千万不要再隔岸观火，坐视不救，被日寇各个击破之后，与德国东西呼应，由太平洋大西洋夹攻美国，则悔之大矣！我想贤明的罗斯福与丘吉尔，不至于出此下策。

第三期的浪漫时代

吴保安

一、释　题

题目拈得相当僻晦，不说明，很易引致误解。古来文章家有所谓开门见山的笔法，我们也想邯郸学步，请先释题。

"第三期"一辞，自林同济先生发表其《第三期的中国学术思潮》之主张以来，已经成为很时髦的字眼。不过我们所云"第三期"者不同于林先生。林先生的"第三期"是从五四运动胡适之先生倡导实证主义算起，直到他文中所云"待听春雷第一声"的"体相"主义。这议论之鞭辟入里，有识者固皆知之。可惜的是林先生只讲近二十余年的大势，这二十余年前的三千年的历史，竟没有放在他的眼下。于是短之者遂谓林先生是攀着竹子稍通数竹节，数来数去刚好三段。这固然是苛论本无伤于林先生的高怀卓见。但我们却想避免这困难。我们所谓"第三期"是从中国的古典文化讲起，一直讲到眼前高呼西化高呼复兴的现代。这与林先生之所论者，稍稍有点区别，交代了这区别，则看下去才不致相混。至于我们的三时期将如何划分，这里且按住一笔，下文中当有较详的阐述。

其次，释"浪漫"。"浪漫"一辞，至于今，盖已被蹂躏得体无完肤。尸其咎者应当是电影广告。由于电影广告家之滥用此辞，列之于"香艳"，"肉感"之类，而"浪漫"一辞之真诠，乃遂为天下蔽惑。于是世之无量尽的丑恶，亦莫不盗"浪漫"之名以自解。我们这里的"浪漫"并非如世俗的那末廉价。我们所谓"浪漫"是指积极的，创造的，热衷的，宗教的，超现实的，非传统的，勇往迈进的，生气蓬勃的……"如火之始然如泉之始达。"我们用了这一串的形容词，也许还未能道出此中的真境。没奈何，只有举实例，我们认为自十八世纪狂飚运动，以迄最近的德国历史，便是上面所说"浪漫"的典型。扩大一点说，文艺复兴后的整个西洋历史，也便贯注着这"浪漫"的精神。

题目中还剩"时代"一辞没解释。通常说来：时代者，时代也，意义自明，似无须乎诠注。我们也这样很质朴地想，不过刻舟求剑的历史家，往往因划时代的年份定得不妥，进而疑时代的观念，以为历史原属浑成一片，无时代区划的可能。这种因噎废食的议论，我们不敢苟同。我们以为历史是可以分期的，虽则是不能确立划分的年代。春日祁祁，草木萌动，我们虽则说不出野草是哪天开始青的，但人人都觉得有个春天生长的季节。我们所云时代除相当于这个季节的观念，不立，也不需要立，划分的年代。

右释题已竟，于未入本文之先，我们还想略一交代本文的出处来历。从对文化的看法说，我们大致依傍于斯朋格勒（Spongler）的《西方之衰落》（*The Decline of the West*）那部巨著。从对中国历史的分期说，我们依傍于雷海宗教授的《断代问题与中国历史的分期》那篇大文。雷先生新著《中国文化与中国的兵》则因战时得书不易，至今仍未见着。但据我胡乱猜想，其基本立场或仍与上述一文相似，未见着或亦无伤。至于"浪漫时代"这概念，虽则桑巴特（Sombart）及韦柏（M.Weber）研究近代资本主义的成绩曾给我们以一点启示，但也只限于启示而已，我们用"浪漫"一词与他们所用类似的字眼在意义上都未尽一致。这其间的甘苦得先由我们担承，绝不敢攀附名家以为遮掩。我们既把各点交代清楚，下面便当驱笔直入主题。

二、文化　中国历史

我们以为文化很像一个生长体。它的运化演进的历史，是生物学的而非物理学的。用斯朋格勒的字眼说，支配历史的是"时间逻辑"而非"空间逻辑"。唯其如此，一个文化的盛衰兴亡，乃恰如一个有机体的生长与谢灭。在这生灭之间，为便利说明计，我们约可把它分为幼年茬弱期，少年蓬勃期，壮年成熟期和晚年衰谢期等四个时代。此四期之具形于实际历史者大约为：（一）部落以至封建时代；（二）列国竞立以至统一开创时代；（三）

统一后守成时代；（四）统一衰落时代。于此四者之中，我们文章的着眼题是在第二个时代。这时代表旧统已失，新规未起，文化活力表现得特别旺盛，用一点词藻来说，一切都生动蓬郁，仪态万千，如海水，如天风，涣然相遭，荡荡乎不能自已。这是一个创建的，开始的时代。生于这时代的人们，似都各各憧憬于一个无名的理想，又热衷地，虔诚地将自己精力生命晋献于此理想的圣坛之下。这就是我们所说的浪漫时代的风格。等后来统一局面创成了，适应于这统一局面下的组织条理也都建立了，于是人们乃渐渐发现一切活动都已有了准备，从以前唯情的向前奔驰一变而为唯理的墨守成局。这种墨守成局的时代也并非一无可取，它也有它独特的丰神，譬之轻裘缓带，肃穆雍容，自有一种世家的风范。不过叱咤万变的能力丧失了，一切都走上理性化（Rationalization）与模式化（Patternization）的道途。到后来连这点理性与模式也逐渐僵化，奄奄一息，生气毫无，只要略有外力的波助，便如风卷残云，飘忽而逝。这一列文化生长谢灭的过程，征之于埃及史希腊罗马史，以及近东巴比伦系的历史，莫不如响斯应，虽表态异殊，而实质则一。近代西洋文化似正朝统一局面这条路上走。一旦统一了，这一系有光有热的历史，说不定也有日薄崦嵫之一日。让多情的人们去流他们的眼泪吧，然而历史却依旧抱着一个悲剧主角的勇气，正依照这样的波律向它的终局演进。

可是中国的历史，却是一个不算例外的例外。谓其为不算例外者，因中国历史也有这种生长谢灭的现象。谓其为例外者，因它于衰谢之际还能够熔铸新力，返老重生。这其中的道理雷先生于他那篇大文里言之备悉，稍稍关心学艺界情形的人，想也早已知之，故我们这里不想多予重述。我们只想利用上面所立的名词，把中国几个时期中的历史约略提出一个纲领，然后并进而论列诸时期中的浪漫时代。

用我们在上文所立的名词来讲中国史的商周时代是部落以至封建时代。这时代中文化初抽芽叶，无论后之笃古者如何地礼赞三皇五帝之盛，但去灿然大备者实尚遥远。从春秋末叶起迄汉武帝为列国竞立以至统一开创时代。此时期中文化创造力之炽盛，可谓达于顶峰。无论思想，政治，武功，乃至个人的行谊，莫不浓厚地染着浪漫热情的色彩。由西汉昭帝起迄东汉章帝止为统一后的守成时代。前后数百年中"除几个短期的变乱之外，帝国是一致强盛的"。然而这种强盛也只是建于守成的基础之上，除却光武中兴曾经引起一番向外发展的热力足与前一时代比京外，其他都是谨安旧规，少有创立。这种活力减退的征兆，可以从社会上层分子士大夫身上窥探出来，前代中栖栖惶惶如孔孟，纵横捭阖如苏张，至此时，竟一变而为高风亮节岩穴之士的严光之流。过此而后自和帝以迄魏晋，其中离乱相循胡人南下，统一的衰弱时代已如江河日下，不可复挽。历史发展到这末个地步，已经是所谓穷的地步。继穷而至的有两个可能：一则亡，如埃及，如西罗马；一则变，如中国的南北朝。中国古典文化至于东晋衰亡之征已如风烛。然而南北朝之间却酝酿一个变，这一变遂使这垂死的躯壳，重新得到生命的活力。于是中国文化乃有第二期的光明。

　　孕育并发扬第二期历史的，共有两个重要的因素：一为汉胡血统之混合，一为中印文化之交流。也正因此后北方胡人间歇地加入，又夹杂着汉族复起的缘故，历史演进的节奏也就缺少如第一期的鲜明。不过自大体上说，我们上面所立四时代的看法，仍旧隐约可见。第二期因有第一期做底子，当然不会有一个相当于第一期中那样长的一个部落以至封建时代。不过就南北朝时部曲之风的特盛，以及均田制度的推行，也还依稀地可以望见一点封建的踪影。这影子也的确很轻浮，很淡漠，不须臾间，十六国兴废起立的局面已经一跃而为隋唐追踪秦汉的统一形势。由此以迄唐玄宗的天宝年间，是第二期中的浪漫时代。文化各方面的飞黄腾达，均足以步武前一期的成就。安史乱后，虽经宪宗元和一度中兴，但那已是守成之局；大业贞观之盛，终为广陵绝响。而且这守成之局维持得不久，又崩裂而为五代。赵宋继起，无论就哪一面说，也只是唐以后守成之局的延续。士大夫的一派拘谨乡愿的生活，连仅仅一个才气纵横的王安石都容纳不下。南渡以后，统一的衰弱开始。苟延残喘了一百多年，终于招致第一次的亡于异族之祸。明代在表面上似乎是汉族复兴，但除早期的御也先，御下南洋稍见气势外，其余各方面都是气息仅属，只剩一个八股化的硬壳而已。清初盛时是新兴女真民族的力量，这个风头过了，衰敝之象一如明代，等到海口的西洋炮击一响，这心脏虚弱的统一帝国就在一阵寒颤下晕厥了去。第二期的历史如此结束了，我们是不是有个第三期呢？

　　上面对于中国历史的分期略论，大部依据雷先生那篇《断代问题与中国历史的分期》缩写而就。如果我曾加一些什么上去，则这所加者只是每一期历史上四时代的看法，借以显明文化发展的有机论。雷先生想必不认可这个办法。但我们只要能因承雷先生的伟识来说明这"第三期的浪漫时代"的主题，也就管不得这许多了。

三、两期的浪漫时代

我们现在要来略一论述这两期中浪漫时代的风格与气度。

第一期的创建开拓的时代较长，一种浪漫热衷的精神也表现得最为饱满。我们先讲时时被人讥笑为中庸的孔夫子，他本人就是一个很热衷的人物。他怀抱一个新社会的理想便席不暇暖地要为这理想的现实而奔走。他不但周游列国，拜见了南子想藉此见用于卫君，甚至连佛肸来请他，都想欣然命驾，从一块百里之地上慢慢儿地展开他以德服人的王天下的理想来。他自己也默认是知其不可为之，然而这知其不可而为的精神正是一个浪漫创造时代的魂魄。孔夫子的若干门人之中，我最爱子路，子路的戆，直，勇，简直不像一个东方人。他心目中有个君子的理想人格，即在他为孔悝之难而斗伤了，也还从容地结起一个君子，不应该不结起的断缨，然后才瞑目而死。我们试想一想，这与希腊罗马文化创造时代苏格拉底的死，在本质上有何区别？下逮战国，这种戏剧的，非现实的一厢情愿的个人行为，更是举不胜举。放下别的不提，单提最通俗的《史记》《刺客列传》来讲：荆轲的歌易水，田光的取信自刎，豫让的漆身炭喉，击襄子之衣而狂呼，聂政的抉面屠肠，他姐姐的伏尸痛哭，哪一样是魏晋或明清人作得出来的行为？我读这些故事的时候总不觉他们结局是死了，我只感到他们充溢的生命逼临着我，有热有光如火一样地照耀在我的面前。

个人如此，国家大事亦复如此。秦孝公用商鞅，说变法就变法，只等一根木头由北门搬到南门，五十金赏了，然后便是一纸令行，大刀阔斧地干将下去。赵武灵王的胡服骑射也是这个气致，一个理想立定了，然后就毫无犹疑地把全身精力交付在这个理想上面。燕昭王之拜郭隗也同样地是这个浪漫时代的作派。于是冷落的燕都，从此就招来一批意气如龙的风云之士。秦始皇统一后的创造能力是更可惊了。以咸阳为中心的驰道，可以穿山渡水地直通吴楚。作为边境之屏藩的长城，可以起临洮而至辽东，治骊山，作阿房，复道渡渭，极人世之艺都。又复巡游宇内，刻石立碑，封禅祭岳；到后来还居然三千男女，渡海寻仙。这意气的狂迈，魄力的雄浑，比起任何民族任何时代的英君，都丝毫没有愧色。其后汉武帝踵武而起，他那对外的武力，也一样蓬蓬勃勃地声色辉映。他南征北伐，只是一个精力弥漫的文化活动的具形，绝没有像后人所说的什么经济的动机。只有被魔手掩住眼的人才会说汉伐匈奴是为取俘虏以作奴隶。稍肯在历史上用点心，就不会这样牵强地臆说。张骞乃至后辈的班超，他们通西域，服异国，只凭极少数人而成就的轰轰烈烈的事业，那背后活跃着的精神，与哥伦布之横渡大洋，完全是同一的基调。我们缅怀先烈，真有一种绝于言诠的景止向往之心。

更从思想与文学来看，这种浪漫创造的精神也同样地无微不入。庄子的汪洋恣肆，驺衍的瀛海奇谈，人尽知之，不用细说。即中正如儒家，自孔子以及孟荀，亦无不怀抱一个非现实的理想。许多人都爱说孔孟的理想是守旧的，其意在恢复周初封建社会。我们对这个说法不敢强同。我们觉得孔孟所理想的社会是一个依照聪明才智自由竞争而分业分工的簇新社会。其思想绝不是仅止于复述古史，而是创造的，前进的，超越现实的。其他如墨家法家，殆无一不有其特殊的抱负。甚至连那时代人的言说谈吐洋溢着一股非常的气力。我近来重温战国策，读至范雎说秦王一段，就不禁拍案而起，朗诵而歌。文学方面也有杰出的代表，楚有楚辞，汉有汉赋。楚辞尤为充沛着原始的热情，较汉赋为更胜。我尝这样胡想：中国如有一个诗人可以立诸世界而不朽的，怕就只是生于浪漫时代热情未磨的楚人屈原。屈原对人生有憧憬，对宇宙有憧憬。他所怀抱的问题，无一不是第一流文学家的境界。这种精神可惜是衰歇了。到后来，魏晋的人似只能写小启，只能作世说新语，明清的人似只能作笔记，作语录式的小品。屈原的流风余沫，竟没有一个子孙能了解了。

这就是我们文化史上花团锦簇的第一期浪漫时代。

第二期的浪漫时代，是南北朝以迄隋唐统一这一段。雷海宗先生说，第二期的文化已略逊于第一期。这一点也许是，但我们觉得也还有很多可称赞的长处。隋炀帝这人就很有秦始皇的魄力。伐高丽，抚突厥，这是陆上的武功，秦汉人均优为之，固属值不得特别夸耀。但灭琉球，服赤土（今泰国），通日本，则是汉族兵威与天子使臣第一次向茫茫海外的冒险活动。有人说，唐人曾至美洲，就一个大陆民族向海上活动讲并不是不可能，而这可能或即始于隋炀帝的海上武功。炀帝又开运河，可以媲美长城，而其游幸的华奢，甚至"龙舟四重，高四十五尺，长二百丈，上重有正殿内殿，东西朝堂，中二重有房一百二十，皆饰金玉。皇后乘翔螭舟，制度差小，而装饰无异，别有浮景九艘，三重皆有水殿，余数千艘，后宫诸王公主百官乘之。"我倒并非欣羡帝王生活的豪侈，却不能不叹服先民制造力的雄伟。李唐继起，其武功之迈越往古，开国规模的阔大庄严，皆已是历史上的常识，用不着我们一一来讲。我们只想指明，这是一个文化在少年蓬勃期的浪漫精神，它不需要什么力量去推动，它自己有内在的热力鼓舞着它向前驰逐。

不但隋唐的武功有这精神，其思想文学亦复如是。就思想方面说，南北朝时代的大量译经，寝假而形成佛学的吸收与再创造。大乘的义谛因中国第二期浪漫时代人力脑力的参加而愈演愈深新宗辈出，各立机杼，亦骎骎乎仿佛晚周百家之盛。在文学方面，唐诗的成就更是妇孺皆知，而且这文学的活动也并未虚抛，它曾镕冶出像李白这样人物，李白后来死在水里，好些传说都说他是酒醉之后捞水底的月亮而落水死的。我不相信这说法，我以为如果他死在水里是真，则他绝非是无心落水而溺。他只是爱水的清明，一厢情愿地走到水里去追寻他理想的世界。屈原的投汨罗我想也会是如此。这是时代给他们的精神，他们的唯情的生活，并没有使他们计虑到生死。玄奘取经也是这时代了不起的业绩，一匹白马几个随从，这位浪漫的僧人竟披着红袈裟度过皑皑积雪的喜马拉雅山了。这是何等景象！这是何等人物！而肩负着当时思想文学的人们，竟皆表现着这样饱满的戏剧型的个性！

这又是我们第二度的如火如荼的浪漫时代。

四、又是曙光欲上的时候了

据我们已有的历史知识，除去眼前的西洋文化正在演进之中其未来尚不可知外，所有各个文化的生命，都只一度而已。埃及往矣，巴比伦往矣，希腊罗马亦往矣。其活跃的文化皆不可复说。中国在东晋时曾遇到同样的澌灭的危机，然而天厚吾人，竟得有第二度的生命。目前又当存亡绝续之交。在武力上攻击我们的最初是西方列强，后来则是东洋日本。在文化上威胁我们的，则是含有侵攘性的西洋文化。我们是不是能如克胜胡人吸收佛教那样地再演一度历史上的奇迹呢？这的确是一个悬在每一个战战兢兢的人的面前的问题。雷先生于他那篇大文的结尾云："这正如父母之年，叫我们一则以喜，一则以惧。"这两句话真是一往情深，一念到它就使人感到书帏生活中的一种苍茫的意境。我也曾为了这问题而绕室彷徨，泫然欲涕。所以泫然，也不是为了悲观，而是由于对这个垂老复起的文化抱着倾心动情的爱慕。嗟乎，何物人生，乃使其怀浩浩千古之思至于如此！

然而有一点我们是可以正确答复的。如果中国要免于危亡，我们非要有第三期的浪漫时代不可。这第三期的浪漫时代并非全不可能，我们已可从近年历史上看出一点汉唐精神的重现来了。

首先令我想起的是西安事变的前后。我们自从两度浪漫时代过去了后，似已不知什么叫热情，什么叫英雄崇拜。魏晋人之应世者为圆融，避世者亦尚妙有机智。到了明清，应世者却只有圆滑，躲在家里吃闲饭的却只有私智。每况愈下，想来寒心。然而国难最重期间西安事变的轩然巨波却唤回一点中国民族的灵魂来了。五年前圣诞节的晚上，我永不会忘记，我从大学里走出来，那满街的无老无少无男无女的跳踉欢呼，爆竹的争鸣，人声的鼎沸，曾使我感动得欢泪盈睫。我们正需要这个精神，忘记了自我，忘记了别人，为一件超越日常衣食的事而倾出真心的欢乐，西安事变把这点遗失已久的热衷的，邻于宗教的精神唤回来了，这精神又凝为这四年在一个民族英雄领导下的前仆后继全民族参加的抗日之战。

不但这一点足以征兆新时代的开展，再看近年来人力的建设，也可看出中国民族的活力还有蕴余，还可以有新的创立。峰峦阻天的地方被一锤一凿地打开来了，如龙的黄沙大道，蜿蜒于悬崖绝巘之上了，一群一群的人带着铁路计划向蛮荒长征，一群一群的人去向急湍暗石中寻找征服自然者的航路。这是一点傻力，一点勇，新中国的热烈浪漫时代将从这当中生长出来。

学术思想界，似乎寂寞了一些。我们在政治上需要俾斯麦，我们在学术上也需要黑格尔，尼采，朗克，这一流人物。我们这样说，自然含有很浓厚的价值判断。然而动荡的大时代正是一切需要重新估价的时代，我们不能熟视无睹地不去讲它，我们觉得这些年来提出的民族复兴的口号，依照上面的历史分析是正确的。指导精神活动的学术思想，也该到了向这方面进步的时候。最近林同济先生提出学术上"体相"的主张，我们以为是极高明的见地。

浪漫的长夜行将过去，东方正发出曙光，昭示着第三期浪漫时代的开展。这正是——

无边鼓角春城动，

百万天兵拥大旗。

玉龙雪山巡礼之三

晨岚　霖灿

银屏十三峰——东侧面观

　　下水涧槽入江边四村后，便出了虎跳涧的峡谷而来到玉龙哈巴两雪山的东侧。在这里我们和金沙小姐分手，它仍旧又转向东北去，我们则沿着玉龙东侧面转回丽江，在这一条路上有两点是奇绝的，一个是大坝，又一个是鸣音，而尤以后者为最精彩！

　　大坝和中甸县的江边四村隔江相对，原是在一个平原上，但一在江南，一在江北，两者情味便显然不同。江边四村那里住了一些颇原始的么夢人，都穿白织的麻布，颇朴质可爱，又接近中甸染有浓厚的藏人习尚，大坝在江南面，虽语言亦用么夢语，但汉人的气味很重。

　　那天我们由江边四村的玉科动身，经过那红草平野走向金沙江的渡口，渐渐离开哈巴雪山。不久就发现在我们走过的水涧槽上堆起了一座白玉之城，不但方方正正而且面面分明，白雪堆砌的纹痕都清晰可指。等我们到达江边的时候，回头一看，见那座白玉城上忽然又树起一面绝大的玉旗，旗角直向北面飘去，这是哈巴雪山的主峰来向我们告别。我们说他日当取道哈巴，观北地白水台之胜然后过天宝山（？）入中甸观容二千人之喇嘛寺，然后沿十二阑干山回来"观览"哈巴雪山一周，以答此公沿途逢迎之情。

　　在这里金沙江初由雪峡中出来，水流还很湍急，因此把两岸冲刷得很深。我们由许多沙岩上折下江底，两岸夹峙，青天变成了一条狭带。冬日水小，岩石尽出，更觉得水流湍急。在夏天为了要渡这条江，便需要把小渡船向上游拉牵一二里路才敢于放下，因为渡口之下便又是一个急滩，若渡船不能于滩前靠拢彼岸那便只好沿江直下了。我们是在冬天水小时候过渡，并不有这个麻烦，但我们在绿波上摇过江心的时候忽然吃惊地见一个雪峰直从江底涌起，庞大无比，以一个负雪而出旋转而上的姿态嵌在青天绿水当中，像极了是一个初出壳的蜗牛，头顶双角宛然地正扭转着蠕蠕上升，使人不觉得的都说：真好一个玉蜗牛峰！而且极珍贵的只在绿波上一闪即逝。渡船急冲而下立刻被大坝这边的削岸挡住，沿途看过了多少雪峰，但总以这昙花一现即逝的绿波玉峰最令人眷恋，一直至渡船靠岸后好久我们都还不能释怀。

  等爬上了南岸，展在我们面前的是一片绿的平原，虽然在远接虎跳涧口的地方还有丛生的红草，但大坝是丽江最热的一个坝子，虽是在冬天豆麦已经绿得很可爱了。我们在江中看见的玉蜗牛峰就在这坝子的最南端，向北连接，过去的雪峰就是虎跳涧中雪峰的背面，到虎跳涧口直削而下，便又在金沙江的北岸以哈巴雪山连过去。哈巴雪山的主峰以一个玉旗的姿态落在天空的西北角里，而最有趣的是若向正北望去便会又发现一列淡淡的雪峰列在天边，这是中甸东坝子的雪山。所以大坝亦是一个看雪山顶好的地点，因为它三面为雪山包围着，而最难得的是此地的气候，尤以在冬天为妙。大坝被称为丽江的锅底地，这个山盆地中气候热极，我们可以在初夏风光中仰看天际白雪。若以气暖雪多这一点上来说，那没有其他一个地点可以再比得上大坝。而且据说像这样热的地方若没有这一些雪山来调剂江上的瘴气会使人不能居住，那么这一带雪屏不但在景色上奇绝，而且对这一带的人民都赐予福利。

  我们于大风节的前后过大坝，堤上的柳树都已经发芽了。柳堤中间就住着一位因怕风而在此养老的老先生，行路的人都对我们称赞他自己出钱引来水又几年不要田户上租的德行。异日有缘当趋往一访，也许是一位对雪山有同好的高士。还有，丽江人每每肯说在大坝看不到雪山的话，这不可以认以为真，因为在上面已经说过是三面环雪，他们指的雪山实在只是玉龙雪山的主峰，而大坝虽不能见主峰，但主峰之外还正有不少的奇景，有山水癖的人当然不容放过。

  由大坝向鸣音上升是一日路程，全是在绿松林中行走，松林疏朗处，雪山便玲珑皎洁地于绿松针中出现，而且渐升渐高，景色也愈奇，雪山的全面也看见得愈多。再继续前进，我们在拉咱谷所看的七老峰的背影一个接一个地升上天际，最后主峰也耸然于南端出现，于是在青松林杪二百里银峰一齐浮上天末。雪斗峰（主峰）分明是一个龙头，雪光闪闪地昂首天南，后面一列雪峰脊翅森然地拖向北去。哈巴雪山主峰像一面压尾的大纛旗旗带飘扬地拂到北天尽头。迎面一列玉屏，脚下万顷绿松，加上松涛满耳，自觉此身已非俗人，分明是在绿波明镜中，御风泠泠而行！当天深夜我们行进这万顷绿海中小小山市的鸣音。

第二天早上一醒来，便忽然发现鸣音才是玉龙银屏最理想的一个地点！

在雪山的西侧面，金沙江离开面前的高山太近，于是由江上仰望雪山，只能偶然于前山缺处窥见一纹半斑。等来到虎跳涧中万丈照壁劈面而起更没有机缘见得玉龙全貌。丽江虽好，但正当玉龙的南端，仰见主峰高耸遂使三百里雪峰全部被遮没。所以顾名思义，雪山欲不负"玉龙"之名，只有这东侧的鸣音足以当之无愧色。

过于高大的山总会有这么一个缺憾，即晨霞夕照两幅奇景每每不能兼收。玉龙雪山有两万尺的高度，所以我们在江西岸看雪山，它总是不肯醒来，一旦等得山崖上涂满了阳光那已经是十点钟之后了，因之我们这一些时来都在渴慕玉龙雪山的晨容。固然我们在丽江虽看到不少的玉龙晨霞，但与这次我们在鸣音看到的相比，那就相差得不少。这天我们很早地起来，晨风还冷得很厉害的时候，我们爬上了镇后的一个小小山冈头。随着我们的到临，阳光一缕也掠过天空轻轻地照临了玉龙主峰的白雪。眼看着这一点点桃红色渐渐融开，于是三百里银屏的上端都涂上了粉红。白雪上的桃红又是不可喻的，不知道白玉会不会因高热而变红，假如白玉能变红那就是这种颜色了。而白玉端上那一点点桃红又是人间所不能有的"娇"，使人想到大雕刻家罗丹曾说过一个比方，他说少女的真正青春只有在又怕爱情又要爱情的头几个月之内，那么就是这青春数月内的少女，她第一次面庞上的红晕，而且一现再不可有第二次的出现。这点最珍贵的红晕才可以配得上玉龙雪山白雪上的晨霞。

玉龙白雪上的晨霞微红，一闪即逝，于是顷刻红光照满全山。玉龙雪山先大地醒来，在我们面前展开一列白雪红霞的长卷。玉龙雪山像着了火的红光四射，使得天空大地以及我们全身都絪缊在晨霞红光里面。我们趁人们还没有醒来的时候，由北向南逐个认识这一列雪峰，结果有一件偶合的巧事，两个人的意见不同，峰头分组的方法也各异，然而大家到最后都说是一列银屏，共有十三个雪峰，这是把哈巴雪山也算在内。更巧的是丽江志书上也说"玉龙雪峰十三，其一在江北"。这样各方面又都符合，想丽江从前原也有同具此心之人，只不知道那位雪山朋友当日他自己又是怎样一个数法？

在这座银屏十三峰之前使我们嗒然自失的是想到上一次黑白雪山之行真是太渺小了，连这一列雪峰开端的主峰下都不曾到，顶不客气地说也只能算有五十分之一。那时已知雪山的美丽远非我们的笔力所能胜，现在面对雪山全体更觉得到任你有生花之笔亦难尽写江山之奇。似乎一个是有限，一个则永远是无限。丽江诸好友对我们有"二李到，雪山笑"的过分夸奖。站在这座三百里的银屏之前。我们也自知对他们的希望将永远惭愧，有限笔力岂能尽无限江山之好？这唯有待此后来看雪山的大手笔了。

下山冈来把这天的雪山晨霞很得意地对我们的朋友杨先生说，我们这位朋友在十年之前便卜居在这一列银屏之前，他听了认为并不够，便于早饭后又领我们攀登镇后正生山的高峰。站在山峰顶上面的形势看得如手掌一样的清楚，西面银屏十三峰都向天际升得更高，山脚下一片漠漠烟雾，玉龙雪峰像稳稳地正在浮向天空，虎跳涧口也为蓝烟所封，不知道的总以为这只是一座大雪山。回想我们虽从那里面翻了出来，就自己也觉得不大可相信。哈巴雪山主峰更秀丽峭拔的举上青天，白玉的旗尾斜插入北天的蓝烟中。下面一片远山断处，中甸雪山又于正北面出现。这一方面的山都忽然变了形状，像层层波涛一样直向北边涌去，金沙江的"N"字大湾都可以依山浪的开合一一指出。最妙绝的是于金沙江河套之外，在天地的交界中又远远立起一座尖尖的雪峰，由于过远它在天际变成了淡黄色的雪。经杨先生告诉我们这就是有名的贡嘎岭雪山后我们都为之吃惊不已，这离开我们有十数日路程的雪山，若不是与我们有缘，看到它实在是极不容易。杨先生又告诉我们在东坝天际后的是四川一带的凉山。再看四周山头上的雪痕，便会使人知道在天空落雪的时候，这座峰头，便是四面八方层层叠叠严严密密的被无数雪岭所包围。若论看雪，那地点绝不能好过鸣音，而鸣音又绝不能好过这正生山头。因此我们深有意于这里修一个石室，使人无论在任何气候之下，都可以危坐峰头坐收江雪回览之胜，一切都安排好了，为了怕玉龙雪山单独的一个不成篇幅，便用江外的哈巴雪山去映照它，使这一个银屏长卷，天然的有一个余味盎然的照应；又还恐怕哈巴雪山的余势不尽便于天际再请贡嘎岭雪山一现，没有哈巴不能回映玉龙，没有贡嘎岭则不足完成哈巴。所以说是一切都久已经安排好了，只坐在这里便能把三叠雪岭一曲金江，全部收入图画中。

　　实在舍不得面前这座三百里的银屏，我们特意地为鸣音多停了一天。这几天内都只是痴痴地看，但简直没有动画笔。在这一列雪屏之前使人想到中国画中的长卷真有道理，唯有它才能给你一个满意和完整的答复。西洋风景画每每爱割取自然之一小部分，在这里不但不能令观者满意，就是画的人也必定自认为不足尽玉龙蜿蜒之妙，反而中国画的长卷就可以充分地弥补了这个缺陷。也曾有人说这很有不合理的地方，但长卷它能在情感上使你"毫无遗憾"，这里就有它最大的理由存在。

　　另一个我们不敢画的原因，就是自觉尚对这白玉十三峰的认识还不够，若贸然着笔不但对这座名山唐突而且也绝不能有满意的效果，所以我们都有所等待，预备等深切认识了这座雪山时再来着笔。玉龙雪山被称为名山中之隐者，这座名山在外面说是隐在丽江，但丽江的雪山又是隐在鸣音，所以我们觉得把鸣音改为"名隐"，那对雪山的含义会更为丰富。春来花开，我们是决定再由丽江展来名隐，于正生山麓，面西搭一间木屋，晨夕和雪屏相对，等看得够了才设法下笔。

　　为此，我们急急地转下丽江，临别时候，杨先生问我们为什么这样匆匆归去，难道这列玉屏还留不住远客？我们一齐答道："这正是为了太喜欢这架白雪屏风的缘故——急急地赶回去，便是为的可以早早搬过来了。"于是我们和这位银屏十三峰下的朋友大笑而别。

雪山归来谈

　　由名隐绕东山三天后又回到丽江，于是雪山"观览"（此地称巡礼名山曰"观览"）全部完成。玉龙雪山的西面金沙江上，北面的虎跳涧以及东面的银屏十三峰都曾见上述，到现在唯剩下南面这一面还空白着，从前去游黑白雪山也就是这南面一段，拿这些来说明本来也未始不可，但"观览"归来对玉龙雪山全部的认识一改变，于是南面这一面亦不复只是那个意义了。而且若不是这次面面观后归来也不能充分体认由丽江北望玉龙的妙处。许多当地的朋友以为我们看过三百里的雪岭归来，也许对玉龙的南侧面不复珍视，其实完全不然，若以面积说固然不过当全体五十分之一，然而风景的评价不是平方大小的计算，这南面一带实在有它特殊的价值和独到的精彩。

这南方一面的妙处在于它的"完整"，玉龙雪山的主峰在东西南三面看都差不多，但总以南边这一面看到的最多亦最为削陡。由丽江看去雪斗峰直插云霄地立在正中，三面看主峰若论浩然中正的气象那当然以这一面为最，而且它两翼安排得很佳，西面以绿雪峰和黑白仙蝶诸峰作它的右翼，东面斜拖下来以惟妙惟肖的老人诸峰作它的左翼，在变化中暗含有极巧的平衡。巡礼雪山一周，天公设计得最完美的就是这南侧一面，它使每一个来丽江的游客都不待商量地自认为满意，心中就自动认为这即玉龙雪山的全部。年来来丽江看雪山的游客渐渐有了，但有多多少少游客都只向北望了一眼，就自认满意地归去，由它能够这样满意地欺骗观众就可以想象到它的美妙！我们也是巡礼归来才能给它更真确的评价，的确在"完整"方面说由丽江北望玉龙南侧面实为第一，希望来雪山的客人固然不要受了它遮没后面三百里雪峰的欺骗，但亦不要忽略了这一面形态的完美。

面面观览之后便会觉得这座名山虽然浑然一块却又面面各具特色：在西侧面金沙江上，以山水掩映富于曲折变化为胜，这以江口七老峰一带为胜绝顶点；北面虎跳涧以犷野雄伟气势逼人为胜，以大深沟为胜绝；东侧面以雪峰蜿蜒为胜，而以鸣音为胜绝；南侧面以完整玲珑为胜，以丽江为好。这不过是它大概的一个比较，玉龙的胜处岂是一下子可以说得尽：如在东南方过白水河来，绿雪奇峰高高耸起，雪峰的明亮爽朗，便到一种极高的境界；又如在西南方，身在铁架山上，忽然看见哈巴玉龙直在盖石海子之上，白雪口三峰，清碧一潭，使人觉得这是梦幻中的神仙世界；其他如大坝渡口的绿波上的白玉奇峰，葡萄湾一带的玉戈奇峰，都是使人寝梦不忘的。我们所看过的山水也算不很少，但总以对这座玉龙的满意真到了饱和的程度。

看山水难得的是自己心中点头，这种心诚悦服自认满意的境界，我们也只有很少几次达到。如贵州的那次看火牛洞，一旦出洞站在阳光下回想洞中的奇形怪状，恍然是另一个世界，于是心中才觉到心满意足，但若拿玉龙山来比，则这种境界却又不少，如江口七老峰望着峰头上的白雪望着划入地底的绿水就很能与火牛洞相比，火牛洞是以它的奇幻，七老峰以它的壮丽，而且不止七老峰，大深沟和名隐的银屏都能使你达到自己胸中点头境界。若以七老峰为例，庐山不错很使我们满意，但五老峰来这里一比，那实在难免有许多不及的地方，不但浑厚高大峭拔不能同日而语，而且山头白雪皑皑，这才是名副其实的白头七老。三峡之胜最是全国所艳称的，但虎跳涧实也有妙过它的地方，第一它有雪，第二它比三峡还险。我们幻想着若他日能以一叶扁舟，浑卧于银涛雪浪中于两岸雪峰夹峙下出虎跳涧一航，可以想象到那一定比李太白的"千里江陵一日还"更快人意！——本来山水之胜不大容易拿来相互比较，但我们这次又有一番意思，为的是使有山水癖游客也肯来这里一行。若用此证明西南景色果然比中原的好，那当然是对他们新开辟了一个境界；若证明不好于中原，则我们亦很乐意放弃自己的观点，而以中国还有比此地更胜绝的景色而欣喜。

西南的景色我们以为实在集中于这一带，玉龙雪山本身当然是一个名胜，虎跳涧更是早已博得国际上的盛誉，再加上哈巴雪山又是一绝，此地真成了景色的中心。昔日"嘉陵江三百里长卷"是中国画史上的美谈，但久已仅有其名而不得一抚其真迹。现在有谁再把玉龙金沙八百里写入画中以比美于前？而且天然的这八百里长卷久已安排好了，玉龙一列十二峰为主，而于中间加入虎跳涧之惊险，然后再于江之北岸再画一哈巴雪峰以回映全长卷之余势，构稿极精绝只待画家着笔。

我们在这里也以哈巴雪山为结束。哈巴本是玉龙一峰，被金沙江冲隔在江北，我们最先于剑川看到它，这次由石鼓沿江而下，便一路在江水之上望得着它，进虎跳涧后更完全在它山脚下行走．大深箐及尖刀山便是它杰作之一。一直到大坝鸣音都可以看到它东侧的全貌。一路行来总觉得这座雪山简直是白银铸成的，伟大固不及玉龙，但玲珑皎洁每每使玉龙还当之有惭色。而且面面看它总觉得它是好，所以我们说这次本是巡礼玉龙，倒无意地又发现哈巴，他日终当再绕哈巴一周以完成这个心愿，而且哈巴雪山原也是玉龙的一部分，不这样终还不能算是功德圆满。所以在这里玉龙雪山巡礼算是完毕，我们便又向横断山脉中的哈巴雪山约下了后会。

本期撰者：

吴学义先生是国立武汉大学教授。吴保安先生是研究经济史的，现在南开大学经济研究所。

《玉龙雪山巡礼》分三节在本刊发表，本期已续完。晨岚，霖灿二先生习艺术，留丽江考察，曾数登上大雪山，本文从绘画观点欣赏雪山景物，文亦如画。

第五卷第十三期（1941年4月6日）

这一周

江西大捷，是旬日以来重大事件之一，此次南昌附近敌军，动员大贺师团全部和池田旅团一部共数万大军，向赣西锦江和潦水流域进犯，企图给予我野战军以打击。但结果不但不能动摇我军丝毫，且经我军予以痛击后，现已全部溃败。计此次敌人伤亡数目，共约二万余人。传说敌大贺师团长阵亡，步兵指挥官岩永少将重伤。这两个消息虽未证实，但敌军伤亡之众，我军胜利之大，于此可见一斑。这次大捷，诚如军委会发言人所说，奠定了"胜利年胜利之基础"，其意义实至重大。经过了这次赣西之役，我们益可坚定最后胜利之信念。只要我们不中途妥协，则敌人不但要从赣西撤退，敌人将必要从整个中国败退的。

南斯拉夫加入轴心以后，德国不免踌躇满志，以为从此在巴尔干发动攻势，将要收预期的效果。殊不知南国加盟，是违背民意的举措，事前即有政府中人表示异议而辞职，事后又有群众因反德而愤懑示威。最近政变爆发，是南国人民反轴心运动之一幕。南斯拉夫民族，本来英勇善战，此次因其当局柔弱无能，甘心依附轴心，故决然出面另组一能自卫的政府，此举极获世人的同情。我们相信南国如肯抗德到底，则欲取得外援，是不成问题的。但从德国方面言，南国之突然改变态度，不啻是其在巴尔干外交战之一大挫折。预料轴心的军事计划，经此意外的挫顿，必定有若干重要的转变。

松冈在莫斯科勾留一日有半，因为德国驻苏大使舒伦保居间斡旋，二十四日曾偕日使建川美次访晤史达林及莫洛托夫于克里姆林宫。这次会晤仅系初步交换意见的性质，当然不会有若何显著结果，真正谈判的开始，恐尚须待松冈至柏林与希特勒会晤之后。电讯所传，松冈于访晤史达林及莫洛托夫时，曾提及停止援华问题，苏联业已坚决拒绝。如此讯确实，则至少关于这一点，我们大可安心了。倭寇外相于二十四日访晤史莫二氏，即离苏赴德，据说曾与德外长里宾特罗甫作三次长谈，二十七日复与希特勒会谈二小时有半。谈判的主要问题为巴尔干局势及美国的援英问题。不过正当这时，南斯拉夫发生政变，希特勒在巴尔干的策谋，不啻受着严重的打击。如果松冈真要想知道德国的军事形势的话，这倒是一个很好的教训。倭寇对于英美向来外厉内荏，缩手畏尾，所以我们认为希特勒即使会向倭提供援助保证，倭寇是否立即决心南进，以响应德意，仍然成了疑问。不过据英美电讯所传，倭将设法摆脱轴心关系，这似乎言之过早，我们以为至少在近卫松冈任内，外交政策很难再有剧烈的转变。由此看来，松冈的此次赴欧，可以说不会收预期的效果。

最近汪逆在日寇的指使下，派遣汉奸流氓，向上海中央，交通，农民等银行投弹，并闯入中国，交通，农民等银行寄宿舍内绑杀行员，目的在威胁我四行从上海撤退，不过我财部已宣言绝不从上海撤退，并积极筹商防御方策。所以汪逆的这种卑鄙手段徒遭举国人民的痛恨，绝不能丝毫影响我国金融。我们除对被难的行员表示无限的哀敬外，并希望留沪诸行员不折不挠，继续奋斗，功在国家，愿共勉之。

近卫因陆海军之联合要求，已决定将大政翼赞会彻底改组。总务长有马赖宁于二十九日召集全体局长副局长四十人开会，决定立即提出辞呈。该会各理事及全体职员亦有辞职之可能。近卫业已请法相柳川任副总裁，有控制各局及委员会之权。事务总长一职将由前厚生省次官冈田文秀继任。大政翼赞会是近卫想用以推行新体制的基本机构，经过了三个多月的筹备才于去年十月十二日成立。成立了将近五个月，好容易将内部人事决定，现又全部改组。由此可知倭寇内部派别斗争的尖锐与意见的分歧，欲期以举国一致，何异缘木而求鱼。另一点值得我们注意的，就是这次改组可以说完全出自陆海军及法西斯分子的强求,新增的副总裁一职权力至大,而以少壮军人领袖之一曾任兴亚院总务长官的柳川担任。大政翼赞会此后的性质不难推知矣。近卫号称为倭国唯一的适当首相,而毫无魄力与主张至此,可怜亦复可笑!

在思想方面倾向于共产主义的英国文豪萧伯纳氏,最近尝就中国国共问题发表意见。萧氏说:"余对于蒋委员长对于中共之劝告,绝对赞成。中共或为布列斯利多夫斯克(第一次欧战中苏联布尔什维克政府与德国单独媾和之地)之先例所误。惟彼等须认识者,即目前的事实,与当时显有差异之处……苟中国能巩固团结,必须驱出日本之侵略,故在是项目的达到以前,任何党派所作之分化,均属一种过错,且必将引起后人之诅咒。"我们对萧氏的意见,完全赞同。今日是中华民族生死存亡的当头,任何中华民族的儿女,都不能放松一步。我们今日如偶一不慎,走错一步,则不难会使中华民族陷于万劫不复的死地,而成为民族的罪人。最近有人谣传,说中国共产党恐将走上布列斯利多夫斯克的路上。我们相信这种谣言是不准确的。在抗战以前大呼抗日的中国共产党,哪里会矛盾到与日本妥协的地步?这种事情我们虽相信不会发生,但我们得指出在今日民族解放革命中,任何党派或人民,无论过去历史怎样光荣,倘使在消极方面逃避民族解放战争的责任,或且在积极方面参加汪逆或类似的叛逆工作,则终必为全民族所共弃的。

最近物价上涨,从事教育的人不能安于其位,负教育行政责任的人都在忧虑这个问题。但直至现在为止,各方所提出的办法大都只是些似是而非的办法。例如教育部规定加发米贴,但每人所得约只六元,每日只够吃豆浆两碗。最使人啼笑皆非!最近四川大学校长程天放氏又在提倡禄米制,这种办法比米贴的办法还要滑稽!我们不愿意对这个问题多表意见。我们只要引程沧波氏最近所说的几句话。程氏说:"眼前学术机关留不住人,第一是生活问题,第二是心理问题。物价高涨后,几十元法币买米一斗,最高学府的教授,弄到全家喝稀饭,妻子爬山坡挑水吃,这种严重的生活压迫,驱使学术机关服务人员不能安心,这原是无可深怪。过去学术机关的人到政府机关就职,比较现在学术机关的人到银行里去,性质是不同的,心理也是不同的。在过去,社会对这种人批评,他们甚难自解,自己亦感惭愧,现在则相反的,社会只有对他们惭疚,他们是振振有词的。我们的感觉,今日教育界才荒现象极严重之时,那种心理状态,颇宜注意。那一群极寒困苦而另谋出路之人,心中必有若干愤郁不平之气,这种心理上静默的反抗,恐不是多发几斗平价米所能平抑疏解的。"看了程氏的话,教育部和程天放氏不知有什么感想?

关于中国文化出路的论争,本刊最近尝收到论文二十余篇。我们认为对这个问题可以说的话都已经双方说过,所以对这些论文,决定不再多多刊载。但我们愿意借这个机会,对这个论战暂作一结束。站在编者的地位,我们不愿对这次论争作左右袒。但我们愿意在这里指出,这次论战的意义不但与民初"新青年派"与"中国文化派"的论争不同,并且也与几年前"中国本位文化派"与"西化派"的论战不同,这次论战的双方,都承认中国如要生存,则应该将它的文化从原有的类型转入另一个类型,所以双方都是反对中国文化论和中国本位文化论的。但除了这一点的相同外,双方至少在如次的五点意见是完全对立的:(一)全盘西化论者如陈序经先生以为文化是有机整体(前提),因此如要"接受"一种新的文化就非"全盘接受"不可(结论)。反全盘西化论者,则以为从陈先生的前提,是根本不能求出陈先生的结论的。他们以为每个民族的文化具有它的特殊性,中华民族是不能舍弃其原有的特殊性而全盘接受西洋文化的。(二)全盘西化论者以为中国文化一切都不如人,所以我们非全盘西化不可。反对全盘西化论者以为当作一种特殊的文化看,则中国文化也有其伟大之处,也有应该保留的地方。所以冯友兰先生的《新事论》便以"赞中华"一章做他全书最后的结论,贺麟先生便以"承受中国文化的遗产"为我们应有的责任,而伍启元先生便以为我们的新文化必要建筑在中国"原有的文化基础上"。(三)全盘西化论者否认文化的共殊分别,但同时又认为不必具体地指出西洋文化的内容。他们以为一切西洋的东西都是西洋的文化。反对全盘西化论者以为如当作一种特殊文化看,则西洋文化并不是一个整体:英国有英国的文化,德国有德国的文化,苏俄有苏俄的文化,我们是找不出一种唯一的西洋文化的。(四)全盘西化论者认为抗战时期大家都倾向于全盘西化论,而伍启元蔡枢衡等先生则认为抗战本身就表示对全盘西化论的一种否定,而时代的潮流已使全盘西化论成为一种过去的思想。(五)全盘西化论者认为我们对西洋人的一切,从科学以至基督教,从"共和国"以至小家庭,都应该全盘加以接受。这次反全盘西化论的人，认为我们可以具体提出一个革新文化的口号。这个口号即"科学化"，"工业化"，或"生产社会化"。这三个口号的含义完全相同，所以他们所说的"科学化"，其含义与民初的"赛先生"不尽相同的。在我们收到的论文中，无论赞成哪一方面，其见解都没有超出上叙各点，因此我们实有择要刊载之必要。

中等教育的危机

陈雪屏

四年来的抗战是一种最可靠的测验，把一切社会制度与政治机构所蕴藏着的弱点都暴露了出来，我国的教育制度始终没有超脱抄袭的阶段，最初模仿日本，以后追随美国，中间也曾有一度部分地采用大陆学制。几次尝试，几次失败，徘徊不定，全无准则，毕竟未能和我国特殊的环境与故有的文化相配合。经过了长期的国难，它当然要受致命的打击；平时我们原已觉察出它的脆弱，现在更是百孔千疮，破绽毕露。

从大处来说，大多数国民缺乏民族观念与国家意识，不能自动参加有关抗战的公众服务；技术人员绝对不敷分配；后方民众仍耽于安逸享乐，而且利用经济的变动作些为害于国家的投机事业；国体生活中充满了倾轧猜忌等人事的纠纷；行政的组织与管理大都违反现代科学化的原则：这都是由于过去教育未能发挥功能的结果。从学校本身来说，在各级学校中师资的质量都和应有的标准相距甚远；课程也和学生的个性与当前的需要脱节；学生的程度是一年低于一年；学生的精神涣散，生活随意，而且对于现状认识不足。这些缺点又是明明白白列在我们眼前的。就中尤以中等学校得病最重，几有不可救药之势。中等学校原是造成社会干部的机关，特别是在我国高等教育尚未发达，多数的中学毕业生肩荷着更重大的责任。承上启下的一环这样不健全，整个的教育机构自将失其效用。

在抗战期间，中等学校与学生人数，虽经政府极力维持，比较战前，平均已减少百分之五十左右，而大学则仅减少百分之十，足见其中确有特别的困难存在。在小学方面，固然也有一番改变，但一则因为学校分布的区域较广，任教师者多数安土守业，而且其他的路较少，所以师资问题尚不十分严重；二则课程的配置与教材的编制本来远较中学为合理，尚易变更，适合战时的环境；三则设备不多，即使因陋就简，也勉强可以对付得过去。自从新县制推行以来，小学的数量反见增加。谈到目前整个的教育问题，以中等教育为最危殆，我们断不可再听其长此敷衍下去。

年来笔者凡有机会和中等学校的学生，教师与校长相接触，总听到一致的呼声，说是学校要破产了，症结所在，似乎可以归纳成以下四个问题：

学制问题。现行的中学学制几乎全部从美国搬来，目的纯为升学，缺少弹性。现代的国家，无论是独裁国或民主国，都感觉到教育不应徒然着重上层的发展。为适合学生的个性与社会的需要，多数施用活动的双轨制，如英，法，意，苏俄诸国，或富于变化的统一制，如德国。我国国家的经济状况根本就不容许大量的青年走大学这一条路，而且现时中学生的选择太滥，造就太劣，也不宜轻易听其阑入大学，而我们偏要死守美国的单轨制，真不可解。根据一九三三年的统计，意大利全国的文理科中学生为十二万人，而各种中等职业学校学生则为十九万人；在法国，前者为二十一万人，而后者为二十六万人，我国二十七年的调查，前者为二十六万人，而后者仅为七万人。更以中学生和大学生（包括专科学校学生）的比数而言，约为十一对一，除美国以外，很少国家在这一方面能和我国相竞争。再以德国为例，国民学校的毕业生大多数入职业学校，或者径在职业界任事，同时受补习教育至十八岁止。德国的中学种类极多，共同的目的为："给予体质，精神与道德各方面俱属上选的德国儿童以适宜的教育，使日后能在社会上占优越的地位……中学实为造就本国政治，经济，文化的领袖资格而施的教育。"德国的中学根本不收容庸劣的分子，这和美国的中等教育大异其趣。我国政府近来虽提倡职业教育，但经费的分配与师资的培养仍偏重在准备升学的中学；因为普遍职业学校设备过于简陋，一般人也不愿将子女送去牺牲。政府既不控制，社会中传统的看法又始终轻视工商而重士，所以造成这样一个畸形的发展。

课程问题。我国中学的课程向来是量重而质杂。初级中学每周教学总时数，从第一至第三学年，均为三十六小时；高级中学，第一学年为三十四小时，至第三学年减至三十一小时。比较德国文实中学（现改为普通中学）六年的课程，每周自二十四小时渐增而至二十七小时，显然有两点差别——

一是教学总时数的多寡不同，二是增减的方向相反。假定每一小时教学的效率相等，我国的中学生在六年中多学了将近五十小时，似乎他们的"学习能量"与"教育成就"均较德国者为高。我们确知，他们并不比德国学生更聪敏，而在修业终了时，他们的造诣却远比德国学生为低。徒然浪费了青年的时间与精力！如顾及青年身心的发育，理应使高中上课的时间多过于初中，而我们现行的课程标准又适得其反。

我们就质的方面来分析。将六年的课程分为五组，除语文组（包括本国与外国文）德国中学所定的时间较我国者为多，其余如数学，自然科学，史地，艺术四组均以我国中学所定的时间超过甚多。就个别的科目而言，我国中学设十六种，德国者仅设十一种。无怪乎我们大多数的中学毕业生对于各门学科真是"样样粗通，样样稀松"！他们不但不能应用粗浅的外国语文，即在国文方面，读古书常是断不开句；用浅近的文言或白话写一篇短文，也往往辞难达意，别字累累；书信的格式从来便没弄得清楚；那一笔字，更是随意涂鸦，非真非草。假如他们不再升学，到职业界去服务，恐怕一切都要从头习起，以前苦心所学的，如物理，化学，三角等，没有一点用处，不久以后便忘得干干净净。

德国中学的课程现时虽已统一，但教育部仍把全国划为若干区，各区的课程随地方实际的情形多少有所出入。不像我国，沿用一个固定标准，即在非常时期，也无通融增减的余地。至于各地的职业学校，因为师资与经费均属困难，课程繁多，无裨实际，仅成为纸上谈兵而已。

我们抄袭美国的学制，但在课程方面，美国却另有一套把戏。美国的高中设有大量的选科，由教师就学生的个性与志趣分别为之指导，据最近的调查，科目共达三百余种。所以名虽中学，实则合大学准备学校与各类职业学校而为一的。各校所设的科目随其当地的需要，经费的多寡而异，对于学生颇为方便。这一点是不容我国轻易仿效的。

师资问题。我国中等学校教师所得的报酬过薄，比不上金融界或铁路局最低级的办事员。他们在服务时期既无保障，年衰退休也得不着养老金。曾有人感慨地说，教师这一种职业是"生前清苦，死后萧条"。试问才智较高或活动能力较强的人谁愿老死于此，为家人戚友所嗤笑。在抗战开始以前，数量方面已早嫌不足。根据教育部二十五年度全国中等教育概况所示，全国公私立中等学校校数为三二六四，学级数为一五六五九，教职员人数为六〇一三八（其中除去纯粹任职员的约为一五〇〇〇）；每校平均仅有教员十三人，每一学级平均尚不到三人。就质的方面来说，总计全国三十四省市的中学教员平均有百分之二十五并未在中等以上学校毕业，可以说是全无资格，有几个省区百分数高达六十以上。全数中受相当专业训练者平均仅达百分之十七，拿二十七年度云南教育厅所公布的统计来比较，全无资格者占总数百分之五十七，而受过专业训练者占百分之十三。近一二年来恶劣的情形更是每况愈下。经笔者随意考察的结果，有一所规模较大的中学原来聘请专任教师十六人，因为旧者别有高就，而新者又不易罗致，现在只剩下了六人；在另一个中学里面合格的教师仅有二人；更有若干偏僻县份中的中学，教师勉强凑合够数，而最能叫座的教员却是一位未毕业的大学二年级学生；虽然部颁标准明明规定每周教学时数为三十六小时，因教师缺乏，在若干学校中学生上课的时间远不及教师所上者为多：这一类的学校现在照旧开着，每学期还大批吸收新生！其实过错并不在学校本身，大部分是受外来的因素所支配。多数中等学校校长都在诉苦，每当学年开始，甚至于学期之中，不知要耗费多少精神时间用来"拉夫"或"绑票"。据说曾有一位校长坐守在某职业介绍机关中，经过三天之久，才算抢到了一个底细不明的教员。至如专攻教育的人改授生物学，算学系的高才生改授公民学，这样的怪现象更是说不胜说。固然近来中学教师的待遇已随着生活程度渐次提高了，但他们曾在大学勤读了四个年头，根底颇好而再有相当的经验，每月所得至多也不过一百八十元，比起银行中一个练习生，仅须中学毕业的资格，薪水以外加上几种津贴，每月实得竟有至三百元者，岂不令人气短心伤！说到责任的轻重，前者所获的报酬至少应倍于后者，才算公允。教师的来源本就不旺，加以待遇如此不平，试问各学校有什么法子可以留得住良师？

　　经费问题。中等学校的经费不足自属意中之事。以云南省的中等教育经费而言，二十二年度共为五十余万，平均每一学生岁占教育费三十七元五角；二十七年度为九十二万八千余元，平均每一学生占四十二元，而县市立的中学每一学生岁占仅十四元。比起美国的情形，城市的中学每一学生岁占一百美元，乡镇的中学每一学生岁占八十美元，相去真不可以道理计了！同年的统计，教职员人数共为二千一百四十人，全年的经常费则全数用作俸给，每人每月能得到三十六元；经常费中如以百分之四十作为行政与设备费，则每人每月仅得二十元耳。自二十七年八月至二十八年七月云南省各地的物价都在激增，真不知道这一百四十六所中等学校是怎样支撑得过去的？不仅云南一省是如此，其余各省的实际情形也未必甚佳。物质的破产与精神的破产是互为因果的。

以上所陈均属事实，并无夸张之处。种种不满意的批评，我们早就听到，而现状终未改进。以上四种病症仅有其一便已相当严重，何况四者又互相牵缠，似乎很难着手疗治。也许因为人事方面有所顾忌，而且一种制度行之已久，一旦改弦更张，结果难料，遂使教育当局迟疑踌躇，不愿操劳从事。但制度本由人造，既已发觉弊端滋多，何不早图改革？否则，隐患日深，噬脐莫及，真是不堪设想。

国难以来，政府处处感觉团结松弛，人力不足，这还是过去教育的流毒，最近三四年，受战事影响，原有的创痛骤然增剧，又不知将来的结果要酝成怎样一个局面。有一点似乎是显而易见的，抗战胜利之后，善后处置最属棘手，建国大业必较收复失地尤为艰巨。国家要无数更沉毅，更坚实，更干练，更通达，而且更富于民族思想的青年准备在领袖引导之下，来共同奠定基石，一砖一瓦，一栋一柱，为后来的同胞建立一所宏敞的大厦。这无数的青年一小部分正在大学，一大部分正在中学锻炼（在小学中者恐怕还接不上）。现在我们的中等学校是否能担当这样的使命？现在各地主持教育行政的专家以及中等学校的教师多数为事业与职业而挣扎，已是精疲力尽，表面上虽尚未停工怠工，被事实上的困难所逼迫，对于教育的信念似渐消失。青年处于这种环境之下，无论在知识，在技能，在兴趣，在理想，或在信仰方面都得不到任何有力的启发与汲引。他们随波迁转似乎无需热忱，无需努力，早晚总混到毕业。"哀莫大于心死"，教育家失去信念，青年失去前进的勇气，是否也可以算做"心死"之一端？青年无罪（儿童更是何等可爱）不幸处于今日的学校中没有很多的机会容许他们健全地生长发展，他们对于未来的任务，也因缺少了指点与鼓励，而不免迷茫惶惑。情形如此，将来要用他们的时候，国家所感觉到的必比较现在的失望更大。为民族复兴计，我们对于目前中等教育所已明示的危机宜立即用快刀斩乱麻的手段速求解决。

解决之道应有二途：一为治本，一为治标。治本须将整个的教育政策，制度与目标彻底重加厘定，兹事体大，不能在这一篇短文中详论。笔者姑就治标方面简略贡其愚见。

治标似可循两条途径进行。第一条途径，根据经费困难这一个事实，将普通的中学,就其办理不善的情形分别等次,陆续勒令停办;同时将一省分为数区,每一区择其办理较为完善者在经费师资各方面力予充实,停办的各校,学生中资质优秀者可令转入改良的中学继续肄业,资质平常者就其特殊的才能送至职业学校,资质低劣者径可令其辍学或代为谋求简易的职业;教师中合格而胜任者应调入他校服务,余均解约,助其另谋出路——现在各方需人,出路似无问题。职业学校亦须酌量削减,使少数的设备与人才能集中于几个像样的学校。假如一省有一百二十所中等学校,经此变更,可减至三十所。

第二条途径,顾及师资的缺乏与课程的失当,将现行的课程标准重加改造,暂时仅留存四五种基本科目,授课的时间减少一半。每日上午上课,下午一律作劳动服务。训练力求严格。课程由驳杂而趋单纯,学生得专注心力学习工具知识,正可救治"样样稀松"之弊。在劳动服务中,一方面可增强体格,振作精神,另一方面也可由团体活动而体验出合作,互助,自制,耐劳与勇敢的意义。而且有了适当的指导,若干有益的常识会在不知不觉间获得,"劳其心智,苦其体力"恰足以备国家将来的需要。

这两种方案,一属急进,一属温和,是并行不悖的,自不行妨混合采用。我们的目的不仅要消极地挽救当前的危机,同时也想为将来整个的教育改革预作试验。治本之策似乎须等待世界大战结束之后,针对实际的变化,方能确定,而目前病势已成,我们难道还能隐晦不宣,望其自愈么?

民族力量的经济基础

张德昌

西方有一句话：要明了我们自己，最好看看别人对我们是如何的看法。现在我们应当用这种眼光，来估计一下我们民族的力量。自一九三七年以来，中国民族经过了三年零八个月的抗战，已使国际上获得一个新的印象。就这一点来看，此次抗战的表现，在中国近代史上是一个真正大转变时期。最近一百年来，中国同西方交涉加多以后，因连次对外战事的失利，在西方人士心目之中对于中国显然有两个认识：在政治上，中国是正在解体中的老大帝国，一个历史悠久的民族，有古老的文化，在外来新兴势力之下，其政治命运将同回教帝国，波斯走同一道路。但是政治仅是民族力量的一种表现，政治的真正基础在经济条件。若是由西方的经济条件来观察中国，那么经济的中国并非没有前途。无论中国在政治上目前的盛衰如何，而其巨大的版图，众多的人口，在予西方各国以一种警惕，中国有其潜伏的优势，在明日的世界中，中国有一种可能的威迫性。若是有一天这世界四分之一的中国人在这一大块领土上振作起来，不但在东亚要产生新局面，就在世界政治上也要有决定的力量，这种预测产生了中国睡狮的观念。由清到民国十五年几十年过程之中，在外国因实际利害的关系，有不愿所料者而中，在中国本身的变迁，亦复每况愈下，军阀争斗，分裂割据，一卧数十年而不醒。于是以往的观念一扫而空。从此中国只在西方工商业家的算盘中成为待开发的地域。用西方社会的标准，数中国的人数，算中国的方里，看看有多少人可以穿西服用洋货，如何可以逐渐的把中国人西化，当西方纺织业的衣服架子，其他货物的消纳者，换言之，每一个中国人只变成了一个消费单位，四万万人便是四万万个雇主，购买者。购买与出卖是交易的两个方面，既想中国四万万顾客购买货物，同时便必须使顾客有购买能力，在这一方面便不得不寻购中国的原料。在西方工商业家的精细计算之中，中国便成了一个推销市场和原料产区的地域单位。中国民族这个元素已不在他们考核之列。在世界政治家的笔下，拿中国和亚比西尼亚并论视为当然之事。

我们可以说抗战以前的中国民族，在西方各国的印象中凡两次改变：由"睡狮"而变为买卖单位的"经济人"的集团。

以这种观念为出发点，便有日本人三月征服中国的计算。在西方各国看来，战争亦不会迁延持久。回忆在七七战事爆发之前，即英国太晤士报，曼彻斯特卫报的视察亦作如是观。他们从西方标准来看中国军力交通经济状况，确认在不平等的物质条件之下赤手单拳的对打，形势昭然若揭。可是战事爆发以后，中国一点新式工业基础摧残尽了，我们能单自支持了四十四个月，在这个时期之中，二等强国的波兰亡了国，一等列强的法兰西瓦解屈膝，中国军力反愈战愈强，使日本欲罢不能，欲继无力，深深的陷于泥沼之中，徘徊彷徨，不知所措，不但敌人认为失计，即国际上留心东方的人士亦叹为始料所不及。这种关键在哪里？因为他们忽略了中国民族的力量。此次战争是中国民族对外的一次生死斗争，在今天民族存亡关头，中国民族用全力争得了新地位，所有今日的一切都应归功于我们民族固有的力量。

中国民族的力量寄托在哪里？要解答这个问题，我们应从中国经济社会中去观察。自清末唱维新以来直到战争发生前，中国欲于数十年短促之光阴，尽习西方数百年积蓄之所得，东南沿海以及少数城市建设了一点点新式工业，其力量至为薄弱，在整个儿中国经济社会上，只是点缀品。若单靠这种力量，我们断无今日。中国今日民族力量仍在广大的田野乡村社会里面。三四年来，中国战场上出生入死，前驱后拥与敌人作生死战者是来自田间的农人。敌人一而再，再而三反复攻击而不能收速战之果者，是由于我农村社会使然。数十年来中国上层社会由轻夷而畏洋，拜洋，精神凡数变，而田野之大众未变。数十年来政治上的争夺改革，内而秩序骚然，外而降低国家地位，田野大众无可指责，数十年来中国治者阶级不能维持治安时，中国社会要"团练"来维持，在对外多次的政治上受到屈辱之后，中国民众不甘认辱，我们不问成败是非，道光时代粤人之拒绝英人进城，以至太平天国，义和拳起事，虽其方式，有可是可非，而其均为民族力量之发动则一。就经济方面来说，自五口通商以后，外国经济势力已由沿海侵入，通都大道交通便利之地均成了新式经济势力的据点，但广大的农村社会，别成一个世界。在这个世界里，有旧式行会支持的城市，有分散独立的农村，自给自足，各成单位，我们今天的抗战，所以能抵抗敌人经济封锁力量的压迫是因为有这一个旧式经济社会。这些旧式经济社会的人在海外开拓了新世界，繁荣了南洋各地，外国殖民地资源是他们开发的，中国革命是他们助成的，现在的抗战他们也尽了最大的力量。这些人都是旧式中国社会中的人，在中国国内同自然奋斗，同恶社会奋斗，在海外同土人竞争，同外国政治经济势力搏斗，其所代表的是民族的力量。他们所代表的中国是复兴中的中国，他们是真正的中国人，中国民族的脊骨是这些人。

　　这种固有民族的力量，无法用西方标准来以统计数字表达。旧有社会的经济力量不能正确的估计，这一点是力量之所在，也是相对的弱点之所在。农村社会有其特点，正同工业社会一样，亦有其限度。工业社会在平时有集中合理的组织，在战时可收统制管理之效。在农村社会里若是用工业社会的管理方法，有时不免引起无谓的结果。要充实民族的力量，我们应当循自己的道路，针对自己的需要而建设一个更有力量的经济基础。中国民族更伟大的前途要在固有的民族特性上加上近代工业生产的技术和组织。换言之，我们民族需要进一步的有力工具以发挥民族的特性。说到民族经济建设，我们当认清精神与物质必须分论。工具技术可以采取，而民族特性无法学得。在现在再提中西体用之论，一定招人讥评。但是自同治维新以来，今新兴制度之柔脆无力，一部分原因实由于我们忽略了体用之别，不曾针对民族需要而建设之故。国内提倡经济建设的人，忽略了自己的现实状况需要，妄想同当代最有力的国家躐等并论。在过去想学英法，到了现在又要仿效俄德。我们忘记了各国的现在状况是他们过去民族历史的延长。俄德代表的集团经济力量是最新的，也是最老的。俄国在政体上虽频有更革，但是其民族性依然未变。斯拉夫人的无个性的，团契的生活方式，在帝俄时代如是在今日还是如此。所不同的是在旧有民族特性之上，加上新的工具与组织，于是集团经济的力量便益行发挥。德国的集中经济制度，也是在原有普鲁士民族特性上加上以进步的技术，工具和组织。民族使用的工具，方法进步了，但民族性未变。在其他民族看来，俄德的经济制度是一种束缚，不自然的桎梏，但是如果我们从民族历史上去看，则知今日之经济制度是过去民族历史的延展，因为适合民族精神和特性，故能充实而有力，中国民族经济制度的建设必须循自己的途径。在过去多少困苦患难之中，中国民族均以其伟大的活动，安然渡过，现在我们又渡过了危急的难关。如果在民族特点之上，再加上进步的技术和组织，我们民族的力量将益可光扬。

国府新颁户口普查条例的商榷

戴世光

我国人口众多，据以往各专家的估计，约在四万万左右，所论不一，至今尚缺人口数量与内容的精确统计。这一点无论对国家的行政建设，或学术研究，都使我们感到非常遗憾的。近来各省市县间或举办户口调查，但与近代人口普查的标准相较，所差尚远，其中重要的原因：除由于经费不足及人才缺乏两种情形外，还缺少一种全国划一的法令，以为严格彻底执行的根据，迩者国府主计处有见于此，爰于今年拟定全国户口普查条例，呈奉国府核准，于去年二月十三日公布。该条例除已列入国民政府主计处编辑之主计法令汇编（见第四类统计法令第三十七面）外，并由昆明市《云南日报》于三月二十一日详载发表。全条例共计二十五条，对户口普查中的各主要问题，全加以规定，内容周详缜密，实属我国对户口普查方面，第一种比较完备的法令，目前为了应国家迫切的需要，自应早日付诸实施。推行在即，作者愿就户口普查意见，略备参考。

一、关于人口及户的规定（见该条例之第三条至第五条）

容我们先论"人口"，按人口普查中为了统计各地域的人口，在调查普遍是分采两种标准：一即按常住人口（或住所人口 De Jure Population）调查；一按实际人口（De Fact Population）调查，前者是以人口的通常住所（Usual or Habitual Abode）为标准，凡人通常住在何处，即计入何处的人口，不论该人于普查日偶然在场的地方；后者是以普查日那天的实际情形为标准，凡人于普查日在何处即计入何处的人口。这次户口普查条例中的规定是两种标准并用。就各国已有的情形论，美国采常住人口标准，英国采实际人口标准，德法两国则系同时并用两种标准，根据各国已有的经验，仍以按常住人口标准为佳，因为人口普查的重要目的之一，是欲确定各地的人口数量，每次普查的结果，至少应能据之大致的估计前后共约十年的情形，至于以普查日为标准日，不过是利用之，以获得普查的截断性，庶能减少重复及遗漏而已。并非以该日的情形，为标准的人口现象。事实上以一日的偶然现象，绝不能代表通常的情形，同时为普查一个地广人多的国家，则采实际人口标准，大为不便，因为调查日可以与普查日，所差日数甚多，各户长常无从详计普查日的情形，信口回答，其结果定不准确，按理若能进一步将两种标准同时采用，分别发表统计数字，自然最好。不过普查工作在我国尚系初办，缺乏完备的基础。调查员极难同时运用两种原则，若填写不明，统一之时当然极易发生错误。是以作者认为我国的户口普查，应仅采常住人口标准，不必同时又采用实际人口标准。此外在户口普查条例中，应订为"通常住宿的地点"。按该条例第五条原订者写"常时住宿或营业或办事之人口"。一个人可以同时有一通常住宿的地点及另一常时营业的地点。如据原订条例调查，则定会重复的。

次论户的分类：按原订条例分为普查户，营业户及公共户。作者认为可以不必作这种分类，因为事实上各机关大部是通常无人住宿的，即有亦多属工人侍佣等人口。若按公共户来调查户数及人口数，其统计并无意义。并且各小营业户多半同时亦属普通户。楼下是铺子，楼上是妻小的住宿的地点。这种情形在普通县城及乡镇中非常之多，若按规定则若何分类？分类的结果又有什么意义？因此不若简单的对户不预先规定分类，以免调查时解释的困难，即设对公共户与营业户有调查与统计的必要，也可以用其他的方式求得之，不必列入户口普查中。

二、关于户口普查的项目，可分几点来讨论

（1）该条例之第六条中所规定的须普查之事项，似嫌笼统，不如按项指明。如同"姓名"及"与户长之关系"应分别规定为两个项目（例如，西历一八七二年第八次国际统计会议所决定之人口普查基本项目的列法），按

该条例第六条第一项"户长姓名的营业组织或公共处所者其名称"与第九项"现在或他往"两项，都不能为一个项目，尤以后者，以实际人口标准论：有"现在"而无"他往"；就常住人口标准言，"通常住宿"中根本即应包括"暂时他往"。无所谓"现在"，除非按原籍人口（Legal population）标准调查，方有"他往"的情形。而且须在整理人口资料后方能指明，据作者的经验：已往各县自办的户口调查，多将"现在"解释为"通常住宿"；而将"他往"解释成"通常离开原籍的人口"。今若仍沿用"现在及他往"等字样，即设两种标准并用，在实际运用上仍能有很大的错误。

（2）该条例之第六条的第四项，只须规定填"出生年月日"，另以属相为辅，至于"实足年龄"，则按我国一般表示年龄习惯，在调查时多半仓促不易决定。实足年龄之折算，理应列入调查后的审核程序中，不必在调查项目中规定。

（3）该条例第六条第六项，似应改为"识字情形与教育程度"，原文订有"教育程度与毕业或肄业学校之名称"，按诸内容，恐有不妥，因"教育程度"不能包括"未就学而识字者"。同时学校名称则并无统计的价值。

（4）该条例中之第六条第九项，可直接订为"籍贯"。一方面在调查表中不必专为外国人列一项；并且若按原文，又对本国人口的籍贯缺少调查，尤其选民是以籍贯为标准，缺此款目，则无从决定各地民选代表的人数。

三、关于填表方式

该条例第九条对填表规定"得用挨户查填或户长自填方式或并用之"。事实上我国人民的教育并未普及，同时对人口普查工作的认识与了解也不够，绝难用"户长自填方式"。如并用之，则决定之权不啻授诸调查员。而调查员会为贪图省事，将能演成凡一户中有稍识字的人，就勉强采用自填制，结果错误不确之处定多。因此似应直接规定一致的用"挨户查填"的方式。

四、关于各级政府举办户口普查

原条例中自第十一条至第十八条分别规定全国省市及县的户口普查组织

办法。事实上除因为时间上不同的原因外，按理只有全国户口普查，无所谓"省市及县的户口普查"，省市及县只是全国户口普查中的地域单位而已。现既规定全国至少十年普查一次，似应简单的规定以全国户口普查为最重要的工作。最多在条例中另加"各省市及县在非全国户口普查之年，得因特殊需要，单独举办省市或县的户口普查，其组织办法应呈奉主计处另行商定之"即可，尤其是县单位的户口普查，由于经费及人才的缺乏，单独担负调查统计工作，实属不可能，如勉强查计，则其结果与已往的户口调查又有什么分别？

以上各节系仅就管见所及，提出讨论。此外，该条例之普查组织及行政部分，实系针对我国现有的统计制度而定。按我国的统计工作是由主计处统计局负责，外表是"集中"，实际是等于"分散"，因此恐怕虽对户口普查的组织，规定非常周详，而实际上仍难于推动。是以我们为了全国国情普查这种基本工作，能彻底实现计，统计局的组织似应更为集中加强。同时对普查工作，应进一步的永久保留一部分组织，以为长期设计研究的机构，方能期普查工作之发展与进步。

漫谈社会秩序

许烺光

一入国门就有人问我:"外国的情形如何?中国这样坚苦抗战使中国的国际地位提高了吗?"我的回答或许不使人高兴。我说:"抗战几年固可使人佩服,但我们绝不能以此自豪了。我们还要反问自己内部情形,是否像一个现代化的国家,是否具备现代化国家的条件。"我的话还未说完,发问者就抢过来:"政治上的贪污,自然随处可见,谁也都能看出来;可是我们讲话要站在中国人的立场上讲……"他的态度颇有意味,我们分析起来可看出三点:第一,他以为政治上的贪污是多不胜数,可是提起来又无办法,所以不必提,不必看。第二点,他以为站在中国人立场上说话就完全不应该提到中国的丑处,而只要大吹大擂地说中国如何如何的进步,中国人应互相称颂天下太平。第三点,所以他认为用各种方法使欧西各国承认中国是有进步,佩服了中国就算满意了。

持这种态度的人是否很多很多,我们尚不得而知,然而受过高等教育的同胞中有着这样态度,我们却认是我们国家的大祸。这种人不但消极地逃避现实中的基本问题,而且在积极地欺骗自己,欺骗别人。

为什么会有这种态度呢?许多人会推因于我们没有力量,其实不然,根本原因恐怕是我们没有方法去实用我们的力量,假如再没有实用力量,而只用笔或嘴去说与骂,那是冒不值得的危险,倒不如危行言逊的好,再说,贪污不也是太多了么?随时到处可见,只得置之不理。

我以为第二错误是我们没有拿出全部力量来,即刻除去一切不满意的积弊。假使前此的科学发明家们,因为不能即刻达到所求的结果因而不去想不去努力，我们今天不会有电车飞机无线电。要使社会有进步，我们得先有使这社会改善的决心，与一种认识目前社会大势的眼光，要解决中国一切政治社会问题，我们亦要找出一个入手点。也许有些人以为这要经过多少年的专门研究，然我以为这入手点是随时随地都有。让我举一例。

笔者在今年一月间乘运货汽车，由缅甸经滇缅路到昆明。笔者是坐在一位司机的旁边的，这位司机在一路上十天中的态度行为，颇使我开了眼界。车是由腊戍出发的，由腊戍到畹町的缅甸方面一段路中，他真是所谓奉公守法，在路上遇见别的车辆绝不抢先，见有了过路的人是必按喇叭，绝不开快车或随意冲撞，偶尔与别人有互相不能通过的困难，也是很客气地互相下车想法子通过。

可是车一到了畹町，一切就不同了。在畹町见了海关人员，他忽然呈露着屈辱求全的样子，其实报关手续也很简单，可是他偏要托别人去说句话。畹町一过去了，他又有两种面孔，见了沿路检查的宪兵，他是几乎可以跪下。给宪兵看看他的运货执照，他便脱帽鞠了大躬，口中连说对不起，脸上赔着笑容。若宪兵检查得非常麻烦，他要借故指出车上这位乘客是要到"中央"去的。这句话是非常有效，宪兵听了居然不检查了。

不久有几个乡下人来搭车。在讲价时他对他们不但是趾高气傲，而且是任意谩骂。他那时颇像大将军对俘虏，有生杀予夺可以任意的，可是第二件得意的事就来了。不久又遇见背对了车子向前走的乡下人与修路的男女工人。假如这些人让路少少迟了一点，他便即刻把车子擦那行路人身边过去，过去之后，再由窗口探出头去或朝行人脸上吐一口唾沫或破口大骂一顿。

他对过往的车子也分为两种，西南运输处的车子若是无理地撞了他的车子，即使是撞了一大块木板去，他是一句话不说，那面司机在撞完了之后探出头来骂他一顿，他也像个哑子似的。可是别的商车若开得稍妨碍他的直路的时候，他不但不让，反而会大声吵骂那面的司机的。即使明明看见那面的车子并未开错，他的态度也绝无两样，只要互相撞着一点，那必责备别人的。

这样，我们司机先生的脸色是在俯首受辱与盛气凌人的两端来回地换着。假如我们要看，类似这种的例子不胜枚举。在滇越路的火车我们可以看见几个某校的学生跟一个戴了眼镜的人吵，吵的原因是这样：那天车照例是很挤，而且照例是挤在出口处。那位学生爬上座位顶头那块横板上，不在乎的往下一坐，正坐在那个戴眼镜的客人的头上。后者抗议，但那学生不但不认错，反而把那人的帽子很轻视地拿起来看看。但在互骂的中间，忽然异军突起的来了个第三者，他是戴眼镜的人的朋友，他也来大骂一场，这样声势汹汹的一来，那三位学生即刻噤若寒蝉了。

我想读者中一定会有很多人遇到过这样或类似的事实。但有几个能想到这样事实的社会意义么？我们可有时也想到这与整个大局是一回事么？

这类事实的意义可以很简单地说明，中国社会在根本上是人治而非法治。人治的社会中，人与人的关系与是非由谁"大"谁"小"而定的。社会位置高的人应该压迫社会地位低的人，力量大的人应该欺负力量小的人，在这种场合中的"是非"是绝不如社会力量大小之重要，地位低的力量小的人，只得祈求地位高的力量大的或当权的人来可怜他，不要对他太难堪。在法治的社会中，一切反是，在那里人与人的关系与是非根据法定的各人应得的权利与应尽的义务。社会地位高的，力量大的，或当权的，得跟社会地位低的与力量小的共同使用一种是非逻辑。社会地位低的人不必求社会地位高的人在讲是非时可怜他及不对他太难堪，因为社会地位高的人根本少有资格与方法去欺侮人家。

所以，在彻底人治的社会中，我们常见的是立碑送匾来"颂扬"某某人"德政"，或登报发传单来请人注意某某官吏的贪污无耻。司机为什么对宪兵之类的人物特别以卑陋自居？因为宪兵们可以因他的态度不恭顺而特别给他麻烦，把他的车轮子拿下来检查。司机为什么对乡下人凶暴地加以污辱？要搭他车的乡下人是在他手中，他有了可怜他们或给他们难堪的抉择权。商车司机所以怕西南运输处的司机，就是因为后者人多势强，可以大打出手。一个商车司机之可以对其他商车司机的谩骂与不服气，也就是因为别的商车司机没有以人数压他的力量，而他是可以用更凶的手段压倒其他一个商车司机的。由此推论，几个学生之敢于侮辱无故吃了他们亏的人，是因为他们是某有势力学校的人而人数之比是三对一，但他们之所以甘于受另外一人的谩骂，莫非因为这另外一人可以带他们去宪兵司令部？

于是，我们可以简单地说，在今日中国社会中，只有两个显明的"阶级"：一个阶级是统治的压迫的，一个阶级是被统治的被压迫的。但在这二者之间并没有一个固定的界限。依实际情形来看，一个中国人的统治与被统治的地位，完全是因时因地因人而异的。对于宪兵，司机之处于被统治或被压迫的地位的；对于乡下人，他便一变而为统治与压迫的地位，对于无故被人坐在头上的人，那三位学生是统治者与压迫者；对于那位佩着宪兵司令部徽章的老兄，他们又一转而成被统治者与被压迫者！

在这样条件下，我们可以看出统治者与被统治者的分别，只是在其一场合中各人本身所有的以及所能调动的力量之大小的分别，没有一种现代文化中所赞贵的在大公无私下社会力之表现的法律，来作为人与人关系之根据。在这种情况下"人多势大"就等于"理直气壮"。实际是天经地义！在这种情况下，最要压迫人与统治人的人，也就是最会被人压迫与被人统治的人；而最被人压迫与统治的人，也就是压迫人与统治人最凶恶的人。人与人间的关系永远是一面的（除了少数中国传统社会看不起的商业关系）。你若不是统治者压迫者，你必然是被统治者与被压迫者。

究竟什么是平等？

这是一切政治社会各方面不上轨道之源，也是一切不上轨道之果！

这种社会的发展是只循着一个简单的公式，这公式可以用汉刘邦的话来充分表明出来。那句话是"大丈夫当如此也！"先出一个"大丈夫"来统治与压迫，然后必有其他"大丈夫"因看了眼红而想取而代之。"大丈夫"是不愿被人统治与压迫的；有统治压迫力量的是"大丈夫"自己及其隶属，而所要统治与压迫的是那些比"大丈夫"力量小的人，这其间不容第三者的做法，也自然没有这第三者所代表的国家。

凡感到尚无法使用自己力量的中国人，至少应该认清楚上述各点，是中国社会的基本状态，而要认清楚这基本状态，我们并不需要许多繁杂的政治社会理论与研究。我们若能常常循着这条大路去观察与体验一切你所遭遇的事实与发动的行为，然后再仔细地下一个判断，这就是一种非常伟大的活力。

社会科学与自然科学的不同两点：一、自然科学所研究的不是人自己；二、自然科学所研究的东西与人的关系也许可以较为疏远。反言之，社会科学所研究的是你我要生活下去所必仰赖的东西。我们很多人可以不关心"光"每秒钟行多少万里，可是我们必得关心统治我们的官吏是否贪污，政府是否尽职，以及他们那各种行为的背景与意义。何以呢？因为这个我们对我们存在所系的社会中一切动态，绝不能抱着我们所说"那是天文学家的事，我不必懂"的态度，把一切交给专门的政治学者与社会学专家。

这是我们每个人自己的事，因为我们每个人都要活下去，并且在希望明天的生活比今天好一点！

　　我们所以得在自己的思想中决定我们的选择，我们是要继续在压迫人，统治人与被人压迫与被人统治的个人主义的圈子中走呢？还是要离开这圈子而处于一个比较永久的，平等的社会呢？假如我们仍要前一种的圈子，我们是仍然喜欢在与人有冲突时就直截了当地给对方破口漫骂；我们也可以随意去谩骂人拘留人；我们也自然可以像西太后一样把日本的海军化成自己可以享乐的颐和园。

　　"大丈夫当如此也！"

　　假如我们要法律来作人与人间关系的基础，我们可得牺牲这些"大丈夫"应得的"权利"与希望。我们得讲求合法的手段来解决我与人的争端，不管我是否能压得住他，或打得过他。无论我们的地位如何，我们自然也没有法子去把国家大事弄得一塌糊涂，而仍然可以逍遥海外去作"考察旅行"。但我们虽失去了作这些"大丈夫"的可能，但是有不供别人作"大丈夫"的力量。当我们能真正决定我们所需要的社会秩序时，我们已经距我们的目标稍近些了。

役政与劳工

史国衡

在《论吸收内地劳工问题》（本刊五卷八期）文中，我分析工人入厂动机的时候曾经说过：逃避兵役恐怕是内地各省不容易免除的现象，用不着讳疾忌医，刚巧本届国民参政大会第七日，也通过了一个改善役政，藉利抗战建国的议案。可见役政施行有缺点不仅是事实，而且是已经引起朝野人士注意的问题了，役政的健全所需要的社会条件很多，本不可期诸旦夕；而兵役实施情形，有关国防大计，可以值得提出研讨之点亦复不少；但这些都不是我现在所要讨论的问题，我在昆厂调查劳工的时候，看见从役政罅隙遗漏出来不少的人力，同时因为兵役法和劳工法缺乏适当配合的缘故，工厂也没法把这批人力加以好好的利用。结果呢？役政不能健全，内地劳工也无从安定。所以本文将从工业这个角度，来讨论应如何就目前内地劳工所表现出来的事实，设法使役政和劳工政策相配搭，使人力得到合理的支配。

一

当我们看了昆厂八十二个内地工人过半数是为兵役压力而来，很容易令人想到这些人既非为作工而来，就不易接受技术训练；将来外面的压力一去，寄居的目的已达，又大有离厂返家之可能，仿佛役政无形中为一些工厂设了个骗局，工业吃了役政推行不良的亏；假使不是这种关系，或者我们工厂可以找着较多的忠实可靠的劳动分子，不致有两头落空之虑，其实，这只是一种肤浅的看法，只有误认了内地粗工过剩的人方会作如是观。

内地粗工是否过剩呢？我想凡是稍微明白内地工业建设实际情形的人，

对于这个问题是会作否定的答复的，昆厂去年十月间曾登报招考四十名帮工，结果只有八人来报名，这里面粗工之缺乏，绝不在技工之下，只要这不是一个特殊现象，我们就可以看出内地粗工数量亦感不足，我们就不能说现在因征兵而来的工人挤掉了其他工人的位子，而实在是前者填补了后者的空缺，换言之，假使不是役政无形中为工厂逼出了些工人来，则内地工业劳力将愈为缺乏。

再从那四十八个逃役工人的身份上来分析，我发现他们大多数是富农甚至小地主的子弟。他们当中有不少是农忙不下田的人，家中雇工耕种，自己拿着烟筒在田塍上照照工，入厂后还嫌工资不够用，常从家中领津贴，这可以证明这些工人如非逃役，工厂绝不能以现在的工资标准去吸引他们来。我在昆厂作调查，心中就觉得很奇怪，为什么逃役而来的工人，穷苦出身的就很少，后来经过某县工人们告诉我，才知道真的贫困分子，即或逃役多数也不愿入工厂，他们宁愿作流动的农工，挑夫，或在建筑界作小工，只有这辈小有资产者，才贪图工厂的安定和保障，因为像昆厂这一类工厂，和军需工业关联密切，政府虽无法令规定，无形中对于兵役具有相当的保障作用，可知在内地劳力竞争中，此类工厂所凭借的是另外一套实力，这实力还是间接由役政衬托出来的。

我们还可以问，征兵不是减少了人力来源么？假使不是把成千成万的壮丁送上了前线，则内地人力的供给抑何止此呢？不过我们现在所讨论的不是役政的有无对于劳工的影响，因为役政是国防大计，不是可以在存废上讨论的问题，设无役政现在劳力供应情形如何，我们实无从推测，所以只能从现存的事实看役政推行对于劳工有什么反应，站在这个论点上，我可以说工业是沾了役政的光。

二

工厂虽然从不完善的役政底下，接受了一批人力，但这人力究竟来得不正常，表现出来的是不安稳，他们知道在上述这类工厂里面做工，可能有免役的保障，但又无绝对把握，总是抱一个苟安幸免伺机应变的心理，所以从役政言，他们是玩法国民；从工业言，又是非常不热心不安定的工人。

我知道有些逃役入中学的学生，后来发现学校无保障，就惶惶不安，有的找校长想办法，有的索性退学他往，在工厂，正有与此相类似的情形，不过工人和厂方不及学生和校长之间有互信，逃役工人总是自为之计。例如某厂当局明白此中究竟，自愿为工人办缓役手续，可是工人们并不愿接受这保障，他们唯恐这样一来，工厂有了凭藉，县政府因而有了存根，会有什么不利的结果，所以宁愿东逃西躲。

从工人不愿接受免役保障上，我们可以指出两个很明显的原因，第一是户籍行政办理欠佳，政府无法追究逃役的人行踪，他们既有机可乘，就不愿授人以口实，此点我们且不讨论。第二是国民政府的兵役法（二十三年公布）中，并无工人免役或缓役的明确规定，在缓役法中，虽有服工役不能中辍时可以缓役的条文，但是普通工人是否算服工役呢？作工是否可以算不能中辍无条件的缓役呢？至少工人们是完全不明白的，在这种情形之下，逃役工人自然只好靠个人的机警和遭遇了。

为目前生产着想，工厂须设法去使这批人安心于工作，为将来内地工业人力基础计，更应该把他们长期固留在厂里，但是这问题是由兵役而起，所以想求适当的解决，必得与役政作必要之配搭，庶可于前方抗战无妨，而大有助于后方生产事业。

三

本来役政的推行和劳工的供给，在本质上确是有点冲突的，因为两者同是吸引年富力强的人，从对象言彼此间是互为消长，而绝不是互为补偿。再从性质上看，前方作战和后方生产，又很难说谁先谁后，孰重孰轻，惟其如此役政和劳工政策的关联益形密切，如或调整不当，轻重失衡，一方有了问题，他方也会显出畸形的现象。

在前一文里，我说从农业到工业本不是一条康庄大道，走起来很吃力。同时，在这过程当中，必得有其他社会政策相辅而行，则事半而功倍。英国工业兴起之易，论者恒把一部分功劳归之于英国农民的无产化，就是这种理由，我并不是说我们树立新工业，也得学英国先来两次圈地运动，其实可以与工业起配合作用的政策又何止一端，从役政与劳工的关系上就可以得一明证。

我们若把役政驱人入工厂和圈地运动使农人群集都市两件事等量齐观，

或未免言之过火；土地被没收了的农人，很少有返乡之可能，而逃役工人则否。但实在说来这只是程度上的差别。因为征兵绝不是工人所想象的只是战时措施，而是国家一种永久的制度，那末在实施兵役的社会条件还未具备之先，逃役总是难以避免的事体，不过战事停息以后，可以稍减其严重性而已，所以在役政还未臻健全的时候，工业总可以在人力方面接纳它一部分的漏遗，就是退一步着想，新工业对于乡民至今还是非常隔膜，兵役压迫劳工入厂，至少是尽了一点社会教育和工业宣传的功劳，一部本来不算作工的，说不定最后对工厂也因此发生兴趣不再回到他们原来的职业。

役政与劳工在实施的方法上，却可以收联络互应之效，上次欧战期间，英国军需工业因熟练工人缺乏，只得从前线召回一部出征军士，要是二者失去了联络，这一着就更难办到，再如上述国民政府念三年公布的兵役法中，也有因担任公务或服工役不能中辍时可以缓役的规定，所以二者在对象上尽管有抵触，配合得法，未尝不可并行而不悖。

四

但是役政和劳工政策的运用上就有缓急先后之分了。第一，因为兵役是整批的按期征调，不似工人有市场的供应，可以零星招致，伸缩裕余。其次，兵役是强迫的，义务性质的，而劳工是自动的，有权利与义务之均等。因此在二者配合的时候，应是以前者为主，而后者附之，也就是说劳工政策迁就役政之处多，因此役政可以强迫工人入伍，工厂就不能无故阻止人去服役，假使作工即可免役，就无异鼓励人民逃役了。

让工人缓役，有鼓励人民逃役的嫌疑，不如是，劳工又会发生不安的现象，实际上对于役政并无补。到底什么是两全之计呢？我想到弥补的办法之一，是把缓役的范围推广到技术工人，就是不为安定那批逃役工人，单从后方生产事业着想，实亦有加以明确规定之必要。

技工缓役另外还有几个优点，第一是可以打破内地逃役工人东逃西躲的现象，他对为要得到比较久远的免役保障，必得想办法从速爬上技工的梯阶，专心一志的学习技术，把以前向旁处流动的打算改成向上进取的心理，于是工厂可以频添一批较安定较有效率的人；其次，我们要明白工厂只是逃役路向之一，即使我们的役政尚无根本办法，逃役者纵不入工厂，也难保其不入他业，那末这规定既不会使逃役现象加剧，而反足以鼓励劳力踊跃投入工业了。

从执行上项办法的技术上说，工厂应把粗工升技工的条件严加规定，拉长迁升时间，提高技工程度，打算逃役的人也许要因此提前进厂，但是升技工既不是一年半载的事，在他们还未跳上技工的级层以前，必要时仍可以召其服役，至少在距今一两年之内，不唯无碍于兵役，且可多获得一批人力，在工厂方面，也许为本身利益计，不愿工人多多离厂，而加粗工以袒护，故亦须取得双方之合作与确切之监督，且就现在的事实说，厂方未尝不愿保障其工人，但工人不愿接受保障，如因此而促成工人与厂方之合作，不犹较目前之情形为愈乎？

逃役的人升到了技工，将来兵役的威胁一去，他们不也会出厂么？其实不尽然，工人不安的现象是粗工甚于技工，假如他们做了技术工人，待遇到了一般职业的下级干部的水准线，个人为经济打算，必不愿中途改业。他们到了一个时期或许会不安于某厂，但是就整个内地工业人力基础看，并不算失策，此外如规定在工厂继续作工若干年以上者，由政府给以服务证明，酌减其兵役以外之力役，又何尝不可减少劳工的移动呢？

五

总之，在现行役政与劳工政策之下，似乎可以发生抵触矛盾的现象，有人因逃役而作工，作工复因兵役而不安，如役政与工政仍不相为谋，则于工业固不利，于役政亦无补，实际上两者是可以而且必须彼此而兼顾的，本文只是就战时内地兵役和劳工的实际情形提出问题，我并不肯定的说什么是唯一的绝对行得通的办法，不过从这里看得出来在役政与工政调协互应之下，可以使内地人力支配比目前更为合理。

本期撰者：

陈雪屏，张德昌及戴世光三先生均是西南联大教授。许烺光先生新从英国归来，承其在百忙中，将返国杂感写出，藉资提醒国人。史国衡先生在本刊前数期已发表过两篇文章，其所论多是根据年来考查所得的。

第五卷第十四期（1941年4月13日）

这一周

中国国民党第五届中央执行委员会第八次全体大会于开会十日之后，在四月三日完满闭幕。这次全会最重要的决议案是通过了"三年建设计划大纲"。这个大纲包括政治经济和其他方面，确是中国抗战期中的一种重要文献。但我们一般的感觉，是这个计划过于广泛。在今日中国情形中，似宜集中精力，在若干根本处着手。除了当局能下最大的决心和善于利用国家的人才外，恐怕这个计划不能达到它所预期的结果。

八中全会的一个重要决议案是关于党务方面的决议案，即恢复省县党部选举制度案。我们认为这个决议案如能切实执行，不失为使国民党组织强化的一条途径。今日国民党的一个缺点，是党的基础在中央，而中央的基础在领袖。这种由上而下的办法，是政党之忌，倘使国民党能够改变过来，使领袖站在中央的基础上面，中央站在省县党部的基础之上，而省县党部则站在党员的基础上，则中国国民党必有光明的前途的。恢复省县党部选举制度，是实现这种改变的一种办法。

今年是抗战的胜利年，胜利象征表露得最显著的，当推军事方面。除了上次的豫南大胜外，最近我军在鄂西，赣北及粤东等方面，又速战速捷，其中以赣北之役为最伟大。敌以五六万之众，向我猛扑，我军采取内线作战原则，一面沉着固守上高东侧一带阵地，先击溃其来攻之一面，然后转向其主力包围攻击，将其各路军队实行聚歼。据已判明者，敌官兵伤亡二万四千余。辎重军需夺获无数。最高统帅告诉我们军事方面我们早已脱离了危险时期。观于近年来迭次的胜利，我们认为军事方面不但绝无危险的可能，且有最后胜利的绝对把握。何部长说得好："以前一般对于抗战到底的解释，恒视为敌人一日不离开中国领土，则抗战一日不停止，现在情形变迁。余以为应作进一步解释，即敌人一日不离开中国领土，则中国军民必进而聚歼之"。我们除对最高统帅及前线将士表示无限敬意外，应如何在精神及物质方面予以赞助？尤其在后方坐汽车，吃大菜的阔佬们更应反躬自问，何颜以对前线浴血抗战的勇士。

德正式对南希宣战，当然表示第三帝国有统一巴尔干的决心，而各方斡旋巴尔干的最后努力，已告失败。德国的行动，对于将来国际形势，要发生重大的影响。从英国方面来说，这是英国外交的成功，南希既然与英国站在同一战线上，土耳其随时有牵入战争漩涡的可能，德国军力，既然在近东受了牵制，就无法侵入英伦三岛。从苏联方面来说，德苏邦友，增加了不少磨擦。从上次欧战以后，巴尔干半岛，不但是大斯拉夫主义的目标，而不断地受布尔维希主义宣传的熏陶。这双重暗影，本来是大日耳曼主义的障碍。现在德军在南希迅速推进，让苏联无法调停，更不能保持它的以往优越势力。苏南间与苏土间互不侵犯条约的签订，是苏联对轴心国在巴尔干侵略的答复。德苏合作，为近东问题已经发生不少裂痕，将来可能有一天，不能不分道扬镳。从意大利方面来说，德意志在巴尔干扩展势力，当然是表示意大利在近东的优越政治上地位，已经在不知不觉间转移与德意志。德军占领萨伦尼加的神速，反映出意军在阿国内的无用，意大利内部，曾经有主张单独对英媾和的少数党，这些失败主义者，当然是明了只要战争延长，不久意大利就要听德国号令支配，实际上变成附庸。从近东方面来说，巴尔干半岛，向来是世界的火药库，随时可以爆发，一九一四年的大战，有些人就称为第四次巴尔干战争。巴尔干各邦，不但受纳粹主义的威胁与闪击战争的恐怖，而彼此间收复失地的问题与内部民族团结问题，都是不易解决的事件。南希两国，能不惜任何牺牲，为抵抗侵略而作战，目的只求争取时间，是值得任何民主国家的同情与援助。

英美荷三国当局，今日在马尼剌举行联防会议，据传其主要目的之一，为商谈共同使用西太平洋海军根据地问题。依远大处观察，此次会议的意义，实不止在决定三国联防计划，而是使美国从此在反倭防线上，必然居于领导的地位。美国现在倾全力建立本身防御，并援助英国及其他被侵略之国家，但此时在太平洋上的海军建设，或者仍未能完全适应作战的需求，所以欲借新造之军舰，以变换倭寇所恃的优势，非更彻底促成太平洋联防计划不可。海军根据地（如马尼剌，巴达维亚及新加坡等）的共同使用，是三国海军合作的先决问题，这次马尼剌会议，当然于此有所商定。此外，最近美政府又拟议以五千万元发展菲律宾防务，这更是加紧联防之表示。从美国国防上言，只有扩充"两洋海军"，始足以应付国际现势。除大西洋给英国以最大援助之外，尤应在太平洋方面积极促进联防，以作必要时重洋远征之准备。基于这个认识，我们对于马尼剌会议，自然抱着很大的期望。

美国拿捕意大利丹麦轮船，而以相同数量的美轮，租与英国。乌拉圭当局扣留意丹船只，墨西哥扣留德国商船，拘押船上人员，可见西半球在美国领导下，已经放弃中立的态度。美国这一种举动，当然有引起轴心国报复的可能，我们可以说美国要始终处身于战争漩涡之外，事实上办不到。假如欧洲或是远东方面，轴心国与它们的联盟，在军事上积极进展，为保卫民主主义计，新大陆上的国家总有一天要表示更鲜明的态度，采取更有效的步骤。

日寇向来是一位投机主义者，因为南进问题骑虎难下，退既不能，进又未敢，所以派了松冈聘问德意及苏俄，目的除了要求德国物资援助及与苏俄订立互不侵犯条约外，还想观察德意的实力，轴心有无制胜的可能，但当松冈抵德后，南斯拉夫突然发生对德不利的政变，美国及南美诸国下令拘捕停泊港内之德意船只，所以尽管松冈口头上说接洽颇为圆满，实际上是感觉相当失望的。到了意大利后，虽然备受欢迎，与意国当局举行了两次会谈，拜晤了一次教皇，但这位盟友早已焦头烂额，当然更引不起松冈的兴趣。所以据传倭国赶快电召松冈返国。松冈即匆匆于四日离罗马返柏林，与希特勒及里宾特罗甫作最后晤谈后，五日晚即离德赴苏。七日抵莫斯科，与苏联外委长莫洛托夫讨论苏倭一般问题，预定十日启程返国。但正当这时，德国突击南希两国军队颇为顺利，苏德关系因巴尔干战事而有恶化可能。松冈又宣布延期至十三日始行返国，目的当不外二点：第一是觉得德国军事好转，日本尚须观风察色，既不得得罪这位盟友，南进问题自当再度考虑；第二是趁巴尔干战事紧张，苏联注意力集中欧洲时，压迫苏俄谈判远东苏日间问题。倭寇的这种畏首畏尾，投机取巧的作风恐既不能缓和对英美之紧张关系，又将不能见谅于德意盟友，苏俄当亦绝不致受倭欺骗，所以结果恐不但不能投机取巧，结果反将愈陷愈深，益感进退维谷矣。

倭因粮食问题恐慌，业已实行计口授粮制，据倭当局公布，婴孩每日准领食粮一百二十公分，劳工每日五百七十公分，年在十一岁至六十岁以内者，概称为成人，机关职员每日领一百三十公分，工人及妇女得额外多领粮食若干。政府为实行统制起见，强制买囤民间米粮，因此民怨沸腾，民心不安。这种情形不仅限于米粮，就倭寇经济的各部门言，可谓莫不如此。自中日战后，因为军需工业情形发展，劳工与资金的缺乏，一般工业都受严重的打击。农业也因水灾旱灾，劳力减少，肥料农具缺乏的结果，生产日趋减退，尤其因为前年春夏间的旱灾及去年的水灾，粮食生产更受严重的打击。而欧战后欧洲各国原料输入断绝，美国更加紧对日禁运，日倭物资益感不足，政府不得不加强统制。不过目前倭寇经济问题的症结是在物资不足，并不是如何统制的问题。物资如无法补充，任何统制方法绝不能挽救经济的危机，反将引起国内的不安，资本家与军部及政府间的对立尖锐化而已。

四月四日是儿童节的纪念日。全国无数的儿童，都在这一天庆祝这个共同的生日。但我们认为真正纪念的方法，是在研究怎样使一切儿童都能够有适当的生活和合宜的教育。现在因为战争的缘故和因为物价高涨的缘故，无数儿童，流离失所，饥寒困苦，有机会参加庆祝儿童节的人，是否注意到这些可怜的儿童？又现在大部分的家庭，对儿童都没有妥善的教育方法，而大多数的儿童，还没有就学的机会，有机会参加庆祝儿童节的人，是否考虑过怎样改善这些现象？

论党务

钱端升

我是主张一党制者,本文所论的党务当然是中国国民党的党务。

中国国民党是主政的党,党务的重要不亚于政务,党务的改进就是刷新政治的先决工作。依常理言,国民党党员,就是一班国民,应该如何讨论党务以期改进党务。然而在过去,关于执行的琐屑事项尽管有许多会议,许多商量,而关于政策的基本事项,则绝少闻有所讨论,有所辩难,这不能不说是一件可怪之事。

"目前的根本问题,是要使政治有新的气象,党务有新的精神。"这是总裁蒋先生在八中全会致词中的警句。他更说:

> 但是我们观察过去三年八个月以来,尤其是最近半年之间,我们奋斗的精神,确是一天不如一天。从党到政府,从我们中央到地方,无论党务,政府,军事,经济,各种事业,都没有新的精神,缺乏新的活力。我以为这一点,就是绝大的危机,值得我们惊心的。为什么我们全国上下在抗战初起之时,明知我们是以弱国而挡强寇,都能紧张振奋,不惜牺牲一切,而到了今天抗战紧要关头,最后胜利已在不远,反而有因循怠忽的现象呢?这个责任,我们不能归之于政府,更不能归之于民众,也不能归之于内外环境之险恶,而完全在于领导抗战建国之本党,尤其是今天在座各位中委同志。我们应该念念不忘"革命尚未成功"的一句遗教。尤其要知道,此时真是我们存亡绝续的最后关头,哪里可以有一点

侥幸自矜之心，哪里可以有一点苟安怠忽之意。如果我们今天在座的一百五十余位同志，大家都能一致振奋，仍旧像过去三年以前一样，来发扬我们悲壮奋斗的精神和凌厉无前的气概，那本党同志和全国同胞，在我们精神感召之下，一定能重新鼓舞起来，向危险艰难的路上奋勇前进。反之，如果我们有一件事不努力，不振作，那就要使得全体部属，以至全国同胞，都要随之松弛懈怠下来。国家的前途，也就不堪设想。希望今天在座的各位同志，要一致将目前这个内在的危机，从此革除旧习，共同鼓励，力行不懈，振作我们愈困愈奋的大无畏精神，来领导自己的部属和全国的民众，使我们一致自信有本党和政府领导，一定可以达到抗战胜利，促进建国成功，必须如此，总能不负国民的期望，不负友邦的同情，也才能增加我们抗战建国的力量。

这一番话应有振聋发聩的效用。有了这番话以后，党员们自须格外努力以求"党务的健全"，才可不愧为党员，不负领导者的领导。

就我所见，欲使我党更能肩起抗战建国的大任，我们应做到下列数事：（一）三民主义的阐扬应具精彩及生气，且处处须以全民的利益为出发点；（二）党员的数量暂时不必求其大；而其质量则须加以注重，务使全国富有政治意识的优秀分子俱入党，而在党者皆具有朝气；（三）党的组织与党费不必求庞大，不应依赖政府，而须求其能独立自给；（四）党与政府应成两个不同的系统，而不可过于错综混合。请分论之：

（一）三民主义之所以能成为救国的主义，且其价值可历久远而不减者，乃因其有极广极厚的根据，而不是一种投机主义，或是一大串头痛医头，脚痛医脚的药方。孙中山先生为近代第一通人。他不是一个国学家，但他对于中国民族数千年来的演进，以及今日所具的物质，知之既最详审，又最透辟。他不是一个经济学专家或是政治学专家，但他对东西各国的经济及政治制度，既有确切的认识，又能善为比较，知其得失。三民主义乃是他根据古今中外的比较，而获到的一部富于理想而又不是无实行可能的主义。这主义是适应中国的需要的。如果阐释者没有把它曲解了，或是把它缩小了，三民主义绝不致使任何人（蓄意反对或污蔑者当然除外）发生不合时代或不彻底或缺乏进步性之感。如果在过去，他曾使一部分优秀分子发生这一类的感觉，那不是由于三民主义之未能实行，便是由于三民主义的解释方面有缺点。

在过去，三民主义的解释常易有下列各种缺点：第一，关于民族主义的解释往往太狭窄，偏于自卫，而缺乏崇高的理想及进取性。第二，关于民权主义者，先后往往不一其说，有时几近释民权为极权，有时又类似英美的民主政治，而孙中山先生主权在民及推行宪政的基本思想往往消失无遗。第三，关于民生主义者，解释者不是大做"平均地权节制资本"的八股文章，便是故意闪烁其词，徒使读者坠入五里雾之中。这都是要不得的解释。这种解释自然使有偏见者得以攻击，无偏见者感觉乏味。是故为发扬孙中山先生的主义起见，解释者务须从大处高处入手，而又处处不忘三民主义俱以民为本的原则。

（二）党员的数量质量有关党的基本。如党能拥有巨数质量至佳的党员自是最好不过。如果二者必不可兼，毋宁少而佳，不可多而劣。政党以左右政治为目标，其领导者务必有政治意识，而具有政治意识者（当然也除了蓄意反对者）则必须使其加入。以此为衡，则过去所收党员常嫌太滥，而对于善良分子的吸收，则又未到最大努力的程度。

国内有许多人是反对学生入党的。我也反对中小学生入党，因为他们的政治意识还小不够发达。但大学生则我以为绝对可以入党。吸收党员时，大学生应是最良好的一种党员。如果一面说要征求党员，一面又不积极设法使有政治意识的大学生入党，则久而久之，这种学生势必加入其他政党。这当然不是国民党所应放任之事。

（三）论及党的组织与党费，国民党今所采用的方式是偏向于国党混合的办法的，所以党费大部取给于国库，政府可以推行党务，党部也可以治理人民。我以为这不是最好的办法。尤其在"有人批评我们，讥笑我们说，本党的工作不紧张，太懈怠，甚至说我们太腐败了衰老了"，而对"这种批评，我们都要承认，都要接受"的时候，我们似宜采用一种新的办法，以冀增加惕厉精神，并以减少衰腐的因素。我的意思，党费应恃党员的捐献，而不恃国库。如果党员的服务及热诚够程度，则纵使经费减少，党务也不见得因而不颖。至于各级党部的组织，更应竭力避免衙门化。衙门化的党部常会变成开会填表的机关，而不易发生党组织所应发生的作用。

党与政府关系的保持，与其仿效德意，毋宁仿效苏联。在前者，党与政府混成一起，党成了国的部分。在后者，党成立政府，并指导政府的大政，但除此而外，党不与政府发生自上至下的并行关系。我不是说，这两种办法，前者不如后者。但中国今日需要的，是要使主政的党由不健全而变成健全，由暮气沉沉而具有朝气，由侧重消极应付而改取积极作为。要引起这种不可少的变化，莫如使党的依赖性减少，同时自主力增大。如果做一个国民党党员一定要靠自己的智力毅力及革命精神而不能靠政治实力，如果做一个国民党员的报酬是艰苦奋斗及精神上的满足，而不是"有特殊的地位"与"享特殊的权利"，则党质党德必可丕然大变，而成为一个有朝气极健全的集团，而一切的讥笑也失了根据。

因为我心目中的中国国民党，是一个主政服务以救国，而不是一个做官享受以误国的党，所以我虽主张一党制，而却不主张用压制的方式以消灭其他各党。我以为我们可任其他各党存在，并且可任其他各党活动。惟一的限制是他们必须奉公守法，必须努力抗战。如果国民党是一个有声有色能获人民热烈钦爱的党，而不仅是一个不能不接受的党，则其他各党在若干时期内，必定要失了存在的理由。如果国民党不能做到这项理想，则纵使禁止各党存在，各党活动，暗地里的活动反而莫可阻止。为表示国民党伟大起见，我以为确立一党制最敏捷的途径，莫可先予各党以合法限度内的自由。

党务本是不方便讨论的一件事。在常情之下，党员要求改革党，常易引起党内部的纠纷或分裂，一般国民要求改革主政的党，常易引起政治上的大波动，甚或内乱。这种纠纷，分裂，波动，内乱，在战时更不应有。幸而我们此时无须忧虑有这种不幸发生。就国民党言，我们有站在任何党员前面的总裁，总裁自己即是时时刻刻关怀于党的健全者。就全国而言，国民党的总裁是全国的共戴的领袖，国民如要求国民党之健全化，亦不致牵动抗战时期中的中心势力。如能把握住这一要点，无论党员国民均应重视党之健全，而多作革新国务的讨论，更由讨论而付诸实行，则党健全之日，即是政治上轨道之日。

推进边教的几个实际问题

李有义

推进边教在今日已成为刻不容缓的事，因为我们要开发边疆，就必须从边教入手，我们惟有藉教育才可以沟通我们与边民间的文化，提高边民的知识程度，并灌输他们以生活上的一切必需的知识。在过去因我们一向忽视边疆，对边教虽偶然有人提倡，但始终没有切实普遍的推行过。所以今日谈起边教问题来，好像一切都须从新做起。幸自抗战以还，西南已成后方重镇，中央及地方当局已开始注意边疆的开发，边教也在积极推进中，这不能不说是一种好现象，这篇文章是根据我们的实地考察的结果，对边教中的几个重要的问题所作的检讨与建议。我们在这里不是根据空谈来主论，所论述的或者可以供教育当局及关心边教者之参考。

一、师资问题

师资问题是推行边教中的一个基本而最先决的问题，没有适当的师资，边教就无法推行。过去因边民受教育的机会太少，在边民中，小学毕业生已甚难得，受过师范或中等教育者更是凤毛麟角。在作者调查的社区内（以下称尾村）在全村六百六十四个夷民中，受过完全小学教育者，不过三人，由县立短期师范毕业者仅一人，所以目前推行边教，要从夷民中觅取师资，几乎是不可能的事。现在各边地小学中，师资大部仍须借重汉人；然此种汉人师资大多没有受过特殊训练，对边民情形熟悉者甚少，而因待遇及生活之较苦，又不易得上乘人才。作者在尾村时常与汉人教师谈话。从谈话中我们发现他们大多没有适当的训练,对边民情形既很隔膜,对教书也没有兴趣,只因为找不到别的好事才勉强来此混饭吃,而且随时都在准备他就,没有一个是有长久服务的心,就他们在校服务的时间说,平均起来没有一个是超过一年以上的。甚至有一位女教员说她来此是上了人家当,在未来时听人说,这地方多好多好,及来了后,才知道一切皆非,她预备学期完了就走。又有一位教员说他是校长的朋友,来此纯是为了帮朋友的忙,他说教夷人书,简直是一件苦恼的事。以这样的师资来负推进边教的责任,其结果可想而知了。再从边民们的意见中,我们也可看出师资的问题来,多数边民向作者说,他们起初很重视学校和教师,但他们渐渐发现教师大多教学不努力,又小看夷民,其中有两位竟作夷民认为是不道德的事情,所以后来他们对教师及学校都失了信仰,纷纷令子弟辍学。我们认为这种情形如继续下去,会断送了整个边教的前途。在我的主张,在未设学校之前,应先训练师资。

关于师资的训练,可以分为两种:一种为普通边教师资之训练,一种为特殊边教师资之训练,普通师资可由汉人任之,特殊师资则限于向边民中选择之,普通师资可由各国立或省立师范学校设专科训练之,或设专校训练之,学生之选择须择性情活泼,善于因地制宜及对边教有真实之志趣者。此种人才不能滥收,因非真有兴趣者,将来绝难在边地长久服务,训练中应注重普通人类学知识及语言学之技术,以助其适应边地之文化。

特殊师资之训练,可分两种:一种召集夷民中之已受师范或中等教育者,加以边教训练,此种训练可在省会或其他中心地点行之;另一种为新师资之训练,此种训练须在各边区分别举行之。就各区之特殊情形,设立师范学校,招收夷民子弟,授以初级边教训练。已经有了师资,则可进而普遍设立边区小学。

二、教材问题

所谓边教,顾名思义,即知与内地教育不同。大多边民皆保持其原有之生活方式风俗习惯等,在这种情形下,普通教材自不适用,然目前国内并无专供边民应用之教科书或教材,故大多数边区小学仍滥用普通内地小学之教材,就我们在尾村考察,发现其课程编制,教材之采用,完全与普通汉人小学相同,并无任何特殊适应边区之设施,然在实际进行之中则困难甚多。并且多数教师感觉课本中对汉人儿童极易解之事物，对边民儿童极难了解；他们一半以为边民儿童的智力低，一半也以为教材不很适用，我们则以为智力低之说，完全不能成立，此乃汉人之偏见。至教材之不适用，乃为无可否认之事实，盖普通教材之内容于边民生活相差过远，完全缺乏边民生活中之各种事实，而能实用之知识又极少，故对边民既不易了解，又不发生兴趣。

关于教材问题之解决，我们以为可以有两种办法：一为治本的办法，一为治标的办法。治本的办法，应由教育部或各省教育厅，组织边教委员会，聘请专家，先赴边地作实地考察，然后就各区的特殊情形，编辑各种边地教材。治标的办法有二：一为选用目前已有较为简单的课本，如平民千字课及民众教育课本等，其次为由各边校之教员，因地制宜，就地取材，以助普通教材之缺陷，此种方法必须教员有特殊之训练方可。就我们的考察，如教员能熟察边民之生活，并活用现有之教材，则教材问题，即可解决一部分。此外多用挂图，仪器，实物，也可作教材之一助。就长久之计言，第一种办法自然极为重要，然此种办法需要相当之时间。故在治本办法未能有效前，治标办法如切实推行，亦可收相当的效果。

三、语言文字问题

多数边民仍保持其原有之文字或语言，故语言文字亦为边教中之一重要问题。即以云南境内言，土语即分为三大系统：傈吉薆语系，藏缅语系及泰语系。尾村之罗罗语系属于藏缅语系。在大体上虽然只三个系统，但方言却极多，几乎每一部落即有一种方言，与另一部落即不能相通，如以此种方言计，云南境内至少约有一百五六十种；即以我们所考察之尾村言，其附近即有两种方言，即撒尼土话与阿细土话。而在此两种方言中，又可分为若干小方言区，几乎每一社区均有差别；然就文字言，则撒尼与阿细同属罗罗文。我们应该讨论，推行边教之时，是否采用当地方言与文字，抑或完全采用汉语与汉字，关于此问题，讨论者大有人在，而主张纷纭，莫衷一是，有主张保留原有之语言与文字者，有主张一律用汉语汉字者，我们则以为两者均有商榷的余地。

我们不能忘记推行边教的主要目的，系在提高边民之文化，使与内地人民同熔于一伟大的文化洪炉之中。换言之，即设法使之与内地同化，如完全保留其语言与文字，则为达到此种目的的障碍，事实上我们又未能完全抹杀其语言与文字，如此则边教将无由推行。就我们的见解，语言文字问题之解决，可分两个步骤，第一即汉夷杂居社区中之办法；第二为完全边民社区之办法。在第一种社区中，我们主张应一律以汉语汉字为主，其教材及教学上，应尽量利用汉语，惟在初级班中，儿童尚不能作纯熟之汉语时，可用夷语辅助教授。在此种社区中，欲保持其方言文字，事实上概不可能，如行之反较推行汉语为更难。即以尾村为例，学生中即有四种方言，每种方言之通行区，不过由数个社区至十余社区，在此情形之下，我们究将以何种方言为标准呢？抑各种方言均利用呢？其实这都是不可能，尾村各夷民学生之互相来往，均以汉语为媒介。故在此种社区中提倡保留方言，实为不通之论。关于此点，我们也曾征求边民之意见，他们也以为应提倡汉语，而在杂居社区中，尚有"学会汉话走遍天下，学会夷话走三个村庄"，足见夷民也知学汉语之重要了。

在第二种社区中，汉语完全不通行，问题即不如上述的简单，如云南西南部之蛮夷，及西北之怒族傈僳等区域中。在此区域中，如不利用其方言，事实上是不可能，故应汉语与土语并用。在初级班中应以方言为主，至高级班中则授以汉语汉字，并尽量多发行汉夷文并行之书籍。我们推行边教之目的，本在沟通汉夷文化，不能因方法上之便利，即用其他种文字，如拼音字母之类，现在若干边区中有外国传教士依方言而创拼音字，以教边民者。此种方法虽甚善，然对我文化之统一，却有不利的影响，就国权言，实在亟应取缔才好，然我们既不努力，又何怪人家越俎代谋呢？

最后我们还要提出一点，即云南边民之方言，虽极形复杂，文字则却较简单，主要者只有夷文，么些文，罗罗文等数种而已。在此数种文字中所保存之书籍，又多为宗教上之经典及历史记载等，传授一般知识之书籍则甚少。任何一种文字，如只有某种功用，而不能作累积经验及传授一般知识之工具，将渐成为死文字。目前云南之若干种夷文已成死文字，故我们如欲保留某种夷文，应推广其用途，而推行边教实为其最好的办法。

部定外语系英文组科目表的商榷

费鉴照

教育部近二三年来订定之统一大学课程,令全国大学遵照实行,并且规定一个试行时期,这种办法,在英美国家,固然用不着,即使实施起来也会引起很大反感,但是在统一情绪高涨的我国,我们大学教员和其他社会上一般人,至少在原则上,大家都愿意赞成与支持的。自从这种部定课程颁布以后,全国大学遵照部令实行,差不多已两年光景,教员与学生对于它,已有若干经验,我根据我个人所得的经验来讨论它,在这里,我只限于部定的外国语文系英文组的课程。

这个部定科目分为两种,一种是必修科目,另一种是选修科目。凡必修科目,系里绝对没有自由或伸缩余地,而在选修方面,部分给系方很小量的自由。如系方认为必要时,可酌景情形在规定科目外另开课程,但是,这种课程必须呈报教育部核准。教育部对于科目这样的严格,似乎太过分些,这样严格,部中自有它的用意,在这里我不加以论列。这两种规定科目,因为必修科目系方绝对无伸缩余地,性质上我推想起来部方认为比较的重要。所以我拿它们来讨论。我们看了一下必修科目的种类,马上便可知道部请的专家订立这种课程的用意和这辈专家心中想造就的何种人才。在必修科目表中,除毕业论文外,共计列科目十门,在这些十门课程中,有"选修"的课程足足有七门之多,大约他们恐怕他们的同事讲课不能"实副其名",所以在备注一项内,谆谆他,不惜重复的说"着重作品"或"以作品为据"一流的话。他们的苦心,我们看了,我们很明白的了解。他们的意思只要学生了解作品,他们想,学生懂得作品以后,其他的问题,便可迎刃而解了,这种观念引起一个很复杂的问题，语言表现一个作家的思想与情绪，读者要了解作者与思想的情绪，当然要从语言着手，但是，语言并不能包括作品的一切，语言是作者表现他的心灵的工具，也是读者达到把握这种心灵的途径。它只是艺术作品的一部分。过去经验告诉我们，注重语言的结果，便走到"普通英文"或"一年级英文"一类课程的路上去，而造成和这类课程无何显著差别的现象。因之，其他重要的部分如原理与历史沿革等等便不管了。我主张大学教员讲授一门课程，应该讲解文学的原理与历史变迁而拿作品来做例证，说明那原理与变迁。作品仿佛是一种文件，根据这种文件来研究文学的种种方面。我说这番话，我决没有忘掉一个中国大学学生读英国文学的困难。同时，我也想我们在大学里教英国文学不能完全采用英国大学内教他们本国文学的方法。因为这两种原因，我发出下列二项主张：第一，建筑大学外文系英文组学生近代语言的基础；第二，养成他做一个中国的英国文学学者。

第一，外文一系英文组第一二年级学生大部分的课程与时间应该用于了解语言上。我在这里所指的语言是指近代语言而言，不是上古与中古的英文，也不是十六七世纪的英文，而是最近代的英文。每个学生应该读最好的近代散文，读了以后，对于近代散文的文字和节奏有一个可靠的亲切的感觉，然后他自己写起来便会具备些英国气味，在发音上我们同时给他一个严格的训练，使他读音正确，这样做去，在最初两年内替他造成一个坚定的基础，从这个基础上，再去建筑一个中国的英国文学学者的架构，二年完毕，给他一个严格的考试，倘使他不能通过，便不准他继续下去，劝他转系，另觅出路。

第二，第三四两年内，学生同时读诗史，小说史及戏剧史等课程，教员讲授这种课程注重它们的沿革变迁，而同时规定若干代表作品，要学生细心阅读，彻底的了解。当然，特别困难的部分，由教员详细解释来替学生解决困难，这种帮助在课外另行规定时间，免了妨碍讲演的时间。我和部请的专家们抱同样的意见，伟大而难懂的作家，如莎士比亚米尔顿等应该另开专门课程，作详细的研究，在这种情形之下，他们的作品与艺术及文学上的地位等等都同样注重，而须竭力防止专重作品的事情发生，至于欧洲其他国家的名著，可另设欧洲文学史一门，将欧洲代表的名著包括在这门课程里，而放在二年级读，因为，学生能读的都是英文翻译，原文里文字上的困难已不复存在，无庸再占三四两年内的时间。

我们在大学四年内一方面使学生英文在写，读，说三方面有初步知识与能力，在另一方面，使他有一个较广的文学观念和独立的判断力，倘使在可能情形之下，吸取英国文学的血液注射到中国文学里来，给中国文学开辟若干新的方面，扩大它的园地，而产生新的中国文学。同时我们用英国语言创作来表现我们民族伟大的心灵。这是我们研究英国文学最高的理想。当然这是很难做的事，但是我们绝不能因为他难做，而不抱着这种高超的目的，倘使我们依着现行的科目表做下去，我们固然不能达到这个高超的目的，恐怕要造成上面所说的人才也不可能了，依着现行的科目表做，结果至多造就些比较懂得英文和写些"中国式英文"的人才，来当通译，解决"海禁大开"以后，和欧美人士交涉时，因语言上的不同而发生的困难，这是十九世纪中叶"讲新政"者开设"方言学堂"的宗旨，在二十世纪的近代大学里，绝不应该再走上那条路去了！

在上面我们意见已经明白简单的提出，我除了表示我的希望以外，不想再说其他了。这个科目表满了试行期间，修改的时候，我希望教育部除听取部请的专家的意见外，尽量征求各大学外文系教员的意见，这样，才能订出一个比较完善的科目表，继能把握着我们研究英国语言与文学的真正目的！

文字的魔力

许箇仲

一、文字与文化

据文化史家的某一派说,"文字之出现,是人类文化史上一个重要的事实。'文化'与'文明'的区别,即在于文字之有无。"

一般的高等哺乳动物,即是"异于人者几希"的那些禽兽,是否有复杂的思想,尚无从判断,其原因是:(一)我们毕竟与禽兽有那一点"几希"的不同;尽管有着一些人而具有"衣冠禽兽"的雅号,但"衣冠"之后,便尔迥殊,无从设身处地去推断禽兽是否有思想。近代"内省"法的心理学,在此不能适用。(二)思想之为物,甚为危险;尤其是复杂的思想,既属"统制物"范围,更不便讨论。不讨论便不容易明白认识,便无从判断。不过禽兽的"语言",非常简单;则所表现的思想,大概亦不会十分复杂。复杂的语言,便是人之所以高于禽兽之一事。有了语言,然后文化才有较固定的流传法,才能生长进展。生长进展到了一个相当程度后,方才再有一种创造,即是把语言用某种方法作成更固定的记载。记载法,有的用简单的物品作记号,如绳结,贝壳……有的则以刻画在泥土,木,石,金属等材料上的简单记号为工具,这就是文字。文字之出现,是文化进入文明之一步大跃进。美洲的"马耶","印伽"两文化,其程度并不在"巴比伦","亚述"文化之下;然而后两者因为有文字的记载留传,所以我们便认为文明;而前两者则只认为文化,与现在南非"土人"的文化同列看待。所以文字一物,在"民族史","文化史"上,都有很重大的意义。先民这一种伟大的创造，实在是值得夸耀的一件"民族遗产"。威尔斯世界史纲中，对于文字创造者的歌颂，绝不过分；而中国传说中说仓颉造字后"天雨粟，鬼夜哭"，亦不算"岂有此理"的恭维。在这里我先恭谨提议应把仓颉造字的那一天，定做一个国庆日；在那一天，凡属用得着中国文字的人，都应当到仓圣祠去行礼。至于仓颉造字究竟是哪一天，以及该国庆日应有的仪节，（例如是否应与祀孔或祀关岳同等隆重，应行三跪九叩抑三鞠躬……之类）应当由教育部与社会部共同组织委员会来拟定，颁布施行。这些不属本文范围恕不讨论。

二、文字与巫术

巫是神与人之间的一个媒介，也就是神的"秘书"。初民的一切生活活动，都由神管理；神的管理，则由巫者代拆代行。巫者要巩固他们的社会地位，增高他们的身价，以便于剥削平民，便设尽种种方法，把知识锢为私有，使平民永远震慑于神的威严，因而对于代表神的巫者，也常常保持至高的敬畏。文字既是传播知识最重要的一个工具，巫者尤其重视，更要专享其利；因此文字创造出来以后，一直就受着巫者的管理与支配，而文字本身，也就成了巫术的一部分。无论中外，事同一律：埃及的巫觋（旧称僧侣，但此辈并不信奉佛教，而所作所为，倒的确与中国的巫觋，太常，太祝相当，故不如说是巫觋），欧洲中世纪以前的天主教神职中人，以及中国的巫觋、寺祝……都有利用文字的巫术。"治疟符"（Abracadabra），"赦罪符"，"符箓"，"乩"……谁都得承认同是以文字为工具的巫术的。巫术所以要利用文字就是因为文字是一个伟大的东西，巫者敬以神的意旨，赋予文字以魔力，拿来履行神的命令和职权。于是乎文字便有了魔力。

三、文字的魔力

巫者既藉精神的启示，赋予文字以魔力后，平民便不得不相信文字的魔力；接着巫者本身，也渐渐相信文字的魔力起来，更加推崇与推广，于是文字的魔力，在人类生命活动中处处有所表现。本文预备讨论的，即是人类日常生活中所表现的文字魔力。

人类生活中，文字魔力的表现，一共很有几方面：这几方面，虽然所留巫术的痕迹，深浅不同，但是推溯起来，都可以说是导源于人类对于文字的迷信。

第一，凡人类——尤其是平民——所希望而不能得到的，大家都想驱使文字，使其发挥魔力，构成奇迹，使希望实现。例如

　　天黄黄　地黄黄　我家有个夜哭郎
　　过路君子念一遍　一夜睡到大天光

又如张小孩和李小孩不和，张小孩可以在墙上贴一张纸条，写上"打倒李金发"，李小孩也可以写一条"打倒张万全"，结果大家满意而去。由此类推，许多本不可能的事，一写成春联，简单条约，守则……之类，便感到"精神胜利"的满足的，皆属于此。所以也都可以说是信仰文字魔力的一种表现。威尔逊的和平条约十三条，大概不外乎此；戈培尔的"宣传文字"，亦不外乎此。

第二，凡自己无法避免的责任又找不着他人可以代负的，便常常找文字来代劳。例如经幢经幡，便是把自己应念的经，写成文字，让石头布匹和风力代负。讣文前面的"罪孽深重，不自陨灭"之责，便由讣文纸代负。推而至于"座右铭"，"格言"，"誓约"……之类，亦属于此。

第三，对于将要或已经降临的灾祸，发生恐怖与忧疑时藉文字的力量预为防备。这就是一种的厌胜。好一点的像"眼跳不止　书破大吉"或"夜梦不祥　书在厕房君子念过　大吉大昌"之类，尚无恶意，而如"出卖重伤风　一看就成功"之类嫁祸的行为，其居心直不可问了。

第四，因为自己相信文字的魔力，所以推想起来，人家也应当相信，因此就藉文字为工具，以自欺欺人。比方"此处无银三十两，对门王二不曾偷"这一个巧妙的对白，就是藉文字行骗之一例。此外古来许多不兑现的安民布告，和钱币贬值时的大票面额货币，也都是文字的骗局，事实上运用文字行骗，的确是人生最普通的一件事。所骗的不仅是当代活人，很可以骗到过去与未来：许多追赠追加的"恩荣"，追贬追罪的"降黜"，固可骗死人；一部历史，百分之九十以上都是骗未来活人的"谣言"。不但骗人，也可以骗动物"节届天中　火烧毛虫快快逃走　无影无踪"，"佛生四月

八 百虫今日嫁嫁出深山外永远不回家",不但实在的东西,连鬼神也可以骗,"姜太公在此诸神回避"!而中古欧洲天主教堂中出卖的"赦罪符",连上帝也可受骗了。

这四方面以外,我们人类日常生活中,所表现的对于文字魔力之信仰,还有"敬惜字纸"和"忌讳",是我们中国人所特有的迷信。因为觉得文字是神圣不可亵渎的,所以凡属有文字的东西都不可亵渎,都应崇敬,所以字纸也就应当"圣洁处理";烧灰之后灰也不可以作践。推而广之,文字所记载的东西,也因为文字的神圣,变为不可亵渎,因此凡属"邪说"(即逸出"统制"以外的思想记载),一概都要烧化,烧化之后,连灰也不许碰。这就是"敬惜字纸"之道。因为文字是有魔力的,所以代表某事某物某人的文字都划入"他布"(Tabu)的范围,一律应当忌讳。韩愈的《讳辨》,所举的例,曾说明乃至于同音的字,也一律是"他布"。近古以来,统治阶级手段愈进步之后,"维民所止"可以解释成"雍正去头"作为"文字狱"的张本,则文字的魔力,更可以使人的生命危险了。

鹤庆散记
——滇西散记之一

曹立瀛

一、别了剑湖

剑川到鹤庆，由剑湖平坝东北角，过九鼎山，经城西箐（阱）入鹤庆平坝的正西。由城沿石路东行，过金龙江，经团山北麓，一小时十五分钟到三塘，这段路马行太慢，只约十里，通常一小时可到。团山是孤立剑湖平坝中的小山。周围仅二三里，上有一座宝塔。三塘在平坝的东北角，为一回教居民的村庄，所以全村没有猪。由此东北上上土，初尚平坦，可乘马疾驰，回顾剑湖，一平如镜；虽无茨碧的清丽，亦有宜人之处，日来奔波山壑间，数度遥瞻，未能滨涉，这应是最后的一面，别了剑湖！

二小时后，见道旁有指路碑，载"东行鹤庆五十里"。再前行十五分钟抵观音堂，破庙几间，并无居人，由此上十五分钟的陡坡，乱石嵯峨，马行滑跃数次，幸未遇险。上坡后折向东南，左临深壑，土路平坦。三十五分钟后，又折东北上一碎石陡坡，土人称为清水江坡。坡麓东南的山间平地，有村约数十户，称燕平哨，不在路旁。山峻，只得弃马步行，循"之"字形的山路直上，由乳状双峰的凹处过山，凡三十分钟到山顶，有破屋一楹，称山神庙。清晨本晴，此时大雨骤至，撑伞下山，三十五分钟到清水江底。清水江发源于洱剑公路旁的大阱附近，由南向北，源头与这渡口间的直线距约十公里。更北流直线距八公里，汇丽江南流的水，称螳螂河，折西南入金龙河汇剑湖。水浅小而清澄，正符清水的名称。两岸并不陡峻，多田亩，也有松林，畑树人家，是为清水江村。雨止。

自清水江东北上山，林木渐密，四十五分钟到坡顶，是一片大规模的山巅平地，折东南，经过凹地三处，溯一小溪，共四十分钟到汝南哨。大雨又至，衣裳尽湿，寒冷不可耐，入屋烤火，吃无糖连壳的大麦粉一茶杯，这就是今天的午餐。汝南哨是十余户人家的小村，剑鹤二县的分界处，位于山巅台地的东南角。台地的东方又隆起山峰一排，四十五分钟到那峰顶，剑鹤道中以此地为最高。下坡二十五分钟，草莽荆棘，高与人齐，殊途同归的小路，往往有三四条之多，虽有土路，间夹乱石，崎岖不平，只得下马步行，有时马入丛林歧路，又须驱入正途，颠沛极苦，此地更为盗匪出没之地，危险实多。坡的尽头又为一山间平地，前进十五分钟，便是城西箐的上口，断瓦颓垣，显然昔有人家，据云此地原有小村，卖茶水食物，经匪洗劫，屋宇尽焚，遂至荒芜。

城西箐是一条山间小水，经峻峭的山谷，流向鹤庆城西，高差约一千公尺，直线距离约五公里，是平均距十公尺就差二公尺，峻峭的情形由此可见。下坡曲折不多，大雨之后，石滑泥松，有时步阶像梯级一般，高且盈尺，马固不能骑，滑竿恐亦不能乘坐而下。凡一小时十分钟到达平坝。此段风景奇丽，双峰对峙，一水中分，苔苍山碧，暗绿翳天。山坡陡峻，每在四十五度以上，有时停立回顾，两坡交夹成九十度的扇形，天光由此下射，景致雄奇。下坡约三十分钟，见鹤庆城。最足称奇观的，是下坡四十五分钟后，东望箐侧两山夹成九十度角的扇形，平坝东的石宝山主峰，适在分角线上，两端微曲如弓，交切于扇形的两股，而鹤庆城刚巧位于扇形的中央，直线与曲线交响，呈现着无上的美丽，天暮雨多，悔不能摄取这一幅天然图案。

入平坝后，山势向东环作半圆形，土地大半荒芜，坟墓极多，排列成行。墓用石砌，大小不一，高有达二公尺余的，石墙厚近一尺，底铺石板，前门略高作穹形，葬时棺自门入，置底石上，覆土盖石，盖石上加土数尺，然后将墓碑塞穹门。还有生前砌造空圹，留备死后之用的。大好沃田，如此荒废，当今饥馑之年，不能养生，又何必重视送死，但非如此不足标示望族名门的士绅界，原来这些坟墓是造在残余封建基础上的。

近郊始有田亩，一部分已插秧，一部分尚现棕色泥土；水沟交错，灌溉甚佳；距城约二里处，上石路，抵西门。平坝中行凡一小时。天已昏黑，城门上锁，听说六时城门关闭云。

总观剑鹤道中，由剑川至三堂行一小时十五分，约五公里；三堂至清水江行三小时十分，约十五公里；清水江至汝南哨行一小时二十五分，约七公里；汝南哨至鹤庆行三小时四十分，约十八公里；全程行九小时十分钟，约四十五公里。通常谓七十里，当有错误。剑川与鹤庆平坝中的行程，各约五公里，余皆山路，越山二座；村落则三堂以后，仅燕平哨，清水江与汝南哨三处。因种种关系，九时一刻由剑川起程，除在汝南哨停留一小时零五分外，七时五十分抵鹤庆西门。

剑川与鹤庆城海拔皆为一九五零公尺，山神庙为二七五零公尺，清水江为二五零零公尺，汝南哨为二七五零公尺，哨东的山三零零零公尺，城西箐上口二七五零公尺，此外清水江的最高峰三五零零公尺，而城西箐附近高峰也有三四零零公尺。

二、鹤　庆

鹤庆东以金沙江与永胜县分界，江西一排山峰，称五老山，三台山，文聿山，蜂顶山，月山，石宝山，龙华山，鹦哥铺山等等。北边原可以玉龙关与丽江高原分界，事实上，七河以北鹤庆平坝的北端，截归丽江。西边以九鼎山脉及其西南端的观音华丛大猪等山，与剑川分界。西南以牛街平坝的火焰长虫两山谷口，与洱源分界。东南以松桂姜营坪坝（多丘陵的平地），接连洱海北岸山地的邓川，主要河流是玉龙关南下的漾弓江，由二七五零公尺的丽江高原平坝，流下一九五零的鹤庆平坝，纵贯县境北部，再斜东南，在中江集美附近，注入金沙江。漾弓江主要支流有三，皆自马耳山东流入江，姑且命名曰象眼，龙珠与松桂河；马耳山有脉东衍，在象眼龙珠河间的是象眼山，龙珠松桂河间的是龙珠山。另一条水由邓川东山来，经北衙姜营附近直接流入金沙江，是罗漏门的西北源，也差不多是鹤邓二县的分界处。由此种种，鹤庆似可分为三个平坝：一是牛街平坝，在马耳观音华丛山间，如前述；二是漾弓平坝或城坝，在九鼎玉龙东山（包括五老龙华等）及象眼山间，范围最大；三是松桂平坝，从城坝南越象眼龙珠二山，有松桂大镇，由此南连姜营，东通中江。从漾弓平坝四观，东西为高山，南北为极低的山冈，尤其象眼山低得和平地相近，迤西各平坝总是高山中的椭圆形（南北长）盆状平地，这样的低山很少见。

鹤庆的交通：北由七河及玉龙关通丽江；东通永胜有二路，北路由七河过梓里渡，南由松桂过中江渡；西由城西阱过九鼎山通剑川；西南由黑泥哨通牛街洱源或邓川城；东南由姜营通邓川城或黄平镇。

鹤庆与别县一样，以农为主。全县农田灌溉，除牛街平坝靠洱海北源外，皆赖漾弓江及其支流。漾弓平坝更有一特殊情形，就是西部较高的水田，仰仗于九鼎山坡一排的龙潭，自平坝西北的西登村起，至西南的南班榜止，计四十五里，中有黑龙潭，田庄龙潭，石寨子龙潭，白龙潭，西龙潭，黄龙潭及另一黑龙潭，惠及四十八村。

然而鹤庆城是一个商业城市，市民也多习惯于经商；因之城内的商业市面，比较别县为大，街期逢辰戌，地点在县政府门前的正街及其他横街与正街相交处，主要货品仍然是草烟，火腿，盐，纸，糖，皮革，棕，米，杂粮，蔬菜，凉粉等食物，杂货，布匹，铁器，书籍等，同类的物品，通常皆集中一处，上述是由北而南大致的次序。这天适巧是端阳节前，街子上有两种特殊的商品，一是药品，大都是紫红朱黄绿蓝白黑等各色的粉末状物，共有十种左右，那朱色的有些像雄黄，其余不知是什么，一是绸布棉花做成的玩具，有虎马球瓜荷包等，有些工艺极精，绣花艺术相当好，价格每件仅一角至五角左右，售卖者是青年妇女，有些是近郭村姑型，有些是商人少妇型，剑鹤丽的妇女是相当美丽的，逢着大街期，有许多更薄施脂粉，搔首弄姿，这是别处街子上没有看到过的风景线。

鹤庆城是长方形，南北至少一公里，东西仅约半公里。县志载：旧城就是现在北门的月城；新城是嘉靖二十四年建，东三一四丈，西三一五丈，南北皆六十丈四尺云云。县政府在城中偏东北，门外是通南城的正街，府西是一条通北南门的后街，南门在正街与后街之间；府前有一条通西门的街，南面平行的仓门街，其东端为东门，再南面有条平行的新街。正街与仓门街相交处有一座鼓楼，似乎是城市的中心。邮电局和警察局总在县府东隔壁。赶街最热闹的，是县府至鼓楼一段，正街后街间的西门街上也有陈列。城外，南北门有相当的居民和店铺，因为南门是往牛街松桂出洱海的大路，北门是往丽江的孔道；东西门没有房屋，鹤庆与剑川的商业及交通关系并不频繁。

街上看到有搪瓷和纸的标语，足见该县对抗战后方宣传，相当注意；有几条是"打倒倭寇始能保障世界和平"，"倭寇最怕夜袭，帮助我军侦探"，不知道在一个文化程度不高的"后方"城市里，这条标语写给哪一些人看，倒不如"身当土匪，羞辱祖宗，出征抗日，家族光荣"一类的标语，通俗，切实，有刺激性，有建设性。

《鹤庆县志》，分三十二卷：卷一二天文，三至六舆地，七八学校，九至十一建置，十二沟洫，十三祠祀，十四及十五食物食贷，十六及十七赋役，十八及十九武备，二十及廿一职官，廿二选举，廿三至廿九人物，三十列女，卅一艺文，卅二杂著。其中有几点比较有趣的记载，例如妇女勤苦于农田的风俗，致使耕织不相侔；"冬无严寒，夏无酷暑……然务耕而不知务织，妇人作苦，男子或反而闲游，谋食而不能谋衣，终岁勤劳，利源反归于外属……""犁用三夫，妇帽三尖，家奉三宝，妇人载负"。

县志中载有名胜古迹甚多，最近的有北门外八里的象跪石及清虚阁等等。又有所谓八景：石宝天光（石宝山的佛光），漾江烟柳（城东漾弓江上有游艇），龙潭雪石（拱面山），天池夜月（仰止山），龙华夕照（龙华山），澄潭竹树（小西湖），梅城石塔，螺峰野色。又载温泉有三，牛街火焰山麓，祛风潭及炼渡坡之阳。公务冗迫之中，使爱好山水的我，只能翻一翻县志，或是在马背上对着风景名胜所在的方位，生一些美丽的幻想罢了。

鹤庆客栈，后街上有一家颐丰店，通称朱家店，据说是城里最大马店之一。廊东三间破平房，上有二尺高的阁楼，西北角是厨房，朝南有三间住家用的小耳房，马槽在正房的后面。店主夫妇不在家，账房，堂倌，厨师兼打杂的，是两位二十岁左右的姑娘。我独占一间南房，东向是一尺大的黄纸窗，这屋原来有三张铺，为了要在中间安置帆布床，请那两位姑娘将原铺都搬出，她们活泼兴奋地工作着，我很感激她们，可是整万整千的臭虫要恨她们，因为若干年来的老窝被捣毁了。夜间，老鼠移动的结果，天花板上降落阵阵的黑雨；日间，地上的跳蚤有蚂蚁大，一个一个跃进裤脚里面。店主姑娘们当然管不了这些小动物，因为她们要忙着应付一些大动物，包括土绅型的区乡长，市侩型的小商人，虎狼型的王八爷，狐兔型的马锅头和他们瘦弱生疮的马与骡。饭，他们为我单开了，也许知道在八人一桌的环境下，一个外乡人对抢吃的技术没有训练。然则一宿两餐的价目多少呢，一律是六元新滇币！

三、策马到这美丽的江头

从鹤庆到丽江，自城北行，走尽鹤庆漾弓平坝的北端，攀登玉龙关，就是丽江高原平坝的东南角，沿途平坦，村落甚多。行程时间及里数，约计如下：鹤庆出发后，五十分钟至较场坝，再一时二十分至大墩，再十五分至辛屯，再二十五分钟至逢密，再一时十分至下七河，再十五分至上七河，再三十分至连马桥，再三十五分至桥头，再五分至东关足（坡脚），由此上玉龙关四十分钟至坡顶，再二十五分下至丽江平坝，再行一时二十分上蛇山小坡，再二十分下至坡鹤，再三十分至下八河，再十五分到达丽江城。总计自鹤庆至东关足五小时二十五分钟，约二十七公里，过玉龙关一小时零五分钟，约五公里，至龙关坡下至丽江城二小时二十五分钟，约十二公里，全程行八小时五十五分钟，约四十四公里。以此计算，当有九十华里；本地人有谓六十里，有谓七十里，有谓百十里，总有错误。我七时十五分由鹤庆起程，除在上七河停留七十五分钟外，五时二十五分到丽江。

出发时，虽无日光，天尚晴朗。路经漾弓平坝中部，与西方的九鼎山及东方的石宝山五老山相平行；东峰顶虽有烟云，西峰上则极明朗，山多青灰石，嶙峋出浮土，岗峦罗列，好像织锦的屏风，路面铺石，宽不及二公尺，中条尚整齐，但也不利于马行；石路旁每有不规则的土路，阔仅盈尺，雨后泥泞，常常滑陷马蹄，加以路旁丛树杂刺，御马须极留心。田亩中麦待收割，秧未遍插，青黄棕黑交错，代表了平坝的景物。较场坝（村名）之北，有广场一片，南北长约一公里，东西宽约三四公里，直抵九鼎山麓，坟墓胪列其间，如能予以整顿，尚可作飞机场，否则如不开垦为田，也可周植树木，中辟草原，成为大好牧场。大墩为第二区区公所所在地，房屋零散，不成村集；但三里外的辛屯，有约一公里长的市街，人烟稠密，荟为大镇。逢密每巳亥日赶街，这天适为街期，集场在村南一里的庙前空地，上午十时人尚稀少，只见小棹十余张，或是售卖端阳酒药的。出逢密街为一坡度极缓的小山，曰甘子哨，长约十里，高出平坝不及百公尺，这就是鹤庆与丽江分界处；坡上原为草地，行人众多，踏成小土路十余条，马行很舒适，附近各村赴逢密街的，络绎不绝，妇女尤多，约占十分之八，大多背柴一箩，估计当有七八十斤，男子则有用扁担挑二箩，每端约仅五六十斤，男女各别成群，未见同行，这或许是偶然的现象。下坡为下七河，也称"下坡"，又上石路。上七河与连马桥间又为一极缓的小坡。至桥头村过漾弓江，联桥二道架小溪，水色灰黄，与沿途所见的各支流相仿。过桥一里即到东关足，玉龙关下的村庄，亦就是平坝的北尽头。

玉龙关是一座峻峭的高山，五老山与九鼎山会脉于此，为鹤丽间的孔道，形势险要，古来南征军旅，颇多取道于此，实因北坡缓而南坡峻，居高临下，北方的攻守较南方为易，鹤庆城海拔一九五零公尺，东关足约为二一零零公尺，关上为三零零零公尺，丽江平坝为二七五零公尺，所以上行约九百公尺，而下行仅二百五十公尺。当行抵东关足的时候，大雨自南方来，阴云密布，掩尽山峰，寒风吹来，雨珠大如豆。加以这次所骑是一匹不驯的骡，时时须留心驾御，登此陡坡，一手挽缰，一手擎伞，偶尔不慎，即可下坠巉崖。我以最大的努力，居然于疾风骤雨之中，驰登这嶙峋的栈道。及到关上，风雨略小，然衣裳已湿尽，寒冷刺骨。大路西边数十丈外，是漾弓江出关处，两岩壁立，直下百尺，而阔距不及丈，白川一线，蜿蜒曲折，隐现迷离，奔流而下，如神龙之不见首尾，这或是"玉龙"命名的原来。江自二七五零公尺的高原，经深狭的削壁悬岩，流入约二零零零公尺的平坝，直线距离不及五公里，险峻的情形，于此可以想见。

上玉龙后东北行，入丽江平坝，又折向西北，一公里余即过树南石的漾弓江桥，桥为木造，覆盖如屋，江流澄清见底，卵石历历可数，不似岩下江水的灰黄。此地是平坝的东南角，向北偏西作狭长形，村落多沿山坡，中间麦田联绵，并无人户。再前过蛇山的小坡，临一白塔，就可看到一座美丽的江城，偎傍象鼻山（土人也称狮子山）下。雨已渐止，但高峰犹障浓云，雪山更深藏云海之中，仿佛江城多娇羞，不欲以艳丽的姿态，纤毫毕显于人前，纵使那奔波漂泊的过客，模拟想象其美，而不能现实亲近其真，下蛇山不远，就有清溪夹道，矮树滨水，翠荇牵丝，循溪西北，策马到这美丽的江城。

本期撰者：

李有义先生现在国立云南大学社会系任教。费鉴照先生是国立武汉大学教授，许个仲先生现任某大学教授，曾在本刊发过《文化膏药》一文。

本刊紧要启事

本刊近月以来印刷十分困难,虽经多方设法仍未能如期出版,兹不得已暂行停刊,先将各定户所余定金退还,俟复刊后再行通知,务希鉴察为幸。

本刊投稿简则

本刊为综合性的专业性期刊，以报道农业机械化方面的科研成果、学术论文、技术经验为主。